HEYNE <

Susanne Rubin

Die Frau des Kaffeehändlers

Roman

WILHELM HEYNE VERLAG
MÜNCHEN

Dieses Buch ist auch als E-Book erhältlich.

MIX
Papier aus verantwortungsvollen Quellen
FSC® C014496

Verlagsgruppe Random House FSC® N001967

in der Verlagsgruppe Random House GmbH,
Neumarkter Straße 28, 81673 München
Printed in Germany
Redaktion: Christiane Wirtz
Umschlaggestaltung: Nele Schütz Design, München,
unter Verwendung von Motiven von © shutterstock
(Ollyy, yegorovnick, Alex Polo, superbank stock)
Satz: KompetenzCenter, Mönchengladbach
Druck und Bindung: GGP Media GmbH, Pößneck
ISBN: 978-3-453-42313-8

www.heyne.de

Für Lieselotte und Ingrid
und in liebevoller Erinnerung an ihren Vater,
meinen Opa, Otto Westphal,
der meine Liebe zu guten Geschichten schon entdeckt
und gefördert hat, als ich noch ganz klein war.
Es war mir ein besonderes Vergnügen,
ihm einen kleinen Auftritt in dieser Geschichte
zu schenken.

1. Kapitel

Hamburg, im Februar 2018

Das Wetter passte zu ihrer trüben Stimmung. Dicke graue Wolken verdunkelten den Himmel, und der Regen prasselte heftig gegen die schmutzigen Scheiben. Melina wandte den Blick vom Fenster ab. Sie schluckte und atmete tief ein, um die erneut aufsteigenden Tränen zurückzuhalten. In den vergangenen Wochen hatte sie schrecklich viel geweint, das musste endlich aufhören. Entschlossen erhob sie sich aus dem alten Ohrensessel und schaltete die Deckenbeleuchtung ein. Das viel zu grelle Licht einer einzelnen Glühbirne, die in ihrer nackten Fassung von der Zimmerdecke baumelte, ließ sie kurz blinzeln. Die hübsche Tiffanylampe, auf die ihre Großmutter Käthe so stolz gewesen war, hing schon seit Tagen nicht mehr an ihrem Platz. Käthes Wohnung wirkte nun kalt, inzwischen war sie nahezu leer geräumt. Hier, im ehemaligen Wohnzimmer, standen nur noch ihr Lieblingssessel und ein paar Kartons auf den abgetretenen Holzdielen herum und warteten darauf, dass auch sie fortgetragen wurden. Vor etwas mehr als drei Monaten war Käthe gestorben, und damit gab es nun endgültig niemanden mehr, der zu Melina gehörte. Ihren Vater hatte sie nie kennengelernt, und nach dem frühen Tod ihrer Mutter war Käthe ihre letzte Angehörige, ihre ganze Familie gewesen. Irgendwo in ihrem Herzen lebte die absurde Hoffnung fort, dass ihre geliebte Großmutter jeden Augenblick durch diese Tür kommen würde, resolut und stark wie eh und je, um ihr mitzuteilen, dass alles nur ein böser Traum gewesen war. Sie hatte an Käthes Sterbebett gesessen und sie auf ihrem letzten Weg begleitet. Ihre Großmutter hatte einmal mehr große Stärke bewiesen, und Melina bewunderte sie dafür. *Nicht weinen, mein Kind. Ich hatte ein langes Leben, doch vor allem hatte ich dich. Dafür war ich jeden Tag dankbar. Du hast mein Dasein erfüllt, warst immer mein Sonnenschein, mein größter Schatz. Denk immer daran.* Käthes wunderbare Worte klangen noch immer in Melina nach.

Ja, dachte Melina, auch sie sollte vor allem dankbar sein. Ihrer Großmutter war tatsächlich ein langes und überwiegend gesundes Leben vergönnt gewesen. Obwohl es nicht immer einfach für Käthe gewesen war, hatte sie sich ihre Zuversicht und Herzensgüte stets bewahrt. Viel zu früh war sie Witwe geworden, und kurz darauf hatte das Schicksal erneut zugeschlagen, und sie musste ihr einziges Kind zu Grabe tragen. Doch für Melina war Käthe stark geblieben und hatte darum gekämpft, dass ihre Enkeltochter bei ihr aufwachsen durfte. Erst in der allerletzten Zeit war Käthe pflegebedürftig gewesen und schließlich friedlich im Schlaf gestorben. Dennoch … der quälende Kummer lag schwer auf Melinas Brust. Manchmal fühlte es sich an, als würde die Trauer ihr Herz mit eiserner Faust umklammern.

Seufzend sah Melina sich noch einmal wehmütig um, betrachtete einen Moment lang die leicht vergilbten Wände mit den staubigen Spuren von Bilderrahmen. In Gedanken sah sie jedes Bild vor sich, das dort noch vor wenigen Tagen gehangen hatte, erinnerte sich an den vertrauten Duft nach Fliederseife und frisch aufgebrühtem Kaffee, der so typisch für diese Räume, aber auch für Käthe gewesen war. So viele Jahre hatte Melina hier zusammen mit ihrer Großmutter gelebt. Erst mit sechsundzwanzig Jahren war sie schließlich in ihre erste eigene Wohnung gezogen, dennoch hatte sie Käthe mehrmals in der Woche besucht, um gemütlich einen Kaffee mit ihr zu trinken. Jedes Mal hatte Melina sich gefühlt, als würde sie nach Hause kommen. Melinas Blick wurde wieder klarer. Nun hieß es endgültig Abschied nehmen. Jemand anderes, vielleicht sogar eine kleine Familie, würde schon bald hier einziehen. Es war ein eigenartiges, ein etwas bedrückendes Gefühl, sich das vorzustellen.

»Wir wären dann so weit, Frau Peters«, hörte sie hinter sich die Stimme von Herbert Seidel, einem alteingesessenen Trödel- und Antiquitätenhändler aus dem nahe gelegenen Winterhude. Er und zwei seiner Angestellten hatten ihr in den vergangenen zwei Wochen geholfen, die Wohnung ihrer Großmutter aufzulösen. Die meisten Möbel und auch den Hausrat hatte er ihr bereits zu einem fairen Preis abgekauft. Nur einige wenige Sachen würde sie selbst behalten. Den unverkäuflichen Rest hatten Seidels Männer zum Recyclinghof gefahren. »Den Sessel und die Kartons bringe ich Ihnen dann heute Abend vorbei. Nach Feierabend, so gegen neunzehn Uhr, wäre das in Ordnung?«

»Natürlich«, antwortete sie und musste sich räuspern. »Ich danke Ihnen, Herr Seidel. Sie waren mir wirklich eine große Hilfe. Und damit meine ich nicht nur die Auflösung des Haushalts.« Auch die Gespräche mit ihm hatten sie getröstet – Herr Seidel war ein guter Zuhörer.

Der ältere Mann nickte ihr freundlich zu und lächelte verständnisvoll. »Geht es Ihnen denn schon ein bisschen besser?«, fragte er fast väterlich.

»Na, den Umständen entsprechend, würde ich sagen.« Auch Melina versuchte sich an einem Lächeln. »Es ist nicht leicht.«

»Das ist es nie.«

»Sie haben das sicher schon oft mitgemacht, nicht wahr?«

»Stimmt. Und es ist fast immer eine traurige Angelegenheit. Aber wissen Sie, Frau Peters, andererseits ist es auch ein Schritt zur Bewältigung der Trauer, die Wohnung auszuräumen, nachdem ein lieber Mensch für immer gehen musste. Ein wichtiger Teil des Abschieds. So sehe ich das.«

»Sie sind wirklich ein sehr weiser Mann«, sagte sie.

Er lachte kurz und verhalten auf. »Ich nehme das jetzt mal als Kompliment.«

Das Lächeln fiel ihr nun deutlich leichter. »Na, das ist es ja auch.« Melinas Blick fiel noch einmal auf die vier Kartons. Jeder einzelne war ungefähr so groß wie eine Getränkekiste und mindestens ebenso schwer. »Danke, dass sie mir die Augen geöffnet haben, als ich alles einfach wegwerfen wollte. Ich war wohl ein bisschen überfordert von der ganzen Situation.«

»Das ist doch nachvollziehbar. Wie gesagt, ich habe da so meine Erfahrungen. Vielleicht wird es noch eine Weile brauchen, aber irgendwann werden Sie froh und dankbar darüber sein, dass Sie alles noch einmal durchgehen und in aller Ruhe aussortieren können.« Auch er betrachtete die Kartons. »Mit den Unterlagen und Fotoalben ihrer Großmutter können Sie jederzeit ein paar schöne Erinnerungen zurückholen.«

»Ja, da haben Sie sicherlich recht.« Zumindest hoffte sie es.

Ihre Nachbarin Antonia stand auf dem Balkon und winkte ihr fröhlich zu, als Melina knapp eine Stunde später auf dem Parkplatz hinter ihrem Haus aus dem Wagen stieg. Toni, wie sie genannt wurde, war in ihrem Alter, und ihre Wohnung lag direkt neben ihrer eigenen. Kurz nachdem Melina eingezogen war, hatte die temperamentvolle Antonia bei ihr geklingelt, um zu fragen, ob sie ihr mit etwas Milch aushelfen könne, und sie waren sofort miteinander ins Gespräch gekommen. Das heißt, eigentlich hatte an diesem Tag überwiegend Toni geredet. Dass sie immer viel zu erzählen hatte, brachte nicht allein ihr quirliges Naturell, sondern auch ihr Beruf mit sich. Sie war Journalistin und arbeitete in der Kulturredaktion einer großen Hamburger Tageszeitung.

Jedes Mal wenn Melina an dieses erste Zusammentreffen mit Antonia zurückdachte, musste sie unwillkürlich lächeln. Sie hatte Toni gleich gemocht, und sie war froh darüber, dass sie sich so gut verstanden. Ihre ehemals beste Freundin aus Schul- und Studientagen lebte nicht mehr in Hamburg, und sie selbst war eher der zurückhaltende Typ. Es war ihr schon immer recht schwergefallen, von sich aus auf andere Menschen zuzugehen, geschweige denn, sich Fremden gegenüber zu öffnen. Manchmal ärgerte sie sich über diese Charaktereigenschaft. Ihre Schüchternheit hatte ihr schon oft im Wege gestanden. In der letzten Zeit versuchte sie zwar ganz bewusst, dem entgegenzusteuern, doch sie konnte auch nicht ganz aus ihrer Haut.

»Huhu!«, rief Toni ihr zu, als Melina ihren Schirm ein Stück nach hinten kippte und lächelnd zurückwinkte. »Bei mir gibt es frischen Kaffee und selbst gebackenen Käsekuchen.«

»Das klingt toll«, antwortete Melina. Antonia schaffte es immer wieder, ihre Laune zu heben. »Gib mir noch fünf Minuten zum Umziehen, ja?«

»Aber immer doch. Bis gleich!«, flötete Toni, wirbelte herum und verschwand durch die Balkontür nach drinnen.

Antonias Wohnzimmer war klar in zwei Bereiche aufgeteilt, und die Unterschiede hätten nicht gegensätzlicher sein können. Der Wohnbereich im vorderen Teil wurde dominiert von Glastischen, modernen Vitrinen und einer schwarzen Ledercouch. Hier war alles sehr ordentlich. Im hinteren Bereich stand jedoch Tonis großer Schreibtisch, ein sichtbar altes Möbelstück aus dunklem Holz. Der riesige Computerbildschirm auf der Tischplatte war umringt von Papierstapeln und teilweise aufgeschlagenen Büchern.

»Nun hast du es also hinter dir«, sagte Toni und schob sich ihr letztes Stück Kuchen in den Mund. Ihr kurzes blauschwarzes Haar glänzte im Licht der kleinen Lampen, die Antonia in ihrem Wohnzimmer angeknipst hatte. Der Nachmittag war gerade erst angebrochen, doch draußen war es noch immer wolkenverhangen und düster.

Auf dem niedrigen Couchtisch vor ihnen brannten mehrere Kerzen in hohen weißen Leuchtern, und die Freundinnen hatten es sich auf dem Sofa gemütlich gemacht.

Melina nickte. »Ja, und ich hoffe, ich kann jetzt ein bisschen zur Ruhe kommen.« Mit beiden Händen umfasste sie die Kaffeetasse, lehnte sich zurück und zog ihre Beine unter sich. »Ein paar Sachen werden mir nachher noch gebracht, dann ist eigentlich alles erledigt. Ach ja, nächste Woche muss ich noch bei der Wohnungsgenossenschaft vorbeifahren, um Käthes Schlüssel abzugeben, aber dann bin ich wirklich durch.« In den zurückliegenden Wochen waren Toni und sie kaum zum Reden gekommen. Das Zusammensein mit ihrer Freundin tat gut, fühlte sich angenehm alltäglich und irgendwie heimelig an. Plötzlich wurde ihr klar, dass sie doch nicht ganz so allein auf der Welt war. Der Gedanke wärmte ihr Innerstes und tröstete sie ein wenig.

»Wie läuft es denn bei der Arbeit? Du hattest mal erwähnt, dass es deiner Firma nicht so gut geht. Gibt es da eigentlich was Neues?«, wollte Toni wissen.

»Montag gehe ich wieder ins Büro.« Melina nahm einen Schluck von ihrem Kaffee. »Allerdings ist in vier Wochen Schluss. Ich hatte ja gehofft, dass es doch noch weitergehen könnte, aber mein Chef ist definitiv pleite.«

»Oh nein, das ist ja echt Mist!«, sagte ihre Freundin mitfühlend. »Du hast gerade wirklich Pech, oder?«

Melina winkte ab. »Och, ehrlich gesagt, finde ich das mit der Arbeit gar nicht so schlimm. Der Job in der Spedition war für mich irgendwie nicht so ganz das Richtige. Im Grunde wusste ich von Anfang an, dass ich das nicht allzu lange machen würde. Der Konkurs der Firma hat mir nur eine Entscheidung abgenommen, die ich sowieso bald getroffen hätte. Es gibt auch kaum noch etwas zu tun. Ich schätze, dass mein Chef schon vor Ablauf des Monats die Schotten endgültig dicht macht.«

»Und was hast du jetzt vor? Weißt du schon, was du danach machen möchtest?«

»Ich hab sogar schon zwei Vorstellungsgespräche hinter mir. Frag mich nicht, wie ich das in der letzten Woche überhaupt hinbekommen habe. Zuerst war ich bei einem Immobilienmakler und dann noch bei einer kleinen Reederei.« Sie zuckte mit den Schultern. »Eigentlich hatte ich schon geahnt, dass beides nichts für mich sein würde, aber ich bin trotzdem hingegangen, um auf Nummer sicher zu gehen. Mit Immobilien kenne ich mich gar nicht aus, und die Reederei war wirklich winzig. Da gäbe es keine Zukunftsperspektive für mich. Nach den Erfahrungen der letzten Zeit zieht es mich eher in ein größeres Unternehmen. Ich würde gerne mal ein paar Jahre am Stück in einer Firma bleiben, um mich auf der Karriereleiter nach oben zu arbeiten.«

»Du hast doch einen super Studienabschluss. Sicher wirst du schnell etwas Passendes finden, Melina.«

»Ganz so einfach ist das nicht. BWL studiert heutzutage ja fast jeder. Bei den großen Unternehmen geben sich die Absolventen die Klinke in die Hand.«

»Du hast selbst mal gesagt, dass die meisten nach dem Bachelorabschluss das Handtuch werfen, und immerhin hast du deinen Master mit Bestnote gemacht.«

Melina musste lachen. »Süß, wie du mich aufzubauen versuchst.« Sie stellte ihre Tasse ab und erhob sich. »So, nun muss ich aber rüber. Mein Wäscheberg wird immer größer, und ich will noch ein bisschen sauber machen, bevor die Sachen von

Käthe gebracht werden. In den letzten Wochen habe ich nur das Nötigste geschafft.«

»Brauchst du Hilfe bei irgendwas?«

»Nein, gestern habe ich zumindest schon mal Platz für die Kartons geschaffen, alles gut. Aber ich danke dir für die kleine Auszeit. Mal wieder mit dir zu plaudern und dann noch der leckere Kuchen – genau das habe ich heute gebraucht.«

»Immer wieder gerne, das weißt du.«

Schon fast in der Tür, hielt Melina noch einmal inne und drehte sich zu ihrer Freundin um. »Sag mal, hast du vielleicht Lust, heute Abend mit mir noch eine Flasche Wein zu köpfen? Ehrlich gesagt ist mir überhaupt nicht danach, den Abend allein zu verbringen.«

»Das ist die beste Idee des Tages.« Antonia grinste. »Es können auch gerne zwei Flaschen sein. Allerdings habe ich nachher noch einen beruflichen Termin und kann erst gegen zehn bei dir sein. Wenn dir das nicht zu spät ist …«

Melina musste nicht lange überlegen. »Es ist Freitag, was soll's.«

»Stimmt.«

Käthes Sessel sah an seinem neuen Platz tatsächlich großartig aus, beschloss Melina einige Stunden später. Gut, sie hätte den wunderschönen Ohrensessel ohnehin nicht weggeben können, aber dass sich das typisch englische Rosenmuster in ihrem ansonsten sehr modern und sachlich eingerichteten Wohnzimmer so gut machen würde, damit hatte sie nicht gerechnet. Ursprünglich hatte sie vorgehabt, das gute Stück ins Schlafzimmer zu stellen, doch als Herr Seidel und einer seiner Mitarbeiter die Kartons und den Sessel vorbeigebracht hatten, schlug der ältere Mann beharrlich den Platz zwischen ihren Bücherregalen und dem raumhohen Erkerfenster vor. Er meinte, nur dort, direkt neben dem kleinen Telefontisch, erhalte das schöne Möbelstück den richtigen Rahmen – und Melina musste ihm absolut recht geben.

Inzwischen war es schon fast einundzwanzig Uhr. Sie hatte heiß geduscht und war danach in ihre kuschelige Jogginghose und einen weiten Pullover geschlüpft. Da sie nun doch ein bisschen müde wurde, warf sie noch einmal ihren Kaffeeautomaten an und kochte sich einen starken Kaffee. Mit dem Becher in der Hand machte sie es sich in ihrem neuen Sessel gemütlich. Kurz überlegte sie, ob sie noch etwas lesen sollte, bis Toni eintraf, aber eigentlich war ihr nicht wirklich danach zumute. Auf Fernsehen hatte sie auch keine Lust, deshalb würde sie einfach in Ruhe ihren Kaffee genießen. So saß sie da, ließ ihren Gedanken freien Lauf und nippte dann und wann an ihrem Becher.

Bestimmt schon zum zehnten Mal fiel ihr Blick dabei auf die Kartons. Da sie noch nicht entschieden hatte, was mit den Sachen passieren sollte, hatte sie Herrn Seidel gebeten, die Kisten zunächst im Wohnzimmer neben der Tür abzustellen. Melina hatte sich fest vorgenommen, ihren Inhalt zu sortieren und vielleicht noch ein wenig auszumisten, bevor alles in irgendeiner Kellerecke verstaubte. Das würde vielleicht doch noch den einen oder anderen Karton einsparen.

Melina stellte ihren Becher auf dem kleinen Tisch neben dem Telefon ab und seufzte. »Warum nicht gleich«, sagte sie leise zu sich selbst. Sie erhob sich, um den erstbesten der vier Kartons hinüber zum Sessel zu ziehen, und öffnete ihn. Einige der Alben und Unterlagen hatte sie selbst dort hineingepackt, wie sie sofort erkannte. Zusammen mit Herrn Seidel hatte sie den alten Eichensekretär und eine Kommode im Schlafzimmer ihrer Großmutter ausgeräumt. Alles, was irgendwie nach Fotoalben und persönlichen Akten ausgesehen hatte, war dabei in die vier Kartons gewandert. Es handelte sich um die typischen Überbleibsel eines langen Lebens. Die meisten der Fotoalben kannte sie und hatte schon als Kind häufig in ihnen geblättert, vor allem wegen der Bilder ihrer so früh verstorbenen Mutter, an die sie sich bewusst leider nicht erinnern konnte. Melina war erst zwei Jahre alt gewesen, als ihre Mutter nach einer verschleppten Erkältung eine Lungenembolie nicht überlebt hatte.

Neben den vertrauten Fotoalben stieß sie auf einen dicken Aktenordner, den Melina noch nie zuvor gesehen hatte. Herr Seidel musste ihn eingepackt haben. Der Ordner zeigte mit dem Rücken nach oben, sodass man ihn leicht herausziehen konnte. Auf dem Aufkleber war ein großes schwarzes M zu lesen, das sofort ins Auge fiel. Vielleicht steht das für meinen Vornamen, dachte Melina. Womöglich hatte ihre Großmutter ein paar Kinderzeichnungen oder Schularbeiten darin abgeheftet.

Neugierig griff sie in das Loch und zog den überraschend schweren Ordner heraus. Als sie ihn aufschlug, wurde ihr allerdings sofort klar, dass das große M rein gar nichts mit ihr zu tun hatte. Vielmehr befanden sich alte Zeitungsberichte und Fotos aus Hochglanzmagazinen in dem Ordner. Jedes einzelne Blatt Papier wurde von einer eigenen Plastikhülle geschützt.

»Ich muss dir unbedingt etwas zeigen«, begrüßte sie ihre Freundin.

Melina begann zu blättern, und schon nach wenigen Minuten war sie erstaunt und fasziniert zugleich.

»Was zum Teufel …?«, murmelte sie, während sie weiterblätterte, hier und da eine Überschrift las und die Fotos be-

Nachdem Toni ihrer Begeisterung über den schönen Sessel Ausdruck verliehen hatte, saßen sie zusammen in der kleinen Couchecke im anderen Teil des Wohnzimmers. Antonia berichtete kurz von ihrem abendlichen Termin. Nach einer Theaterpremiere hatte sie ein Interview mit dem Hauptdarsteller geführt, das sehr gut gelaufen war.

»Was wolltest du mir eigentlich zeigen?«, wollte Toni schließlich wissen, während sie ihnen Wein nachschenkte. »Entschuldige. Ich rede und rede, und du sitzt wahrscheinlich wie auf Kohlen, so wie du mich empfangen hast.«

Melina lachte. »Alles gut.« Sie erzählte ihrer Freundin von den Kisten mit den Fotoalben und persönlichen Papieren ihrer Großmutter. »Herr Seidel – das ist der Trödelhändler, der mir geholfen hat, die Wohnung aufzulösen – hat mir dazu geraten, die Sachen unbedingt alle zu behalten.«

»Womit er meiner Meinung nach auch absolut recht hat«, warf Antonia ein und prostete ihr zu. »Du solltest den ganzen Kram in aller Ruhe durchgehen, dann kannst du immer noch wegwerfen, was dir überflüssig erscheint, und mit dem Rest eine schöne Erinnerungskiste füllen. Das hat doch was. Wenn du willst, helfe ich dir dabei. Ich liebe so was. Wir können uns die Sachen gerne am Wochenende vornehmen. Ich habe beide Tage frei.«

Auch Melina griff nach ihrem Glas, nippte daran, stellte es jedoch gleich wieder ab und erhob sich, um den Aktenordner zu holen. »Ich hatte ohnehin vor, mir die Kartons noch mal vorzunehmen, und über deine Hilfe würde ich mich freuen, aber das hat Zeit. Die Dinger laufen ja nicht weg.« Sie seufzte. »Jedenfalls habe ich vorhin schon mal einen Blick in einen der

Kartons geworfen«, fuhr sie fort. »Ich wollte nur die Zeit totschlagen, bis du kommst. Und da habe ich das hier entdeckt. Mich würde einfach interessieren, was du davon hältst.«

Melina reichte Toni den dicken Ordner, setzte sich zurück auf ihren Platz und nahm wieder ihr Glas. Sie hielt es in den Händen, während ihre Freundin den Ordner aufschlug und darin blätterte. Schon nach wenigen Augenblicken sah Antonia auf.

»Das ist … merkwürdig. Käthe hat alles über die Magnussens gesammelt.«

»Stimmt. So weit war ich auch schon.«

»Nun, ich habe deine Oma nur ein paar Mal getroffen und kannte sie nicht besonders gut, aber das passt irgendwie nicht zu ihr.«

»Genau. Ich sehe diesen Ordner heute auch zum ersten Mal, Toni.«

»In die anderen Kartons hast du noch nicht geschaut?«

Melina schüttelte den Kopf. »So weit bin ich nicht gekommen. Ich hab nur den Ordner kurz durchgeblättert, und dann hast du auch schon geklingelt. Hier, das letzte Foto ist gar nicht so alt.«

Antonia schlug die letzte Seite des Ordners auf und betrachtete das besagte Foto. »Meine Herren! Da macht der Ausdruck ›Die Reichen und Schönen‹ doch gleich Sinn.« Mit dem Zeigefinger tippte sie nacheinander auf die beiden Magnussen-Söhne. »Was für Leckerchen.«

Melina musste lachen. »Die spielen wohl kaum in unserer Liga, Toni.«

Antonia grinste. »Dominik Magnussen sorgt übrigens häufiger mal für Schlagzeilen. Der Typ scheint ein echter Womanizer zu sein.«

»Ja, von dem habe selbst ich schon gehört.«

»Merkwürdig«, sagte Antonia erneut. Nachdenklich schüttelte sie den Kopf, während sie den Ordner weiter durchblätterte.

Melina stellte ihr Glas wieder ab und beugte sich gespannt vor. »Und? Fällt dir sonst noch etwas dazu ein? Welchen Grund könnte es geben, dass Käthe dies alles so sorgfältig aufgehoben hat? Was meinst du?«

»Vor allem denke ich, dass etwas Größeres dahinterstecken muss, wenn jemand wie deine Oma so etwas tut. Leider können wir sie ja nicht mehr danach fragen. Keine Ahnung, ob du gerade verstehst, was ich meine.«

Melina nickte. »Ich verstehe dich sogar sehr gut, das sind in etwa die gleichen Gedanken, die auch mir sofort kamen. Vor allem aber war da gleich ein ganz bestimmtes Gefühl, das ich noch nicht einordnen kann.«

»Schlichte Neugierde?«

»Nein, das ist es nicht. Ich meine, natürlich bin ich neugierig und möchte wissen, warum Käthe diesen Ordner geführt hat. Doch da ist noch etwas anderes in mir, das weit darüber hinausgeht. Wie soll ich es erklären? Es ist wie ein Drang, etwas zu unternehmen, und ich glaube nicht, dass es so leicht wieder verschwinden wird. Irgendwas sagt mir, dass ich dieses Sammelsurium nicht einfach zurück in den Karton packen, in den Keller tragen und wieder vergessen sollte.«

»Das klingt ein wenig kryptisch.« Toni verteilte den Rest der Flasche auf die beiden Gläser, bevor sie weitersprach: »Glaubst du, deine Großmutter hatte ein Geheimnis?«

»Vielleicht … Vielleicht aber auch nicht.« Melina zuckte mit den Schultern. »Es könnte auch immer noch sein, dass mein Gefühl mich täuscht und sie einfach ein ausgeprägtes Faible für diese Unternehmerfamilie hatte. Eine Menge Leute haben seltsame Hobbys.«

»Aber du kannst dir eigentlich nicht vorstellen, dass das auch auf deine Oma zutrifft, oder?«

»Stimmt. Vor allem finde ich es irgendwie seltsam, dass ich niemals etwas davon mitbekommen habe. Ich meine, schließlich habe ich über zwanzig Jahre mit Käthe zusammengelebt, und sie hat nicht ein einziges Mal den Namen Magnussen erwähnt. Höchstens im Zusammenhang mit Kaffee, aber sonst nie.« Eine Weile saßen sie stumm da, genossen den Wein und hingen ihren Gedanken nach. Irgendwann fing Antonia erneut an, in dem Ordner zu blättern.

»Guck dir das an, hier ist ein Bericht über die Anfänge der Firma.« Toni verstummte kurz und las offenbar einen Teil des Artikels. Melina ließ sie gewähren, nippte an ihrem Wein und wartete auf eine weitere Reaktion. »Das ist sogar recht interessant«, setzte Toni schließlich wieder an. »Ein gewisser Paul Friedrich Magnussen hat gegen Ende des 19. Jahrhunderts mit einem kleinen Geschäft begonnen. Jetzt weiß ich endlich, warum es P. F. Magnussen heißt.« Antonia grinste. »Guck dir mal das Foto an, wie aus einem alten Schwarz-Weiß-Film, oder?« Toni drehte den Ordner zu Melina und tippte auf das Bild, das zum Artikel gehörte. »Ich frage mich immer, warum die Leute damals nicht gelächelt haben, wenn man sie fotografierte. Die haben immer geguckt, als ginge gerade die Welt unter.«

Es war nicht zu erkennen, aus welcher Zeitung Käthe den

Artikel ausgeschnitten hatte, doch offensichtlich war der Bericht in den späten Sechzigerjahren anlässlich eines Jubiläums der Firma erschienen. Laut der Bildunterschrift zeigte das Foto Paul Friedrich Magnussen und seine Ehefrau Amalia gegen Ende des 19. Jahrhunderts vor ihrem Geschäft. Über dem Schaufenster, vor dem das Paar stand, erkannte Melina deutlich den bekannten und bis heute unveränderten Schriftzug: P. F. Magnussen.

»Ich glaube, für die Leute damals war es einfach noch etwas ganz Besonderes, fotografiert zu werden. Die gucken nicht ernst, Toni. Für mich sehen die beiden einfach nur sehr stolz und würdevoll aus.«

2. Kapitel

Hamburg, im November 1896

Die alte Standuhr in der Eingangshalle schlug sechsmal. Paul Friedrich Magnussen schob seine leere Tasse beiseite und seufzte leise. Er erhob sich aus dem Sessel und gesellte sich zu seinem Freund Georg von Meyerhoff, der nun schon seit einigen Minuten vor dem Kamin stand und mit gedankenvoller Miene das große Porträt von Pauls Eltern betrachtete, das dort über dem mächtigen Sims hing.

»Ich mochte deine Eltern sehr«, sagte Georg. »Ich habe mich bei ihnen stets wie der zweite Sohn im Hause gefühlt. Deine Mutter war eine liebenswerte Frau.«

»Ich weiß«, erwiderte Paul und nickte. Auch er sah hinauf, versank für wenige Augenblicke in den tiefblauen Augen seiner Mutter, die beinahe erschreckend lebendig dreinblickten. Das Bild war erst kurz vor ihrem Tod entstanden. Sein Vater hatte es von einem jungen Künstler malen lassen und seiner Frau zum Hochzeitstag geschenkt. Damals wütete bereits die Cholera in der Stadt, und nur wenige Wochen später fielen auch seine Eltern der Seuche zum Opfer. Über achttausend Menschen verloren damals ihr Leben. Hamburg war gezeichnet von Trauer und Elend. Paul selbst war zu dem Zeitpunkt am anderen Ende der Welt gewesen, sodass er von den schrecklichen Vorkommnissen aus einem Brief seiner Tante, der Schwester seiner Mutter, erfuhr. Als die Epidemie ausbrach und die ersten Todesfälle bekannt wurden, hatte seine Mutter ihn zu seinem Patenonkel nach Brasilien geschickt, wo er mehr als zwei Jahre auf dessen Kaffeeplantage gelebt hatte.

In manchen Nächten quälte ihn noch immer das schlechte Gewissen. Er fühlte sich schuldig, weil er nicht hier gewesen war, als seine Eltern an der Seuche gestorben waren. Dennoch war die Zeit in Brasilien einer der wichtigsten Abschnitte seines bisherigen Lebens gewesen. Auf der Plantage hatte er nicht nur jede Menge gelernt, sondern es war auch seine Leidenschaft für Kaffee und alles, was damit zusammenhing, geweckt worden, und er wusste, sie würde ihn zeitlebens nicht mehr loslassen.

»Meine Mutter liebte dich tatsächlich wie einen zweiten Sohn«, sagte er schließlich zu Georg.

»Ich weiß.« Paul hörte, dass sein Freund tief durchatmete. Dann löste Georg seinen Blick von dem Gemälde und sah ihn an. »Wann kommt die Droschke?«, fragte er.

»In einer halben Stunde wird sie hier sein«, antwortete Paul. »Ich danke dir, dass du mich Ferdinand Claasen vorstellen wirst. Er und seine Privatbank dürften wohl meine letzte Chance sein.«

»Du bist ein guter Geschäftsmann, Paul. Im Zweifel wirst du es auch so schaffen.«

»Du überschätzt mich, mein Lieber«, antwortete Paul lächelnd. »Nein, du weißt doch, dass ich inzwischen nahezu jede Bank in Hamburg aufgesucht habe. Nicht eine einzige wollte mir den nötigen Kredit geben. Im Augenblick fehlt mir sogar das Kapital, um die zweite Röstmaschine zu kaufen, die ich so dringend brauche. Die Situation macht mich richtig zornig. Ich könnte noch viel mehr Kaffee verkaufen, kann aber nicht genug rösten. Seit Monaten investiere ich fast jede erwirtschaftete Mark wieder in das Geschäft. Falls Claasen mir nicht helfen sollte, bliebe mir nur noch, dieses Haus zu veräußern, aber der Gedanke gefällt mir so gar nicht. Es ist mein Zuhause, und ich hänge daran. Zudem würde mein Vater sich im Grabe umdrehen.« Er seufzte kurz auf, bevor er fortfuhr: »Es geht mir vor allem ums langfristige Überleben des Geschäfts, Georg. Dafür ist der zusätzliche Trommelröster ebenso wichtig wie größere Geschäftsräume für mein Kaffeekontor. Karl Jensen ist mein stärkster Konkurrent, und er hat bereits vor Monaten expandiert, das hast du sicherlich mitbekommen. Er betreibt unterdessen mehrere Röstmaschinen und hat einige Angestellte mehr als ich. Aber er kommt auch aus einer steinreichen Familie und kann sich das leisten, ohne katzbuckeln zu müssen.«

»Ist das etwa ein Vorwurf?«, fragte Georg. »Du weißt, dass ich dir auf der Stelle helfen würde, wenn es in meiner Macht stünde.«

Sofort legte Paul seine Hand auf den Unterarm seines Freundes. »Um Himmels willen, Georg! So habe ich das überhaupt nicht gemeint. Ich kenne deine Lage. Ich weiß, dass du nichts tun kannst, solange dein Vater auf eurem Vermögen sitzt. Nebenbei bemerkt, hätte ich es sowieso nie von dir erwartet. Nach all den Jahren solltest du mich und meine Einstellung zu unserer Freundschaft wirklich besser kennen.«

»Verzeih, du hast natürlich recht«, erwiderte Georg. »Aber

auch für meine Familie ist es im Augenblick nicht ganz leicht. Mein Vater spielt noch immer den Patriarchen und macht uns allen das Leben schwer – auch wenn er nun schon seit Monaten bettlägerig ist.«

Eine kurze Weile schwiegen sie beide. Gedankenvoll strich Paul über die weichen Samtrevers seines schwarzen Gehrocks. Er dachte an Ferdinand Claasen. Neben der Bank betrieb er auch noch eine Textilfabrik und eine Maßschneiderei. Claasen war einer der wohlhabendsten und einflussreichsten Männer der Stadt, und vermutlich kannte ihn jeder Hamburger.

»Wie schon gesagt, ich bin äußerst dankbar, dass du mich mit Ferdinand Claasen bekannt machen wirst«, setzte er schließlich wieder an. »Ich hoffe auf sein Verständnis als Kaufmann. Mir ist klar, dass er zumindest eine vorübergehende Beteiligung am Kaffeekontor verlangen wird, falls er investieren sollte, aber damit muss ich leben. Vielleicht habe ich Glück, weil du als mein Fürsprecher auftrittst.«

»Ich hoffe es«, antwortete Georg. »Wie du weißt, ist Ferdinand Claasen seit vielen Jahren ein Geschäftspartner, ja fast schon ein Freund meines Vaters. Und was Jensen angeht … du hast mir doch erst vor wenigen Tagen erklärt, dass du in jedem Fall den besseren Kaffee einführst. Das sollte langfristig doch ein Vorteil für dich sein, oder?«

»Das steht außer Frage«, antwortete Paul und nickte. »Jensen bezieht seine Bohnen überwiegend aus Kenia und dem Kongo. Er hat keine festen Zulieferer, weil er sich allein nach den Preisen der Farmer richtet und zu einem großen Teil einfache Robusta-Bohnen einkauft. Seine Mischungen sind häufig bitter und weniger gut verträglich. Ich hingegen habe das Glück, dass ich, dank der Plantage meines Onkels, feinste Arabica-Qualität einführen kann. Es zahlt sich noch immer aus, dass mein Vater seinen Bruder anfangs finanziell unterstützt hat, wo er nur konnte. Ja, du hast recht, es ist unterdessen kaum noch ein Geheimnis, dass mein Kaffee um Klassen besser ist als der von Jensen.«

»Meine Rede. Ich habe den Eindruck, die Leute erkennen schon jetzt sehr genau, dass dein Kaffee eine höhere Qualität hat und viel besser verträglich ist.« Georg fuhr sich mit einer Hand durch sein dunkles Haar. »Vielleicht hätte ich meinen Kutscher doch nicht nach Hause schicken sollen«, wechselte er das Thema. »Ich hoffe, die Droschke, die du bestellt hast, ist rechtzeitig hier. Claasen hasst Unpünktlichkeit.«

»Sie wird pünktlich sein, Georg. Mach dir keine Sorgen. Allerdings ist es gut, dass dein Kutscher uns später abholen wird.« Kameradschaftlich schlug er seinem Freund auf die Schulter. »Apropos, es wird Zeit. Ich werde dem Mädchen Bescheid geben, damit sie uns unsere Hüte und Mäntel bringt. Die Droschke müsste jeden Augenblick vorfahren.«

Amalia Claasen hielt sich mit beiden Händen am Türrahmen fest und wartete mit einigem Widerwillen ab, bis Pauline, die junge Kammerzofe, die sie sich mit ihrer Schwester teilte, das Mieder fest genug geschnürt hatte. Sie hörte das Mädchen vor Anstrengung leise ächzen, während ihr selbst schon fast die Luft wegblieb. »Es ist genug, Pauline, sonst kippe ich auf der Gesellschaft noch um, weil ich nicht richtig atmen kann.«

»Sie wollen doch in Ihr hübsches grünes Kleid passen, Fräulein Amalia.«

Pauline zog ein weiteres Mal an den Schnüren. Nun jedoch mit deutlich verminderter Kraft, wie Amalia dankbar bemerkte. »Das werde ich auch, keine Sorge. Die Seide ist weich und nachgiebig.« Sie drehte sich zu ihrer Zofe um, nachdem alles fertig verknotet war. »Hilf mir bitte noch schnell in das Kleid, und steck mir die Haare hoch, dann sind wir auch schon fertig.«

»Du solltest wirklich ein wenig mehr Augenmerk auf dein Äußeres legen«, hörte Amalia ihre jüngere Schwester Helene sagen, die einige Schritte entfernt stand und bei der Prozedur zusah. Helene war bereits fertig angezogen, aufwendig frisiert und wie immer bildschön anzusehen.

Amalia lachte leise in sich hinein. »Diese Mieder sind wahre Folterinstrumente, wenn du mich fragst.«

»Georg hat mir übrigens verraten, dass er uns heute endlich seinen Freund Paul Magnussen vorstellen wird«, fuhr Helene fort, ohne auf Amalias Bemerkung einzugehen. »Er ist Kaufmann, und wie man so hört, soll er erfolgreich, aufstrebend und äußerst attraktiv sein.«

»Ach, Leni. Du kannst es einfach nicht lassen, oder?«

»Ich verstehe nun einmal nicht, warum du kein Interesse an einer Heirat aufbringen kannst. Irgendwann wirst du eine alte Jungfer sein. Gott bewahre.«

»Und wenn schon«, erwiderte Amalia, während Pauline ihr das Kleid über die Hüften nach oben zog. »Freu du dich auf deine Ehe, und lass mich einfach in Ruhe und Frieden weiterleben.« Sie zwinkerte ihrer Schwester fröhlich zu, um keine Missstimmung aufkommen zu lassen.

Amalia stritt sich ungern mit Helene, denn meistens war sie diejenige, die letztlich nachgeben musste, um die Harmonie zwischen ihnen wiederherzustellen. Eigentlich war das schon immer so gewesen. Ihre Schwester verhielt sich häufig wie ein ausgemachter Trotzkopf. Doch inzwischen nahm Amalia es einfach hin und sah dann allzu oft zu, wie ihre jüngere Schwester Opfer ihrer eigenen Starrköpfigkeit und Launen wurde.

Geflissentlich überhörte Amalia das missbilligende Geräusch, das Helene ausstieß, und ließ sich auf dem Hocker vor ihrer Frisierkommode nieder. Pauline trat hinter sie, und im Spiegel bemerkte Amalia, dass ihre Zofe ihr mit einem leichten Kopfnicken und einem angedeuteten Lächeln zu verstehen gab, dass sie sie verstand. Pauline kümmerte sich schon einige Jahre um sie und Helene. Sie kannte die unterschiedlichen Charaktere der Schwestern also sehr genau.

»Wenn du mit den Haaren fertig bist, kannst du ruhig für heute Feierabend machen, Pauline«, sagte Amalia und lächelte ihrer Zofe im Spiegel zu. »Helene und ich helfen uns nach der Gesellschaft gegenseitig aus den Kleidern.«

So wie Paul es erwartet hatte, glich das Stadthaus von Ferdinand Claasen eher einem hochherrschaftlichen Anwesen. Die parkähnliche Gartenanlage und die hohen schmiedeeisernen Zäune, die sie umgaben, wären sogar dem Schloss eines Königs gerecht geworden. Eine lange kopfsteingepflasterte Eichenallee führte eine leichte Anhöhe hinauf und endete auf dem weitläufigen Vorplatz des Gebäudes. Mehrere Kutschen standen bereits vor einem der Seitenflügel des Hauses.

Paul bezahlte den Droschkenfahrer und bedankte sich höflich. »Wie immer zuverlässig, Herr Westphal. Herzliche Grüße an die Frau Gemahlin. Bis zum nächsten Mal.«

Der hoch aufgeschossene, schlanke Mann nickte dankend, tippte kurz an den Schirm seiner Mütze, und die Droschke setzte sich wieder in Bewegung.

»Wen du alles kennst«, sagte Georg kopfschüttelnd und grinste.

»Westphal ist ein netter und sehr anständiger Mann. Seine Frau ist zudem eine gute Kundin von mir. Ich fahre recht oft mit ihm, da ich weiß, dass er das Geld gut brauchen kann. Er hat zu Hause einige Mägen zu füllen und ist äußerst dankbar für seine Stammkundschaft. Deshalb war ich mir auch so sicher, dass er pünktlich sein würde«, erklärte Paul, während sie die breiten Steinstufen bis zur Eingangstür hinaufstiegen. Die Tür wurde geöffnet, kaum dass sie oben angekommen waren. Ein livrierter Diener begrüßte sie förmlich, und das typische Stimmengewirr einer Abendgesellschaft drang an ihre Ohren.

»Guten Abend, die Herren«, säuselte der Diener und deutete eine Verbeugung an. »Herr Graf, Sie werden im großen Salon erwartet.« Georg und Paul übergaben einem Hausmädchen ihre pelzgefütterten Paletots und die Hüte, dann folgten sie dem Diener, der sie in den besagten Salon führte.

»Meyerhoff! Da sind Sie ja, mein Junge!«, dröhnte eine dunkle Stimme durch den gesamten Raum. Ein großer und ziemlich korpulenter Mann kam mit ausgestreckten Armen und stampfenden Schritten auf sie zu. »Wird auch Zeit, lieber Graf, die jungen Mädchen sind schon allesamt ganz zappelig«, rief er, während er mit beiden Händen gegen Georgs Schultern klopfte und sich offenbar königlich über seine eigene Bemerkung amüsierte.

Paul war sich bewusst, dass in diesem Augenblick alle Augen

auf sie gerichtet waren, doch er versuchte, sich nicht anmerken zu lassen, dass ihm der Empfang durch den Hausherrn etwas übertrieben laut und unangemessen erschien. So wartete er geduldig ab, bis Georg und Ferdinand Claasen sich begrüßt hatten.

»Wie angekündigt, habe ich meinen guten Freund Paul Magnussen mitgebracht«, verkündete Georg endlich.

»Ah. Ja. Fein«, rief Claasen, ergriff mit seiner riesigen Pranke Pauls Hand und schüttelte diese heftig. »Freut mich, freut mich. Wie ich von unserem adligen Freund hier hörte, haben Sie ein geschäftliches Anliegen, über das Sie mit mir reden möchten?«

»So ist es«, erwiderte Paul und lächelte verhalten. Er fand, dass Claasens Augen denen eines Ferkels glichen, und bemühte sich um Contenance.

»Gut, gut. Zunächst sollten wir ein wenig die Gesellschaft der Damen genießen, meine Herren. Später, nach dem Essen, können wir bei einer guten kubanischen Zigarre das Geschäftliche besprechen.«

»Ich danke Ihnen, Herr Claasen.«

Kurz darauf standen sie wieder allein in einer Ecke des glanzvollen Salons.

»Lass uns ruhig noch ein wenig hier stehen bleiben, bevor wir uns unter die Gäste mischen«, schlug Georg vor.

Paul sah sich möglichst unauffällig, doch durchaus beeindruckt um. Das Interieur zeugte vom enormen Reichtum seines Besitzers. Angefangen bei den weinroten Seidentapeten bis hin zum schweren rot-goldenen Brokat der Portieren vor den hohen Fenstern, der sich auch auf den Polstern der Sitzgelegenheiten wiederfand. Der Raum wurde durch zwei prachtvolle Kronleuchter und verschiedene goldglänzende Kandelaber erhellt. Ungefähr fünfzig festlich gekleidete Menschen standen in kleinen Gruppen beisammen und unterhielten sich. Vereinzelt gab es ein paar Tische und kleine Sesselgruppen, an denen ein paar ältere Herrschaften Platz genommen hatten, doch eine Speisetafel oder Bankettische sah Paul nicht. Sein Magen knurrte bereits, und er hoffte, dass das Essen nicht mehr lange auf sich warten lassen würde. Ein Dienstmädchen kam mit einem Tablett vorbei, auf dem Champagnergläser bereitstanden. Georg und er bedienten sich.

»Ich weiß, Claasen benimmt sich ziemlich aufgeblasen«, sagte Georg so leise, dass nur Paul es hören konnte. »Doch im Grunde ist er ein feiner Kerl und vor allem ein ehrlicher Geschäftsmann.«

»Ich vertraue da ganz und gar auf deine Einschätzung, Georg.« Paul prostete seinem Freund zu, und nachdem er einen Schluck getrunken hatte, ließ er erneut seinen Blick durch den Raum gleiten. Dieses Mal achtete er mehr auf die Menschen, als auf die Einrichtung – und da sah er sie.

Ihr Anblick war fast zu viel für ihn. Es war, als würde in seinem Inneren etwas explodieren. Sogleich wurde ihm heiß, und das lag nicht am Champagner. Er fragte sich unweigerlich, warum dieses Mädchen ihm nicht sofort aufgefallen war. Wie hatte er sie in den letzten Minuten nur übersehen können? Sie stand kaum zwanzig Schritte von ihm entfernt.

Wie fast alle Anwesenden hielt auch sie ein Glas in der Hand und redete mit einigen anderen Frauen, die neben ihrer Anmut jedoch allesamt zu verblassen schienen. Das Kleid, das sie trug, war himmelblau. Der seidige Stoff glänzte im Kerzenschein mit den aufgesteckten goldblonden Haaren um die Wette. Die Farbe der Robe schmeichelte ihrem Porzellanteint, ihr Schnitt unterstrich zudem die zierliche Gestalt ihrer Trägerin und betonte durch die kunstvolle Tournüre ihre sanft geschwungene s-förmige Silhouette. Die junge Frau wirkte zart, fast ätherisch in ihrer Schönheit. Wenn er sich nicht täuschte, sah sie dann und wann diskret zu ihnen herüber.

Paul zwang sich zu einem tiefen Atemzug, um seinen inneren Aufruhr ein wenig einzudämmen. »Wer ist das?«, brachte er endlich hervor. Mit einem leichten Kopfnicken deutete er auf die Gruppe junger Frauen, in deren Mitte sie stand. »Ich meine das Mädchen mit den blonden Haaren und dem hellblauen Kleid.«

Georg sah ebenfalls zu den Damen hinüber. Sofort erhellte ein breites Lächeln seine Miene. »Das, mein Freund, ist Helene Claasen, die zukünftige Gräfin von Meyerhoff. Wir sind so gut wie verlobt. Ist sie nicht ein Traum? Ich kann es kaum erwarten, sie endlich zum Altar zu …«

Ein tiefer, nie gekannter Groll stieg unvermittelt in Paul auf und ließ ihn heftig schlucken.

»Dann muss ich dir wohl gratulieren«, unterbrach er seinen Freund. Nicht zum ersten Mal war er dankbar für die Fähigkeit, seine wahren Gefühle sehr gut verbergen zu können, wenn es darauf ankam. Seine Stimme ließ jedenfalls keine Erschütterung erkennen, wie er erleichtert feststellte. Erneut hob er seinen Champagnerkelch. »Bis eben dachte ich noch, ich wäre dein engster Vertrauter. Wolltest du mir irgendwann davon erzählen?«

Georg stieß ein kurzes Lachen aus, doch Paul bemerkte die leichte Unsicherheit, die sich dahinter verbarg. »Sei nicht beleidigt, Paul. Ich wollte es ja tun, glaub mir, aber Claasen hat mich gebeten, es vorerst noch für mich zu behalten. Wenn ich es richtig einschätze, werden wir die Verlobung spätestens zu Weihnachten offiziell machen können.«

»Soso.«

»Aber sieh dir ihre Schwester an. Amalia ist großartig. Du solltest sie unbedingt kennenlernen. Komm, ich werde euch miteinander bekannt machen.«

»Amalia? Welche ist das?«, hakte Paul ein und hielt Georg am Ärmel zurück, der bereits im Begriff war, auf die Gruppe junger Frauen zuzusteuern.

»Sie steht direkt neben Helene. Die Brünette im dunkelgrünen Kleid.«

Paul betrachtete das besagte Fräulein und schüttelte den Kopf. »Das sollen Schwestern sein?«

»Ja, tatsächlich. Glaub mir, Amalia ist eine Wucht.«

»Das sehe ich. Im Gegensatz zu Helene ist sie ganz schön … ähm …«

»Lass dich davon nur nicht täuschen, Paul. Amalias Figur ist vielleicht nicht ganz so zart wie die von Helene, aber das Mädel ist sehr hübsch, irrsinnig klug und herzensgut. Ich mag sie sehr.«

»Na, wenn du sie so wunderbar findest, nimm du sie, und überlass mir das schöne Helenchen.«

Georg lachte erneut. Wahrscheinlich ging er davon aus, dass sein Freund einen Scherz machte. Georg besaß einen ehrlichen und guten Charakter, der keinerlei missgünstige Gefühle zuließ. Deshalb traute er sie auch keinem anderen zu.

Paul sah ein weiteres Mal zu Helene hinüber, ließ seinen Blick wiederholt über ihre grazile Figur gleiten. Plötzlich fühlte er sich wie ein Verdurstender, der die rettende, jedoch unerreichbare Quelle, nach der es ihn so sehr verlangte, direkt vor Augen hatte. Eine nie gekannte Begierde erfasste ihn. Wie gerne hätte er seine Hände um diese zarte Taille gelegt, seine Lippen auf Helenes Rosenmund gepresst …

»Wenn ich bitten darf! Das Buffet ist eröffnet«, dröhnte die Stimme von Ferdinand Claasen durch den Saal und unterbrach seine wenig angemessenen Gedanken.

Paul räusperte sich, um den Bann zu lösen. Er riss seinen Blick von Helene los und bemerkte, dass unterdessen eine große Schiebetür am anderen Ende des Salons geöffnet worden war. Dahinter kamen ein reichhaltiges Buffet und mehrere große Banketttische zum Vorschein.

Ein seltsames Gefühl hatte von Amalia Claasen Besitz ergriffen. Ab dem Moment, als Georg von Meyerhoff und sein Freund den Salon betreten hatten, stand ihre Welt praktisch Kopf. Natürlich war ihr klar, dass das nicht an dem jungen Grafen lag, denn der war ihr bestens vertraut. Den zukünftigen Ehemann ihrer jüngeren Schwester kannte sie bereits seit Kindertagen und schätzte ihn sehr. Vielmehr war der junge Mann, den Georg, wie angekündigt, mitgebracht hatte, der Grund für dieses fremdartige Empfinden. Es war verwirrend, und ihr ganzer Körper schien plötzlich unter einer enormen Anspannung zu stehen. Sie hätte nicht sagen können, ob sie diesen Zustand als angenehm oder doch eher als befremdlich, ja unangebracht empfand.

Vermutlich war dies Paul Magnussen, der Mann, den Helene vorhin erwähnt hatte. Georg hatte oft und gern von ihm und der Familie seines besten Freundes erzählt. So dezent wie nur möglich, sah sie ein weiteres Mal kurz zu den beiden Männern hinüber. Georgs Freund sah tatsächlich ausnehmend gut aus, das stand außer Frage. Er war recht groß, hatte beeindruckend breite Schultern und kurz geschnittenes dunkles Haar. Auch wenn sie auf die Entfernung seine Augenfarbe nicht genau erkennen konnte, wirkte sein Blick wach und aufmerksam.

In dem Moment sah er zu ihnen herüber. Schnell wandte Amalia ihren Blick ab. Es wäre allzu peinlich, wenn er den Eindruck bekäme, dass sie ihn anstarrte, wobei sie genau dies wahrscheinlich gerade getan hatte. Innerlich rief sie sich zur Ordnung und wunderte sich ein wenig über sich selbst. Es sah ihr gar nicht ähnlich, beim bloßen Anblick eines jungen Dandys Herzklopfen zu bekommen. Amalia hatte schlicht keinerlei Interesse an oberflächlichem Geplänkel. Vielmehr fragte sie sich immer wieder, warum alle sich sofort aufführten wie gezierte Modepuppen, sobald ein solventer Mann in den passenden Jahren in Sichtweite kam. Die fast schon gnadenlose Jagd nach einem geeigneten Ehemann, die sämtliche Frauen im heiratsfähigen Alter offenbar zu ihrem gesamten Lebensinhalt machten, war ihr mehr als suspekt. Sie genoss ihre Unabhängigkeit viel zu sehr. In dieser Beziehung war ihr Vater nämlich äußerst großzügig – zumindest ihr gegenüber –, und das war durchaus keine Selbstverständlichkeit. Im Gegensatz zu anderen Eltern, die sie kannte, unterstützte ihr Vater nicht nur ihre Liebe zu Büchern und ihren Drang nach Wissen, er ließ ihr auch sonst recht viele Freiheiten. Ein Ehemann würde schlimmstenfalls bedeuten, dass dieser fortan ihr Leben bestimmte oder sie gar gängelte. Darauf konnte sie sehr gut verzichten.

Amalia schreckte ein wenig auf, als ihr Vater das Buffet eröffnete und sie mit seiner lautstarken Stimme aus ihren Gedanken riss.

»Ich frage mich, wann Georg endlich zu uns herüberkommen wird«, drang nun die helle Stimme ihrer Schwester in ihr Bewusstsein. »Er ist schon einige Zeit hier und hat mich noch nicht einmal begrüßt.«

Helene klang ein wenig beleidigt, aber das verwunderte Amalia nicht. Ihre Schwester war es gewohnt, sofort und überall im Mittelpunkt zu stehen. Es war eine von Georgs angenehmsten Eigenschaften, fand Amalia, dass er Helene dann und wann auf eine sehr subtile Art ein wenig zurück auf den Boden holte. Sie liebte ihre jüngere Schwester von Herzen, doch sie kannte auch Helenes Schwächen. Georg war ein kluger Mann, und Amalia war sich sicher, dass er stets wohlüberlegt handelte. Ihre Schwester musste irgendwann lernen, dass sie nicht zu jeder Zeit der Nabel der Welt war.

»Schau nur«, erwiderte Amalia besänftigend, als sie sah, dass die beiden Männer endlich auf sie zukamen. »Er ist schon auf dem Weg zu uns, dein Georg.«

»Meine Damen.«

Amalia bemerkte, dass die Blicke beider Männer allein auf Helene gerichtet waren, doch auch das war nichts Neues für sie. Helenes Schönheit hatte nun einmal diese Wirkung auf das männliche Geschlecht.

Georg ergriff die Hand seiner zukünftigen Verlobten und

deutete einen formvollendeten Handkuss an. »Helene, es ist mir eine Freude. Du bist wunderschön wie immer, meine Teure.« Er wandte sich an Amalia und bedachte sie ebenfalls mit einem Handkuss. »Amalia, auch du siehst heute Abend entzückend aus, wenn ich das bemerken darf.«

»Du darfst, Georg. Vielen Dank.« Sie rechnete es Georg von Meyerhoff hoch an, dass er immer darauf achtete, sie nicht zu sehr in den Hintergrund treten zu lassen. Nicht alle Männer benahmen sich so rücksichtsvoll. Meistens nahm niemand mehr Notiz von ihr, sobald Helene neben ihr stand. In der Regel machte es ihr nichts aus. Einerseits war es ihr tatsächlich nicht besonders wichtig, andererseits hatte sie sich mit den Jahren schlicht daran gewöhnt. Sie war damit aufgewachsen, dass der Liebreiz ihrer Schwester andere Menschen geradezu blendete. Das war schon in ihrer Kindheit so gewesen. Und nicht selten empfand Amalia sogar Dankbarkeit für diese Tatsache, denn sie beobachtete ihr Umfeld lieber, und das ging nun einmal viel einfacher, wenn man unscheinbar im Hintergrund blieb und niemand groß auf einen achtete.

»Darf ich euch meinen guten Freund Paul Magnussen vorstellen?«, hörte sie Georg fragen. Auch Magnussen beugte sich über Helenes Hand. Wenn Amalia sich nicht täuschte, dauerte die höfliche Begrüßung eine Spur länger als bei Georg. Und es schien fast, als würden seine Lippen die Berührung nicht nur andeuten, so wie es der gute Ton verlangte. Als der junge Mann kurz darauf auch ihre Hand ergriff, spürte sie ein zartes, aber deutliches Ziehen in ihrem Unterbauch. Für einen kurzen Augenblick war sie irritiert.

»Fräulein Claasen.« Als er sich nach kaum einer Sekunde

wieder aufrichtete, bemerkte sie, dass seine Augen von einem außergewöhnlich beeindruckenden Blau waren. So intensiv blau wie ihre Lieblingsblumen: wilde Kornblumen.

Hastig wandte sie den Blick ab und sah ihre Schwester an. Doch Helenes Anblick erschreckte sie fast noch mehr als ihre eigene Reaktion. Völlig selbstvergessen starrte Helene noch immer auf ihren behandschuhten Handrücken. Erleichtert stellte Amalia fest, dass Georg gerade in ein Gespräch mit einem Bekannten vertieft war, der soeben an ihrer kleinen Gruppe vorbeigeschlendert war, und auch Magnussen konzentrierte sich nun auf die beiden anderen Männer.

In der Hoffnung, ihre Schwester aus der Erstarrung zu lösen, hüstelte sie leise. Zum Glück zeigte ihr diskretes Eingreifen die erhoffte Wirkung. Georg beendete in dieser Sekunde sein Gespräch, und Helene ergriff sofort seinen dargebotenen Arm. Gemeinsam gingen sie voran in den angrenzenden Raum.

»Erlauben Sie mir, Sie zum Buffet zu geleiten, Fräulein Claasen?« Galant bot Paul Magnussen ihr seinen Arm an, und wie es von ihr erwartet wurde, legte sie leicht ihre Hand darauf.

»Sehr gerne.« Amalia zwang sich zu einem höflichen Lächeln, doch während Magnussen sie in den Nebenraum führte, klopfte ihr Herz so stark, dass es ihr fast den Atem raubte.

Das Abendessen hatte nur etwas mehr als eine Stunde gedauert. Einerseits hätte Paul gerne noch länger die bezaubernde Helene Claasen angesehen, andererseits war er froh darüber, dass nun endlich das erhoffte Gespräch mit Ferdinand Claasen stattfand. Gemeinsam mit Georg saßen sie nun bei Cognac und Zigarren im Arbeitszimmer des Hausherrn. Im Gegensatz zum prunkvoll ausgestatteten Salon war dieser Raum fast schon spartanisch eingerichtet. Ein schlichter Schreibtisch aus dunkler Eiche, ein paar Aktenschränke und eine kleine Sitzgruppe, die aus vier blau gepolsterten Sesseln und einem schmucklosen Kaffeetisch bestand, bildeten das gesamte Mobiliar. Das einzig auffällige Detail in diesem Zimmer war das lebensgroße Ölgemälde einer Frau, die eine prachtvolle dunkelblaue Abendrobe trug. Es hing direkt gegenüber dem Arbeitsplatz, an der schmalen Wand zwischen den beiden hohen Fenstern. Die Dame auf dem Bild sah Amalia Claasen auffallend ähnlich, deshalb nahm Paul an, dass es sich um ein Porträt der früh verstorbenen Gattin ihres Gastgebers handelte.

»Sie gefallen mir, Magnussen«, sagte Claasen, nachdem Paul sein Anliegen vorgetragen hatte. Der ältere Mann schenkte ihnen Cognac nach, und Pauls Herz schlug mit einem Mal etwas schneller. Sollte er endlich Erfolg haben? »Vor allem aber gefällt mir Ihr Sinn für das Geschäft«, fuhr Ferdinand Claasen fort. »Ihre Begeisterung erinnert mich an die Leidenschaft, die auch mich stets antrieb.« Er hob erneut sein Glas, und Paul und Georg taten es ihm nach.

»Das freut mich«, erwiderte Paul, nachdem er an dem ausgezeichneten Cognac genippt hatte. Ihm fiel angenehm auf, dass sich Claasen viel ruhiger und gesetzter gab, seit sie den Salon verlassen hatten.

»Wie ich Ihnen schon im Vorwege sagte, ist Paul Magnussen ein hervorragender Kaufmann und hat stets den richtigen Riecher, wenn ich das so salopp sagen darf«, warf Georg ein. »Zudem kenne ich ihn seit der gemeinsamen Schulzeit und kann Ihnen versichern, dass er stets integer agiert.«

»Daran habe ich nicht den geringsten Zweifel, mein lieber Graf.«

»Darf ich dann darauf hoffen, dass Sie über meinen Vorschlag nachdenken werden, Herr Claasen?«, fragte Paul. Er hörte selbst, dass seine Stimme zuversichtlich klang.

Zu seiner Verwunderung erhob sich Claasen jedoch in diesem Augenblick ein wenig schwerfällig und mit sichtbar zweifelnder Miene aus seinem Sessel. Er ließ einen lang gezogenen Seufzer hören und ging hinüber zu dem großen Ölgemälde. Dort blieb er mit dem Rücken zu ihnen stehen und schwieg.

»Ich würde Ihnen natürlich eine Beteiligung am Gewinn anbieten«, schob Paul vorsichtshalber nach.

»Geld habe ich genug, das interessiert mich im Grunde nicht mehr«, antwortete Claasen nach einer weiteren Weile des Schweigens und bremste Pauls Hoffnung auf Erfolg damit deutlich aus.

Er atmete tief durch, wollte sich schon erheben und für die Gastfreundschaft danken, doch da fuhr Claasen plötzlich fort, und Pauls Zuversicht kehrte mit einem Schlag zurück.

»Unter gewissen Voraussetzungen würde ich Ihnen dennoch helfen, Magnussen«, sagte er, ohne sich zu ihnen umzudrehen. Paul konnte sein Glück kaum fassen. Er sah Georg an, und auch sein Freund lächelte triumphierend und nickte.

»Ich danke Ihnen sehr, Herr Claasen«, brachte Paul endlich hervor.

»Nicht so hastig, mein junger Freund. Sie sollten sich zunächst anhören, was ich dafür von Ihnen erwarte.« Der ältere Mann wandte sich ihnen wieder zu, blieb aber an Ort und Stelle stehen. Er schob seine Daumen in die kleinen Taschen der blaugrünen Seidenweste, die er unter einem nachtblauen Gehrock trug, und fixierte Paul mit eindringlichem Blick. »Ich würde Ihnen das nötige Kapital in Form eines zinsfreien und zeitlich unbegrenzten Kredits bewilligen, jedoch nur, wenn Sie eine Bedingung akzeptieren, die nicht verhandelbar ist.«

»Und die wäre?«, fragte Paul mit klopfendem Herzen. Zinsfrei und zeitlich unbegrenzt! Die beiden Begriffe schienen wahre Purzelbäume in seinem Kopf zu schlagen.

»An einer Beteiligung an Ihrem Geschäft liegt mir nichts. Ich besitze eine Textilfabrik, die jede Menge Gewinn abwirft, und eine ebenso profitable Privatbank, das reicht mir völlig.« Claasen hob sein breites Kinn ein wenig an. »Ich gebe Ihnen das Geld, wenn Sie meine Tochter heiraten, Magnussen.«

Für einen kurzen Moment war Paul sprachlos. Nacheinander sah er in die Gesichter der beiden anderen Männer, doch die blickten ihn nur erwartungsvoll an.

»Ich soll Ihre Tochter heiraten?« Für den Bruchteil einer Sekunde keimte die wilde, doch völlig absurde Hoffnung in ihm auf, Claasen könnte vielleicht von Helene sprechen. Innerlich rief er sich zur Ordnung. Das war natürlich Unsinn. Schließlich wusste er ja, dass die Verlobung zwischen ihr und Georg so gut wie perfekt war. Die schöne Helene würde für ihn allezeit unerreichbar bleiben, da sollte er sich nichts vormachen. Im nächsten Augenblick erstickte Claasen dann auch den letzten Rest des Hoffnungsschimmers.

»Ja, genau das wäre meine Bedingung. Sie heiraten meine Amalia. Das ist jedoch noch nicht alles, Magnussen. Ich erwarte, dass Sie ihr zuvor angemessen den Hof machen. Ich kenne meine Tochter. Sie ist ein wahres Juwel, ein richtiger

Schlaukopf, und Sie sollten wissen, dass sie ganz und gar nicht auf einen Ehemann aus ist. Nicht nur, was das angeht, unterscheidet sie sich maßgeblich von ihren Altersgenossinnen. Mit anderen Worten: Ich bin davon überzeugt, dass sie allein aus Liebe in eine Heirat einwilligen wird. Sie müssen sie also unbedingt davon überzeugen, dass Sie rasend in sie verliebt sind, und gleichzeitig dafür sorgen, dass sie sich vollkommen und rettungslos in Sie verliebt, mein Lieber. Sie sehen mir hoffentlich nach, dass ich mich bereits über Sie informiert habe. Ich weiß, dass es Ihnen kaum schwerfallen dürfte, meine Tochter um den Finger zu wickeln. Ihr Ruf in Bezug auf das weibliche Geschlecht eilt ihnen voraus. Sie haben offensichtlich eine natürliche Begabung und verfügen unbestreitbar über ein ausnehmend gutes Aussehen. Offenbar lieben die Damen Sie, Magnussen. Dennoch rate ich Ihnen, bei meiner Tochter vorsichtiger vorzugehen. Sie ist nicht so leicht zu beeindrucken wie andere Mädchen in ihrem Alter.«

»Amalia also«, murmelte Paul leise. Er musste sich räuspern.

»Im Gegenzug bekommen Sie von mir das nötige Kapital, um zu expandieren. Und glauben Sie mir, es wird eine außerordentlich großzügige Summe sein. Ich kann Ihnen versprechen, dass Sie mit Amalia eine wundervolle und ganz besondere Frau an Ihrer Seite haben werden. Wenn Sie klug genug sind, werden Sie das sehr bald zu schätzen wissen. Meine Tochter weiß bereits jetzt eine Menge über geschäftliche Dinge. Ich habe sie in ihrem Wissensdurst stets unterstützt und sie gewähren lassen. Nun gut, vielleicht lag das auch daran, dass mir ein Sohn versagt geblieben ist, aber ich bereue es nicht. Nur so viel: Amalia wird Ihnen in jeder Lebenslage eine wirkliche

Partnerin sein, das versichere ich Ihnen. Denn wie ich schon sagte, ist sie ein wahres Juwel.«

Paul ließ das Gehörte auf sich wirken. Er hatte die Lösung seines Problems direkt vor Augen. Claasen reichte sie ihm sozusagen auf dem Silbertablett, und er brauchte nur noch zuzugreifen. Er dachte an Amalia Claasen. Neben ihrer wunderschönen Schwester war sie ihm fast farblos erschienen, jedoch war sie alles andere als hässlich. Um die Taille war sie vielleicht eine Spur zu füllig, doch im Grunde war sie recht hübsch, das musste er zugeben. Mit Helene ließ sie sich dennoch nicht vergleichen, so viel war klar.

»Geben Sie mir bitte ein paar Minuten«, sagte er schließlich.

»Natürlich«, erwiderte Claasen. »Wenn Sie wollen, können wir zunächst auch wieder zu den anderen Gästen in den Salon zurückkehren und zum Ende der Abendgesellschaft noch einmal darüber sprechen. Sie hätten dann die Möglichkeit, Amalia genauer in Augenschein zu nehmen und vielleicht das eine oder andere Wort mit ihr zu wechseln.«

»Das heißt, Sie wollen noch heute eine Antwort von mir?«

»Das ist richtig. Zumindest, was Ihr aufrichtiges Interesse an meinem Vorschlag angeht. Und wenn ich noch etwas hinzufügen darf: Sie dürfen es gerne als Kompliment betrachten, dass ich Ihnen die Heirat mit meiner Ältesten anbiete. Wie gesagt, habe ich mich bereits über Sie informiert.« Claasen sah noch einmal hoch zu dem Ölgemälde. »Ich habe meiner Frau am Sterbebett versprechen müssen, dass Amalia auf jeden Fall vor ihren jüngeren Schwestern heiraten wird, und dieses Versprechen werde ich halten. Meine Frederike hatte in vielen

Dingen eine etwas altmodische Einstellung, doch in diesem Punkt stimme ich ihr sogar zu.« Claasens Blick glitt kurz zu Georg. »Bernadette, meine jüngste Tochter ist noch ein Kind. Sie ist gerade vierzehn Jahre alt geworden und hat noch genug Zeit. Einer offiziellen Verlobung zwischen Graf von Meyerhoff und Helene kann ich jedoch erst zustimmen, sobald Amalia ebenfalls die Ehe versprochen wurde. Sie würden also nicht allein sich selbst einen Gefallen tun, Magnussen.«

Paul sah erneut seinen Freund an, der bei diesen Worten hinunter auf seine eigenen Hände schaute. »Nun gut«, wandte er sich wieder an Claasen. »Geben Sie mir eine Stunde, dann bekommen Sie meine Antwort.«

Claasen nickte, strich sich mit Daumen und Zeigefinger über den breiten Backenbart, und sein Blick wanderte erneut zum Porträt seiner verstorbenen Frau hinauf. »Dann gehen Sie beide schon mal voraus, meine Herren. Ich brauche hier noch ein paar Minuten.«

Bereits auf dem Weg zurück zur Gesellschaft versuchte sich Paul mit der Tatsache abzufinden, dass seine Entscheidung bereits gefallen war. Dennoch war er es seinem Stolz schuldig gewesen, nicht sofort zuzustimmen. Kurz bevor sie erneut den Salon betraten, griff er nach dem Arm seines Freundes und hielt ihn zurück.

»Du hast das gewusst, nicht wahr, Georg?«, fragte er. »Claasen hatte sich bereits über mich informiert, das heißt, er wusste von meinem Anliegen. Und dir war ebenfalls schon vor heute Abend klar, welche Bedingung Claasen mir stellen würde.«

Der Blick seines ältesten Freundes senkte sich kurz, dann

nickte er. »Zugegeben, ich habe im Vorfelde bereits mit Claasen gesprochen. Hätte ich dir jedoch gesagt, was dich erwartet …«

»Hätte das rein gar nichts geändert, mein Lieber.« Paul zwang sich zu einem Lächeln, und die Erleichterung war seinem Freund anzusehen.

Wenn er ehrlich war, konnte er es Georg tatsächlich nicht verdenken, dass dieser jede Möglichkeit beim Schopf packte, um Helene Claasen endlich heiraten zu können. Er selbst hatte bisher noch keinen ernsthaften Gedanken an die Ehe verschwendet, doch ein einziger Blick auf Helene hatte auch bei ihm einen Instinkt wachgerufen, der ihm bis heute fremd gewesen war. Er hatte sofort das unvernünftige Bedürfnis verspürt, dieses wunderschöne Geschöpf auf der Stelle zu seiner Frau zu machen, damit niemals mehr ein anderer Mann seine Hände auf sie legen konnte. Nun galt es, diesen heftigen Drang im Keim zu ersticken, denn wenn es stimmte, was Claasen über Amalia gesagt hatte – und davon ging er aus –, durfte er Helene noch nicht einmal mehr ansehen. Helene Claasen war die Verlobte seines besten Freundes, und er würde ihrer Schwester den Hof machen, damit sollte er sich lieber gleich abfinden.

»Lass uns wieder hineingehen, damit ich meine Zukünftige ein wenig besser kennenlernen kann«, sagte er schließlich.

Obwohl Amalia sich gerade in einer intensiven Unterhaltung mit Hildegard Kröger, einer langjährigen Freundin ihres Vaters, befand, spürte sie instinktiv, in welchem Augenblick Paul Magnussen erneut den Salon betrat. Es war nicht viel mehr als ein leichtes Kribbeln im Nacken, doch sie wusste sofort, was es bedeutete, und das bestürzte sie geradezu. Sie hatte genug Bücher gelesen, um zu wissen, was da gerade mit ihr passierte. Das aufwühlende Gefühl wurde sogar noch stärker, als Paul Magnussen dicht an ihr vorbeiging und der Ärmel seines Gehrocks leicht ihren Arm streifte.

»Geht es dir gut, mein Kind? Du bist etwas blass um die Nase«, hörte sie Hildegard mit hörbar besorgter Stimme fragen.

»Oh doch, mir geht es fantastisch, Hilde«, antwortete sie schnell. »Mir ist nur ein bisschen warm, das ist alles.«

»Du hast auch keinen Fächer bei dir, Liebes.«

»Ach … ja, ich muss ihn wohl oben vergessen haben.« Aus dem Augenwinkel sah Amalia, dass sich Paul Magnussen einige Meter von ihr entfernt vor dem Kamin postierte. Sie bräuchte den Kopf nur ein wenig zur Seite zu drehen und könnte ihn direkt ansehen, was sie natürlich nicht tat. Doch sie spürte, dass er sie anschaute, und das machte die Sache nicht unbedingt leichter für sie, denn ihr wollte einfach kein Grund für sein Interesse an ihr einfallen.

»Nun gut. Vielleicht solltest du ein wenig … Ah, ich sehe deinen Vater zurückkommen. Ich habe noch etwas mit ihm zu besprechen. Du entschuldigst mich doch, nicht wahr?«

»Aber natürlich.« Amalia setzte ein besonders liebenswürdiges Lächeln auf, bevor Hildegard davonrauschte. Die ältere Frau war jedoch kaum verschwunden, da fühlte sie sich auch schon ein wenig verloren. Sie schaute sich um. Die große Doppeltür zum Speisesaal war inzwischen wieder geschlossen worden. In einem etwas abgelegenen Teil des Salons, dort wo sich der Zugang zum Garten befand, sorgte ein Streichquartett für angemessen dezente Hintergrundmusik. Nicht weit davon entfernt saßen Georg und Helene an einem kleinen Tisch. Offenbar lauschten sie überwiegend der Musik, denn Amalia fiel auf, dass sie kaum ein Wort miteinander wechselten.

Nach dem Essen hatten sich die Gäste ihres Vaters erneut in kleinen Grüppchen zusammengefunden und betrieben die übliche Konversation. Amalia überlegte, zu welcher Gruppe sie sich gesellen könnte, doch da ihr die Entscheidung schwerfiel, blieb sie an Ort und Stelle stehen. Eigentlich mochte sie diese Abendgesellschaften nicht besonders. Die Gespräche blieben meist oberflächlich und nichtssagend.

Nachdenklich nippte sie an ihrem Champagner, der unterdessen viel zu warm geworden war. Schließlich riskierte sie doch noch einen Blick hinüber zum Kamin und bemerkte überrascht, dass auch Magnussen gerade zu ihr herübersah. Er stand ebenfalls alleine da, und als sich ihre Blicke trafen, lächelte er ihr zu und nickte leicht. Amalia schaffte es tatsächlich zurückzulächeln. Zwar hoffte sie, dass ihr Gesichtsausdruck dabei nicht allzu verkrampft wirken würde, doch sie erwiderte seine höfliche Geste. Eigentlich hätte sie wissen müssen, dass er daraufhin zu ihr kommen würde, aber ein leiser Schreck fuhr ihr dennoch in die Glieder, als er es tatsächlich tat.

»Fräulein Claasen, darf ich Ihnen ein frisches Glas Champagner besorgen?«

Ihr Herz schlug schnell, viel zu schnell. »Sie sind sehr aufmerksam, Herr Magnussen. Habe ich nach dem Trinken etwa das Gesicht verzogen? Himmel, sagen Sie bitte, dass ich es nicht getan habe.«

Oh Gott, habe ich ihn das wirklich gefragt? Ihr Vater hatte offenbar recht, wenn er behauptete, dass sie ganz besonders zum Übermut neigte, sobald sie aufgeregt war. Magnussens leises Lachen gab ihr seltsamerweise ein gutes Stück ihrer üblichen Selbstsicherheit zurück.

»Keine Sorge. Sie haben sich nichts anmerken lassen. Ich habe ganz einfach eins und eins zusammengezählt. Sie halten Ihr Glas bereits eine ganze Weile in der Hand, da musste der Champagner ja warm geworden sein.« Wieder schenkte er ihr sein umwerfendes Lächeln. »Im Vertrauen, meiner ist es auch«, fügte er augenzwinkernd hinzu.

Wie aufs Stichwort kam in diesem Augenblick eines der Dienstmädchen mit einem Tablett vorbei. Magnussen nahm Amalia ihr Glas aus der Hand und wechselte beide aus. Ihr gefiel, dass er sich danach höflich bei dem Mädchen bedankte. Er reichte ihr einen der Kelche und prostete ihr munter zu. »Der ist schön kalt. Nun laufen wir wohl keine Gefahr mehr, ungehörige Grimassen zu ziehen. Was für ein Glück; unser guter Ruf ist gesichert.«

Amalia unterdrückte den Impuls zu kichern. »Da haben Sie wohl recht.«

»Kommen Sie, wir schnappen uns dort hinten den kleinen Tisch, dann können wir unsere Gläser abstellen und uns ein wenig unterhalten, wenn Sie mögen.« Er deutete auf eine etwas abgelegene Sitzecke, die einzig aus zwei Sesseln und einem winzigen Beistelltisch bestand.

Amalia fühlte gleichzeitig Erstaunen, Freude und noch jede Menge anderer Gefühle in sich aufkeimen, die sie kaum zu deuten wusste. Die Mischung stürzte sie in tiefe Verwirrung, und es ärgerte sie, dass sie für einige Sekunden in eine Art Starre verfiel. Doch Paul Magnussen schien all dies überhaupt nicht zu bemerken. Ohne eine Reaktion von ihr abzuwarten, legte er sanft seine Hand an ihren Ellenbogen, führte sie zur Sitzecke und verhinderte so einen peinlichen Moment. Amalia atmete tief durch und versuchte sich zu sammeln, was ihr auch weitestgehend gelang.

»Georg verriet mir vorhin, dass sie sehr gerne lesen«, eröffnete er das Gespräch, nachdem sie Platz genommen hatten.

Sie nickte und wunderte sich ein bisschen, dass die beiden Männer überhaupt über sie gesprochen hatten. »Ja, das ist richtig«, antwortete sie und war vor allem froh darüber, dass ihre seltsame Verwirrung sich wieder verflüchtigt hatte. »Zum Glück besitzt mein Vater eine recht große Bibliothek, so werde ich wohl noch einige Jahre gut zu tun haben.«

»Welche Art von Literatur bevorzugen Sie?«, fragte er.

»Ich lese gerne Gedichte, wie die von Lenau und Rückert zum Beispiel. Die tiefgründigen Heimatgedichte von Theodor Storm gefallen mir ausnehmend gut, aber auch Romane und Novellen mag ich sehr. Leider gibt es in der Bibliothek meines Vaters keine neueren Werke dieser Art, das bedaure ich manchmal.«

Er nickte. Wenn sie sich nicht irrte, wirkte sein tiefblauer Blick tatsächlich interessiert. »Gedichte mag ich auch«, ließ er sie wissen. »Nach einem arbeitsreichen Tag tragen sie sehr zur inneren Ruhe bei. Sicherlich haben Sie auch einige Veröffentlichungen von Frau Ebner-Eschenbach gelesen, nicht wahr?«

»Aber natürlich.« Amalia griff nach ihrem Glas. »Sie geht sehr schön mit unserer Sprache um, doch wenn ich ehrlich bin, sind mir ihre thematischen Umsetzungen dann und wann ein wenig zu streng.«

»Interessant«, sagte er und nickte. »Mir ergeht es mit ihrer Lyrik ähnlich. Manchmal fühlt man sich richtig gemaßregelt, hab ich recht?«

Eine ganze Weile tauschten sie sich über verschiedenste Gedichte und Novellen aus, die sie beide gelesen hatten, doch dann entstand plötzlich eine kleine Pause.

Amalia griff erneut nach ihrem Glas, um die aufkommende Verlegenheit zu überspielen. Unvermittelt wurde ihr klar, dass sie die anderen Gäste im Salon vollkommen vergessen hatte, seit sie hier mit ihm saß. »Sie müssen sich wirklich nicht die ganze Zeit allein um mich kümmern, Herr Magnussen. Die Abendgesellschaft geht bereits ihrem Ende entgegen, und Sie möchten doch sicherlich …«

»Sicherlich möchte ich jetzt genau hier sein, mit Ihnen, Fräulein Amalia«, unterbrach er sie mit fester Stimme.

Tief in ihrem Bauch begann es heftig zu kribbeln. Amalia war versucht, ihm zu glauben. Sie musste zugeben, dass er ihr während ihrer Unterhaltung nicht ein einziges Mal das Gefühl vermittelt hatte, er würde sich langweilen. Zudem hatte er sich vollkommen auf sie konzentriert, das allein war schon bemerkenswert, wie sie fand, denn schließlich hielt sich Helene auch noch im Raum auf. Wenn sie sich zu Beginn ihrer Bekanntschaft nicht fürchterlich geirrt hatte, war er, so wie die meisten Männer, äußerst angetan von ihrer schönen Schwester gewesen. Und doch war sein Blick nicht ein einziges Mal hinüber zu Georg und Helene gewandert.

»Sie schmeicheln mir, Herr Magnussen.«

»Im Gegenteil. Ich fühle mich geschmeichelt, dass Sie mir Ihre ganze Aufmerksamkeit schenken, meine Teure.« Sein

Lächeln war ebenso überwältigend wie die Empfindungen, die er mit seinen Worten in ihr auslöste.

Etwas später, als sich die Gesellschaft langsam auflöste und auch er sich schließlich von ihr verabschiedete, griff er nach ihrer Hand und sah ihr tief in die Augen. »Es war mir ein besonderes Vergnügen, Sie kennenlernen zu dürfen, Fräulein Amalia. Das anregende Gespräch mit Ihnen habe ich über alle Maßen genossen. Offenbar teilen wir einige Interessen. Ich hoffe sehr, wir sehen uns bald wieder.«

Mit diesen Worten drückte er seine Lippen auf ihren Handrücken. Durch die hauchdünne Seide ihres Abendhandschuhs spürte sie eine Hitze, die sich von dort aus über ihren gesamten Körper auszubreiten schien. Innerlich noch immer bebend, sah sie zu, wie Magnussen zu ihrem Vater ging und sich auch von ihm verabschiedete, noch einige Worte und einen festen Händedruck mit ihm wechselte und dann zusammen mit Georg von Meyerhoff durch die Haustür verschwand. Als er fort war, fühlte sie sich plötzlich einsam und leer.

Nach einer schlaflosen Nacht voller Grübeleien saß Amalia vollkommen übermüdet am Frühstückstisch. Eigentlich war alles wie jeden Morgen, doch der gestrige Abend hatte eine Menge für sie verändert. Sie verspürte eine seltsame Beklommenheit, die sie nicht einzuordnen wusste. Daran hatte auch das nächtliche und selbstverständlich heimliche Gespräch mit ihrer Freundin Gertrud nichts ändern können.

Gerti, wie sie alle nannten, hatte bereits ungeduldig darauf gewartet, dass Amalia nach der Gesellschaft endlich nach oben kam. Wie verabredet, war Amalia zuvor noch kurz bei Helene im Zimmer gewesen, damit sie sich gegenseitig Kleid und Mieder öffnen konnten, doch gleich danach hatten Gerti und sie gemeinsam auf Amalias Bett gesessen und sich leise, fast flüsternd, ausgetauscht. Gerti hörte sich gerne den neuesten Klatsch an, vor allem aber mochte sie es, sich die Abendroben der Damen genau beschreiben zu lassen. Bei der Erinnerung an die letzte Nacht musste Amalia lächeln, denn natürlich war dieses Gespräch mit ihrer Freundin ganz anders verlaufen als jedes vorherige.

»Und er hat sich tatsächlich allein mit dir an diesen Tisch gesetzt?«, hatte Gerti aufgeregt gefragt, nachdem Amalia ihr von dem aufwühlenden Abend berichtet hatte.

»Ja, stell dir vor. Und er hat mir seine ungeteilte Aufmerksamkeit geschenkt, das war mir fast ein wenig peinlich.«

»Ach was. Warum denn nur, Amalia? Wenn du mich fragst, wird es Zeit, dass endlich mal ein Mann erkennt, wie unglaublich wunderbar du bist.«

»Du übertreibst, Gerti. Maßlos. Aber ich danke dir dafür … Und für deine Freundschaft.«

Amalia liebte Gertrud wie eine Schwester. Sie war die Tochter von Margot Schneider, der Haushälterin und Köchin im Hause Claasen. Solange Amalia denken konnte, führte Margot das Haus und die Bediensteten mit fester, aber stets liebevoller Hand. Ihr Mann war viele Jahre der Kutscher, vielleicht sogar der beste Freund ihres Vaters gewesen. Vor einigen Jahren war Heinrich Schneider dann überraschend gestorben, und sie hatten alle sehr um ihn getrauert. Gertrud war etwas mehr als drei Jahre jünger als sie selbst, doch seit ihren Kindertagen gab es viele Gemeinsamkeiten zwischen ihr und Margots

Tochter. Sie waren engste Freundinnen geworden. Das war auch heute noch so, selbst wenn sie sich jetzt nicht mehr ganz so häufig sahen. Das lag vor allem an Gertruds Arbeit. Ihr Vater hatte früh dafür gesorgt, dass Gerti gemeinsam mit ihr und Helene vom Hauslehrer unterrichtet wurde, um danach eine gute Ausbildung absolvieren zu können. So war sie Schneiderin geworden, worüber sich alle im Haus einige Zeit amüsiert hatten, da Gertis Nachname offenbar ein Omen gewesen war. Inzwischen arbeitete Gertrud in der Maßschneiderei Claasen am Jungfernstieg und war sehr glücklich damit.

Gedankenvoll riss Amalia kleine Stückchen von einer Scheibe Rosinenbrot ab und schob sie sich in den Mund. Im Augenblick war sie einfach nur froh, dass sie hier in Ruhe sitzen und vor sich hin starren durfte. Niemand verlangte, dass sie ihm ihre Aufmerksamkeit schenkte oder sich gar an einer Unterhaltung beteiligte. So wie es aussah, lag Helene noch im Bett, denn sie war noch gar nicht erschienen. Das war allerdings nicht besonders ungewöhnlich. Helene war noch nie eine Frühaufsteherin gewesen.

Bernadette, ihre jüngste Schwester, hatte wie üblich viel zu hastig gefrühstückt, dabei gewohnt viel geplappert und war schon wenige Minuten später im Studierzimmer verschwunden. Der pflichtbewusste Hauslehrer war pünktlich zum Unterricht erschienen, und Bernadette hatte es gerade noch so geschafft, ebenfalls rechtzeitig im Schulzimmer zu sein.

Nun saß Amalia allein mit ihrem Vater am Tisch, und es war wieder die morgendliche Ruhe eingekehrt, die sie beide so liebten. Wie jeden Morgen saß er still am Kopfende des Tisches, griff dann und wann nach seiner Kaffeetasse und las seine Morgenzeitung. Alles war wie sonst, doch Amalia fühlte sich noch immer aufgewühlt, erschöpft und seltsam irritiert.

Als eines der Dienstmädchen kurz an der Tür klopfte und mit einem kleinen Tablett hereinkam, blickte Amalia zunächst kaum auf, doch dann fiel ihr Name, und ihr Herzschlag beschleunigte sich auf der Stelle.

»Ein Bote hat das soeben für Fräulein Amalia abgegeben«, teilte das Mädchen ihrem Vater mit und hielt ihm das Tablett hin, auf dem ein kleines Päckchen lag.

»Nun, dann sollten Sie das wohl auch meiner Tochter bringen und nicht mir, Grete.«

»Natürlich.« Das Mädchen wurde ein bisschen rot, knickste kurz und kam zu Amalia, um nun ihr das Tablett zu reichen.

Tatsächlich war auf dem Einwickelpapier handgeschrieben und in großen, klaren Buchstaben ihr Name zu lesen: Fräulein Amalia Claasen. Ihre Kehle wurde ein wenig eng, als sie mit zitternden Händen nach dem Päckchen griff und es unschlüssig betrachtete. Das Mädchen knickste erneut und verschwand.

»Willst du es nicht öffnen?«, fragte ihr Vater.

»Ist das … ist das von dir, Papa?« Amalia hörte selbst, dass ihre Stimme hoffnungsvoll, aber auch ein wenig zittrig klang.

»Hast du etwa Geburtstag, oder gibt es sonst irgendeinen Anlass, mein Kind?«

»Nein.«

»Da hast du deine Antwort.« Er lächelte milde und strich sich in einer vertrauten Geste über seinen mächtigen Backenbart. »Du weißt sehr gut, dass ich ohne jeden Grund nur selten Geschenke mache. Und warum sollte ich dir auch etwas per Boten schicken, das wäre doch albern, oder?«, setzte er noch hinzu.

»Da hast du natürlich recht.« Ihre Stimme zitterte noch immer, und seine Antwort trug nicht zu ihrer Beruhigung bei.

»Na, nun mach es schon auf«, forderte ihr Vater sie auf. Er faltete seine Zeitung zusammen und sah sie über den Tisch hinweg an. »Mich interessiert schließlich auch, was sich in diesem Päckchen befindet.«

Mit fahrigen Fingern zog sie an der kleinen Schnur und öffnete das schlichte braune Papier.

»Oh!«, rief sie schließlich aus. »Oh!«, wiederholte sie dann ein weiteres Mal.

»Was ist es?«

»Es ist … es ist die Buchausgabe von *Effi Briest*, Papa. Sie ist erst in diesem Jahr erschienen, wie ich weiß.«

»Hm, hatte Fontane das nicht bereits in der Deutschen Rundschau veröffentlicht?«

Amalia nickte. Die Freude raubte ihr fast den Atem. »Ja, ich glaube, in zwei Teilen. In diesem Jahr ist es jedoch als Buch erschienen. Ich habe bereits davon gehört. Sieh nur, wie wundervoll es aussieht, Papa! Der hübsche blaue Einband aus Leinen und die goldene Schrift! Ach, ist das schön!«

Ihr Vater lachte leise. »Du bist ja völlig aus dem Häuschen, Liebes.« Er griff nach seiner Tasse, nahm einen Schluck Kaffee und räusperte sich verhalten. »Liegt eine Karte dabei?«

»Ja, hier ist eine sehr hübsche Karte«, ließ sie ihn wissen, bevor sie mit klopfendem Herzen vorlas: »Verehrtes Fräulein Amalia, ich hoffe sehr, Ihnen hiermit eine kleine Freude zu bereiten. Ihr ergebener Paul F. Magnussen.«

»Na, der junge Mann weiß offenbar, wie er dich zum Strahlen bringen kann«, sagte ihr Vater lapidar.

»Ja, das ist … Ach, ich weiß gar nicht, was ich davon halten soll, Papa.« Zum wiederholten Mal strich sie liebevoll über den herrlich blauen Buchdeckel. Andächtig fuhr sie mit dem Zeigefinger die goldenen Buchstaben nach. Sie war wirklich überwältigt, das hatte ihr Vater gut erkannt.

»Nun, wenn ich mich nicht irre, hast du in Magnussen einen glühenden Verehrer gefunden. Schon gestern Abend ist er dir nicht mehr von der Seite gewichen. Er schien recht hingerissen von dir zu sein. Denke nicht, das hätte ich nicht bemerkt.«

»Ach, Papa! Daran mag ich gar nicht glauben. Herr Magnussen war einfach nur höflich und aufmerksam. Er hat gesehen, dass ich nach meinem Gespräch mit Hilde allein dastand. Wahrscheinlich fühlte er sich daraufhin verpflichtet und kam deshalb zu mir.«

»Offenbar habt ihr zwei euch aber sehr gut unterhalten, sonst wüsste er wohl kaum um deine Liebe zu Büchern.«

»Er erwähnte, dass er es zuvor von Georg erfahren hatte«, winkte sie ab, doch ihr Herz klopfte nach wie vor viel zu heftig.

Einige Tage später wurde für Amalia ein Kästchen mit edlem Schokoladenkonfekt geliefert. In der Woche darauf folgte ein Korb mit kandierten Früchten und einer kleinen Flasche Kirschlikör. Fortan klingelte in unregelmäßigen Abständen ein Bote an der Tür, und es wurde etwas für sie abgegeben. Neben verschiedenen Naschereien war es auch mal ein seltener Gedichtband, hübsche Seidenhandschuhe oder kleine Säckchen aus Spitze für ihren Wäscheschrank, in die ein herrlich duftendes Potpourri aus getrockneten Blüten eingenäht war. Stets lag eine Karte dabei, auf der Paul Magnussen unermüdlich und mit höflichen Worten seine Verehrung für sie kundtat und seinen Wunsch nach einem Wiedersehen äußerte.

Inzwischen wusste der gesamte Haushalt, dass Amalia seit der letzten Abendgesellschaft einen recht beharrlichen Verehrer hatte. Sie selbst war zugleich beseelt und verwirrt angesichts dieser unerwarteten Entwicklung. Jedes Mal, wenn ein Geschenk ankam, schrieb Amalia ihm eine ebenso freundlich formulierte Dankeskarte, ansonsten hielt sie sich jedoch zurück. Noch immer konnte sie sich kaum vorstellen, dass der umwerfende Paul Magnussen tatsächlich an ihr interessiert sein sollte. So erwartete und fürchtete sie das Ende seiner Bemühungen gleichermaßen. In jeder einzelnen ihrer neuerdings so unruhigen Nächte träumte sie von ihm, und jeden Morgen hoffte sie auf eine neue Nachricht. Doch an den Tagen, an denen sie nichts von ihm hörte, überkam sie eine nie gekannte Traurigkeit, die dunkle Zweifel auf ihre Seele legte. Für Amalia waren diese Erfahrungen vollkommen neu. Auch seine anfangs so bewundernden Blicke für ihre Schwester konnte sie nicht ganz vergessen. Normalerweise war es Helene, die mit allerlei Nettigkeiten von diversen Verehrern bedacht wurde. Es fiel ihr schwer, der Sache zu trauen, denn Paul, wie sie ihn in Gedanken bereits nannte, war ein Mann, der sicherlich jede Frau betören konnte. Immer wieder fragte sie sich, warum er gerade ihr Avancen machte.

Doch dann kam wieder eine Nachricht von ihm, und ihr Herz schlug wahre Purzelbäume vor lauter Freude. Erneut bat er Amalia um ein Treffen, und dieses Mal hatte der Bote die Anweisung erhalten, auf eine Antwort zu warten. Mit gewohnt höflichen Worten schlug Paul einen gemeinsamen Winterspaziergang vor. Inständig hoffe er auf ihre Zustimmung, ließ er sie wissen.

Ein Mann wie er wusste natürlich um die gesellschaftlichen Regeln und würde sich mit ihr ausschließlich in der Öffentlichkeit aufhalten, solange sie miteinander allein waren. Mit klopfendem Herzen und nach kurzer Rücksprache mit ihrem Vater, der wie erwartet nur beifällig und lächelnd nickte, sagte sie zu.

Wie vereinbart, holte Paul sie am folgenden Nachmittag mit einer Droschke ab, und sie genossen einen kleinen Winterspaziergang am Alsterufer. Anschließend lud er sie auf ein Stück Schokoladenkuchen und erlesenen Kaffee in den gut besuchten Alsterpavillon ein, wo er zuvor einen Fensterplatz für sie reserviert hatte. Das berühmte Café bot seinen Gästen einen wundervollen Blick über die winterliche Alster, und Paul ließ sie voller Stolz wissen, dass dort allein seine Röstung ausgeschenkt wurde.

Ihre Gespräche waren anregend und kurzweilig. Amalia mochte es sehr, wenn er begeistert von seinem Geschäft erzählte. Alles, was damit zu tun hatte, fand sie äußerst interessant, und es reizte sie immens, sein Kaffeekontor zu besuchen. Als er sie zwei Stunden später zurück nach Hause brachte, fühlte sich Amalia wie berauscht vor lauter Glückseligkeit.

Eines Morgens, nur wenige Tage nach ihrem gemeinsamen Ausflug mit Paul, räusperte sich ihr Vater, kaum dass Bernadette aus dem Frühstücksraum verschwunden war, und legte seine Zeitung beiseite.

»Ich möchte dir mitteilen, dass Magnussen mich um die offizielle Erlaubnis gebeten hat, dir den Hof zu machen«, sagte er. Sein Blick war ernst auf sie gerichtet.

Amalias Kehle war augenblicklich wie zugeschnürt, und sie musste tief durchatmen. »Oh«, brachte sie schließlich mit heiserer Stimme hervor.

Das Lächeln ihres Vaters wirkte ungewohnt sanft. »Wie du weißt, mag ich den jungen Mann und habe ihm deshalb geantwortet, dass ich seine ernsten Absichten durchaus mit väterlichem Wohlwollen betrachte.«

»Das ist … sehr nett von dir, Papa.«

»Es ist also auch in deinem Sinne?«

»Oh ja!« Nun musste sie sich räuspern.

Ihr Vater lächelte erneut. »Im Übrigen gefällt es mir, dass er mich vorher über sein Vorhaben in Kenntnis setzt. Magnussen weiß offenbar, was sich gehört. Gutes Benehmen ist ja heutzutage keine Selbstverständlichkeit mehr. Auch deiner Mutter hätte das sehr gefallen, nehme ich an.«

»Ja, das stimmt wohl.«

»Nun gut. Dann wäre das ja geklärt«, beendete ihr Vater das Gespräch und griff erneut nach der Morgenzeitung, um sich dahinter zu verschanzen.

Seit ihrer ersten Verabredung und dem darauffolgenden Gespräch mit ihrem Vater verbrachte sie viel Zeit mit Paul. Er kam nun recht häufig zu Besuch oder holte sie zu einem Spaziergang ab. Dabei blieb er stets höflich und hielt sich weiterhin an die Konventionen, um ihren Ruf nicht zu gefährden. Dennoch gab er ihr gleichzeitig das Gefühl, die schönste und wunderbarste Frau auf der Welt zu sein. Seine brennenden Blicke verfolgten sie bis in ihre Träume. Alles in allem wusste Amalia kaum noch, wo ihr der Kopf stand.

Was ihr während dieser aufregenden Zeit jedoch Sorgen bereitete, war ihr Verhältnis zu Helene, die sich immer mehr von ihr zurückzuziehen schien. Wieder und wieder musste Amalia an die Abendgesellschaft denken. Es war unverkennbar gewesen, dass Paul auch auf ihre Schwester großen Eindruck gemacht hatte.

Eines Morgens, ihr Vater hatte bereits das Haus verlassen, blieb Amalia länger am Frühstückstisch sitzen, denn sie wollte endlich mit Helene sprechen. Ihr Verhältnis war immer besonders eng gewesen, und es tat ihr weh, dass sich das verändert hatte.

Sie wartete ab, bis Helene aufgegessen hatte, dann legte sie ihr Buch beiseite und sah ihre Schwester an. »Geht es dir gut, Leni? Hast du gut geschlafen?«

»Ja, danke«, antwortete Helene knapp und nickte. Ihre Schwester war bereits im Begriff, von ihrem Platz aufzustehen.

»Was ist nur los, Leni? Was ist zwischen uns passiert? Habe ich vielleicht etwas Unbedachtes …«

»Nein, das hast du nicht. Warum fragst du?«

»Nun, das liegt doch auf der Hand. Du redest kaum noch mit mir und ziehst dich immer mehr von mir zurück. Ich würde nur gerne wissen, woran das liegen könnte.«

Helene verdrehte die Augen und schnaufte. »Ach, mir geht bloß das ganze Getue wegen Magnussen ein bisschen auf die Nerven, das ist alles.«

»Es ist also wegen Paul. Hm.« Amalia musste schlucken.

»Es liegt ja nicht daran, dass ich ihn dir nicht gönne, oh nein!«, stieß Helene etwas zu hastig hervor. »Ich mag ihn einfach nicht und finde, du hast einen besseren Mann verdient.«

»Wie kannst du bloß so etwas sagen?«

»Dieser Mann kann doch nur ein … ein … Casanova sein, denkst du nicht? Er sieht viel zu gut aus.«

»Zu gut für mich, meinst du?« Amalia wurde die Kehle eng.

»Rede keinen Unsinn.«

»Nun, anders kann ich deine Bemerkung aber nicht deuten.« Amalia seufzte. Sie stand auf, ging hinüber zur anderen Seite des Tisches und setzte sich auf den Stuhl direkt neben Helene, dann legte sie ihre Hand auf die ihrer Schwester. »Weißt du, Leni, ich liebe dich sehr. Du bist einer der wichtigsten Menschen in meinem Leben, und es ist mir ganz und gar nicht gleichgültig, wenn unser Verhältnis sich so verändert wie in der letzten Zeit. Ich habe fast den Eindruck, du bist eifersüchtig oder sogar neidisch auf mich, und das will mir einfach nicht einleuchten.« Als Helene sie unterbrechen wollte, hob Amalia die Hand. »Lass mich bitte ausreden. Du bist wunderschön und wurdest schon immer von den Männern umschwärmt. Zukünftig wirst du mit Georg einen wirklich großartigen Mann an deiner Seite haben. Er liebt dich über alles, wird dich sogar zu einer Gräfin machen und damit all deine Träume erfüllen. Du hast alles Glück der Welt, Leni. Warum nur gönnst du mir meines nicht? Das kann ich einfach nicht verstehen.«

Während sie so eindringlich mit ihrer Schwester sprach, brannten ihr die Tränen in den Augen. Helene starrte sie an, und dann bekam auch sie feuchte Augen. Erst nach einigen stillen Augenblicken beugte sie sich vor und legte ihre Arme um Amalia.

»Ich hab dich auch lieb, und du hast recht, ich war vielleicht ein bisschen neidisch. Weißt du, ich bin es halt nicht gewohnt, dass ein Mann dich anziehender findet als mich. Mein Verhalten war einfach … verabscheuungswürdig.« Helene begann an Amalias Schulter heftig zu schluchzen.

»Ach, meine Kleine. Es ist ja gut.«

Helene richtete sich wieder auf, griff nach einer Serviette und tupfte sich die Augen trocken. »Verzeihst du mir, Amalia?«

»Natürlich verzeihe ich dir. Hauptsache ist doch, dass wir uns wieder gut sind.«

»Ja, das ist die Hauptsache.« Helene lächelte, und die Dankbarkeit stand ihr ins Gesicht geschrieben. Amalia ging es sofort besser. Die Erleichterung ließ sie tief durchatmen.

»Weihnachten steht vor der Tür, und Georg und Paul werden an den Feiertagen unsere Gäste sein. Paul ist ein wunderbarer und aufmerksamer Mann. Er bemüht sich wirklich um mich, Leni. Ich bin so sehr in ihn verliebt«, gab Amalia zu. »Bitte versprich mir, dass du ihm eine Chance gibst.«

Helene nickte heftig. »Ich verspreche es hoch und heilig.«

3. Kapitel

Hamburg, im Februar 1897

Paul war äußerst zufrieden mit sich. Mehr noch, die Werbung um Amalia Claasen machte ihm richtig Spaß. Inzwischen wusste er, womit er sie beeindrucken und begeistern konnte. Das Begehren in ihren jadegrünen Augen schmeichelte ihm und schürte seine männliche Neugierde. Immer häufiger fragte er sich, wie es wohl sein würde, mit ihr zu schlafen. All das machte es ihm etwas leichter, die Gedanken an ihre schöne Schwester im Zaum zu halten. So gut es ging, versuchte er sein Verlangen nach Helene auszublenden und sich ganz und gar auf Amalia zu konzentrieren. Meist gelang ihm das sogar, zumindest bis er nachts allein in seinem Bett lag.

Mit ihrer volleren Figur, dem braunen Haar und den grünen Augen unterschied sich Amalia auffallend von ihrer goldblonden Schwester, deren Zartheit und Grazie und das nahezu engelhafte Strahlen genau seinem Schönheitsideal entsprachen.

Dennoch hatte Amalia es fertiggebracht, ihn wirklich zu überraschen. Er musste zugeben, dass die Gespräche mit ihr kurzweilig waren und er häufig länger über Dinge nachdachte, über die er zuvor mit ihr gesprochen hatte. Ihr Wissensdurst faszinierte und erstaunte ihn. Bisher hatte er noch mit keiner

Frau zu tun gehabt, die sich so umfassend für das Geschäft, ja sogar für den Kaffeeanbau interessierte, wie sie es tat. Was ihre Klugheit anging, hatte Ferdinand Claasen ihm jedenfalls nicht zu viel versprochen. Wie mit einem guten Freund konnte er trefflich mit ihr diskutieren, auch das gefiel ihm. Hinzu kam, dass Amalias offene und ehrliche Wesensart ihn seltsam berührte. Sie gab sich stets vollkommen unverstellt und klar. Für eine Frau im heiratsfähigen Alter war es ungewöhnlich, wenn nicht sogar erstaunlich, dass sie keinerlei Koketterie und Tricks an den Tag legte, um ihn um den Finger zu wickeln. Amalia neigte überhaupt nicht zur Eitelkeit. Meist trug sie schlichte Kleider und Hüte ohne viel Aufputz, Rüschen und Volants.

Paul ordnete zum wiederholten Male die Unterlagen auf seinem Schreibtisch und atmete tief durch, um den leichten Anflug von innerer Unruhe zu unterdrücken. Er erhob sich, ging hinüber zum Fenster seines Kontors und sah einen Moment lang still hinaus. Jetzt, um die späte Mittagszeit, war es etwas ruhiger auf den Straßen als in den geschäftigen Morgenstunden. Das Rufen der Zeitungsjungen und das reißerische Geschrei der fahrenden Händler waren verhallt. Hier und da hörte man noch das Geräusch von Pferdehufen und Kutschenrädern auf dem Kopfsteinpflaster, doch ansonsten war es nahezu still.

Paul zog seine Taschenuhr hervor und warf einen Blick darauf. Nur noch wenige Minuten, dann würden Amalia und ihr Vater eintreffen, um sich das Kaffeekontor anzusehen. Es hing viel von diesem Tag ab, das war Paul durchaus bewusst. Es war ihm wichtig, Claasen zu beeindrucken, denn er wollte schon bald um Amalias Hand anhalten. Viel länger konnte er nicht warten, wenn er den Anschluss an seine Konkurrenz nicht verlieren wollte. Sobald Amalia Claasen seinen Verlobungsring trug, würde er endlich über genug Kapital verfügen, um seine Expansionspläne für das Geschäft in die Tat umzusetzen. Da Claasen darauf bestand, auf dem Laufenden gehalten zu werden, hatte sich Paul in den vergangenen Wochen einige Male mit ihm getroffen. Amalias Vater hatte ihm freie Hand gelassen, was den Zeitpunkt des Antrags betraf, ihn jedoch auch immer wieder ermahnt, vorsichtig vorzugehen, damit nicht doch noch Misstrauen in Amalia aufkeimte. Seine zukünftige Gemahlin durfte auf keinen Fall erfahren, dass ihr Vater ihm einen Kredit gewährte, das war inzwischen auch Paul klar geworden. Amalia war nicht nur besonders klug, sondern auch eine ungewöhnlich ehrbare Frau.

Gerade wollte er sich vom Fenster abwenden, um hinunter in den Laden zu gehen, da sah er auch schon die große schwarze Kutsche von Ferdinand Claasen vorfahren. Auf der Tür glänzte gut sichtbar das goldene Emblem der Claasen-Bank. Pauls Herz begann ein wenig schneller zu schlagen, und in diesem Moment schwor er sich, dass auch er eines Tages ein so prachtvolles Gefährt besitzen würde.

Amalia war tief beeindruckt von Pauls Kaffeekontor. Er hatte ihr bereits viel davon erzählt, doch es ergriff sie fast so etwas wie Ehrfurcht, als sie vor der glänzenden Röstmaschine stand, die Paul ihr und ihrem Vater von seinem Röstmeister vorführen ließ. Es war faszinierend, dabei zuzusehen, wie die Kaffeebohnen in der Maschine fast schon behutsam hin und her bewegt wurden. Den Duft der frisch gerösteten Bohnen fand Amalia herrlich. Sie hätte stundenlang zuschauen können.

Doch auch das Ladengeschäft war eine Augenweide. Die Ausstattung wirkte gediegen und äußerst ansprechend. Hinter einem breiten Eichentresen stand eine schlanke und hochgewachsene Frau. Sie bediente gerade eine Kundin, die gleich mehrere Pfund gerösteten Bohnenkaffee und einen kleinen Kasten Konfekt erstand. Die junge Verkäuferin war auffallend hübsch, das bemerkte Amalia sofort. Sie trug ein adrettes dunkelblaues Kleid mit einer schneeweißen Schürze darüber.

Beim Anblick der honigblonden Haare, die im Nacken zu einem hübschen Knoten zusammengefasst waren, verspürte Amalia einen Anflug von Eifersucht. Normalerweise waren ihr derartige Gefühle fremd. Zudem fand sie die Empfindung äußerst unangebracht und nicht logisch, doch in diesem Fall tat sich ihr Verstand ungewohnt schwer.

Die Kundin bezahlte und verließ sichtlich zufrieden den Laden. Pauls Angestellte ging dazu über, kleine Dosen auf dem Tresen zu sortieren. In diesem Moment sah Amalia einen Goldreif am rechten Ringfinger der Frau aufblitzen. Im Stillen atmete sie erleichtert auf. Sie war froh darüber, dass mit dieser Entdeckung das unangenehme Gefühl sofort verschwand.

»Ich hatte mir eigentlich vorgestellt, dass auch Sie im Laden stehen, Paul«, ließ sie ihn wissen.

»Oh, dann und wann tue ich das auch noch, und es macht mir nach wie vor große Freude«, erwiderte er. »Dennoch müssen so viele andere Dinge erledigt werden, die meine volle Aufmerksamkeit erfordern. Denken Sie nur an die Einfuhr und Lagerung der Bohnen oder an die viele Schreibarbeit, die mit dem Geschäft verbunden ist. Nunmehr verbringe ich die meiste Zeit des Tages oben in meinem Kontor.«

»So sollte es auch sein«, warf ihr Vater lachend ein. »Diese Entwicklung ist vollkommen normal, mein Bester. Ich sage Ihnen, schon in wenigen Monaten werden Sie überhaupt keine Zeit mehr finden, um selbst hinter dem Verkaufstresen zu stehen.«

»Tja, im Grunde strebe ich das ja auch an.« Paul räusperte sich leise. »Jetzt sollten Sie aber endlich meinen besten Kaffee probieren.« Er wechselte einen Blick mit seiner Verkäuferin, die daraufhin lächelnd nickte.

»Ich würde so gerne auch noch einen Blick in Ihr persönliches Büro werfen. Natürlich nur, wenn es Ihnen recht ist«, wandte Amalia sich an Paul und lächelte strahlend zu ihm auf.

»Aber natürlich, Fräulein Amalia. Ich hätte Sie beide jetzt ohnehin dorthin gebeten. Es ist mir eine Ehre, es Ihnen zeigen zu dürfen. Mein Kontor befindet sich im ersten Stock. Wir können gleich hinaufgehen und unseren Kaffee dann oben genießen.« Auch er lächelte, und in ihrem Bauch begann es zu kribbeln. Das Gefühl war ihr inzwischen nur allzu vertraut.

»Ich habe übrigens vor, den Betrieb demnächst deutlich zu vergrößern«, sagte Paul, noch immer an sie gewandt, während sie wieder zurück in die hinteren Räume gingen. Hier war es unterdessen ruhig geworden. Die Röstmaschine stand nun still, und die beiden Arbeiter waren verschwunden. »Darüber habe ich bereits kurz mit Ihrem Herrn Vater gesprochen«, fuhr Paul fort.

»Sie kennen meine Meinung. Ich halte das für ausnehmend vernünftig, junger Mann«, sagte ihr Vater und blieb unweit der

Röstmaschine stehen, um einen weiteren sichtlich interessierten Blick darauf zu werfen. Amalia sah ihrem Vater an, dass auch er von dem kleinen Betrieb begeistert war. »Sie haben sich also endgültig entschieden?«, hörte sie ihn fragen.

»Ja, das habe ich«, antwortete Paul und nickte bekräftigend. Seine Stimme klang dabei fast ein wenig feierlich, fand sie.

»Das freut mich außerordentlich, mein Lieber. Ich halte viel von Ihnen und Ihren ehrgeizigen Plänen, aber das wissen Sie ja bereits. So wie ich Sie einschätze, werden Ihre Veränderungen schon sehr bald von Erfolg gekrönt sein.« Ihr Vater machte eine kleine Pause und sah sich ein weiteres Mal um, bevor er fortfuhr: »Wenn Sie mögen, würde ich Ihnen bessere Konditionen als üblich für Ihr Geschäftskonto anbieten. Unsere Devisenabteilung verfügt zudem über große Erfahrung im Überseehandel. Das dürfte für Sie doch recht wichtig sein, nehme ich an.«

»Das ist ja eine ganz wunderbare Idee, Papa«, rief Amalia aus. Mit den Jahren hatte sie gelernt, dass er private Angelegenheiten streng von seiner Arbeit trennte, vor allem was die Bank anging. Sein Vorschlag bewies ihr, dass er vollkommen von Pauls Fähigkeiten überzeugt war.

»Nun, was halten Sie davon, Magnussen? Wollen wir in den nächsten Tagen einen Termin vereinbaren?« Ihr Vater hielt Paul seine Hand hin, und zu Amalias Freude schlug dieser ein.

»Nur allzu gerne, Herr Claasen. Herzlichen Dank!«, antwortete Paul strahlend und nickte.

»Dafür nicht, mein junger Freund. Dafür nicht.« Ihr Vater schnaufte, aber das Geräusch klang äußerst zufrieden. »Apropos Bank. Amalia, mein Herz, ich habe in Kürze einen Termin dort und muss euch jetzt leider verlassen, wenn ich noch pünktlich erscheinen will. Da du dir ja so gerne das Kontor ansehen möchtest, werde ich dir die Kutsche hierlassen, damit du später sicher nach Hause kommst.« Er warf einen Blick aus dem Fenster. »Ich kann mir eine Droschke nehmen. Dort drüben ist ein Stand, wie ich sehe.«

Amalias Herz setzte einen Schlag aus. Wollte ihr Vater sie tatsächlich mit Paul allein in sein Büro hinaufgehen lassen? Wenn er das tat, musste er auch als Mensch, als Mann, wirklich viel von ihm halten. Fast fühlte sie sich ein bisschen benommen.

»Ich kann Ihnen meine Tochter doch guten Gewissens anvertrauen, mein Lieber?«, sagte ihr Vater, so als hätte er gerade ihre Gedanken gelesen.

Paul deutete eine höfliche Verbeugung an und gab ihrem Vater erneut die Hand, dieses Mal zum Abschied. »Aber natürlich, Herr Claasen. Sie können sich ganz und gar auf mich verlassen.«

Amalia war absolut hingerissen von Pauls Kontor. Sie sah sich in aller Ruhe um und betrachtete interessiert jedes Stück. Die dunklen Möbel mit den gedrechselten Tischbeinen und Sockeln wirkten allesamt ausgesprochen edel und kostbar. Es gab zwei Schreibtische, einen recht großen und einen etwas kleineren, der jedoch unbenutzt aussah. Drei mannshohe Aktenschränke dominierten die längste Wand des Raumes. Eine gemütliche Sitzecke durfte natürlich auch nicht fehlen. Das kannte sie bereits aus den Büros ihres Vaters. Sie wusste, dass gute Kaufleute stets darauf achteten, wichtige Verhandlungen möglichst nicht am Schreibtisch zu führen, da das breite

Möbelstück für eine Distanz zwischen den Gesprächspartnern sorgte, die nicht immer von Vorteil war. Die Sitzecke in Pauls Büro hatte ihren Platz vor einem der vier hohen Fenster und fiel ins Auge, sobald man den Raum betrat. Das Muster der Polster des zweisitzigen Sofas und der beiden Stühle war ungewöhnlich farbenfroh, vor allem für ein Kontor. Klares Rot, sonniges Orange und beruhigendes Grün schienen sich gegenseitig zu umarmen.

»Das sind wunderschöne Möbel, Paul.«

Er nickte. »Ich bin auch sehr stolz darauf. Vor einigen Jahren habe ich eine Weile in Südamerika bei meinem Onkel gelebt. Die Möbel habe ich direkt aus Brasilien eingeführt«, erklärte er ihr. »Wissen Sie, Amalia, im Haus meines Onkels ist nahezu jeder Raum von diesen schönen und kräftigen Farben erfüllt, das hat mir sehr gefallen.« Sein Lächeln war ungewöhnlich intensiv, und prompt flatterte in ihrem Bauch ein Schwarm Schmetterlinge wild durcheinander.

In diesem Moment klopfte es an der halb offenen Tür. Paul trat beiseite und ließ die hübsche Verkäuferin herein, die daraufhin ein Tablett auf dem Tisch der Sitzgruppe abstellte.

»Danke dir, Hanna«, sagte Paul und nickte seiner Angestellten freundlich zu.

»Sehr gerne. Lotte ist jetzt unten im Laden. Ich bin dann in zwei Stunden wieder da.« Die junge Frau verabschiedete sich und lächelte auch Amalia herzlich an. »Lassen Sie sich den Kaffee schmecken, Fräulein Claasen.«

»Vielen Dank«, erwiderte Amalia und erwiderte das Lächeln. »Sie ist sehr nett«, sagte sie, nachdem Hanna, wie Paul sie genannt hatte, den Raum wieder verlassen hatte.

»Ja, das ist sie. Johanna ist eine Cousine von mir. Die Tochter der Schwester meiner verstorbenen Mutter, um genau zu sein. Ihr Mann ist Kapitän bei der Handelsmarine, deshalb ist sie über das Jahr viel allein. Es macht ihr Freude, hier im Laden auszuhelfen, und verkürzt ihr die Zeit bis zum Wiedersehen.« Paul deutete auf die Sitzgruppe. »Aber bitte, Amalia, nehmen Sie doch Platz.«

Sie setzte sich auf das Sofa, und Paul schenkte ihnen den frisch aufgebrühten Kaffee ein. Der aromatische Duft erfüllte bereits den Raum. Hanna hatte einen kleinen Teller mit Konfekt dazugestellt, den Paul ihr nun reichte, und Amalia bediente sich. Eine kurze Weile genossen sie nahezu schweigend ihren Kaffee und die kleinen Naschereien.

»Der Kaffee ist wunderbar«, lobte Amalia.

»Das will ich meinen«, antwortete Paul stolz.

»Für wen ist eigentlich der zweite, noch leere Schreibtisch?«, fragte sie.

»Ich habe ihn damals eher vorsorglich gekauft, doch wie es jetzt aussieht, wird er nun bald zum Einsatz kommen. Tatsächlich werde ich jemanden einstellen müssen, der mir die Buchhaltung abnimmt.« Paul seufzte leise. »Das ist nämlich nicht unbedingt meine Lieblingsbeschäftigung. Wie gesagt, möchte ich das Geschäft deutlich vergrößern, und das wird sich natürlich auch auf die Büroarbeit auswirken.«

Amalia stellte ihre leere Tasse ab, stand auf und ging hinüber zu dem kleineren Schreibtisch. Sie betrachtete ihn genauer, strich fast liebevoll mit den Fingerspitzen über die glatte, rötlich schimmernde Holzfläche.

»Er gefällt Ihnen, nicht wahr?« Seine dunkle Stimme war

plötzlich viel zu nah. Sie hatte gar nicht bemerkt, dass er sich ebenfalls von seinem Platz erhoben hatte und nun direkt hinter ihr stand. Ihr Herz setzte einen Moment lang aus, dann begann es wie wild in ihrer Brust zu trommeln.

»Ja«, brachte sie ein wenig atemlos hervor. »Ja, er gefällt mir sogar sehr.«

Pauls heißer Atem streifte ganz leicht ihren Nacken. Das Gefühl war berauschend, und sie fühlte sich mit einem Mal ganz schwach. Zugleich verfiel sie in eine Art Starre, die ihr fast peinlich war. Ein Zittern durchlief ihren Körper, als er noch ein wenig näher an sie herantrat. Auch wenn er sie nicht berührte, drang nun seine Körperwärme durch alle Schichten ihrer Kleidung, ließ jede Faser von ihr erbeben.

»Willst du ihn?«, fragte er leise.

»Ich …« Sie musste husten. »Ich verstehe nicht ganz, was Sie meinen.«

»Du bist wunderbar, Amalia. So bezaubernd«, flüsterte er an ihrem linken Ohr. Seine Lippen berührten dabei kaum merklich ihr Ohrläppchen.

Ein leises Keuchen entglitt ihren Lippen. »Oh bitte, Paul, nicht.«

»Heirate mich, Amalia. Werde mein«, sagte er mit rauer, einschmeichelnder Stimme.

Das Herz in ihrer Brust wollte schier zerspringen. »Paul. Meinen Sie das ernst?«

»Ich habe noch niemals in meinem Leben etwas so ernst gemeint. Ich liebe dich, Amalia, ich bin dir völlig verfallen.«

»Oh Gott!« Seine Worte lösten unfassliches Glück in ihr aus. Ein Gefühl, das wie flüssiges Gold durch sie hindurchströmte, doch gleichzeitig jedweden vernünftigen Gedanken unmöglich machte. Plötzlich fühlte sie sich wertvoll und wichtig, aber ebenso schwach und seltsam ausgeliefert.

Noch immer stand sie unverändert da, mit dem Rücken zu ihm. Nun spürte sie seine Hände, die sich an ihre Taille legten und sie behutsam zwangen, sich ihm zuzuwenden. Als sie es tat, beugte er sich leicht zu ihr vor. Sein attraktives Gesicht war nun direkt vor ihrem. Ihr Körper spielte völlig verrückt. Ihr war heiß und kalt zugleich, jede Faser stand unter Hochspannung. Diese heftigen Empfindungen waren fremd, fast beängstigend und ließen ihr die Knie weich werden.

Paul legte seinen Zeigefinger unter ihr Kinn und hob ihr Gesicht leicht an. In ihrer Mundhöhle wurde es trocken, und sie musste schlucken.

»Darf ich hoffen, Liebes?«, fragte er mit seiner verführerischen Stimme.

»Ich … ich …«

»Sag Ja! Ich werde dich glücklich machen, Amalia, sehr glücklich. Das verspreche ich dir.«

Das glaubte sie ihm sofort. Zumindest ihr Körper glaubte ihm, wollte ihn, brannte für ihn. Seine Hände an ihrer Taille bewegten sich sanft. Mit den Daumen strich er am unteren Rand ihres Mieders entlang. Der leichte Druck, den seine Hände ausübten, raubte ihr schier den Atem.

»Werde meine Frau. Sag Ja«, wiederholte er drängend und presste dabei für einen winzigen Moment seinen Körper an ihren.

»Ja.« Das Wort war wie von selbst über ihre Lippen gekommen.

Atemlos.

Er lächelte leicht, streifte mit seinem Mund ganz zart ihre Unterlippe. Zu ihrem Entsetzen entglitt ihr ein leises Stöhnen. Sie begehrte ihn, und er wusste es, daran ließ er keinen Zweifel.

Doch dann trat er wieder einen Schritt zurück. Amalia wäre fast in die Knie gegangen. Nach Atem ringend, versuchte sie sich zu sammeln. Sie bemerkte erst jetzt, dass sie sich offenbar schon eine Weile an der Tischplatte hinter sich festgehalten hatte. Ihre Finger fühlten sich völlig taub und verkrampft an.

»Ich werde noch in dieser Woche mit deinem Vater reden«, ließ er sie wissen. »Ich will dich, Amalia. Möglichst bald.«

Es war erstaunlich leicht gewesen, Amalia in Erregung zu versetzen. So einfach hatte es sich Paul eigentlich nicht vorgestellt. Nach seinem kleinen Vorstoß hatte sie kaum noch ein Wort hervorgebracht. Vor allem aber hatte er nicht damit gerechnet, dass auch an ihm das harmlose Geplänkel nicht spurlos vorübergehen würde.

Vor ungefähr zehn Minuten hatten sie sich unten vor der Tür voneinander verabschiedet, und Amalia war in ihre Kutsche gestiegen. Sie hatte noch immer gezittert, und ihre starke körperliche Reaktion hatte auch ihn erregt. Nun stand er vor dem Fenster und atmete einmal tief durch. Seit Wochen hatte er ihre Reaktionen regelrecht aufgesogen, um den richtigen Zeitpunkt für eine erste vorsichtige Annäherung besser bestimmen zu können. Heute war er überzeugt gewesen, dass ihr Verlangen nach ihm ihren scharfen Verstand genug benebelt hatte, und wie es aussah, hatte er sich nicht geirrt. Hilflos ihren Gefühlen ausgeliefert, hatte Amalia genauso reagiert, wie er es sich erhofft hatte. Nun war es wichtig, keinen dummen Fehler mehr zu machen, der alles wieder zunichtemachen würde. Amalia durfte nicht an seiner Liebe zu ihr zweifeln.

Als es an der Tür klopfte und Hanna hereinkam, wunderte ihn das nicht. »Das war sie also, die zukünftige Frau Magnussen«, sagte sie.

Er drehte sich zu seiner Cousine um. »Ja, das war sie. Was hältst du von ihr? Ich meine, so auf den ersten Blick. Sei ruhig ehrlich, Hanna.«

»Auf mich wirkt sie sehr freundlich, irgendwie warm. Sie hat ein hübsches Gesicht und wirklich schöne Augen. Allerdings ist sie eine Spur zu mollig und scheint auch recht volle Brüste zu haben. Normalerweise magst du doch eher zartere Frauen.«

»Das ist richtig. Gut beobachtet.«

»Du bist tatsächlich fest entschlossen, das Mädchen zu heiraten?«

»Ja, absolut. Sie hat bereits zugestimmt.«

»Als du sie zur Kutsche gebracht hast, wirkte sie ein wenig erhitzt, oder irre ich mich?«

»Kann schon sein.« Er konnte sich ein zufriedenes Seufzen nicht verkneifen. »Man tut, was man kann.«

»Wunderbar!«, rief Ferdinand Claasen aus, als Paul zwei Stunden später lächelnd in dessen Büro in der Bank stand und offiziell um Amalias Hand anhielt. »Ehrlich gesagt, hatte ich gehofft, Sie würden ein wenig vorpreschen, sobald ich mich zurückziehe, mein Lieber.« Claasen räusperte sich. »Ich kann doch hoffentlich davon ausgehen, dass Sie noch nicht über das Ziel hinausgeschossen sind, oder?«

»Natürlich nicht, Herr Claasen. Amalia ist vollkommen unversehrt.« Bei der Erinnerung an die doch eher harmlose Tändelei musste er ein triumphierendes Lächeln unterdrücken. »Sie war vielleicht eine winzige Spur aufgewühlt, mehr nicht.«

»Nun, das gehört sich auch so für ein junges und unschuldiges Mädchen.« Claasen lachte dröhnend. »Wunderbar!«, wiederholte er. »Dann sollten wir schnellstmöglich die Verlobungen meiner Töchter verkünden. Was halten Sie von einer Doppelhochzeit, Magnussen?«

Für einen kurzen Moment erschien vor Pauls innerem Auge Helene als wunderschöne und alles überstrahlende Braut. Ein dumpfes Gefühl machte sich in seiner Brust breit und umklammerte sein Herz.

»Nein«, sagte er bestimmt und sah seinem zukünftigen Schwiegervater direkt in die Augen. »Ich habe nichts gegen eine gemeinsame Verlobungsfeier einzuwenden, doch ich bin der Meinung, an ihrem Hochzeitstag sollte Amalia allein im Mittelpunkt stehen dürfen.«

Claasen schien ebenfalls einen Augenblick nachzudenken, dann nickte er. Seine beifällige Miene ließ den Schluss zu, dass ihm Pauls Antwort gefallen hatte. Er erhob sich, kam zu ihm und schlug ihm auf die Schulter. »Kommen Sie, junger Mann, das schreit nach einem guten Cognac. Dabei können wir dann auch gleich einen passenden Termin festsetzen und die Formalitäten klären.«

Einige Tage später fanden sich in der Freitagsausgabe der *Hamburger Nachrichten* zwei äußerst auffällige Anzeigen. In der ersten gab Ferdinand Claasen voller Stolz die Verlobung seiner ältesten Tochter Amalia mit dem Kaufmann Paul Friedrich Magnussen bekannt. Der Hochzeitstermin wurde für Anfang Mai festgelegt. Die zweite Anzeige hatte einen ähnlichen Wortlaut und betraf die Verlobung seiner Tochter Helene mit Georg Graf von Meyerhoff, deren Hochzeit im Juli stattfinden sollte.

4. Kapitel

Hamburg, im März 2018

Das hellblaue Schild in der Ladentür war nicht zu übersehen. Schon in den vergangenen Tagen war Melina immer wieder hier vorbeigekommen, und jedes Mal schien es ihre Blicke regelrecht anzuziehen. Zweimal war sie schon in das Geschäft gegangen, hatte sich umgesehen und natürlich auch etwas gekauft. Der Laden war auf eine angenehme Art altmodisch eingerichtet, und natürlich duftete es wundervoll nach geröstetem Kaffee. Das polierte dunkle Holz der Verkaufstresen, die Regale mit all den hübschen Dosen und Geschenkartikeln und nicht zuletzt die herrlichen Kaffeebehälter aus bunt bemaltem Porzellan sorgten für eine anheimelnde Atmosphäre. Man trat hier in eine Welt ein, die einen sofort an behagliche Sonntagnachmittage auf dem Sofa erinnerte.

So ein Quatsch, dachte Melina und schüttelte den Kopf. Ein kleines Kaffeegeschäft zu leiten war sicherlich eine schöne, fast schon romantische Vorstellung, passte jedoch kaum zu ihrer eigentlichen Ausrichtung und den Zielen, mit denen sie damals aus dem Studium ins Berufsleben gestartet war. Dafür war sie tatsächlich überqualifiziert. Trotzdem fühlte sie sich seltsam angezogen von dem Schild.

Seit gut einem Monat war sie jetzt schon arbeitslos, und ihre Hauptbeschäftigung bestand momentan vor allem darin, eine neue Anstellung zu finden, die möglichst zu ihr passte. Gut, Käthe hatte ihr ein bisschen Geld hinterlassen. Zusammen mit dem Erlös für die Möbel, dem Arbeitslosengeld und ihren eigenen Ersparnissen würde sie sich mit der Erbschaft noch locker einige Monate über Wasser halten können. Dennoch war es Melina wichtig, sich so bald wie nur möglich wieder auf ein festes Einkommen verlassen zu können.

Erst jetzt bemerkte sie, dass sie vor dem Schaufenster stehen geblieben war. Wie jedes Mal, wenn sie hier vorbeikam, glitt ihr Blick zum Namenszug der Firma. *P. F. Magnussen.*

Warum Magnussen, Oma? Was hat dich an denen bloß so fasziniert?

Seit dem Abend mit Antonia hatte sich Melina nicht mehr mit dem Ordner befasst. Die Kartons mit den Unterlagen standen nun in einer Ecke ihres Wohnzimmers, direkt hinter dem Sessel ihrer Großmutter. Der Ordner lag zwar noch oben auf den Kartons, doch ihr hatte einfach der richtige Antrieb gefehlt, sich weiter damit zu beschäftigen. Vielleicht hatte sie ihn auch einfach verdrängt, weil andere Dinge für eine Weile in den Vordergrund gerückt waren.

Nach ihrer beruflichen Freistellung war sie in eine Art wilden Aktionismus verfallen. Wenn sie darüber nachdachte, schob sie diese fast schon überzogene Reaktion vor allem auf ihre neue Lebenssituation. Beides zusammen – die Trauer um ihre Großmutter und der Verlust ihres Arbeitsplatzes – wollte schließlich verarbeitet werden, und für sie war eine sinnvolle Beschäftigung schon immer das beste Mittel gewesen, um schwierige Zeiten zu überstehen. Neben der Arbeitssuche hatte sie kurz entschlossen die Küche, den Flur und das Badezimmer ihrer Wohnung frisch gestrichen. Sogar ein paar neue Einrichtungsgegenstände hatte sie sich gegönnt.

Nun war alles fertig, und sie fühlte sich deutlich besser. Allein die neue berufliche Herausforderung fehlte ihr noch. In der Spiegelung der Schaufensterscheibe sah sie, wie sie den Kopf schüttelte, und hätte beinahe laut aufgelacht, dann holte sie einmal tief Luft und betrat das Geschäft.

Zwanzig Minuten später stand sie noch immer vor dem Verkaufstresen und unterhielt sich angeregt mit der derzeitigen Geschäftsleiterin, einer netten älteren Dame, während eine jüngere Verkäuferin sich um die Kundschaft kümmerte. Frau Kröger, die seit über dreißig Jahren diesen Laden führte, wollte jetzt in den wohlverdienten Ruhestand wechseln, deshalb wurde eine Nachfolgerin für das alteingesessene Geschäft gesucht.

»Es geht also nicht um eine Pacht, sondern allein um die Leitung des Geschäfts?«, hakte Melina nach.

»So ist es. Die Magnussens haben das noch nie anders gemacht. Ich habe der Familie mal vor einigen Jahren ein Angebot gemacht, damit ich letztlich das Geschäft in Eigenregie führen kann und nur noch die Ware von Magnussen beziehe, aber darauf haben sie sich nicht eingelassen.«

»Nun ja, das hat den Vorteil, dass man sich das gesamte Geschäftsjahr auf ein festes Gehalt verlassen kann.«

»Das stimmt allerdings.« Frau Kröger lächelte. »Reichen Sie mir doch einfach Ihre Bewerbungsmappe rein, Frau Peters. Ich sorge dann dafür, dass sie schnell an die richtige Stelle gerät.«

»Ich danke Ihnen. Meine Unterlagen bringe ich noch heute vorbei.«

»Ach, keine Eile. Obwohl das Schild schon fast vier Wochen dort hängt, haben wir erst zwei Bewerbungen vorliegen. Es gibt kaum noch junge Leute, die sich dafür interessieren, einen Laden zu führen, denke ich.« Die ältere Frau sah sich um. »Dabei ist das so ein schönes und wirklich etabliertes Geschäft. Wir haben jede Menge Stammkunden.«

»Ja, ich weiß. Meine Großmutter hat hier gerne eingekauft.« Melina lächelte. »Ich wohne nur ein paar Straßen weiter, es macht also keine Mühe, die Mappe noch heute vorbeizubringen.«

Bereits wenige Tage später erreichte Melina die offizielle Einladung zu einem Gespräch bei Marie-Luise Clausen, der zuständigen Mitarbeiterin in der Personalabteilung des Magnussen-Konzerns.

»Das ist schon in zwei Tagen«, sagte sie zu Antonia, die gerade auf eine Tasse Kaffee bei ihr hereingeschneit war.

»Wow, die sind schnell«, stellte Toni fest.

»Ja, das kann man wohl sagen. Normalerweise wartet man wochenlang auf eine Antwort, wenn man sie denn überhaupt bekommt.« Melina legte das Schreiben beiseite. »Findest du es eigentlich sehr albern, dass ich mich für die Leitung des Ladens beworben habe? Sei ehrlich.«

Antonia schüttelte nachdrücklich den Kopf. »Nein, eigentlich nicht. Auch wenn ich der Meinung bin, dass du dir damit selbst etwas vormachst, Melly.«

»Wieso das?«

»Süße, ich habe diesen Sammelordner gesehen, schon vergessen?«

»Stimmt. Aber ich weiß trotzdem noch nicht genau, worauf du hinauswillst.«

»Ach, Melina!«, erwiderte Toni und verdrehte die Augen. »Mal abgesehen davon, dass auch ich es ziemlich ungewöhnlich finde, was Käthe da gemacht hat … Sei mal ehrlich zu dir selbst. Du willst allein aus diesem Grund für Magnussen arbeiten. Ich habe zwar keine Ahnung, was dich genau antreibt und was du dir davon versprichst, aber du willst es unbedingt, das ist offensichtlich. Der Laden kam dir gerade recht. So sehe ich das.«

Melina blieb nichts anderes übrig, als zu nicken. »Da ist dieser Drang … Ich kann das Gefühl gar nicht beschreiben.«

»Genauso habe ich es mir gedacht.« Antonia seufzte leise. »Du kennst meine Einstellung zu derartigen Dingen. Wenn dieses Gefühl in dir ist, solltest du es auch tun.«

»Aber um ein Kaffeegeschäft zu führen, hätte ich den Master eigentlich nicht gebraucht.«

Antonia zuckte mit den Schultern. »Das ist egal, solange dir die andere Sache keine Ruhe lässt. Deinen Abschluss nimmt dir niemand weg, Melina. Du kennst doch den Spruch: Nichts ist in Stein gemeißelt. Ich finde, in diesem Fall passt er perfekt. Den Arbeitsmarkt kannst du so oder so im Auge behalten. Wenn du merken solltest, dass dir die Arbeit im Laden überhaupt nicht liegt, oder du in ein paar Monaten das Angebot deines Lebens bekommst, dann kannst du da immer noch die Kurve kratzen.«

»Die werden sich doch auch wundern, wenn sie meine Mappe durchsehen.«

»Was die von deiner Bewerbung halten, wirst du herausfinden, wenn du übermorgen zu dem Termin gehst. Sicherlich werden sie dich danach fragen, darauf solltest du dich auf jeden Fall einstellen. Am besten ist, du legst dir schon mal eine Antwort zurecht.« Toni kicherte. »Meine Oma hat einen dicken Ordner über Ihre Firma angelegt, klingt dann doch ein bisschen plemplem.«

Melina zog eine Grimasse. »Mach dich ruhig lustig über mich.«

»Das tue ich gar nicht. Im Ernst, hätten sie kein Interesse, würden sie dich doch gar nicht zu einem Gespräch einladen, oder?«

»Da hast du auch wieder recht.« Melina musste grinsen. »Noch Kaffee?«

»Her damit! Hast ja wahrscheinlich sowieso bald genug davon im Haus.«

Die zwei Tage bis zu ihrem Termin vergingen wie im Flug. Melina stand recht zufrieden vor dem großen Spiegel in ihrem Schlafzimmer und kontrollierte ein letztes Mal ihr Aussehen. Sie hatte sich für ihren dunkelblauen Hosenanzug und die dazu passenden schlichten Pumps entschieden. Ein weich fließendes Shirt mit V-Ausschnitt und der farblich abgestimmte Seidenschal nahmen dem Outfit die Strenge, ohne allzu leger zu erscheinen. Außer ihrer Armbanduhr und den kleinen Perlenohrringen, die ihre Großmutter ihr zum letzten Geburtstag geschenkt hatte, trug sie keinen weiteren Schmuck. Das schulterlange rotbraune Haar hatte sie zu einem lockeren Knoten aufgesteckt, und ihr Make-up war äußerst dezent. Auf einen

Mantel konnte sie zum Glück verzichten, denn es war heute fast frühlingshaft warm. Sie hätte entspannt sein können, denn je länger sie darüber nachgedacht hatte, desto weniger verlockend fand sie den Job im Kaffeegeschäft mittlerweile. Heute Morgen war sie sogar schon versucht gewesen, den Termin telefonisch abzusagen und ihre Bewerbung zurückzuziehen, doch irgendetwas in ihr hatte sie davon abgehalten. Vielleicht wollte auch deshalb die Anspannung nicht verschwinden. Nun stand sie hier vor dem Spiegel und hatte sich tatsächlich besondere Mühe mit ihrem Aussehen gegeben.

Seit den Fünfzigerjahren hatte das Unternehmen P. F. Magnussen seinen Hauptsitz am Baumwall, also direkt in Hafennähe. Nicht weit davon entfernt ergatterte Melina einen Parkplatz. So brauchte sie nur eine Straße zu überqueren und fand sich kurz darauf vor dem beeindruckenden Magnussen-Gebäude wieder. Das achtstöckige Haus war zwar mit den Jahren immer mal wieder modernisiert worden, doch der schöne dunkelrote Backstein und die Form der hohen Fenster waren ebenso erhalten geblieben wie das typische Flair der Hamburger Kontorhäuser. Allein die Automatiktür ließ erkennen, dass man es hier mit einem modernen Geschäftsgebäude zu tun hatte. Der Eindruck wurde bestätigt, sobald man die lichtdurchflutete Eingangshalle mit ihren hellen Marmorfliesen betrat.

Melina hielt zielsicher auf den Empfangstresen zu, hinter dem drei junge Frauen saßen, die allesamt einen ziemlich beschäftigten Eindruck machten. Sie ging auf eine der Damen zu, die daraufhin sofort aufsah und sie freundlich anlächelte. »Was kann ich für Sie tun?«

»Guten Tag, mein Name ist Melina Peters. Ich habe einen Termin bei Frau Clausen«, antwortete sie und setzte ebenfalls ein verbindliches Lächeln auf.

»Ah ja, Frau Peters. Sie werden schon erwartet.« Die junge Frau erhob sich. »Ich bringe Frau Peters mal eben nach oben«, ließ sie ihre beiden Kolleginnen wissen, die daraufhin nickten und Melina ebenfalls zulächelten.

Die Empfangsdame kam um den Tresen herum zu ihr. Erst jetzt fiel Melina das kleine Namensschild an der weißen Hemdbluse der Frau auf. Nur der Vorname Sabine war darauf zu lesen.

»Wenn Sie mir bitte folgen würden«, bat Sabine höflich. »Dort hinten sind die Fahrstühle.«

Nebenbei registrierte Melina, dass sie offenbar in den obersten Stock des Gebäudes fuhren. Als sich die Fahrstuhltüren wieder öffneten, ging Sabine erneut voraus. Hier schluckte ein dicker rauchgrauer Teppichboden das Geräusch ihrer Schritte. Ihre Begleiterin steuerte zielsicher eine der großen Türen aus dunklem Holz an und klopfte.

»Immer herein«, erklang von innen eine helle Frauenstimme.

Sie betraten das Büro, und Melina sah auf den ersten Blick, dass es sehr edel eingerichtet war. Hinter dem Schreibtisch erhob sich eine Frau mittleren Alters. Sie trug ein weinrotes Kostüm und wirkte in ihrer gesamten Erscheinung auffallend elegant.

»Frau Peters ist jetzt da«, sagte Sabine, doch da kam die Frau bereits um ihren Schreibtisch herum und lächelte sie erfreut an.

»Frau Peters, ich freue mich, Sie persönlich kennenzulernen. Danke, Sabine.«

Melina reichte der eleganten Dame die Hand und stellte sich noch einmal förmlich vor, nachdem Sabine wieder gegangen war. »Ich freue mich ebenfalls, Frau Clausen.«

»Oh, da muss ich wohl gleich etwas aufklären. Mein Name ist Tessa Sandmann. Frau Clausen sitzt im vierten Stock.«

»Ach herrje, ich habe um elf Uhr einen Termin …«

»Ja, ich weiß. Und entschuldigen Sie, dass ich Sie gleich so rüde unterbreche.« Frau Sandmann lachte leise auf. »Machen Sie sich darüber keine Sorgen. Marie-Luise Clausen ist verhindert, deshalb werde ich das Gespräch mit Ihnen führen. Aber nehmen wir doch erst einmal Platz. Es gibt frischen Kaffee und leckere Pralinen.«

Sie deutete auf eine Sitzecke, die aus zwei futuristisch anmutenden erdbeerroten Sesseln und einem kleinen Tisch bestand. Melina nahm die Einladung an und setzte sich. Frau Sandmann tat es ihr nach, schenkte ihnen Kaffee aus einer silberfarbenen Kanne ein und schob ihr ein kleines Tablett zu, auf dem ein Milchkännchen und eine hübsche Schale mit Zuckerwürfeln bereitstanden. Melina bediente sich.

»Sie möchten also die Filialleitung unseres Geschäfts in der Hoheluftchaussee übernehmen?«

Melina nickte. »Ja«, antwortete sie kurz. Vor lauter Nervosität musste sie sich räuspern.

»Erzählen Sie mir etwas über sich, Frau Peters. Etwas, das sich nicht in Ihrer Bewerbungsmappe finden lässt.« Das Lächeln der eleganten Dame war warm und freundlich. »Ich würde Sie gerne ein bisschen besser kennenlernen.«

Melina nahm einen Schluck von ihrem Kaffee. Sie wusste nicht so richtig, was Frau Sandmann von ihr erwartete.

»Ähm … ich habe mein Studium ohne Pausen und Umwege absolviert. Das heißt, wenn man mal von meinen beiden Auslandssemestern in London absieht. Ich kann Ihnen versichern, dass ich ein zuverlässiger und sehr loyaler Mensch bin.« Sie musste lachen. »Es fühlt sich irgendwie eigenartig an, wenn man so über sich selbst spricht.«

»Machen Sie sich keine Gedanken. Sie machen das sehr gut.« Auch Frau Sandmann griff noch einmal nach ihrer Tasse und sah sie offen an. »Haben Sie Kinder, Frau Peters? Verstehen Sie meine Frage bloß nicht falsch, das wäre natürlich kein Hinderungsgrund für uns. Wir haben einen eigenen und sehr schönen Kindergarten hier im Haus. Wie gesagt, ich möchte Sie nur ein wenig kennenlernen.«

Melina schüttelte den Kopf. »Nicht verheiratet und keine Kinder. Ich lebe allein.«

Die ältere Frau nickte. »So wie ich auch.« Sie seufzte und stellte ihre leere Tasse ab. »Meine Güte, ich habe heute schon wieder vier Tassen Kaffee intus.«

»Na ja«, entglitt es Melina. »Sie sitzen ja auch an der Quelle.«

Das Lachen, das Frau Sandmann ausstieß, klang vollkommen natürlich und sehr herzlich. »Damit haben Sie absolut recht. Hier wird einem praktisch den lieben langen Tag Kaffee serviert.« Sie holte tief Luft. »Ihre Bewerbung ist ohne Frage aussagekräftig und beeindruckend. Sie haben verschiedene Praktika absolviert und während ihrer Studienzeit bei einer größeren Handelsgesellschaft gearbeitet.«

»Ja, ich wollte möglichst umfassend über meine Möglichkeiten informiert sein.«

»Zuletzt waren Sie bei einer Spedition angestellt?«

»Das ist richtig.«

»Dann haben Sie ja auch ausreichend Erfahrung, wenn es um Logistik geht, nicht wahr?«

Melina nickte, und sie fragte sich, worauf Frau Sandmann eigentlich hinauswollte.

»Natürlich haben wir uns Gedanken darüber gemacht, warum Sie sich mit Ihrem hervorragenden Abschluss überhaupt für eine Filialleitung interessieren.«

Da war sie, die Frage, mit der sie so oder so gerechnet hatte. Elegant formuliert, aber eindeutig. »Ich denke, das war vor allem der Griff nach dem berühmten Strohhalm«, antwortete Melina. »Und um ehrlich zu sein, hätte ich heute Morgen schon fast abgesagt.« Sie hatte sich zuvor tatsächlich einige Begründungen durch den Kopf gehen lassen, so wie Antonia es ihr geraten hatte. Dann war sie aber schnell zu dem Schluss gekommen, dass sie zumindest einen Teil der Wahrheit als Erklärung anführen sollte. So blieb ihr Gewissen rein, und das war ihr wichtig. »Mir liegt es einfach nicht, untätig herumzusitzen. Nachdem mein vorheriger Arbeitgeber vor einigen Wochen Konkurs anmelden musste, habe ich mich um eine neue Anstellung bemüht, doch bisher war nichts Passendes dabei.«

»Ihre Ehrlichkeit gefällt mir«, warf Frau Sandmann ein.

»Ich wohne nicht weit von der Filiale entfernt und komme recht häufig daran vorbei. Das Schild im Fenster ist mir aufgefallen, und der Laden ist einfach entzückend, aber das wissen Sie ja sicher. Ich muss zugeben, ich habe einfach aus dem Bauch heraus gehandelt.«

»Ich gehe davon aus, dass Sie sich mit der Philosophie unseres Unternehmens vertraut gemacht haben und voll und ganz hinter unseren Produkten stehen?«

»Aber natürlich«, antwortete Melina nickend.

»Gut, gut.« Frau Sandmann beugte sich ein wenig vor. »Bevor ich nun fortfahre, möchte ich noch betonen, dass wir die Leiter unserer Filialen außerordentlich schätzen und ihre tägliche und wichtige Arbeit zu würdigen wissen. Ich schicke das voraus, damit kein falscher Eindruck entsteht.«

In Melinas Magen begann es zu kribbeln, und sie nahm einen weiteren Schluck von ihrem Kaffee. Ihr kam es vor, als würde die ältere Frau Anlauf zu etwas nehmen, und das verunsicherte sie ein wenig.

»Ich werde Ihnen jetzt einen Vorschlag machen, Frau Peters«, sagte ihr Gegenüber und bestätigte damit auch schon ihre Empfindung. »Obwohl … das ist eigentlich nicht das richtige Wort. Es ist vielmehr ein Angebot. Nachdem Frau Clausen einen Blick in Ihre Bewerbung geworfen hatte, ist sie schnurstracks zu mir gekommen, um mir Ihre Unterlagen zu zeigen.« Tessa Sandmann lächelte und legte den Kopf ein wenig schief. »Schauen Sie nicht so besorgt. Wie ich schon betonte, ist mit Ihrer Bewerbung alles in bester Ordnung. Sogar so sehr in Ordnung, dass ich Ihnen Ihr Interesse an unserer Filiale in der Hoheluftchaussee ausreden möchte, Frau Peters.«

»Ich verstehe nicht.«

»Um es kurz zu machen: Unser Juniorchef sucht händeringend eine Assistentin, und ein Blick in Ihre Unterlagen hat mir ausgereicht, um zu erkennen, dass Sie genau die richtige Person für diese Position sein könnten. Deshalb sitzen Sie jetzt auch hier und mussten sich von mir ein bisschen auf den Zahn fühlen lassen. Ich hoffe, Sie verzeihen uns diesen kleinen Umweg, doch wir mussten natürlich sicherstellen, dass Sie überhaupt dafür infrage kommen. Jetzt, da ich Sie ein bisschen kennenlernen durfte, kann ich mit gutem Gewissen sagen, dass sich der positive Eindruck Ihrer Bewerbung voll und ganz bestätigt hat. Und ja, ich weiß, das kommt jetzt alles sehr plötzlich.«

Melina wurde ein wenig schwindelig und holte automatisch tief Luft. Frau Sandmann hob beschwichtigend ihre Hand.

»Doch bevor Sie protestieren, Leonard Magnussen braucht absolut keine bessere Sekretärin, sondern im wahrsten Sinne des Wortes eine Assistenz, also jemanden mit Ihrer akademischen Ausbildung.«

»Was … was heißt das genau?«

»Nun, die Aufgaben der beiden Chefs überschneiden sich manchmal. Leonard Magnussen obliegt jedoch überwiegend der Einkauf, die Zulieferer-, aber auch Großkundenakquise, Marktbeobachtung und ein wenig Personalführung. Ach ja, dann und wann würde auch eine Geschäftsreise anfallen, da Leonard die Betreiber unserer Kaffee- und Kakaoplantagen persönlich berät und überprüft.«

»Das ist …« Melina fühlte sich wie betäubt. Sie hatte gehofft, durch die Arbeit in der Filiale ein wenig mehr über das Unternehmen erfahren zu können, und jetzt machte ihr diese Frau aus heiterem Himmel das Angebot, direkt ins Herz, nein, sogar ins Gehirn der Firma vorzudringen. Einfach so. Sie konnte kaum fassen, was ihr da gerade passierte.

»Ein ganz wunderbares und überraschendes Angebot. Das wollten Sie doch sagen, nicht wahr?« Tessa Sandmann lachte leise. »Nun holen Sie erst einmal tief Luft. Ich kann mir sehr gut vorstellen, was gerade in Ihrem Kopf vorgeht.« Sie erhob sich, ging hinüber zu ihrem Schreibtisch und schrieb etwas auf ein Post-it, dann kam sie zurück und heftete den Zettel an den Rand der Untertasse, die vor Melina stand. »Die obere Zahl beziffert das übliche Jahresgehalt unserer besten Filialleiter. Die untere Zahl wäre das, was sie als Assistentin des Juniors erwarten können. Hinzu kommen noch der übliche Bonus am Jahresende und selbstverständlich auch eine deutliche Erhöhung Ihrer Bezüge nach der Probezeit. Wir bieten Ihnen also eine verantwortungsvolle Position und das entsprechende Gehalt. Na, was sagen Sie?«

Melina starrte auf die beiden Zahlen, die sich so sehr voneinander unterschieden, dass sie sich räuspern musste. »Entschuldigen Sie, Frau Sandmann, aber ich bin noch immer ein wenig verwirrt.«

»Wie ich schon sagte, das finde ich durchaus verständlich. Schließlich konnten Sie ja nicht mit dieser Entwicklung rechnen.«

»Die vakante Stelle hier in der Vorstandsetage war mir gar nicht bekannt.«

»Nun, ich bin jedenfalls froh, dass Sie trotz Ihrer Bedenken hier erschienen sind. Und was die Stelle als Vorstandsassistentin angeht, glauben Sie mir, in den nächsten Tagen hätten wir eine entsprechende Anzeige im *Abendblatt* und in anderen großen Zeitungen der Republik geschaltet. Ich war bereits dabei, den Inhalt der Annonce zu formulieren«, erklärte Frau Sandmann, bevor sie nach einer Praline griff. Melina spürte, dass sie ihr ein wenig Zeit geben wollte. »Probieren Sie diese Pralinen, die sind sündhaft gut.« Die ältere Frau kaute genüsslich und deutete auf die kleine Etagere aus weißem Porzellan. »Eine neue Kreation unserer belgischen Pralinenmanufaktur.«

»Danke, aber ehrlich gesagt bin ich momentan viel zu aufgeregt, um auch nur eine winzige Praline herunterzubekommen.«

Frau Sandmann lachte. »Sie gefallen mir, Melina. Ihre Bewerbung und das Foto waren ja schon sehr aussagekräftig, doch jetzt, wo ich Sie kennenlernen durfte, bin ich erst recht davon überzeugt, dass Sie perfekt zu uns passen würden.«

»Darf ich fragen, welche Position Sie im Unternehmen haben?«, fragte Melina. Sie fand es angenehm, dass Frau Sandmann sie wie selbstverständlich mit ihrem Vornamen ansprach.

»Natürlich dürfen Sie. Meine offizielle Bezeichnung wäre inzwischen wohl auch: Assistentin des Vorstands. Angefangen habe ich hier als ganz normale Sekretärin. Nach einiger Zeit bin ich im Vorzimmer des Chefs gelandet. Ich arbeite überwiegend für Conrad Magnussen, und das schon seit fast dreißig Jahren.«

»Oh«, entfuhr es Melina.

»Ja, ich weiß, das gibt es heutzutage kaum noch, oder? Doch wie Sie sehen, kümmere ich mich dann und wann auch um andere Belange, wenn es denn die Situation erfordert. Ich habe das große Glück, das Vertrauen beider Magnussens zu besitzen, deshalb hat Leonard mich auch gebeten, eine Assistentin für ihn zu finden.«

»Das heißt, Sie würden mich auch einarbeiten?«

»Oh nein, Melina, das wird gar nicht nötig sein. Das wird der Junior selbst übernehmen.«

Melina rief sich das Foto aus Käthes Ordner in Erinnerung und sah sofort den Mann vor sich, der als Einziger aus seiner Familie nicht in die Kamera gelächelt hatte. Sie hätte nicht sagen können, ob er auf dem Bild einfach nur geduldig und gelassen oder sogar ein wenig spöttisch dreinsah. Dennoch wusste sie natürlich, dass Fotos nicht immer die Wahrheit offenbarten.

»Verzeihen Sie die direkte Frage, Frau Sandmann, aber ist Leonard Magnussen ein angenehmer Chef?«

Das Lächeln der älteren Frau vertiefte sich. »Genau wie sein Vater ist er ein großartiger Chef und ein wunderbarer Mensch. Machen Sie sich keine Sorgen.«

»Ich muss zugeben, das alles klingt sehr verlockend.«

»Na, dann sollten Sie jetzt Leonard kennenlernen, denke ich. Schließlich bin ich hier nur die Vorhut. Die endgültige Entscheidung hängt selbstverständlich davon ab, ob Sie beide sich überhaupt vorstellen können, miteinander zu arbeiten.« Frau Sandmann legte den Kopf ein wenig schief und zwinkerte ihr zu.

»Nun, dann würde ich jetzt wirklich gerne den Mann kennenlernen, für den ich zukünftig arbeiten könnte«, erwiderte Melina und lächelte unwillkürlich.

»Gut, dann werde ich mal schauen, ob er sich gerade in seinem Büro aufhält«, antwortete Tessa Sandmann, ging hinüber zu ihrem Schreibtisch, hob den Hörer des Telefons und drückte eine Taste. »Leonard, Frau Peters würde dich gerne kennenlernen. Ich denke, ich habe sie jetzt lange genug eingewickelt, und du kannst übernehmen.« Erneut zwinkerte sie Melina zu und lachte dabei kurz auf. »Hast du ein bisschen Zeit übrig? … Sehr schön, dann bringe ich sie gleich zu dir.«

Nachdem sie den Hörer wieder aufgelegt hatte, sah sie Melina an und fragte: »Bereit?«

Frau Sandmann hatte sie und Leonard Magnussen einander vorgestellt und war dann sogleich wieder verschwunden, allerdings nicht ohne sich zuvor sehr herzlich von ihr zu verabschieden. Seit ein paar Minuten saß Melina nun dem Mann gegenüber, für den sie vielleicht zukünftig arbeiten würde, und sah ihm dabei zu, wie er einige Schriftstücke überflog und unterzeichnete.

Leonard Magnussen sah genauso gut aus wie auf den Fotos, die sie von ihm gesehen hatte. Sein Haar war dunkel und die Augen auffallend blau. Er trug einen modern geschnittenen schwarzen Anzug sowie ein hellblaues Oberhemd mit geöffnetem Kragenknopf. Melina fiel auf, dass er keine Krawatte trug, so wie es bei Männern in seiner Position eigentlich üblich war. Insgesamt war ihr zukünftiger Chef ein überaus attraktiver Mann, aber das war ihr ja nicht neu.

Höflich und mit einem leichten Lächeln auf den Lippen hatte er sie zunächst begrüßt und dann gebeten, ihm noch einige Minuten Zeit zu lassen. »Nehmen Sie gerne Platz, Frau Peters. Wenn Sie gestatten, erledige ich kurz die Korrespondenz. Es geht ganz schnell, versprochen.«

»Aber natürlich. Nur keine Eile«, hatte sie ebenfalls lächelnd geantwortet und sich auf einen der beiden Besucherstühle gesetzt, während er sich konzentriert durch die Unterschriftenmappe arbeitete, die vor ihm lag.

Melina nutzte die Zeit, um sich so dezent wie nur möglich umzusehen. Im Vergleich zu Tessa Sandmanns Büro war dieses hier geradezu riesig. Das Mobiliar wirkte modern und schlicht.

Dunkles Holz und viel Glas. Die Stühle, auch der Chefsessel, waren mit schwarzem Wildleder bezogen und dick gepolstert. An den Wänden hingen einige abstrakte Gemälde in kräftigen Farben, die für eine optische Auflockerung und den nötigen Kontrast sorgten. Soweit sie es von ihrem Platz aus erkennen konnte, war alles perfekt aufeinander abgestimmt.

»Sehen Sie sich ruhig genauer um, wenn Sie möchten«, murmelte er, sah kurz auf und lächelte sie offen an. »Ich habe nichts dagegen. Sie müssen nicht dort sitzen und sich bemühen, das möglichst unauffällig zu tun.«

Melina musste lachen, doch sie spürte auch, dass ihre Wangen heiß wurden. »Dann schaue ich mir derweil die Bilder an.«

Sie erhob sich, legte ihre Handtasche auf den Stuhl und ging langsam durch den Raum. Schließlich erkannte sie überrascht, dass ein Regal, in dem vor allem Bücher und einige südamerikanisch anmutende Vasen und Skulpturen standen, als Raumteiler diente. Dahinter befand sich eine Sitzecke, die aus einem schwarzen Wildledersofa, zwei dazu passenden Sesseln und einem flachen Glastisch bestand. Eine große Fensterfront gewährte einen fantastischen Ausblick auf die Landungsbrücken und die Speicherstadt.

»Schön, nicht wahr?«

Melina schreckte ein wenig zusammen. Sie hatte den Ausblick genossen und gar nicht bemerkt, dass Leonard Magnussen ihr inzwischen gefolgt war. Einige Schritte von ihr entfernt lehnte er lässig an dem Raumteiler.

»Oh ja«, antwortete sie. »Mir war gar nicht klar, dass wir so weit oben sind«, fügte sie hinzu.

»Das Magnussen-Gebäude hat acht Stockwerke. Unsere

Büros liegen allerdings noch ein wenig höher, in einer Art Penthouse. Wir haben es vor einigen Jahren bauen lassen und auf diese Weise das Gebäude sozusagen aufgestockt. Wenn man vor dem Haus steht, kann man es nicht sehen, da der Umfang des Aufbaus deutlich kleiner ist. Wir wollten die ursprüngliche Fassadenansicht in jedem Fall erhalten.«

»Ich finde es großartig, dass Sie darauf Rücksicht genommen haben«, erwiderte sie. »Ich liebe diese alten Kontorhäuser.«

»Ja, ich auch. Haben Sie schon zu Mittag gegessen?«, fragte er. »Ich würde uns etwas kommen lassen, wenn Sie möchten.«

»Oh bitte, machen Sie sich meinetwegen keine Umstände, Herr Magnussen. Ich hatte bereits einen Kaffee bei Frau Sandmann.«

In diesem Moment knurrte laut und deutlich ihr Magen. Am liebsten wäre sie auf der Stelle im Boden versunken, und erneut spürte sie, dass sie rot wurde. Leonard Magnussen lachte, aber es klang ausgesprochen herzlich.

»Setzen Sie sich, Frau Peters.« Er deutete aufs Sofa und zog ein breites Smartphone aus der Innentasche seines Jacketts. »Ich für meinen Teil brauche um diese Zeit immer einen kleinen Imbiss.«

Kurz darauf saß er ihr gegenüber. In der Hand hielt er ihre Bewerbungsmappe und blätterte darin, während er dann und wann lächelnd zu ihr aufsah und ein paar Fragen stellte. »Sie sind also in Hamburg geboren?«

Sie nickte. »Geboren und aufgewachsen in Eppendorf.«

»Dann fühlen Sie sich besonders mit unserer Stadt verbunden, nehme ich an?«

»Oh ja. Ich bin mit Leib und Seele Hamburgerin. Für mich

ist diese Stadt einzigartig, und ich möchte nirgendwo sonst leben.«

»Gut, das gefällt mir. Hamburg ist auch für mich die schönste Stadt, und ich habe schon so einige gesehen.« Er drehte leicht den Kopf und blickte zum Fenster. »Als altes Familienunternehmen halten wir uns strikt an die traditionellen hanseatischen Werte. Sie wissen, was ich meine?«

»Natürlich.« Ihr gefiel, dass er darauf hinwies. Auch ihr waren Eigenschaften wie absolute Verlässlichkeit, Loyalität und Ehrlichkeit sehr wichtig. Die Ehrbarkeit hanseatischer Kaufleute war in ihren Augen ein wichtiges Kulturgut, besonders in Hamburg. Das Wort oder der Handschlag eines Hamburger Kaufmanns war schon immer eine Frage der Ehre gewesen. Es reizte sie von Sekunde zu Sekunde mehr, für dieses Unternehmen zu arbeiten.

Als es an der Tür klopfte, griff er nach einer Art Fernbedienung, die er vorhin neben sich auf den Tisch gelegt hatte, und drückte auf eine der Tasten. Melina hörte, wie sich daraufhin surrend die Bürotür öffnete. Eine junge Frau rollte einen Servierwagen herein. »Vielen Dank, Elke. Lassen Sie nur alles dort stehen. Ich mach das schon.«

Die Frau wünschte ihnen einen guten Appetit und verschwand. Leonard Magnussen zog den Servierwagen zu ihnen heran. Melina erkannte zwei mit Hauben abgedeckte Teller, einen kleinen Brotkorb sowie eine Wasserkaraffe mit zwei Gläsern. Während er die Teller auf den Tisch stellte und die Hauben abnahm, platzierte sie den Brotkorb in der Mitte und die Gläser neben ihre Teller, dann schenkte sie zuerst ihm, dann sich selbst ein.

»Na, da hat die Zusammenarbeit ja schon mal hervorragend geklappt«, meinte er augenzwinkernd und entlockte ihr damit erneut ein Lachen.

Es gab einen leichten, knackigen Salat mit zartem Hühnerfleisch, der Melina ausnehmend gut schmeckte. Auch während des Essens riss ihre Unterhaltung nicht ab, doch sie registrierte, dass er es beim üblichen Small Talk beließ, damit sie entspannt ihren Imbiss genießen konnten. Erst nachdem sie beide ihre Teller geleert und den Tisch wieder abgeräumt hatten, wurde ihr Gespräch wieder geschäftlich.

»Wie ich Ihrer Bewerbungsmappe entnehmen konnte, haben Sie gleich zwei Auslandssemester in London absolviert.«

»Das ist richtig.«

»Soweit ich weiß, ist das eher unüblich. Die meisten Studenten kommen doch nach einem Semester wieder zurück nach Hause. Gefiel Ihnen London so gut?«

»London ist toll, aber daran lag es nicht.« Bei der Erinnerung musste sie lächeln. »Eigentlich hatte ich auch nur ein Semester geplant, doch dann machte mir der dortige Dekan das Angebot, Deutschkurse zu geben, weil die zuständige Dozentin erkrankt war und nicht so bald zurückkommen würde. Da ich das Geld wirklich gut gebrauchen konnte, habe ich trotz meines Heimwehs nach Hamburg spontan um ein Semester verlängert. Natürlich erst nach Rücksprache mit der Uni hier. Im Nachhinein war es eine gute Entscheidung. Ich konnte mir dadurch den Rest meines Studiums finanzieren, und viel gelernt habe ich auch noch.«

Er nickte und hob den linken Mundwinkel. Der Gesichtsausdruck erinnerte sie sofort an den auf dem Foto. »Ich war damals für ein Semester in L. A. Viel gelernt habe ich dort allerdings nicht, muss ich zugeben. Es war eher eine wilde Zeit, die ich jedoch ebenfalls nicht missen möchte. Aber wehe, Sie verraten das meinem Vater.«

Sie schmunzelte angesichts seines Geständnisses. »Keine Sorge, ich halte dicht.«

Leonard legte er ihre Bewerbungsmappe beiseite und sah sie direkt an. »Sie können sich wahrscheinlich denken, dass ich mich schon vorher eingehend mit Ihren Unterlagen beschäftigt habe, doch ein persönliches Gespräch ist ja immer noch mal eine andere Sache. Es war mir wichtig, Sie in einer möglichst entspannten Atmosphäre kennenzulernen, deshalb gebe ich lieber gleich zu, dass das Mittagessen von mir geplant war.« Er lächelte. »Ich denke, wir wären ein wirklich gutes Team.«

Ihr Herz begann schneller zu schlagen. »Das glaube ich auch.«

»Übrigens habe ich haargenau den gleichen Abschluss wie Sie.«

»Ach.« Ihr fiel nichts Gescheiteres ein. Sie musste zugeben, dass sein anziehendes Äußeres sie doch ein wenig nervös machte, und sie ärgerte sich darüber, denn schließlich war das nicht besonders professionell.

»Wir könnten uns bei Gelegenheit mal über die Themen unserer Masterarbeiten austauschen.« Er lachte und zwinkerte ihr zu. »Ich meine, falls wir uns mal sehr, sehr langweilen sollten.«

»Ich behalte das im Hinterkopf«, erwiderte sie amüsiert.

»Lassen Sie mich vorab noch ein paar Dinge klären«, sagte er. Sein Gesichtsausdruck war nun wieder vollkommen ernst.

Sie nickte. »Nur zu.«

»Ich brauche jemanden, der mich in allem unterstützt und auf den ich mich jederzeit blind verlassen kann. Gegenseitiges Vertrauen ist dabei für mich unverzichtbar.« Wieder hob er seinen linken Mundwinkel leicht an. »Natürlich bin ich auch offen für Ratschläge, solange sie fundiert und berechtigt sind.«

»Ich verstehe.«

»Uneingeschränkte Loyalität zu mir und dem Unternehmen setze ich voraus.«

»Natürlich.«

»Mit unserem Gehaltsvorschlag für den Anfang können Sie leben, nehme ich an?«

»Absolut.«

»Und Ihr Privatleben lässt Ihnen auch genug Freiraum für eventuell anfallende Überstunden und Geschäftsreisen?«

»Auch das. Ich bin vollkommen unabhängig und flexibel.«

»Sehr gut.« Der Blick aus seinen tiefblauen Augen schien sich eine Spur zu intensivieren, oder bildete sie sich das nur ein? »Dann sollten wir es miteinander probieren. Wann können Sie anfangen, Melina?«

Ihr lief ein leiser Schauer über den Rücken, als er ihren Vornamen aussprach. Das war gar nicht gut, fand sie. »Wenn Sie wollen, sofort.«

»Nur nicht so übereifrig, das erwarte ich gar nicht.« Wieder lächelte er auf diese besondere Art, die sie bereits auf dem Foto schwer zu deuten fand.

»Ich meinte das vollkommen ernst, ich könnte schon morgen anfangen.«

Beschwichtigend hob er die Hände. »Langsam, langsam.«

Magnussen stand auf, und automatisch tat sie es ihm nach. »Heute ist bereits Donnerstag. Gönnen Sie sich ruhig noch das bevorstehende Wochenende. Ich würde vorschlagen, wir sehen uns dann Montag«, sagte er und ging zu seinem Schreibtisch zurück. Sie folgte ihm um den Raumteiler herum. »Bis dahin wird auch Ihr Büro fertig sein.« Er deutete auf eine Schiebetür am anderen Ende seines Büros, die ihr bisher noch gar nicht aufgefallen war. Man musste schon genauer hinsehen, um sie überhaupt zu erkennen. »In der Regel bin ich ab neun Uhr hier«, fuhr Magnussen fort. »Kommen Sie einfach irgendwann zwischen neun und zehn. Was meine Termine angeht, werden die nächsten Wochen ein wenig ruhiger sein, sodass wir genug Zeit für Ihre Einarbeitung haben werden.«

»In Ordnung. Wo soll ich mich melden?«

»Moment.« Er ging um seinen Schreibtisch herum, nahm eine Visitenkarte aus einem Kästchen und gab sie ihr. »Ich werde Frau Sandmann bitten, Ihren Vertrag sofort fertig zu machen. Sie bekommen ihn dann per Kurier, damit Sie ihn noch vor dem Wochenende haben. Lesen Sie ihn in aller Ruhe durch, und falls Sie noch Fragen haben, rufen Sie mich gerne an. Ansonsten bringen Sie den Vertrag einfach Montagmorgen unterschrieben wieder mit. Die Damen vom Empfang werden informiert sein. Vielleicht ist Ihnen vorhin im Fahrstuhl die kleine Zahlentastatur über den normalen Stockwerkkennungen aufgefallen. Dort geben Sie einfach Ihr Geburtsdatum in sechs Ziffern ohne Punkte ein. Deutsche Reihenfolge. Der Fahrstuhl wird bis dahin entsprechend programmiert sein. Sobald Sie oben sind, kommen Sie direkt hierher. So weit alles klar?«

»Natürlich.«

»Gut, alles andere klären wir dann Montag. Ach ja …« Mit ausladenden Schritten ging er hinüber zum Raumteiler und zog nach kurzer Suche zwei Bücher heraus. »Der Kaffeehandel ist für Sie Neuland. Es wäre also gut, wenn Sie das über das Wochenende lesen könnten. Die Lektüre gibt Ihnen einen ersten Einblick. Der Rest wird sich finden.«

Melina nahm die Bücher entgegen und schob sie in ihre große Handtasche. »Ich freue mich sehr auf unsere Zusammenarbeit, Herr Magnussen«, sagte sie. Die Aufregung ließ ihre Stimme ein wenig zittern.

»Ich freue mich ebenfalls. Kommen Sie, Melina, ich begleite Sie zum Fahrstuhl. Und bitte, nennen Sie mich Leonard.«

Erst als Melina wieder in ihrem Auto saß, wurde ihr so richtig bewusst, was da in den vergangenen zwei Stunden geschehen war. Sie stieß einen lauten Jubelschrei aus, um sich ein wenig Luft zu verschaffen, aber ihr Herz klopfte weiterhin wie wild. Aufgeregt kramte sie ihr Smartphone aus der Handtasche und schrieb Antonia eine Nachricht: *Heute Abend bei mir. Es gibt etwas zu feiern. Und es ist nicht der Laden!*

Leonard steuerte sofort das Büro seines Vaters an, nachdem er Melina Peters zum Fahrstuhl gebracht und sich von ihr verabschiedet hatte. Tessa war ebenfalls dort, und Leonard berichtete den beiden von dem angenehmen Gespräch, das er mit seiner zukünftigen Assistentin geführt hatte.

»Ich hatte schon beim ersten Lesen ihrer Unterlagen das Gefühl, dass sie die Richtige sein könnte«, sagte Tessa und nickte ihm zu. Sie saß neben ihm auf einem der beiden Besucherstühle vor dem riesigen Schreibtisch seines Vaters.

»Und so wie es aussieht, hattest du absolut recht mit deiner Ahnung. Meinem ersten Eindruck nach ist Melina Peters nicht nur eine besonders kluge, sondern auch sehr sympathische Person. Ich denke, wir werden gut miteinander auskommen«, bestätigte Leonard. »Und ich habe schon befürchtet, es würde eine endlose Reihe von Bewerbungsgesprächen auf mich zukommen. Glück muss man haben.«

»Nun, noch hat sie nicht bewiesen, dass sie den Job auch meistern wird«, warf Conrad ein, aber auch er lächelte. »Tessa hat mir vorhin eine Kopie ihrer Unterlagen zukommen lassen, und danach macht die junge Frau wirklich einen hervorragenden Eindruck.«

»Jedenfalls wird sie schon Montag anfangen. Warten wir mal ab, wie sie sich machen wird. Ach, Tessa, bevor ich es vergesse, ich habe Frau Peters zugesagt, ihr den Vertrag per Kurier zukommen zu lassen, damit sie ihn übers Wochenende durchlesen kann. Würdest du das bitte in die Wege leiten?«

»Natürlich. Ich kümmere mich gleich darum.«

»Ich danke dir.« Leonard erhob sich. »Jetzt muss ich aber endlich wieder zurück an meinen Schreibtisch.«

»Hast du Lust, heute Abend zum Essen zu kommen?«, fragte sein Vater. »Deine Schwester und ihr Zukünftiger werden auch da sein.«

Leonard verspürte einen leichten Unwillen, deshalb zögerte er. Wie so oft in den vergangenen Monaten war ihm eher nach der Ruhe und Abgeschiedenheit seiner eigenen vier Wände zumute. Zudem hatte er für seinen zukünftigen Schwager nicht allzu viel übrig, doch das größere Problem stellte seine Mutter dar. Die Begegnungen mit ihr waren in den seltensten Fällen angenehm für ihn. Ihre Kälte und Egomanie gingen ihm von Mal zu Mal stärker gegen den Strich, und er fragte sich einmal mehr, warum sein Vater diese Frau nicht schon vor Jahren verlassen hatte. Als dieser Gedanke zum ersten Mal in seinem Kopf auftauchte, war er noch schmerzlich gewesen, denn schließlich ging es dabei um seine Mutter, seine Eltern. Doch in den Jahren seines Erwachsenenlebens hatte er sich an ihn gewöhnt, ihn sogar gepflegt. Es war ein offenes Geheimnis, dass seine Mutter ihren Ehemann immer wieder betrog. Auch heute noch. Er selbst war ebenfalls schon auf diese Art hintergangen worden, und deshalb wusste er nur zu genau um die seelischen Verletzungen und die Folgen.

»Leo?«, hakte sein Vater nach.

Er nickte und setzte ein Lächeln auf, weil er wusste, wie wichtig es Conrad war, dass die Familie in regelmäßigen Abständen zusammen an einem Tisch saß. Außerdem würde Emily auch kommen, und er hatte sie schon einige Tage nicht zu Gesicht bekommen. Zumindest das war ein Lichtblick. Seine Schwester und er standen sich sehr nah. Sie war einer der wunderbarsten Menschen, die er kannte. »Gut, ich werde da sein.«

»Das freut mich.«

Als Leonard kurz darauf die Tür zum Büro seines Vaters hinter sich schloss, fiel sein Blick auf das vertraute, auf Hochglanz polierte Messingschild.

Conrad Rebold-Magnussen
Generaldirektor und Vorstandsvorsitzender

Im Grunde geht es auch darum, dachte Leonard und seufzte leise. Sein Vater liebte Elisabeth noch immer, daran zweifelte Leonard nicht. Doch vor allem glaubte Conrad, seiner Frau etwas schuldig zu sein. Sofort nach der Heirat hatte Elisabeth ihm die Verantwortung für ihr Erbe übertragen. Ihr hatte er den Namen Magnussen und die Leitung des Unternehmens zu verdanken. Die Firma war über drei Jahrzehnte hinweg zu Conrads Lebenswerk geworden, das wusste auch Elisabeth.

Gedankenvoll und ein wenig traurig schüttelte Leonard den Kopf, während er den langen Flur entlangging. Warum nur erkannte sein Vater nicht, dass es sich eigentlich genau anders herum verhielt? Elisabeth war diejenige, die dankbar sein sollte. Schließlich war es vor allem Conrad gewesen, der das Unternehmen zu dem gemacht hatte, was es heute war: ein weltumspannendes Imperium. Sein Vater lebte fast ausschließlich für die Firma, und wenn Leonard ehrlich war, erging es ihm selbst ebenso.

5. Kapitel

Leonard warf einen schnellen Blick auf die Digitaluhr seines Autos, während er die lang gestreckte, von alten Linden gesäumte Auffahrt zum Haus seiner Familie hinauffuhr. Es war kurz nach achtzehn Uhr; er war pünktlich. Solange er denken konnte, wurde in seinem Elternhaus stets um neunzehn Uhr das Abendessen serviert. Sein Vater hielt eisern an dieser Tradition fest, egal, wie viele Personen am Tisch saßen. Leonard parkte seinen Audi neben dem silbergrauen Mercedes-Cabriolet seiner Schwester, stieg aus und ging langsam auf das alte Gutshaus zu, in dem er seine Kindheit und Jugend verbracht hatte. Schon seit weit über hundert Jahren war das mächtige Gebäude im Besitz seiner Familie, und obwohl es mit seiner gelblichen Fassade und den weißen, säulenartigen Mauervorsprüngen nicht unbedingt zu den schönsten Vertretern seiner Zeit gehörte, liebte Leonard es.

Kaum betrat er die Eingangsstufen, öffnete sich die Haustür, und seine Mutter kam heraus. Als sie ihn sah, lächelte sie leicht. »Ah, Leo. Hallo.«

»Hallo Mutter.« Seit einiger Zeit nannte er sie nicht mehr Mama. Er brachte das Wort einfach nicht mehr über die Lippen.

Automatisch neigte er sich ihr zu, um ihr einen Kuss auf die

Wange zu hauchen, und bemerkte erst jetzt, dass sie zum Ausgehen angezogen war. Sie trug einen wadenlangen schwarzen Wollmantel und einen erdbeerroten Schal.

»Du bleibst nicht zum Essen?«

»Nein, ich hatte bereits eine Verabredung. Tanja ist für zwei Tage in Hamburg. Wir gehen ins Thalia Theater und anschließend noch etwas trinken.«

Leonard war überrascht, entspannte sich jedoch auf der Stelle und sah dem Abend nun mit mehr Vorfreude entgegen. »Ah ja.« Tanja war eine alte Freundin seiner Mutter, die mittlerweile in Paris lebte. Er hatte Tanja immer gemocht, denn sie war warmherzig und lustig. »Na, dann wünsche ich euch viel Spaß. Richte Tanja bitte liebe Grüße aus«, bat er seine Mutter leichthin.

Elisabeth legte den Kopf leicht schräg und lächelte. »Das werde ich. Allerdings musst du mir deine Erleichterung nicht unbedingt so offen unter die Nase reiben.«

»Meine Erleichterung?«

»Du weißt genau, was ich meine.« Sie sah ihm direkt in die Augen, und er bemerkte, wie stark sie geschminkt war. Mit einem Mal zweifelte er an Tanjas Besuch in Hamburg und ärgerte sich sofort über seine Gedanken. Es war wirklich traurig, dass er ihr so sehr misstraute. »Dein zukünftiger Schwager hat übrigens einen Notfall in der Klinik, und Dominik ist bereits heute Nachmittag zu Dreharbeiten nach Berlin abgedüst«, fuhr sie fort. »Du wirst diesen Abend also in kleiner und gemütlicher Runde mit deinem Vater und Emily verbringen können. Das ist doch ganz nach deinem Geschmack, nicht wahr?«

Er fühlte sich ertappt. Seine Mutter kannte seine Einstellung, auch wenn er sie niemals offen auf ihre wiederholte Untreue angesprochen hatte, so wusste sie doch genau, dass er sie dafür verachtete, denn daran ließ er keinen Zweifel aufkommen. Irgendwann in den vergangenen Jahren war sie dazu übergegangen, seine Abneigung schlicht zu ignorieren oder zumindest fast immer unkommentiert hinzunehmen. Manchmal ließ sie sich zu sarkastischen Bemerkungen hinreißen, doch das passierte äußerst selten. Er hatte nie wirklich durchschaut, warum sie sich ihm gegenüber so verhielt. Oft überforderte ihre Art ihn einfach. Deshalb ging er ihr auch gern aus dem Weg. »Mutter, ich …«

»Ah, da kommt mein Taxi. Das wird auch Zeit.« Lächelnd ging sie an ihm vorbei und tätschelte dabei seine Wange. »Du siehst übrigens großartig aus, mein Sohn.«

»Du auch«, brachte er noch hervor. Das Taxi war unterdessen vorgefahren, und sie öffnete die Tür zum Fond des Wagens.

Noch einmal drehte sie sich zu ihm um. »Ich weiß«, sagte sie lächelnd, dann stieg sie ein, und das Taxi rollte davon.

»Wenn Dominik und Ronald arbeiten müssen, ist es natürlich nachvollziehbar, dass sie nicht hier sein können, aber eure Mutter hielt es offenbar nicht für nötig, mich überhaupt davon in Kenntnis zu setzen, dass Tanja in der Stadt ist und sie heute den Abend mit ihr verbringen wird. Ich habe es erst vor einigen Minuten erfahren, und da war sie schon fast aus der Tür.«

»Wusste Mama denn, dass du ein gemeinsames Abendessen geplant hattest?« fragte Emily. »Ich meine, es wäre doch schön, wenn Tanja mit uns essen würde. Schließlich hätten auch wir sie gerne mal wiedergesehen.«

»Natürlich wusste sie von meiner Abendplanung, doch offenbar wollten die beiden lieber zusammen ins Theater gehen.«

Emily beugte sich vor und legte ihre Hand auf Conrads. »Papa, nimm es nicht so schwer. Wir machen uns zu dritt einen schönen Abend, ja?«

Leonard nickte. Er lächelte seiner Schwester kurz zu, dann sah er Conrad an. »Emily hat recht, Papa. Du solltest es dir nicht so zu Herzen nehmen.«

Nach dem Essen zogen sie sich in das kleinere der beiden Wohnzimmer zurück, um dort vor dem brennenden Kamin ihren Kaffee zu genießen.

»Das ist etwas, was ich in meiner Wohnung wirklich vermisse«, sagte Leonard und deutete auf den Kamin. »Ich habe diesen Raum schon immer gemocht.«

»Nun, du kannst jederzeit wieder zurückkommen«, erwiderte Conrad lächelnd und griff nach seiner Tasse. »Du weißt, dass wir hier auf Lindenhain jede Menge Platz haben.«

Leonard winkte lachend ab. »Im Augenblick fühle ich mich in meiner Wohnung sehr wohl. Ich denke, es ist auch besser für den Familienfrieden, wenn ich vorerst dort bleibe.«

»Du sollst nur wissen, dass du hier jederzeit willkommen bist«, schob Conrad lächelnd nach.

»Papa hat erzählt, dass du eine persönliche Assistentin eingestellt hast«, wechselte Emily das Thema. »Erzähl doch mal, Leo. Wie ist sie so?«

»Nett. Sehr nett«, antwortete er und nahm einen Schluck von seinem Kaffee.

Er hatte schon damit gerechnet, dass seine Schwester nach dieser kurzen Antwort die Augen verdrehen würde. »Geht es nicht ein bisschen genauer?«

Leonard musste lachen. »Erst einmal kann ich nur sagen, dass sie einen hervorragenden Abschluss hat, einen kompetenten Eindruck vermittelt und äußerst sympathisch rüberkommt.«

»Ist sie hübsch?«, fragte Emily und grinste breit.

»Durchaus.«

»Oh Mann! Was noch? Ist sie groß, klein, dick, dünn …?«

Conrad amüsierte sich anscheinend prächtig, wie Leonard bemerkte. Sein Vater lehnte sich bequem im Sessel zurück und genoss das Gespräch zwischen seinen Kindern offensichtlich genauso wie den Kaffee.

Während Leonard überlegte, wie er seiner neugierigen Schwester Melina Peters am besten beschreiben könnte, stieg ihr Bild vor seinem inneren Auge auf. »Melina ist sehr attraktiv, schlank, nicht allzu groß und hat rötlich braunes volles Haar. Sie hatte es hochgesteckt, aber es muss wohl ungefähr schulterlang sein. Ihre Augen sind eher grün als blau und wirklich sehr schön.«

»Na, sieh mal an, Brüderlein, du hast also doch genauer hingeschaut.«

»Mir sind schon einige verrückte Geschichten zu Ohren gekommen, aber das ist eine der abgefahrensten, die ich je gehört habe«, sagte Antonia grinsend, nachdem Melina ihren Bericht beendet hatte.

»Frag mich mal«, erwiderte Melina.

»Da willst du einfach nur Kaffee und Pralinen verkaufen,

und schwupps, landest du in der Chefetage.« Toni schlug sich auf die Oberschenkel, dann hob sie ihr Glas. »Kein Wunder, dass du das unbedingt feiern wolltest. Herzlichen Glückwunsch, du Glückspilz!«

»Ich danke dir.« Auch Melina nahm ihr Glas und prostete ihrer Freundin zu. Sie wusste, dass Toni sich ehrlich für sie freute. »Anfangs konnte ich es auch nicht fassen. Erst als ich dann tatsächlich Leonard Magnussen gegenübersaß, wurde mir klar, dass Frau Sandmann das Angebot ernst meinte.«

»Und wie ist er so, dein neuer Chef? Sieht Magnussen so umwerfend aus wie auf dem Foto aus Käthes Ordner?«

Melina musste lachen, doch zugleich verspürte sie ein leichtes Kribbeln tief in ihrem Bauch. »Du nun wieder.«

»Erzähl!«

»Ja, er sieht großartig aus, aber auf eine sehr legere Art und doch irgendwie … weltmännisch.«

»Wie meinst du das denn?«

»Nun, er hat zum Beispiel keine Krawatte getragen, und der oberste Hemdknopf war geöffnet. Der Schnitt seines Anzugs wirkte nicht unbedingt klassisch streng, sondern lässig und modern. Er ist auffallend groß, ungefähr eins neunzig würde ich sagen. Und, ach ja, seine Augen sind von einem wirklich beeindruckenden Blau.«

»Beeindruckendes Blau, ja?«

»Stimmt.«

Toni spitzte ihre Lippen, dann lächelte sie vielsagend. »Soso.«

Melina erhob sich, ohne weiter auf die Neckerei ihrer Freundin einzugehen. Auf dem Telefontisch lagen die beiden Bücher, die Leonard Magnussen ihr mitgegeben hatte. »Guck mal, er hat mir sogar über das Wochenende so was wie Hausaufgaben aufgegeben. Beide Bücher beschäftigen sich mit der Geschichte des Kaffeehandels. Sehr interessant. Ich hab vorhin schon mal reingeschaut.«

»Ach.« Toni nahm ihr die Bücher aus der Hand, warf einen Blick darauf, blätterte kurz darin und legte sie schließlich neben sich aufs Sofa. »Du solltest auch noch mal einen genaueren Blick in Käthes Sammelordner werfen. Da kannst du bestimmt noch so einiges über die Firma erfahren.«

»Ja, das denke ich auch. Weißt du, wenn man es ganz genau nimmt, habe ich den Job meiner Oma zu verdanken.«

Antonia lachte. »Da ist was Wahres dran.«

Der Montagmorgen begann düster und neblig, aber selbst das schlechte Wetter konnte Melinas Vorfreude nicht trüben. Das gesamte Wochenende hatte sie vor allem dazu genutzt, möglichst viel über Kaffee und alles, was damit zusammenhing, zu recherchieren. Die beiden Bücher, aber auch das Internet waren dabei sehr hilfreich gewesen und gaben ihr schon jetzt mehr Sicherheit. Natürlich hatte sie sich zudem fest vorgenommen, sich nicht wieder so sehr von dem guten Aussehen ihres neuen Chefs beeindrucken zu lassen. Schließlich war sie kein Teenager mehr. Es konnte doch nicht so schwer sein, diesen Aspekt auszublenden.

Um eine vermutlich nervige Parkplatzsuche zu vermeiden, nahm Melina die U-Bahn und erreichte das Magnussen-Gebäude pünktlich zehn Minuten vor neun. Als sie die Eingangshalle betrat, winkte ihr Sabine, die nette Empfangsdame vom letzten Mal, fröhlich zu.

»Guten Morgen, Frau Peters. Es ist alles vorbereitet. Ich wünsche Ihnen einen wunderbaren ersten Tag bei uns.«

»Guten Morgen«, erwiderte Melina und nickte lächelnd. »Danke schön.«

Sie ging hinüber zum Fahrstuhl und tippte ihren persönlichen Code ein. Die Türen schlossen sich, und der Lift setzte sich in Bewegung. Ihr Herzschlag beschleunigte sich fühlbar, und sie holte noch einmal tief Luft. Dann war sie auch schon oben angekommen, und die Fahrstuhltüren glitten lautlos auseinander. Melina spürte, wie ein leichter Ruck durch ihren Körper ging, bevor sie den Lift verließ. Ihr Herz pochte noch immer viel zu schnell. Zielstrebig ging sie auf die Tür von Leonard Magnussens Büro zu und klopfte. Ein leises Surren erklang, und wie von Zauberhand öffnete sich die Tür.

Leonard Magnussen stand vor seinem Schreibtisch. Als sie eintrat, kam er ihr mit freundlicher Miene entgegen. »Guten Morgen, Melina. Ich hoffe, Sie freuen sich ebenso wie ich auf Ihren ersten Arbeitstag.«

»Guten Morgen, Herr Magnussen.« Sie erwiderte sein Lächeln und nickte. »Und ja, ich freue mich sogar sehr.«

»Wir haben diese Woche genug Freiraum, um Sie mit allem hier vertraut zu machen. Kommen Sie, ich zeige Ihnen Ihr neues Büro, und danach trinken wir in Ruhe eine Tasse Kaffee, damit ich Ihnen die ersten und wichtigsten Informationen geben kann.« Er marschierte an ihr vorbei und auf die Schiebetür zu, die nun allerdings weit offen stand. »Sollte Ihnen etwas überhaupt nicht gefallen, sagen Sie es nur. Keine falschen Hemmungen.«

Das Büro, *ihr Büro*, war herrlich, und der Anblick ließ sie einen kurzen Moment innehalten. Sprachlos sah sie sich um, während Leonard Magnussen hinter ihr in der Tür stehen blieb. Noch nicht einmal in ihren kühnsten Träumen hatte sie geglaubt, jemals in einem so schönen Raum arbeiten zu dürfen. Ein großer weißer Schreibtisch stand vor einer beeindruckenden Fensterfront, ähnlich der in Leonards Büro. Auch hier konnte man den fantastischen Ausblick auf die Speicherstadt, die Hafencity und die Landungsbrücken genießen. Der hohe Chefsessel, die zwei Besucherstühle davor und die kleine Sitzgruppe an der gegenüberliegenden Wand waren jeweils mit dunkelviolettem Leder bezogen. Die Regale, Beistelltische und Kommoden strahlten in ebenso klarem Weiß wie der Schreibtisch und boten einen hervorragenden Kontrast zu den fliederfarbenen Wänden. Auf einem der Beistelltische stand ein herrlicher Strauß mit purpurfarbenen Rosen.

»Gefällt es Ihnen?«, hörte sie ihn hinter sich fragen.

Melina drehte sich zu ihm um. »Oh ja! Und ob es mir gefällt!« Er lachte. Wahrscheinlich hatte sie ihrer Begeisterung etwas zu sehr nachgegeben, aber das war ihr eigentlich egal. In diesem Augenblick war sie viel zu glücklich. »Wie haben Sie das nur so schnell hinbekommen?«

Er winkte ab. »Das war das geringste Problem. Einer der größten Büroeinrichter der Stadt ist ein langjähriger Geschäftspartner von uns. Viel wichtiger war mir, dass Ihnen unsere Auswahl auch gefällt. Schließlich werden Sie viele Stunden des Tages in diesem Raum zubringen, da sollten Sie sich schon wohlfühlen, finde ich.«

»Das werde ich in diesem wunderschönen Büro mit Sicherheit.«

»Ach ja, Sie haben hier natürlich auch einen eigenen Zugang.« Er deutete auf eine Tür, die zum Flur führte.

»Ja, die Tür hatte ich draußen schon gesehen.«

»Die Türen zum Flur sind von unseren Büros aus jederzeit und ganz klassisch mit der Klinke zu öffnen. Wie Sie es andersherum halten, ist Ihnen überlassen. Auf Ihrem Schreibtisch liegt eine Fernbedienung, die es Ihnen ermöglicht, die Öffnungsoptionen der Tür dementsprechend einzustellen. Mein Büro steht Ihnen übrigens jederzeit offen, aber es kann natürlich auch mal vorkommen, dass es angebracht ist, die Verbindungstür zu schließen. Längere Telefonate können zum Beispiel sehr störend sein, wenn der andere konzentriert arbeiten muss.«

»Natürlich, so sehe ich das auch.«

»Ihr Computer wird übrigens später noch gebracht und angeschlossen. Am frühen Nachmittag müsste er da sein.«

»Großartig.«

»Gut, dann wäre der erste Schritt schon mal getan. Ich schlage vor, wir trinken jetzt erst einmal den versprochenen Kaffee. Kommen Sie, gehen wir rüber. Meinen kleinen Rückzugsort kennen Sie ja bereits.«

Während sie ihm folgte, schlüpfte er aus seinem Jackett und warf es über einen Garderobenständer neben der Tür. Noch im Gehen krempelte er sich die Hemdsärmel bis zu den Ellenbogen auf.

»Haben Sie schon Zeit gefunden, in den Büchern zu lesen, die ich Ihnen mitgegeben hatte?«, fragte er kurz darauf, während sie bei Kaffee und frischen Croissants beisammensaßen.

»Ja, hab ich. Trotzdem würde ich beide Bände gerne noch ein paar Tage behalten, um einige Dinge vertiefen zu können.

Das heißt natürlich nur, wenn es Ihnen recht ist, Herr Magnussen.«

»Das ist überhaupt kein Problem. Behalten Sie die Bücher, solange Sie wollen.« Magnussen deutete auf den Raumteiler. »Dort finden Sie noch mehr Material zum Thema Kaffee. Bedienen Sie sich, wann immer Ihnen danach ist. Je mehr Sie darüber lesen, desto besser.« Er seufzte leise. »Und, Melina, ich bitte Sie erneut, mich Leonard zu nennen. Wir werden eng zusammenarbeiten, und abgesehen davon sprechen wir uns hier ohnehin alle mit dem Vornamen an. Wir sind ein Familienunternehmen, da läuft nicht alles so streng und konventionell ab, wie Sie es vielleicht von Ihren vorherigen Arbeitgebern gewohnt sind.« Er machte eine kurze Pause und nahm einen Schluck von seinem Kaffee. »In den nächsten Tagen werden wir dafür sorgen, dass Sie jede Menge über Kaffee, später auch über Kakao erfahren. Die grundlegenden Dinge prägen sich schnell ein, doch was wir möglichst schnell herausfinden sollten, ist, ob Sie von Natur aus über einen ausgeprägten Geschmackssinn verfügen. Das ist wichtig, um gute Produkte von minderwertigen Sorten zu unterscheiden.«

In Melinas Bauch zog sich etwas zusammen. Komischerweise hatte sie über diesen Punkt noch gar nicht nachgedacht. »Und was ist, wenn ich nicht über diesen … naturgegebenen Geschmackssinn verfüge?«

Sein Lächeln wurde wärmer und wirkte nun weniger kontrolliert, das beruhigte sie etwas. »Dann werden Sie es lernen, keine Sorge. Man kann das sehr gut trainieren. Mir geht es allein darum, herauszufinden, ob Sie eine natürliche Begabung mitbringen, denn das wäre enorm hilfreich und würde uns

Zeit ersparen.« Er zwinkerte ihr zu. »Unabdingbar ist natürlich, dass Sie Kaffee überhaupt mögen, aber davon gehe ich mal aus.« Er deutete auf ihre leere Tasse und schenkte nach.

Sie musste lachen. »Ich liebe Kaffee.«

»Dann kann wirklich nichts mehr schiefgehen. Sie brauchen sich keine Sorgen zu machen, Melina. Wie ich vorhin schon sagte, wird sich alles nach und nach ergeben.« Sie registrierte, dass er ein Stück Zucker in seinen schwarzen Kaffee warf und dann langsam umrührte. Aus irgendeinem Grund fand sie es wichtig zu wissen, wie er seinen Kaffee trank. »Wir beide werden uns häufig um unsere Zulieferer kümmern, und dabei haben wir es zu einem großen Teil mit den Betreibern unserer eigenen Plantagen zu tun«, wechselte er das Thema. »Übrigens erleichtert das unsere Arbeit deutlich, da es kaum Konkurrenzabnehmer gibt und wir außerdem gleichbleibend gute Qualität bekommen. Diesen Luxus haben nicht viele Kaffeehändler.«

»Das heißt also, wir produzieren nicht nur das Endprodukt, sondern sozusagen auch den Grundstoff.«

»So ist es. Die beiden wichtigsten und größten Plantagen befinden sich in Brasilien und werden von den Geschwistern Simon und Rena von Meyerhoff geleitet. Auch hier zeigt sich wieder die Tatsache, dass wir ein Familienunternehmen sind. Schon seit den Gründerjahren pflegen wir, also die Firma und ihre Menschen, sehr enge freundschaftliche, aber auch geschäftliche Beziehungen mit der Familie von Meyerhoff. Und nicht nur das, wir sind sogar miteinander verwandt. Unsere Urgroßmütter waren Schwestern, aber das nur am Rande.« Seine Miene blieb anhaltend freundlich, und sie fühlte sich immer wohler in seiner Gegenwart. Seltsamerweise fiel ihr erst jetzt auf, dass er schwarze Jeans trug und keine Anzughose. Auch das gefiel ihr sehr. Er erhob sich, und sie tat es ihm nach. »So, ich würde vorschlagen, dass Sie jetzt meinen Vater kennenlernen.«

Kurz darauf saßen sie gemeinsam vor dem Schreibtisch von Conrad Rebold-Magnussen. Der ältere Mann, ebenfalls hochgewachsen und schlank, hatte sie zuvor ausnehmend höflich begrüßt und sie dann gebeten, Platz zu nehmen. Insgesamt machte Rebold-Magnussen einen äußerst distinguierten und hanseatischen Eindruck auf Melina. Mit seinem dunkelblauen Anzug, dem hellblauen Hemd und einer passenden Seidenkrawatte war er deutlich konventioneller gekleidet als sein Sohn. Das noch volle Haar war kurz geschnitten und schimmerte so silbergrau wie seine hellen Augen. Melina war nur anfangs ein wenig aufgeregt, denn es stellte sich sehr schnell heraus, dass der mächtigste Mann des Unternehmens ebenfalls ein sehr sympathischer Mensch war. Tessa Sandmann hatte ihr nicht zu viel versprochen, so viel stand fest.

»Tessa lässt sich übrigens entschuldigen«, sagte Rebold-Magnussen in diesem Moment zu ihr, als hätte er gerade ihre Gedanken gelesen. »Sie hat sich einige Tage freigenommen, um ihre Schwester in Dänemark zu besuchen. Aber ich soll Sie ganz herzlich grüßen und Sie auch in ihrem Namen bei uns willkommen heißen.«

»Vielen Dank«, erwiderte Melina lächelnd. »Ich freue mich wirklich sehr auf meine neuen Aufgaben.«

»Gefällt Ihnen Ihr Büro?«, wollte er wissen. Sie amüsierte sich ein bisschen darüber, dass es offenbar beiden Magnussen-Männern enorm wichtig war, dass ihr das Büro gefiel.

»Oh, ja. Es ist wunderbar«, antwortete sie wahrheitsgemäß.

Der Generaldirektor lächelte. »Gut. Wir legen großen Wert darauf, dass unsere Mitarbeiter sich in ihrer Arbeitsumgebung wohlfühlen.«

»Wir haben schon ein wenig mit der Einarbeitung begonnen«, mischte sich Leonard Magnussen ein. »Zumindest haben wir schon miteinander Kaffee getrunken und über die Plantagen gesprochen.«

»Nun, das ist ein sehr guter Anfang, finde ich.«

Im weiteren Verlauf der Unterhaltung spürte Melina sehr schnell die innige Verbindung zwischen Vater und Sohn. Die beiden Männer sprachen in einer Weise miteinander, die sehr herzlich war und ihre gegenseitige Wertschätzung zum Ausdruck brachte. Das gute, fast wohlige Gefühl in ihrer Brust vertiefte sich.

Auch ihr restlicher erster Arbeitstag bei P. F. Magnussen verlief angenehm und viel weniger anstrengend und aufregend, als Melina es erwartet hatte. Offenbar war es Leonard Magnussen vor allem wichtig, dass sie zunächst so viel wie nur möglich über das Kaffeegeschäft im Allgemeinen erfuhr. Nach dem gemeinsamen Mittagessen richteten sie zusammen ihren Computer ein. Auf diese Weise bekam sie auch gleich einen Einblick in die ersten Arbeitsabläufe. Melina fühlte sich großartig und konnte ihr Glück immer noch kaum fassen.

»Sie können jetzt ruhig Feierabend machen«, sagte Magnussen bereits eine halbe Stunde vor der festgelegten Zeit. »Ich denke, für heute waren das genug neue Eindrücke.«

»Ich freue mich schon auf morgen«, antwortete sie aufrichtig.

»Das ist schön. Ich mich auch.« Er ging zurück in sein Büro, ließ die Verbindungstür aber weit geöffnet.

Melina fuhr ihren Computer herunter und sah sich noch einmal kurz um, bevor sie zum Garderobenständer neben der Tür ging, um ihren Mantel zu holen. Ihr Blick fiel dabei auf Magnussen, der gerade vor seinem Schreibtisch stand und ein flaches Paket öffnete. Da sie sich von ihm verabschieden wollte, ging sie ein paar Schritte auf ihn zu.

Er lächelte ein wenig versonnen, während er das Packpapier auseinanderklappte und ein Bild aus dem Karton hob. »Sehen Sie sich das an«, sagte er zu ihr. »Ich habe es neu rahmen lassen. Bis vor einigen Tagen hing dieses Foto nur in einem gewöhnlichen Wechselrahmen. Ich fand das irgendwie unwürdig für so ein geschichtsträchtiges Bild. So kommt es doch viel besser zur Geltung, oder?«

Schon während Melina auf ihn zuging, erkannte sie das Foto. Es war die uralte Schwarz-Weiß-Aufnahme, die sie bereits auf einem alten Zeitungsauschnitt in Käthes Ordner gesehen hatte. Das Bild, das Magnussen in seinen Händen hielt, war natürlich viel größer. Der Holzrahmen sah edel aus und passte perfekt dazu – nicht zu schmal und tiefschwarz mit zarter eisgrauer Maserung.

»Ja, es sieht toll aus. Ist das eine Aufnahme vom ersten Magnussen-Laden?«, fragte Melina, um ihre leichte Unsicherheit zu überspielen. Sie hatte fast ein schlechtes Gewissen, weil sie ihrem neuen Chef nicht sofort gestand, dass ihr das Foto durchaus vertraut war.

»Um ehrlich zu sein, nicht so ganz. Das erste Geschäft meines Urgroßvaters lag in Eppendorf, in der Hoheluftchaussee.«

»Ach, ich wusste gar nicht, dass es die Filiale dort schon so lange gibt.«

Er nickte und fuhr fort: »Mit Unterbrechungen, um genau zu sein. Aber leider existieren davon keinerlei historische Aufnahmen. Mein Urgroßvater gab den kleinen Laden auf, als er zum ersten Mal expandierte. Erst einige Jahre nach dem Zweiten Weltkrieg zog dort wieder eine Magnussen-Filiale ein.« Sein Blick senkte sich erneut auf das Foto. »Dieses Geschäft hier war viel größer. Paul Magnussen eröffnete es im Sommer 1897, kurz nach seiner Hochzeit mit meiner Urgroßmutter Amalia, und setzte damit den eigentlichen Grundstein für unser Unternehmen. Das Haus gehört uns noch immer. Ein wunderschönes Objekt in perfekter Lage mit direktem Blick auf die Binnenalster.«

»Wo genau?«

»Am Ballindamm. Als mein Urgroßvater dorthin umzog, hieß die Straße allerdings noch Alsterdamm. Der Name wurde erst 1947 geändert.«

»Ja, das habe ich mal irgendwo gelesen«, erwiderte sie.

»Seit vielen Jahren ist dort ein Bekleidungsgeschäft ansässig, doch nun wird das Gebäude wieder frei. Ich überlege schon seit Wochen, ob wir es nicht doch wieder selbst nutzen sollten.«

Es entging Melina nicht, dass er in diesem Moment sehr nachdenklich wirkte, und sie wollte zu gerne wissen, was in seinem Kopf vorging. »Eine weitere Filiale?«

Leonard verzog die Lippen. »Hm … Das wäre aus wirtschaftlicher Sicht eigentlich nicht die richtige Entscheidung, das ist ja gerade mein Problem.«

Melina legte ihren Mantel über einen der beiden Besucherstühle und stellte auch ihre Tasche dort ab. »Erklären Sie es mir, Leonard.«

Er hob seinen Blick. »Zum einen gibt es bereits eine Filiale in der Europa-Passage, und die ist nur wenige Schritte entfernt. Tja, und dann muss man natürlich auch berücksichtigen, dass ein Kaffeegeschäft direkt am Ballindamm eigentlich fehl am Platze ist. Dort finden sich inzwischen überwiegend Banken, Bürohäuser und noch einige Spezialgeschäfte. Sie wissen schon, Jägerbedarf, Läden für Karten, so was in der Art. Wie gesagt, die große Einkaufspassage ist direkt in der Nähe, der Jungfernstieg liegt in Sichtweite, und bis zur Mönckebergstraße ist es auch nicht weit.« Er atmete tief durch. »Es ist nur so, dass mir das Objekt viel bedeutet, gerade weil es für unsere Firma so geschichtsträchtig ist. Verstehen Sie, was ich meine?«

»Ich verstehe Sie sogar sehr gut«, erwiderte sie. »Wie viel Zeit bleibt denn noch, bis Sie sich endgültig entscheiden müssen?«

»Der laufende Pachtvertrag endet in sechs Wochen, und wir haben schon mehrere Interessenten, die Büros oder ihre Praxen dort einrichten wollen. Darunter ist auch ein sehr bekannter Architekt. Mein Vater würde ihn vorziehen, aber letztlich überlässt er mir die Entscheidung.«

»Dass Ihr Vater gerne den Architekten hätte, macht es für Sie nicht leichter.«

»Genau«, stimmte er ihr zu.

Gemeinsam mit Leonard betrachtete sie für einen Moment schweigend das alte Foto. Das junge Paar, das nebeneinander und mit hocherhobenen Köpfen vor dem Schaufenster stand, blickte fast schon feierlich drein. Da das Bild viel größer war als der etwas verschwommene Abdruck des Zeitungsausschnitts, konnte Melina hier mehr Einzelheiten erkennen. In seinem dunklen Anzug und dem weißen Hemd mit hohem Kragen sah der Mann sehr attraktiv aus. Trotzdem zog die Frau Melinas Aufmerksamkeit auf sich. Sie war mindestens einen Kopf kleiner als ihr Ehemann, hatte eine recht kurvige Figur und wirkte, zumindest auf dem Foto, äußerst selbstsicher. Obwohl sie ihr Haar aufgesteckt trug, nahm Melina sofort an, dass es ein bisschen widerspenstig gewesen war. Zu gerne hätte sie gewusst, welche Farbe das Kleid gehabt hatte, doch das ließ sich auf einer Schwarz-Weiß-Aufnahme natürlich nicht erkennen. Das bodenlange Gewand war schlicht, wirkte aber sehr elegant mit seiner eng anliegenden Taille und dem leicht ausgestellten Rock.

»Das sind also Paul und Amalia Magnussen«, sagte sie, ohne ihren Blick von dem Foto zu lösen.

»Richtig. Das sind meine Urgroßeltern«, bestätigte Leonard Magnussen mit beinahe feierlichem Tonfall. »Ohne sie würde es dieses Unternehmen heute nicht geben.«

6. Kapitel

Nienstedten bei Hamburg, im Mai 1897
Auf Lindenhain, dem Landsitz der Familie Claasen

Amalia warf einen schnellen Blick auf die große Wanduhr über dem Kamin des Festsaals. Trotz des tiefen Glücks, das sie empfand, fühlte sie nun auch Erschöpfung und Müdigkeit in sich aufkeimen. Das Mieder drückte sich schon seit Stunden immer stärker in ihre Haut, und ihre Füße taten weh. Doch jetzt ging es auf Mitternacht zu, und der Höhepunkt und Abschluss der dreitägigen Festlichkeiten – die eigentliche Hochzeitsfeier – neigte sich langsam, aber sicher ihrem Ende entgegen. Nicht wenige der Gäste hatten sich bereits verabschiedet und waren in ihre Kutschen gestiegen, denn der Weg zurück in die Stadt würde noch einige Zeit in Anspruch nehmen. Allein die Familie und ein paar sehr enge Freunde wollten die Nacht im Gutshaus oder im benachbarten Gästehaus verbringen.

Alles in allem hätte Amalia sich ihre Hochzeit nicht schöner wünschen können. Tagsüber hatte die Sonne von einem wolkenlosen Himmel gestrahlt, und die feierliche Zeremonie in der nahe gelegenen Kirche am frühen Nachmittag hatte Amalia regelrecht beseelt. Ja, sie war unbeschreiblich glücklich, doch in ihrem Bauch begann es sofort zu kribbeln, sobald sie an ihre bevorstehende Hochzeitsnacht dachte.

Natürlich sprachen nur die wenigsten über diese sehr intime Sache, und wahrscheinlich wäre es viel leichter gewesen, wenn ihre Mutter noch leben würde. Ihrem Vater mochte sie keine Fragen darüber stellen, schließlich war er ein Mann. Doch Amalia hatte so viele Informationen gesammelt, wie sie nur bekommen konnte. Sie hätte nur zu gerne mehr erfahren, aber sie nutzte ihren Verstand, um eigene Schlüsse zu ziehen. Inzwischen war sie davon überzeugt, recht gut Bescheid zu wissen. Bereits in ihrer Kindheit hatte sie viel Zeit auf dem Gut verbracht. Es gab hier viele Tiere, und deren Art der Fortpflanzung war ihr durchaus bekannt. Außerdem befand sich in der Bibliothek ihres Vaters ein Buch über die menschliche Anatomie. Obwohl es an einer Stelle im Regal versteckt gewesen war, die nicht sofort ins Auge fiel, hatte Amalia es irgendwann entdeckt und seither immer wieder einen heimlichen Blick in das Werk riskiert. Was sie darin erfahren hatte, machte sie nicht sonderlich bang, aber es schürte die seltsame Erregung, die sie jedes Mal bei dem Gedanken überkam, dass sie Paul schon bald so sehen und derartige Intimitäten mit ihm teilen würde.

»Du bist noch niemals hübscher gewesen«, flüsterte Gertrud ihr in dieser Sekunde zu. »Die schönste Braut, die ich jemals gesehen habe.« Für eine kurze Verschnaufpause hatten Gerti und sie sich zusammen in eine Ecke des Festsaals zurückgezogen.

Amalia atmete tief durch und schenkte ihrer Freundin ein Lächeln. Sie war froh darüber, dass ihr Vater ihr gestattet hatte, Gertrud einzuladen. Es war durchaus keine Selbstverständlichkeit, dass die Tochter einer Hausangestellten bei so einem Anlass als Gast zugegen war, doch ihr Vater hatte nicht einmal gezögert, als Amalia ihn darum gebeten hatte, Gerti zu ihrer Hochzeit einladen zu dürfen. Natürlich wusste er, wie wichtig ihr ihre Freundin war. Außerdem hatte Gerti ihr ein Brautkleid auf den Leib geschneidert, das schöner nicht hätte sein können. Ihr Vater hielt viel von Gertis Können und hatte sie zuvor angewiesen, nicht an den Materialien zu sparen. Offensichtlich hatte die talentierte Schneiderin das auch nicht getan. Weiße Seide, wundervolle Spitzenbordüren und lauter winzige Perlen machten das Gewand zu einem wahren Schmuckstück.

»Das liegt nur an deinem Geschick, Gerti. Das Kleid ist unfassbar schön.«

Gertrud wurde ein bisschen rot. »Ich kann kaum glauben, dass dein Vater mir erlaubt hat, es für dich zu entwerfen. Und dass ich mir selbst auch noch ein Kleid aus diesem wunderschönen Musselin nähen durfte … Wir haben ihn erst vor wenigen Wochen aus Frankreich bekommen.« Sichtlich stolz strich Gerti über den Rock ihres lavendelblauen Kleids.

»Die Farbe steht dir hervorragend.«

»Ja, ich weiß.« Sie kicherte leise. »Und stell dir vor, ich darf es sogar behalten. Ich hatte eigentlich angenommen, dass es nach deiner Hochzeit gereinigt wird, damit es zum Verkauf angeboten oder zumindest ausgestellt werden kann, aber nein … Dein Vater hat es mir einfach geschenkt. Er sagte, sobald ich im Geschäft mehr Verantwortung übernehmen könne, brauche ich ohnehin ein gutes Kleid für festliche Modenschauen oder andere Veranstaltungen. Ach, er ist so ein netter Mensch.«

»Das ist er. Aber ich frage mich noch immer, wie du das alles geschafft hast. Du musst doch Tag und Nacht daran gearbeitet haben. Schließlich musstest du mein Kleid sogar noch einmal ändern, weil ich in den vergangenen Wochen vor lauter Aufregung kaum noch etwas essen konnte. »

Gertrud winkte ab. »Die Arbeit hat mir so große Freude gemacht, da merkt man gar nicht, wenn man müde wird. Und dass ich heute sogar als dein Gast dabei sein durfte, das ist alles wie ein Traum. Ach, es war eine so wunderschöne Zeremonie, Amalia. Ich werde noch lange davon zehren, und ich danke dir von Herzen, dass ich all die Tage dabei sein durfte.«

Die Begeisterung ihrer Freundin rührte Amalia, und sie musste schlucken. »Du bist meine beste Freundin. Natürlich war es mir wichtig, dass du bei meiner Hochzeit in meiner Nähe bist.«

Gerti strahlte, hob ihr Glas und nahm einen Schluck Champagner. »Er sieht *so* unglaublich gut aus, dein Ehemann«, sagte sie nach einer kurzen Pause des Schweigens.

So wie Gerti blickte nun auch Amalia hinüber zur anderen Seite des Festsaales. Paul und Georg standen zusammen und unterhielten sich anscheinend ebenso vertraut miteinander wie sie und ihre Freundin. Sofort begann ihr Herz wieder schneller zu schlagen.

»Ja, er sieht wirklich blendend aus. Und er ist überhaupt so … wunderbar.« Unweigerlich musste Amalia lächeln. »Ich kann kaum in Worte fassen, wie ich empfinde, Gerti. Es ist ein so allumfassendes Gefühl, das mich durchströmt, sobald ich auch nur in seiner Nähe bin. Ich bin ganz und gar berauscht vor lauter Glückseligkeit.«

»Ach, das freut mich so sehr für dich, du Liebe. Genauso ein Glück habe ich dir von Herzen gewünscht. Und dein Paul wird dir sicherlich ein wunderbarer Ehemann sein, da bin ich mir sicher.«

Paul bemerkte, dass seine frischgebackene Ehefrau zu ihm herübersah. Er hob sein Glas und prostete ihr zu.

»Sie sieht sehr schön aus, nicht wahr?«, fragte Georg neben ihm. »Und sie scheint in der letzten Zeit einiges an Gewicht verloren zu haben.«

»Du hast recht, sie ist eine wunderhübsche Braut«, antwortete Paul. »Aber sie hat mir auch schon gefallen, als sie noch etwas üppiger war. Im Übrigen kannst du jetzt wirklich langsam damit aufhören, mir unermüdlich Amalias Vorzüge herunterzubeten, mein Freund. In den vergangenen Monaten hatte ich wahrlich genug Zeit, mich selbst davon zu überzeugen. Inzwischen weiß ich sehr genau, dass sie eine fabelhafte Frau ist.«

»Da bin ich erleichtert.«

Paul wandte sich seinem Freund zu. »Und glaub mir, ich bin restlos zufrieden mit meiner Entscheidung. Dein nachhaltig schlechtes Gewissen ist vollkommen unangebracht.«

»Du kennst mich eben.«

»Ja, ich kenne dich, Georg von Meyerhoff, und deshalb weiß ich auch, dass dich die Sache noch immer umtreibt. Wir hatten doch besprochen, dass wir nicht mehr darüber reden wollen.« Paul setzte ein Grinsen auf. »Ich hätte auch eine andere Möglichkeit gefunden, an das nötige Kapital zu kommen, das hast du doch selbst gesagt. Hör also endlich mit deinen Zweifeln auf, und denk nicht länger darüber nach, ob du dich richtig verhalten hast. Letztlich war es einzig und allein meine Entscheidung, der Heirat zuzustimmen.«

»Mir bedeutet es wirklich viel, das noch einmal so deutlich von dir zu hören.«

»Freu du dich lieber auf deine eigene Hochzeit im nächsten Monat.«

Unweigerlich blickten beide Männer zu Helene hinüber. Zusammen mit ihrem Vater und einigen der letzten Gäste stand sie am anderen Ende des Saals. Für Paul sah es allerdings ganz danach aus, als würde sie sich kaum am Gespräch beteiligen. Wenn er sich nicht täuschte, wirkte sie sogar ein wenig in sich gekehrt. Allein schon der Anblick dieser zauberhaft schönen Frau ließ ihn innerlich erbeben.

»Das tue ich«, sagte Georg in diesem Moment. »Du kannst dir kaum vorstellen, wie sehr ich mich darauf freue, Helene endlich zu meiner Frau machen zu dürfen.«

»Oh doch, das kann ich durchaus«, rutschte es Paul heraus, daher redete er schnell weiter. »Schließlich sprichst du mit einem Mann, der selbst erst vor ein paar Stunden Ja zu seiner Braut gesagt hat und es kaum erwarten kann, endlich allein mit ihr zu sein. Ich würde darauf wetten, dass jeder Mann vor seiner Hochzeit vor allem daran denkt. Auch du, mein lieber Georg. Du kannst es ruhig zugeben.«

Georg lachte leise in sich hinein.

»Und offensichtlich bist du nicht abgeneigt, mir in dieser Sache voll und ganz zuzustimmen«, erwiderte Paul grinsend. »Ah, die Musiker machen sich noch einmal bereit, wie ich sehe. Ich nehme an, das wird die letzte Tanzrunde des Abends werden. Wir sollten zu unseren Damen gehen, um sie noch einmal über das Parkett zu wirbeln, damit dieser festliche Anlass den würdigen Abschluss findet, was meinst du?«

Paul war eigentlich kein großer Tänzer, aber mit Amalia zu tanzen machte ihm wirklich Spaß. Sie verstand es hervorragend, ihm vollkommen die Führung zu überlassen. Auch wenn er noch immer ein tiefes Begehren verspürte, sobald er ihre jüngere Schwester auch nur ansah, so hatte er Georg dennoch die Wahrheit gesagt: Er konnte es tatsächlich kaum erwarten, endlich mit Amalia allein zu sein. Die Zeit der Brautwerbung hatte ihre Spuren hinterlassen.

Diskret neigte er sich ein wenig näher zu Amalia, damit nur sie allein ihn hören konnte. »Die letzten Gäste werden sich bald verabschieden«, sagte er leise zu ihr. Als sie daraufhin zu ihm aufsah, umfasste er ihre Taille noch ein wenig fester. Eine Geste, die außer ihr ebenfalls niemand bemerkte, wie er sehr genau wusste. »Wie viel Zeit soll ich dir später lassen, bis ich zu dir komme, Liebes?«

Er fühlte ihr Räuspern eher, als dass er es hörte, doch ihr Blick senkte sich nicht im Geringsten. »Ich würde sagen … vielleicht eine halbe Stunde. Meine Kammerzofe wird wohl einige Zeit brauchen. Dieses Kleid hat unfassbar viele Häkchen.« Sie lachte zu ihm auf.

Schon bei anderen Gelegenheiten hatte er bemerkt, dass sie nicht unbedingt zur Schüchternheit oder gar falschen Hemmungen neigte, was er erfrischend fand.

»Nun, mit einer halben Stunde kann ich sehr gut leben«, gab er augenzwinkernd zurück. »Doch ich kann dir versichern, dass ich mich auch sehr gerne selbst um all die Häkchen kümmern würde.«

Erneut lachte sie verhalten, und ihre Wangen röteten sich ein wenig. »Ich denke, das wäre heute kaum angebracht, da wir ein wenig … sagen wir mal, unter Beobachtung stehen«, erwiderte sie und bestätigte damit wie schon so oft ihren speziellen Humor, den er inzwischen wirklich zu schätzen wusste.

»Dann werde ich das mit Freuden nachholen, sobald wir uns in unserem eigenen Zuhause befinden.« Kaum hatte er den Satz ausgesprochen, verklang der letzte Ton des Walzers.

Amalias Vater kam strahlend und mit ausgebreiteten Armen auf sie zu und legte ihnen jeweils einen Arm um die Schultern. »Den Abschlusswalzer des Abends haben wir euch gerne gegönnt, meine Kinder, doch nun wollen sich die letzten Gäste verabschieden.«

Die Kammerzofe hatte gerade erst das Zimmer verlassen, als es leise an der Verbindungstür zum Nebenzimmer klopfte. Amalia saß noch immer auf dem Stuhl vor dem Frisiertisch, doch als Paul eintrat, erhob sie sich und sah ihm entgegen. Ihr Herz pochte vor lauter Aufregung wie wild, schien ihre Brust fast zu sprengen. Zum ersten Mal in ihrem Leben war es ihr wirklich wichtig, dass sie möglichst gut aussah. Ihre Zofe hatte sich alle Mühe gegeben und ihr jeden Wunsch erfüllt. Ihr Haar fiel Amalia nun glänzend und in leichten Wellen fast bis auf die Hüften. Das Nachthemd aus zartem Batist und der dazu passende Morgenmantel besaßen die Farbe von reifen Aprikosen, und sie hatte mit Freude festgestellt, dass dieser Farbton ihrem Teint besonders schmeichelte. Auf Anraten ihrer Zofe war sie darunter nackt. Ein eigenartiges, ungewohntes und doch befreiendes Gefühl.

Auch Paul hatte sich bereits für die Nacht umgezogen. Der dunkelblaue Hausmantel reichte ihm bis zu den Knöcheln, dennoch sah sie die gestreifte Hose eines Schlafanzugs darunter hervorlugen. Seine nackten Füße steckten in schlichten Lederpantoffeln. Ein leises Lächeln umspielte seine Lippen, während er die Tür hinter sich zuzog, dann jedoch an Ort und Stelle verharrte und sie mit einem Blick betrachtete, der die Schmetterlinge in ihrem Bauch noch heftiger flattern ließ.

»Es ist ungewohnt, dich mit offenem Haar zu sehen«, sagte er. Seine Stimme klang noch eine Spur tiefer als sonst.

»Ich …« Sie musste sich räuspern. Ihr Mund war plötzlich ganz trocken. Bestürzt bemerkte sie, dass sie leicht zitterte. »Ich hoffe, ich …«

»Es gefällt mir sogar sehr, Amalia«, unterbrach er sie, als hätte er gerade ihre Gedanken gelesen. Endlich kam er näher, bis er vor ihr stand. »*Du* gefällst mir sehr.«

Sie sah zu ihm auf und fragte sich, ob er ihr Zittern bemerkte. »Verzeih, ich bin ein wenig aufgewühlt«, versuchte sie ihren Zustand zu erklären.

Sein Lächeln vertiefte sich. »Ist das Gefühl angenehm, oder empfindest du es als störend?«

Einen Augenaufschlag lang horchte sie in sich hinein. »Ich kann es wirklich nicht sagen.«

»Wie immer bist du erfrischend ehrlich.« Paul kam noch einen Schritt näher und legte seine Hände um ihre Schultern. »Dann sollten wir dafür sorgen, dass du es herausfindest, meinst du nicht?«

Für einen langen Moment versank ihr Blick in seinen tiefblauen Augen. Als sein Gesicht näher kam, schloss sie die Augen und spürte gleich darauf seine Lippen auf den ihren. Sanft, fast vorsichtig küsste er sie, zog sie dabei enger an sich, bis ihr Busen seinen Körper berührte und seine Arme sich ganz um sie legten.

In den vergangenen Wochen hatte er sie bereits mehrmals kurz geküsst. Während der Verlobungszeit war es etwas leichter gewesen, sich auch mal allein zu sehen. Natürlich hatte man sie höchstens für wenige Minuten sich selbst überlassen, zum Beispiel wenn er vorbeigekommen war, um mit ihr im Salon Kaffee zu trinken. Doch Paul hatte es jedes Mal verstanden, diese kurzen Augenblicke für ein paar verstohlene Zärtlichkeiten zu nutzen. Daher wusste sie bereits, dass seine Berührungen Empfindungen in ihr hervorriefen, die sie völlig aus dem Gleichgewicht warfen. Gefühle, die ihr Denkvermögen nahezu außer Kraft setzten und gleichzeitig ihren Herzschlag ankurbelten, als würde sie um ihr Leben rennen. Doch sie hatte alles andere als Fluchtgedanken, wenn er ihr so nah war, eher war das Gegenteil der Fall. Sie wollte Pauls Nähe so sehr. Sie verlangte immer stärker danach.

Irgendwo in ihrem Unterbewusstsein flüsterte ihr eine Stimme zu, dass heute niemand mehr kommen würde, um den Anstand zu gewährleisten, und der Gedanke berauschte sie ungemein. Keiner würde sie jemals wieder stören, denn jetzt waren sie miteinander verheiratet.

Paul vertiefte den Kuss, und sie kam ihm dabei unwillkürlich entgegen. Und dann spürte sie, wie er seine Zungenspitze langsam zwischen ihre Lippen schob, sie tiefer gleiten ließ und nach ihrer suchte. Es war ein atemberaubendes Gefühl. Als sie ein leises Keuchen hörte, wurde ihr erst eine Sekunde später bewusst, dass sie es selbst ausgestoßen hatte. Doch auch sein Atem beschleunigte sich hörbar. Er drückte sie noch ein wenig stärker an sich, und da spürte sie seine Härte an ihrem Bauch. Das Gefühl erschreckte sie kurz und ließ sie innehalten. Paul musste es gespürt haben, denn er unterbrach den Kuss und ließ seine Hände sanft und beruhigend über ihren Rücken gleiten.

»Du brauchst keine Angst davor zu haben«, sagte er. »Das ist nur ein eindeutiges Zeichen dafür, wie sehr ich dich begehre, Liebes.«

»Ich habe keine Angst«, erwiderte sie flüsternd. »Ich weiß … ähm … darum. Es ist nur … ungewohnt.«

Er löste sich etwas von ihr und ergriff ihre Hand. »Komm«, sagte er heiser und zog sie hinüber zum Bett, doch dann blieb er stehen, schien kurz über etwas nachzudenken. »Vielleicht sollten wir einige der Kerzen und die Öllampe auf deiner Kommode löschen, damit du dich sicherer fühlst«, schlug er vor. »Ich denke, der kleine Kandelaber auf dem Nachttisch ist ausreichend für uns, was meinst du?«

Sie nickte, war froh über seinen Vorschlag, und gemeinsam setzten sie ihn in die Tat um. Als sie schließlich wieder neben dem Bett standen, fühlte sie sich tatsächlich besser. Oh, sie war noch immer aufgewühlt, aber das Zittern hatte nachgelassen, und das empfand sie als Erleichterung.

Paul trat erneut nah an sie heran. »Ich begehre dich sehr«, flüsterte er dunkel. »Ich konnte diese Nacht kaum noch erwarten.«

»Ich …« Sie wusste einfach nicht, was sie ihm antworten sollte. Seine Worte machten sie ganz schwach.

Als er nach den Enden des schmalen Bindegürtels ihres Morgenmantels griff, kam das Zittern zurück.

»Ich hoffe, es ergeht dir ebenso wie mir«, fuhr er fort, während er den Mantel mit beiden Händen über ihre Schultern schob, bis er lautlos zu Boden glitt und sie den leichten Stoff auf ihren Füßen spürte.

»Ja, das tut es«, erwiderte sie. Ihr Atem stockte, da er in diesem Augenblick die nackte Haut ihrer Schultern berührte. Sehr langsam ließ er seine Fingerspitzen über ihre bloßen Arme hinuntergleiten, umfasste kurz ihre Hände, bevor er auch seinen Morgenmantel öffnete und auszog. Er warf ihn über einen Sessel, der unweit vom Bett stand, schlüpfte dann aus den Pantoffeln und schob sie mit seinem linken Fuß beiseite.

Erstaunt und ein wenig verlegen erkannte sie, dass sein Oberkörper nackt war. Offenbar hatte er von vornherein darauf verzichtet, die Jacke seines Schlafanzugs anzuziehen. Der Anblick seiner nackten Brust mit den dunklen Haaren rief die unterschiedlichsten Gefühle in ihr hervor. Einerseits verspürte sie eine tiefe Unruhe, doch andererseits reizte es sie immens, seine Brust zu berühren.

Paul ließ ihr jedoch keine Zeit, länger darüber nachzudenken, denn ehe sie sich's versah, lag sie erneut in seinen Armen. Dieses Mal drückte er seinen Mund eine Spur härter auf ihre Lippen, und er zögerte auch nicht, das Spiel seiner Zunge sofort wieder aufzunehmen. Durch das dünne Nachthemd konnte sie Pauls Hände zunächst auf ihrem Rücken spüren, dann ließ er sie tiefer gleiten. Er umfasste ihren Po und presste Amalia so an seinen Unterkörper. Ein drängendes, pulsierendes Gefühl ergriff von ihr Besitz und schien von Sekunde zu Sekunde stärker zu werden.

Paul unterbrach den Kuss ein weiteres Mal und sah ihr ins

Gesicht. Sein Atem ging ebenso schnell wie ihrer, und in seinen Augen loderte ein leidenschaftliches Feuer. Wie von selbst begannen nun auch ihre Hände, seinen Oberkörper zu erkunden. Zunächst berührte sie seinen Hals, danach die beeindruckend breiten Schultern und seine harten Oberarme, bevor sie es endlich wagte, ihre Handflächen über seine Brust gleiten zu lassen. Er fühlte sich wundervoll an. Sein Name entschlüpfte ihrer Kehle, ohne dass sie ihn hätte aussprechen wollen.

»Ja.« Pauls Stimme klang sehr heiser und atemlos. »Ich will …« Er räusperte sich dunkel. »Wir sollten uns hinlegen«, raunte er und drängte sie zurück, bis sie die Matratze an ihren Oberschenkeln spürte.

Rückwärts rutschte sie hinauf und beobachtete dabei, wie er seine Schlafanzughose über seine schmalen Hüften nach unten schob und herausstieg. Er war nun vollkommen nackt, und der Anblick seiner hochragenden Männlichkeit ließ sie innerlich erbeben. Kurz hielt er inne, so als wollte er ihr die Möglichkeit geben, sich an seine Nacktheit zu gewöhnen.

»Soll ich …« Nun musste Amalia sich räuspern. »Ich meine, möchtest du, dass auch ich mich ganz ausziehe?«, fragte sie.

Er kam näher und setzte sich ebenfalls aufs Bett. »Davon träume ich ebenfalls seit Monaten«, antwortete er. »Aber warte, ich helfe dir gern dabei.«

Amalia begriff, dass es ihm offenbar Freude bereiten würde, deshalb zog sie nur den Saum höher, bis sie nicht mehr auf dem Stoff ihres Nachthemds saß, streckte die Arme nach oben und sah ihn an. Lächelnd und bedächtig kam er ihrer stillen Aufforderung nach. Im flackernden Licht der Kerzen ließ nun sie sich eingehend von ihm betrachten. Sie wunderte sich ein wenig, dass sie dabei noch nicht einmal den Anflug von Scham empfand.

»Du bist wunderschön«, sagte er leise und drückte sie dabei zurück, bis sie nebeneinanderlagen. Die Liebkosungen seiner Hände machten sie atemlos. Er streichelte ihre Brüste, was sie fast um den Verstand brachte, doch als er sich über sie beugte, um ihre Brustspitzen zwischen seine Lippen zu nehmen, hätte eine unbekannte Macht sie fast zum Schweben gebracht, zumindest empfand sie es so. Dann ließ er eine Hand langsam über ihren Bauch nach unten gleiten, und sie konnte keinen einzigen klaren Gedanken mehr fassen. Ihr gesamter Körper war bereits in Aufruhr. Wahrscheinlich wusste sie deshalb auch nicht so richtig, was sie tun sollte. Daher umklammerte sie nur seine Schultern und hörte sich selbst immer wieder seinen Namen stammeln. Dieses fremde und machtvolle Gefühl nahm mit jeder Sekunde mehr von ihr in Besitz.

Dann berührte er sie an der Stelle, von der sie bereits wusste, dass sie besonders war. Sie glaubte zu sterben vor lauter Wonne. Alles, was sie noch wahrnahm, war das unfassbare Gefühl, das Pauls Berührungen in ihr auslösten. Es ließ nicht nach und steigerte sich noch, als er ihren Hals und erneut ihre Brustspitzen küsste. In diesem Augenblick wurde Amalia von einem wahren Sturm der Gefühle mitgerissen, und die Wogen der Wonne schienen sie regelrecht vom Bett zu heben. Sie hörte sich selbst kurz aufschreien, als die Wellen der Verzückung einsetzten und dann langsam wieder abebbten.

Nachdem sie wieder zu sich gekommen war, legte Paul sich auf sie.

»Atme tief ein, Liebes«, hörte sie ihn flüstern, dann schob er seine harte Männlichkeit in sie. Immer tiefer, bis ein schneidender Schmerz einsetzte, auf den sie nicht vorbereitet gewesen war. »Atme!« Sie versuchte ihn abzuwehren, doch er ließ ihr keine Wahl. Er hielt ihre Hände eisern fest und küsste sie zugleich sanft auf den Mund. »Ruhig, ganz ruhig. Es ist gleich vorbei, Liebes«, flüsterte er keuchend, und sie spürte, wie er sich immer weiter in sie hineinschob.

Mit einiger Erleichterung spürte sie jedoch, dass der Schmerz tatsächlich nachließ und dann verschwand. Doch nicht nur das. Zu ihrer eigenen Überraschung kam kurz darauf das lustvolle Gefühl zurück. Paul bewegte sich immer schneller in ihr.

Gerade als sich ein neuer Sturm der Wonne in ihr aufbauen wollte, hielt er plötzlich inne. Im Licht der Kerzen sah sie, dass Paul den Kopf in den Nacken warf und einige lange und laute Atemzüge von sich gab, während sie tief in sich das Pulsieren seiner Männlichkeit spürte. Dann brach er auf ihr zusammen. Sein heißer, schneller Atem traf seitlich auf ihren Hals. Sie dachte nicht darüber nach, warum sie es tat, doch sie streichelte seinen Kopf, so wie sie es wohl bei einem Kind getan hätte. Vielleicht tat sie es auch, um sich selbst zu beruhigen. Kurz darauf glitt er aus ihr heraus und legte sich lang ausgestreckt auf dem Rücken neben sie.

»Geht es dir gut?«, fragte er.

»Ja«, antwortete sie leise. »Ja, mir geht es gut.«

»War es sehr schlimm?«

Sie zögerte kurz. »Nein, eigentlich nicht. Der Schmerz war schnell vorbei, so wie du es gesagt hast.«

»Das ist gut.«

Sie legte ihren Kopf auf die Seite, sodass sie ihn ansehen konnte. »Woher wusstest du das?«

Sein leises Lachen nahm ihr die Sorge, dass diese Frage vielleicht ein wenig zu forsch gewesen sein könnte.

»Ich habe mich erkundigt«, erwiderte er schließlich und sah sie ebenfalls an. »Man hat mir gesagt, dass es nur beim ersten Mal wehtut, falls dich das beruhigt.« Er räusperte sich. »Ich habe mich darum bemüht, dass du trotzdem Lust empfindest.«

Amalias Herzschlag beschleunigte sich. »Es … ist dir gelungen.«

»Das freut mich.«

»Mich auch.« Sie lachten beide. »Du hast mich ganz verrückt gemacht«, schob sie nach. »Ich meine damit, außerordentlich angenehm verrückt. Ich wusste nicht, dass es derartige Gefühle überhaupt gibt. Jedenfalls nicht so.«

»Mir gefällt, dass du überhaupt nicht schamhaft bist«, gab er lächelnd zu und streichelte ihre Wange. »Mir gefällt das sogar sehr.«

»Warum sollte ich es auch sein?«, erwiderte sie ehrlich. »Wir werden unser Leben miteinander verbringen. Schamhaftigkeit wäre da sehr störend.« Kurz überlegte sie. »Nein, ich denke eher, dass sie auf die Dauer sogar arg anstrengend sein könnte.«

Paul setzte sich auf und sah ihr erneut ins Gesicht. »Das sehe ich ganz genauso.« Er beugte sich über sie und küsste sie kurz auf die Lippen, was sie ganz entzückend fand. Gleich darauf deutete er auf die bereitstehende Waschschüssel in der Ecke des Zimmers. »Ich werde dir ein feuchtes Tuch holen, damit du dich ein bisschen säubern kannst.« Er lächelte sie warm an. »Das kühle Wasser wird dir guttun. Ich denke, danach fühlst du dich wohler.«

Kaum hatte er das ausgesprochen, stand er auf. Amalia sah ihm nach und damit auch zum ersten Mal seine nackte Hinterseite. »Lass nur«, sagte sie schnell und erhob sich ebenfalls. »Ich komme lieber dorthin. Du musst dich ja sicherlich auch waschen.«

Nur wenige Minuten später, nachdem sie sich beide frisch gemacht hatten, lagen sie wieder nebeneinander im Bett, und Paul legte einen Arm um Amalia. »Ich habe immer nur allein geschlafen, aber ich finde es sehr schön, hier so mit dir zu liegen«, gab sie zu und rückte noch ein wenig enger an seinen warmen Körper heran.

»Ja, ich finde es auch schön.« Er atmete tief durch. »Ich habe dennoch dafür Sorge getragen, dass jedem von uns ein eigenes Schlafzimmer zur Verfügung steht«, teilte er ihr mit. »Du weißt ja, dass ich mein Haus auf deinen Einzug vorbereitet habe.«

Amalia fand die Vorstellung, zukünftig allein in einem großen Bett zu liegen, während er nebenan schlief, nicht unbedingt verlockend, dennoch nickte sie. »Das ist wohl auch so üblich, oder? Meine Eltern schliefen auch in getrennten Räumen.«

»Ja, meine ebenfalls.« Er stützte sich auf seinem Ellenbogen ab und sah sie an. »Vor allem denke ich aber, dass es praktisch ist, falls einer von uns beiden seine Ruhe braucht oder einfach früher schlafen gehen möchte.«

»Ja.« Die Vorstellung gefiel ihr noch immer nicht, und er schien es zu bemerken.

»Worüber denkst du nach, Amalia?«

»Was ist, wenn … Also, wenn wir …«

»Du meinst, wenn wir wieder so beieinander sein wollen wie heute Nacht?«

»Genau.«

»Dann werden wir das tun.« Wieder schenkte er ihr sein warmes Lächeln. »Ich glaube, wir werden uns da schon einig werden, meinst du nicht?«

»Natürlich«, erwiderte sie. Auch sie musste lächeln.

»Wir sollten jetzt schlafen«, hörte sie ihn noch sagen, doch da fielen ihr bereits die Augen zu.

Als Amalia am nächsten Morgen erwachte, war sie allein.

Paul fühlte sich großartig. Er genoss das reichhaltige Frühstück und trank mehrere Tassen Kaffee, der selbstverständlich aus seiner Rösterei stammte und extra für die Hochzeit hierhergebracht worden war. Doch nicht nur das gute Essen und der Kaffee waren schuld an seiner ausgezeichneten Laune, es war vor allem die Gewissheit, in der vergangenen Nacht alles richtig gemacht zu haben, die ihm dieses beglückende Gefühl bescherte. Seine alte Freundin Mona Wessel um Rat zu fragen war genau die richtige Entscheidung gewesen. Mona befand sich bereits in den mittleren Jahren und besaß ein Freudenhaus, das er in der Vergangenheit dann und wann aufgesucht hatte. Sie hatte ihn sogar für seine Fragen gelobt, weil es ihrer Einschätzung nach nicht viele Männer gab, die sich über die Bedürfnisse ihrer Frauen Gedanken machten. Sie hatte ihm alles erklärt, was im Umgang mit einer Jungfrau wichtig sein konnte, und nach der vergangenen Nacht war er ihr äußerst dankbar dafür.

Amalia strahlte heute Morgen vor lauter Glück, und das war auch für die anderen am Frühstückstisch nicht zu übersehen. Jedenfalls erntete er entsprechend anerkennende Blicke von seinem Schwiegervater, die Paul sehr genau zu deuten wusste. Er nahm sich vor, Mona Wessel in den nächsten Tagen ein gut gefülltes Paket mit Kaffee und Konfekt zukommen zu lassen.

Es waren noch ungefähr zwanzig Personen anwesend, und wegen des anhaltend guten Wetters hatte man die Frühstückstafel auf einer Wiese hinter dem Gutshaus aufgebaut.

»Bei diesem herrlichen Sonnenschein sollten wir erst am Nachmittag an die Heimfahrt denken«, sagte Amalia gerade zu ihm.

Sofort nickte er. »Der Meinung bin ich auch. Es ist wunderbar hier, und die gute Luft tut uns sicherlich gut. Bei Gelegenheit würde ich mir auch gerne die Umgebung genauer anschauen.«

»Nun«, wandte sich Ferdinand Claasen direkt an ihn. »Dazu wirst du ab jetzt genug Gelegenheiten finden, da das Haus, die anderen Gebäude und das dazugehörige Land von nun an Amalia gehören.« Paul glaubte, sich verhört zu haben, doch sein Schwiegervater deutete seinen Blick richtig und nickte. »Lindenhain war ursprünglich im Besitz meiner verstorbenen Frau«, fuhr Claasen fort. »Meine Frederike war es auch, die darauf bestanden hat, dass es an unsere älteste Tochter geht, sobald diese heiratet, so wie es in ihrer Familie Tradition ist. Gestern habe ich die nötigen Papiere unterschrieben. Das Gut gehört nun Amalia.« Claasen hustete kurz. »Und damit ja wohl auch dir, mein lieber Schwiegersohn.«

Paul war sprachlos. Bereits vor ein paar Wochen hatte Claasen ihm einen Betrag für die Erweiterung des Kaffeekontors zukommen lassen, der weit über ihre Vereinbarung hinausging, doch nun gehörte ihm durch seine Heirat plötzlich auch noch dieser herrschaftliche Landsitz. Er hatte keine Ahnung, wie wertvoll Gut Lindenhain tatsächlich war, denn davon verstand er zu wenig, doch Landbesitz zeugte seit jeher von Reichtum.

»Das ist wahrlich überraschend«, brachte er schließlich hervor.

Die letzten Hausgäste hatten sich gleich nach dem Frühstück verabschiedet. Auch Ferdinand Claasen war vor ungefähr einer halben Stunde gemeinsam mit seiner jüngsten Tochter Bernadette und Hildegard Kröger in die Kutsche gestiegen, um zurück in die Stadt zu fahren. Amalia und Helene saßen plaudernd nebeneinander auf einer eisernen Bank unter einem der alten Lindenbäume hinter dem Haus und genossen offensichtlich das warme Maiwetter. Die beiden Frauen boten einen schönen und friedlichen Anblick, stellte Paul fest, während er sich in Begleitung von Georg ein wenig die Beine vertrat. Ab und zu trug der leichte Wind Amalias helles Lachen über die Wiese zu ihnen herüber. Helene, die wunderschöne Helene, lachte eher selten.

Er fragte sich nicht zum ersten Mal, warum Amalias Schwester in der letzten Zeit oft ernster wirkte als zu Beginn ihrer Bekanntschaft, doch sofort mahnte er sich in Gedanken zur Vorsicht. Erst gestern, kurz vor der Hochzeitszeremonie in der Kirche, hatte er sich nochmals geschworen, nicht so viel an seine Schwägerin zu denken. Es fiel ihm nicht leicht, diesen Vorsatz einzuhalten, da machte er sich nichts vor.

Gemächlich spazierten sein Freund und er am Gästehaus vorbei, überquerten eine kurz gemähte Wiese und standen schließlich vor einem kleinen Weiher, der von ausladenden uralten Weiden umgeben war.

Wirklich ein schöner Ort, dachte Paul. Er konnte noch immer nicht recht fassen, dass das alles nun ihm und Amalia gehörte. Tatsächlich hatte sich sein Leben durch die Heirat nachhaltiger verändert als gedacht.

»Sobald wir zurück sind, werde ich mir endlich deine neuen Geschäftsräume am Alsterdamm ansehen«, sagte Georg in seine Gedanken hinein. »Ich bin schon sehr neugierig.«

»Du wirst begeistert sein«, antwortete Paul und nickte. »Ich bin froh, das Haus so schnell gefunden zu haben. Es ist so groß, dass wir im Obergeschoss mehrere Kontore und sogar noch eine kleine Wohnung einrichten konnten. Das ist von Vorteil, falls es abends mal wieder später werden sollte.« Wie immer, wenn er an sein neues Geschäftshaus dachte, fühlte Paul heißen Stolz in sich aufsteigen. »Durch das große Schaufenster wirkt das eigentliche Ladengeschäft sehr einladend«, fuhr er fort. »Und trotz der Nähe zur Alster sind die Kellerräume absolut trocken, so kann ich sie guten Gewissens als Lagerräume nutzen.«

»Das klingt wirklich beeindruckend«, erwiderte Georg. »Ist die zweite Röstmaschine schon eingetroffen?«

»Ja, vor einigen Tagen. Stell dir vor, man kann die Rösttrommeln vom Laden aus durch eine große Glasscheibe sehen. Übrigens war das Amalias Idee. Die Kunden werden begeistert sein.« Paul atmete tief ein. »Die Handwerker sind inzwischen fast fertig. Es dauert also nicht mehr lange, bis ich eröffnen kann.« Vorfreude und Stolz vermischten sich zu einem erhebenden Gefühl. »Ich kann es kaum noch erwarten.«

»Das glaube ich dir gerne. Ich habe dich selten so zufrieden erlebt, mein Bester.«

»Nun, ich habe auch jeden Grund dazu.« Paul erwiderte das Lächeln seines Freundes. Dann blickte er noch einmal hinüber zu den Frauen. »Ich denke, es wird Zeit, dass wir zurückgehen.«

»Du hast recht. Wir sollten außerdem bald aufbrechen und zurück in die Stadt fahren«, erwiderte Georg. »Ich werde dem Kutscher Bescheid geben, dass er die Heimreise vorbereiten soll. Das Personal wird ohnehin froh sein, wenn es in Ruhe alles wieder in Ordnung bringen kann. Und ehrlich gesagt, freue ich mich auf mein eigenes Bett. Ich habe im Gästehaus nicht sehr gut geschlafen.«

»Das tut mir leid. Schlaf mir unterwegs nur nicht ein. Immerhin wird deine Verlobte mit uns zurückfahren. Dein Schnarchen könnte sie vergraulen«, feixte Paul und zwinkerte seinem Freund zu.

»Ich schnarche nicht«, behauptete Georg hörbar empört, bemerkte dann aber, dass Paul nur einen seiner Scherze gemacht hatte, und schüttelte schließlich grinsend den Kopf.

»Keine Bange, Georg, unser Aufbruch wird nicht mehr lange auf sich warten lassen. Amalia erwähnte vorhin, dass die Dienstmädchen bereits unsere Sachen zusammenpacken.«

»Deine Frau wirkt sehr glücklich«, stellte Georg fest, während sie nebeneinanderher in Richtung des Hauses schlenderten.

»Ja, das tut sie.« Paul blieb erneut stehen, wandte sich seinem Freund zu und legte ihm eine Hand auf die Schulter. »Wenn du gestattest, würde ich dir gerne einen wichtigen Rat geben.«

»Einen Rat?«

Paul nickte. »Du solltest kurz vor deiner Hochzeit Mona aufsuchen.«

»Die Wessel?«

»Ja.«

»Du warst also noch mal dort?«

»Ja, vor einigen Tagen. Sag Mona, ich hätte dich geschickt, und bitte sie einfach, dir all das zu erzählen, was sie auch mir für die Hochzeitsnacht mitgegeben hat.« Wieder sah er hinüber zum Haus, und dieses Mal erlaubte er sich, nach Helene zu suchen. »Es wäre sehr schade, wenn du deine Frau in der Hochzeitsnacht vor lauter Unwissenheit falsch behandelst, oder?«

Paul bemerkte, dass Georg das Rückgrat durchdrückte, doch er hatte bereits mit einer Abwehrreaktion gerechnet.

»Du scheinst zu glauben, dass ich im Gegensatz zu dir gänzlich ohne Erfahrung bin, aber dem ist nicht so. Im Übrigen finde ich es recht unangebracht, mit dir über dieses Thema zu sprechen.«

»Georg, mein Lieber, sei nicht eingeschnappt. Mir liegt es fern, dich zu beleidigen oder gar deinen männlichen Stolz herauszufordern. Dank Mona weiß ich nun, dass es einen entscheidenden Unterschied macht, ob du zu einer Hure gehst oder dich zu deiner jungfräulichen Braut ins Bett legst.« Er seufzte. »Vertrau mir einfach, ja? Ich meine es wirklich nur gut mit dir. Du möchtest doch auch ein treuer Ehemann werden, oder liege ich da falsch?«

»Selbstverständlich werde ich Helene treu sein. Die ständigen Affären meines Vaters, all der Kummer und die Demütigungen haben meine Mutter fast umgebracht. So etwas würde ich meiner Frau niemals antun.«

Paul nickte. »Dann solltest du ganz genau wissen, wie du sie und damit auch dich glücklich machen kannst.«

Natürlich erwähnte Paul nicht, dass er sich vor allem um das Wohlergehen von Helene Sorgen machte, denn erst seit dem offenen Gespräch mit Mona wusste er, dass ihm ohne ihre Ratschläge höchstwahrscheinlich grundlegende Fehler unterlaufen wären – Fehler, die vielleicht sogar sein zukünftiges Eheleben belastet hätten.

»Laut Mona scheint es den meisten Männern sogar vollkommen egal zu sein, ob ihren Gattinnen der … ähm … Akt gefällt«, fuhr er fort. »Ehrlich gesagt, finde ich das äußerst bedauerlich. Zudem sagt mir mein gesunder Menschenverstand, dass das kaum förderlich für ein lebenslanges friedliches Miteinander sein kann. Wir wissen doch schon lange, dass auch Frauen große Lust empfinden können. Warum also sollten wir sie ihnen verwehren?«

»Ich glaube, ich verstehe jetzt, was du meinst«, erwiderte Georg mit nachdenklicher Miene.

Innerlich atmete Paul auf. »Dann nimm dir meinen Rat zu Herzen und sprich noch vor deiner Hochzeit mit Mona.«

7. Kapitel

Hamburg, im Spätsommer 1897

»Das geht auf gar keinen Fall. Was sollen denn die Leute von uns denken?« Paul drehte ihr demonstrativ den Rücken zu und sah aus dem Fenster des Kontors.

Amalia holte erst einmal tief Luft, bevor sie ihrem aufgebrachten Mann antwortete. Sie hatte ihren Vorschlag sehr behutsam vorgebracht, gleichwohl hatte sie damit gerechnet, dass er nicht unbedingt vor Freude in die Luft springen würde. Ihre Argumente hatte sie sich deshalb schon vor einigen Tagen zurechtgelegt. Sie legte ihren Federhalter nieder, erhob sich und ging zwei Schritte auf ihn zu.

»Wir sind jetzt seit fast vier Monaten verheiratet, Paul, und ebenso lange kümmere ich mich bereits um die Buchhaltung und sorge für Ordnung in den Akten.« An dieser Stelle verbot sie sich natürlich die kritische Bemerkung, dass diese vorher in einem heillosen Zustand gewesen waren. »Du weißt genau, dass ich dir inzwischen jede Menge von den Arbeiten im Kontor abnehme, und ich habe selbstverständlich nicht vor, daran etwas zu ändern. Worin liegt also der Unterschied, wenn ich mich dann und wann auch um den Laden und die Kundschaft kümmere?«

Er wandte sich ihr wieder zu. »Genau darin sehe ich den Unterschied, Lia.« Sie hörte an seiner Stimme, dass er sich zügelte, also war er doch aufgebrachter, als sie erwartet hatte. »Es gehört sich einfach nicht, dass du als meine Gattin im Laden arbeitest. Ich bitte dich!« Auch Paul atmete nun einmal tief durch, und sein Brustkorb weitete sich deutlich. »Ja, ich habe deinem Wunsch entsprochen, mir im Kontor zu helfen«, fuhr er fort. »Und du bist hier auch unentbehrlich geworden, doch sozusagen in vorderster Front hinter der Ladentheke zu stehen ist etwas ganz anderes.«

»Immer mehr Frauen arbeiten heutzutage. Einige führen sogar ein Unternehmen«, entgegnete sie. »Schau dir nur die berühmte Anna Sacher in Wien an. Sie leitet allein und sehr erfolgreich ein großes Hotel. Inzwischen stört sich niemand mehr daran.« Amalia hörte Paul leise aufseufzen und schöpfte Hoffnung. »Die Leute werden sich schnell daran gewöhnen, mein Liebster.«

»Nun, wenn ich richtig informiert bin, ist diese Anna Sacher wohl eher berüchtigt denn berühmt«, warf er ein.

Einen langen Moment wirkte er sehr nachdenklich. Amalia gab ihm die Zeit und wartete. Mit ernster Miene erwiderte er ihren Blick, und sie bemühte sich, ihm standzuhalten.

Schließlich entspannten sich seine Gesichtszüge, und er lächelte, wenn auch etwas schief. »Nun, wenn du mich ›mein Liebster‹ nennst, zieht sich die Schlinge wohl zu«, brummte er.

Erleichtert ging sie zu ihm, stellte sich auf die Zehenspitzen und hauchte einen Kuss auf seine Lippen. »Du wirst es nicht bereuen, mein Schatz. Ich verspreche dir, ich werde dir überall im Geschäft eine große Hilfe sein.«

»Daran zweifle ich gar nicht, Lia. Ich weiß, dass ich eine kluge Frau geheiratet habe. Und im Grunde gefällt es mir ja auch, dass ich meine Leidenschaft für das Geschäft mit dir teilen kann.«

»Ich danke dir so sehr, Paul. Du machst mich damit sehr glücklich.«

»Nun, als ich dich heiratete, hätte ich wohl wissen müssen, dass du dich mit dem Dasein einer Hausfrau nicht zufriedengeben würdest. Und ich muss zugeben, ich kann das sogar verstehen.« Er zwinkerte ihr zu, so wie er es oft tat. »Allerdings knüpfe ich eine Bedingung daran.«

Ein leises Unbehagen stieg in ihr auf, denn sie ahnte bereits, worauf er hinauswollte. »Was meinst du?«

»Sobald du ein Kind erwartest, werden wir uns noch einmal über deine Arbeit unterhalten müssen. Das ist dir doch klar?«

Sie nickte. Was blieb ihr auch anderes übrig? Das Thema bereitete ihr ein wenig Magenschmerzen. Für jeden in ihrer Umgebung schien es selbstverständlich zu sein, dass sie kaum verheiratet, auch schon guter Hoffnung sein würde. Insgeheim war Amalia jedoch froh darüber, dass es noch nicht passiert war. Natürlich wollte sie irgendwann Mutter werden und sehnte sich danach, ein Baby im Arm zu halten, doch sie liebte auch das Kaffeekontor. Die Arbeit erfüllte sie mit einer tiefen Zufriedenheit, die ihr vor ihrer Heirat ebenso unbekannt gewesen war wie die Freuden einer Ehe. Ihr Herz quoll fast über vor lauter Liebe für Paul, und sie fühlte sich nirgendwo sonst so glücklich wie in seinen Armen. Manchmal kam es ihr so vor, als würde sie sich jeden Tag noch ein wenig mehr in ihren wunderbaren Mann verlieben. Es kam ihr also ganz gelegen, dass sie sich gegenwärtig vollkommen auf ihn und das Kaffeekontor konzentrieren konnte. Und sobald sich ein Kind ankündigte, so dachte sie, würde sie schon eine Lösung finden. Schließlich gab es ja auch noch Kindermädchen.

Im Grunde war es Paul leichtgefallen, Amalia nachzugeben, auch wenn er anfangs durchaus Bedenken gegen ihr Vorhaben gehabt hatte. Wenn er ehrlich war, hatte es ihm einfach widerstrebt, ihr sofort zuzustimmen. Nur deshalb hatte er zu Beginn ihrer Unterhaltung die Karte des strengen Ehemannes ausgespielt. Schließlich wusste er inzwischen, dass ihre Liebe zum Kaffeekontor mindestens ebenso groß war wie seine eigene, und es gab kaum einen Menschen, dem er so sehr vertraute wie ihr. Er hatte nicht übertrieben – Amalia war für ihn tatsächlich sehr schnell unentbehrlich geworden. Für ihren Fleiß und Einsatz, den sie von Beginn an gezeigt hatte, brachte er rundweg Bewunderung auf. Sie kümmerte sich nicht nur souverän um die üblichen Schreibarbeiten im Kontor, sondern hatte sich auch mit dem Kaffeehandel an sich gründlich befasst und geradezu in Windeseile all das gelernt, wofür er selbst viele Wochen gebraucht hatte. Sogar den Respekt des Röstmeisters, der anderen Arbeiter und der Lageristen hatte sie sich im Handumdrehen selbst verdient, und das imponierte ihm.

Und auch außerhalb des Geschäfts war sie ihm eine wunderbare Partnerin. Im Ehebett zeigte sie eine Leidenschaft, die er mit einiger Freude und noch mehr Überraschung als Geschenk ansah. Hinzu kam, dass sie sich fast nie stritten und stets genug Gesprächsstoff fanden.

Seine Ehe mit Amalia war also durchaus erfüllend, und er hätte glücklich sein können, doch tief in seinem Herzen war er es nicht, und das verursachte ihm immensen Kummer. Manchmal fühlte er sich sogar bis an die Grenzen erschöpft. Er schlief schlecht und musste sich oft genug zum Essen zwingen, weil das schlechte Gewissen ihn fast umbrachte. Ja, er mochte seine Frau, achtete sie in höchstem Maße, und vielleicht liebte er sie sogar auf eine ganz spezielle, sehr zärtliche Weise. Dennoch ließ ihn das Verlangen nach Helene nicht los. Selbst nach all den Monaten war sein Begehren keineswegs verblasst, es wurde eher noch drängender und damit quälender. Tag für Tag. Stunde um Stunde fraß es sich in sein Innerstes und wütete dort. Das Schlimmste an diesem Zustand aber war, dass auch seine Schwägerin nichts dafür tat, um seiner Qual endlich ein Ende zu bereiten. Im Gegenteil. Seit ihrer eigenen Hochzeit veränderte sich Helenes Verhalten ihm gegenüber zusehends. Vom ersten Augenblick an hatte er es geahnt, doch jetzt zweifelte er nicht mehr daran, dass sie seine Gefühle erwiderte. So war in den vergangenen Wochen eine seltsame Verbindung zwischen ihnen entstanden, eine Art unsichtbares Netz, in dem sie sich beide immer mehr verfingen und aus dem es kein Entrinnen mehr zu geben schien. Viel zu oft suchte Helene seine Nähe, und es war ihm unmöglich, ihre eindringlichen Blicke zu ignorieren. Meistens vermied er es, sie zu berühren, doch wenn es unbedacht oder vielleicht sogar von ihr provoziert geschah, hielten sie beide den Atem an und erstarrten einen Augenaufschlag lang. Es grenzte an ein Wunder, dass niemand in ihrer Familie bisher bemerkt hatte, wie es um sie stand.

»Wolltest du heute noch hinunter zum Hafen?«, hörte er Amalia fragen, und sie vertrieb damit wenigstens für einen kurzen Moment seine bedrückenden Gedanken.

»Eigentlich schon. Ich erwarte eine neue Lieferung und wollte zum Speicher. Warum fragst du?«

»Ich würde gerne nach Hause vorfahren«, erwiderte sie. »Macht es dir etwas aus, noch so lange zu warten, bis ich dir die Kutsche wieder zurückgeschickt habe? Mir geht es nicht besonders heute. Vielleicht brüte ich eine Erkältung aus.«

Erst jetzt bemerkte er, dass sie etwas blass um die Nase war. »Muss ich mir Sorgen machen?«, fragte er.

»Nein, sicher ist es nur eine kleine Verkühlung. Mein Kopf schmerzt, und mir ist ein wenig übel.«

»Dann fahr ruhig schon nach Hause und leg dich ein paar Stunden hin. Vielleicht geht es dir dann heute Abend schon besser.« Er zog seine Uhr aus der Westentasche und warf einen Blick darauf. »Es ist ja noch früh genug, und zum Hafen könnte ich auch eine Droschke nehmen. Du brauchst die Kutsche nicht zurückzuschicken. Ich komme dann mit der Droschke heim.

Sie nickte, erhob sich, und als sie an ihm vorbei zur Tür ging, strich er ihr über den Arm. Sie wirkte tatsächlich etwas angegriffen, stellte Paul besorgt fest. Er ging hinüber zur Garderobe, griff nach ihrem Cape und legte es ihr um die Schultern.

»Während des Sommers können Erkältungen sehr hartnäckig sein. Versprich mir, dass du nach Dr. Schliemann schickst, wenn es nicht besser werden sollte.«

»Ich verspreche es.«

»Bis später, mein Herz. Erhole dich, hörst du?«

»Und du halte dich fern von den Hafenkneipen«, sagte sie gespielt drohend und lächelte zu ihm auf.

»Ich komme nicht zu spät, versprochen.«

Am späteren Nachmittag erklang erneut das Geräusch von Pferdehufen und schweren Rädern vor dem Haus. Paul erhob sich und sah aus dem Fenster. Auf der Wagentür der großen Kutsche erkannte er das vertraute Wappen des Grafen von Meyerhoff. Bereits in diesem Augenblick wusste er, dass es nicht Georg war, der dort in der Kutsche saß. Wie immer, wenn das Schicksal eine unerwartete Begegnung mit Helene für ihn bereithielt, erstarrte er für einen Moment, und sein Herz begann zu galoppieren.

Ich sollte hinuntergehen, dachte er noch, doch da klopfte es bereits an der Tür, und eine der Verkäuferinnen kündigte Helene an. Bevor seine Schwägerin hereinkam, atmete er noch einmal tief durch, danach hatte er sich wieder einigermaßen im Griff.

»Was führt dich zu uns?«, fragte er bewusst aufgeräumt, nachdem er sie begrüßt und seine Angestellte gebeten hatte, Kaffee und Gebäck zu servieren.

Helene sah sich kurz um. »Ich muss etwas mit euch besprechen.« Sie sah sich kurz um, stutzte dann. »Amalia ist doch hier, oder?«

»Es tut mir leid, Helene, Amalia ist heute ausnahmsweise früher nach Hause gefahren. Es ging ihr nicht gut.«

Bisher war er nur einmal für wenige Augenblicke mit Helene allein in einem Raum gewesen. Er sah ihr an, dass die unerwartete Situation sie ebenso aufwühlte wie ihn selbst. Ihre langen Wimpern flatterten kurz, und ihre Wangen färbten sich rosa. Dennoch versuchte sie offenbar, die Normalität aufrechtzuerhalten.

»Ach, das ist ärgerlich«, erwiderte sie, und er hörte deutlich die Anspannung in ihrer Stimme. »Nun gut, dann werde ich einstweilen mit dir vorliebnehmen müssen.«

Er musste sich räuspern. »Bitte«, sagte er und deutete auf die Sitzecke. »Nimm doch Platz. Der Kaffee kommt sicher gleich.«

»Ich hoffe, ich störe nicht allzu sehr. Hast du überhaupt einen Moment Zeit für mich?«

»Für dich immer«, antwortete er, fragte sich aber sofort, ob seine Wortwahl angemessen gewesen war.

So erging es ihm häufig, wenn er mit Helene sprach. Ständig versuchte er, sich auf die eine oder andere Art zu kontrollieren. Dennoch verbot er es sich nicht, sie eingehender zu betrachten. Den spätsommerlichen Temperaturen entsprechend, trug sie ein zartgelbes Musselinkleid mit passendem Schultertuch. Ein eher kleiner Hut, allerdings mit auffällig weiß-gelbem Federschmuck, zierte ihre blonden Haare.

Sie seufzte leise, als sie seiner Einladung folgte und hinüber zur Sitzecke ging. Auf dem Weg dorthin nahm sie ihr Schultertuch ab, faltete es zusammen und legte es schließlich sorgsam neben sich auf das kleine Sofa.

Seit ihrer Heirat entspricht sie tatsächlich vollkommen dem Bild einer jungen Gräfin, dachte Paul. Er zwang sich, seinen Blick von ihren jetzt nackten Armen abzuwenden, und fragte nach Georg. Einerseits, weil es angemessen war, andererseits half es ihm, diese aufreibende Begegnung besser zu bewältigen.

Er musste sich stets in Erinnerung rufen, dass dieses zauberhafte Wesen nicht nur seine Schwägerin, sondern inzwischen auch die Gattin seines besten Freundes war.

»Ach, dem Grafen geht es doch immer gut«, winkte sie ab. Helene nannte Georg niemals bei seinem Vornamen, wenn sie von ihm sprach. Manchmal fand Paul das irritierend. »Was soll ich sagen?«, fuhr sie fort. »Seit dem Tod meines Schwiegervaters vor ein paar Wochen hat er wirklich viel zu tun.«

»Das war zu erwarten, jetzt wo er endlich alle Befugnisse hat.«

Sie nickte, wollte offenbar noch etwas hinzufügen, aber in diesem Augenblick klopfte es, und Gisela, eine seiner Angestellten, trug das Tablett mit dem Kaffee herein.

»Ich schließe dann jetzt unten ab, Herr Magnussen. Brauchen Sie noch etwas?«, fragte das Mädchen.

Er schüttelte den Kopf. »Danke, Gisela. Genießen Sie Ihren Feierabend.«

»Vielen Dank. Bis morgen dann.« Sie wandte sich an Helene und knickste. »Gräfin.« Seine Schwägerin nickte ihr lächelnd zu.

»Was kann ich also für dich tun?«, fragte er, nachdem das Mädchen wieder gegangen war und er ihnen Kaffee eingeschenkt hatte.

Sie seufzte noch einmal. Dieser kleine Laut aus ihrem Rosenmund forderte seine Besonnenheit aufs Neue heraus.

»Stell dir vor, ich habe heute zufällig erfahren, dass Vater daran denkt, wieder zu heiraten.«

»Ach.« Paul wusste nicht so richtig, was er darauf antworten sollte.

»Meine Zofe hat heute Vormittag ihre Schwester besucht. Sie arbeitet bei Vater in der Küche … und … ach, das ist ja auch egal. Jedenfalls redet bereits das gesamte Personal darüber. Offenbar hat eines der Mädchen ein Gespräch belauscht.« Sie machte eine Pause und legte ihren Kopf etwas schief. Ihrer Stimmlage nach zu urteilen, war sie tatsächlich ein wenig aufgebracht. »Natürlich zufällig und vollkommen unabsichtlich.«

»Natürlich.«

»Vor ein paar Wochen hat Vater Bernadette in ein Internat in die Schweiz geschickt, aber das weißt du ja.«

Wenn er sich nicht täuschte, schien Helene deshalb regelrecht empört zu sein. Ihre Wangen röteten sich, was er zwar ganz entzückend fand, aber ihre Aufregung konnte er nicht nachvollziehen. Helene und ihre jüngste Schwester hatten kein sehr enges Verhältnis, deshalb ging er davon aus, dass sie sich vor allem über die Entscheidung ihres Vaters ärgerte, Hildegard zu heiraten.

»Das habe ich in der Tat mitbekommen, ja«, erklärte er schmunzelnd, um ihr ein wenig den Wind aus den Segeln zu nehmen.

»Sag mal, Paul, machst du dich gerade über mich lustig?«

»Nichts läge mir ferner«, erwiderte er. »Soweit ich weiß, war dein Vater der Meinung, dass Bernadette ein wenig mehr Disziplin nötig hätte. Zumindest erzählte er Amalia und mir, dass eure kleine Schwester dem Personal auf der Nase herumtanzen würde. Das waren seine Worte. Er macht sich offenbar große Sorgen um sie, schließlich ist er fast den ganzen Tag in der Bank, und ihr beide seid ja nun auch aus dem Haus. Aber ich möchte dich nicht unterbrechen. Erzähl weiter.«

Sie lächelte. »So weit, so gut. Doch ich muss zugeben, mir drängt sich der Verdacht auf, dass Vater nach einem Grund gesucht hat, um nun auch Bernadette aus dem Haus zu haben.«

»Warum sollte er so denken? Er liebt euch drei über alle Maßen.«

»Ach, Paul«, erwiderte sie und seufzte erneut. »Du weißt genau, was ich meine.«

»Mal im Ernst, wir reden hier doch von Hildegard Kröger, oder?«

»Natürlich.«

»Ich verstehe noch immer nicht so richtig, worüber du dir eigentlich Sorgen machst. Es ist doch seit Jahren ein offenes Geheimnis, dass er eine … ähm … Liaison mit Hilde Kröger unterhält, oder liege ich da falsch?«

»Nein, natürlich hast du recht.« Sie verzog ein wenig ihren hübschen Mund und griff nach ihrer Tasse. »Dennoch hätte ich diese Entwicklung nicht erwartet. Außerdem finde ich es reichlich merkwürdig, dass das Personal weit vor uns davon erfährt«, fügte sie hinzu, nachdem sie einen Schluck genommen und ihre Tasse wieder abgestellt hatte.

»Meine liebe Helene, du vergisst offenbar, dass Ferdinand das Personal überhaupt nicht selbst unterrichtet hat. Wenn die Gerüchte um seine Heiratsabsichten tatsächlich stimmen sollten, plant er sicherlich schon das Gespräch mit der Familie. Ich könnte mir gut vorstellen, dass euer Vater noch nicht einmal ahnt, worüber da in seinem Haus getratscht wird. Für das Gerede des Personals kann er nun wirklich nichts.«

Einen Moment lang sah sie ihn stumm an. »Du bist so enervierend logisch.«

Er musste lachen. »In Wahrheit stört es dich, dass er überhaupt wieder heiraten will. Gib es ruhig zu.« Wieder schien sie einen Augenblick lang nachzudenken. »Möchtest du noch Kaffee?«, fragte er und schenkte nach, als sie wortlos nickte.

Er lehnte sich in seinem Sessel zurück, und plötzlich wurde ihm bewusst, wie sehr er es genoss, hier mit ihr allein zu sitzen. Diese gesellschaftlichen Konventionen waren schon merkwürdig. Vor seiner und ihrer Heirat wäre das kaum möglich gewesen. Doch jetzt waren sie Schwager und Schwägerin, und niemand dachte sich etwas dabei, wenn sie miteinander Kaffee tranken.

»Weißt du, ich war noch sehr klein, als meine Mutter starb«, nahm sie den Gesprächsfaden schließlich wieder auf. »Meine eigenen Erinnerungen an sie sind nur vage. Doch Vater hat sehr viel über sie gesprochen. Jeden Tag, wenn man es genau nimmt. So war sie auch für uns in gewisser Weise immer gegenwärtig, verstehst du?«

»Ich weiß genau, was du meinst.«

»Er hat meine Mutter geliebt, so viel ist gewiss. Amalia und ich haben es häufig mitbekommen, wenn er mit ihrem Porträt sprach. Du weißt schon, das große Gemälde, das in seinem Arbeitszimmer hängt. So als wäre sie noch bei uns.« Sie senkte den Blick, zupfte gedankenverloren an ihrem Kleid, dann sah sie ihn wieder an. »Ja, Paul, es fühlt sich tatsächlich sehr befremdlich an, dass er nun wieder heiraten möchte.«

»Du liebst deinen Vater, nicht wahr?«

»Natürlich liebe ich ihn. Warum fragst du?«

»Dann sollte dir auch sein Lebensglück wichtig sein, Helene. Dein Vater ist sehr früh Witwer geworden. Erst vor wenigen

Monaten ist er fünfzig geworden. Wenn er Glück hat, kann er noch mehr als zwanzig Jahre leben. Ihr seid jetzt aus dem Haus. Bernadette ist im Internat, und vielleicht wird auch sie in drei oder vier Jahren verheiratet sein. Ich für meinen Teil kann durchaus nachvollziehen, dass er seinen Lebensabend nicht alleine verbringen will.« Paul räusperte sich und stand auf. Er ging hinüber zu seinem Schreibtisch, um sich eine Zigarette aus einem Kästchen zu nehmen, das dort stand. Doch dann überlegte er es sich anders und schloss das Kästchen wieder. »Entschuldige, ich war in Gedanken. Eigentlich rauche ich nur, wenn ich allein bin.«

»Es würde mich nicht stören«, erwiderte sie und lächelte ihm zu. »Wie du weißt, raucht mein Vater dicke Zigarren. Dagegen sind deine modischen Zigaretten gar nichts.«

»Ach, ich lasse es lieber.« Er wollte zurück zur Sitzecke gehen, doch da erhob sie sich ebenfalls, strich ihren Rock glatt und kam um den Tisch herum auf ihn zu.

»Ich bin sehr froh, dass ich mit dir über diese Sache sprechen konnte, Paul. Wäre Amalia hier gewesen, hätten sie und ich uns wahrscheinlich nur noch mehr in Rage geredet oder wären vielleicht sogar in Streit geraten, wer weiß. Ich war vorhin wirklich ein bisschen aufgebracht, doch jetzt geht es mir besser.« Sie lachte kurz auf. »Du hast mit deiner ruhigen Art und deiner treffenden Einschätzung irgendwie alles wieder ein wenig in die Waage gebracht. Ich danke dir dafür.«

Er musste lächeln. »Gern geschehen.«

Helene ging zurück zum Sofa und griff nach ihrem Schultertuch. »Ich denke, ich werde jetzt erst einmal in Ruhe abwarten, bis Vater sich entschließt, mit uns zu sprechen.«

»Das würde ich sehr empfehlen.« Er sah zu, wie sie sich das Tuch umlegte, und kämpfte gegen den heftigen Drang, sie aufzuhalten.

»Wirst du mit Amalia über Vaters Heiratsabsichten sprechen?«, fragte sie.

»Natürlich. Aber ich denke, sie wird meine Meinung teilen.«

Helene stand nun wieder vor ihm. Sie legte den Kopf ein wenig schief und musterte ihn nachdenklich. »Hm, da könntest du wieder recht haben. Meine Schwester ist auch immer so zermürbend klar in ihren Gedanken.« Er wusste nicht, was er darauf antworten sollte. »Gut, ich werde dann fahren«, setzte sie noch hinzu, blieb jedoch vor ihm stehen und sah ihn an, als wartete sie auf etwas.

Er blickte in ihre herrlichen Augen, betrachtete ihr wunderschönes Gesicht und atmete dann tief durch, um nicht die Kontrolle über sich zu verlieren.

»Du hättest sie niemals heiraten dürfen«, sagte sie völlig unvermittelt, mit geröteten Wangen und leicht zittriger Stimme. »Du weißt sehr genau, dass du das nicht hättest tun dürfen, Paul Magnussen.«

Er fühlte sich, als ob ihm jemand den Boden unter den Füßen wegziehen würde. »Helene ... nicht.«

Bis jetzt war es für ihn vollkommen unvorstellbar gewesen, dass einer von ihnen jemals diese so wichtige Grenze überschreiten würde, und sei es auch nur mit Worten. Dass sie es dennoch tat, brachte seine Welt, seine Selbstbeherrschung, ins Wanken.

»Ich habe es nicht verstanden, Paul. Von Anfang an nicht«, fuhr Helene unbeirrt fort. Ihre Stimme klang nun wieder fester.

»Als wir uns begegneten, warst du bereits mit Georg verlobt«, antwortete er lahm.

Ihre Wangen glühten, und in ihren Augen schien ein eisblaues Feuer zu lodern. »Meine Verlobung war noch nicht offiziell, das weißt du sehr genau. Ein einziges Wort von dir, und ich hätte …«

»Helene, bitte sei still«, unterbrach er sie. Seine Stimme drohte zu versagen. »Sei endlich still und geh jetzt.«

»Ich werde vielleicht niemals wieder die Gelegenheit haben, es auszusprechen«, flüsterte sie. »Oh Paul, ich sehne mich so sehr nach …«

»Nein, das dürfen wir niemals tun«, unterbrach er sie hastig. »Wir sind jetzt beide verheiratet. Du mit meinem besten Freund und ich mit deiner Schwester. Lass uns niemals wieder darüber sprechen, und diese Unterhaltung müssen wir auf der Stelle vergessen.«

In ihren Augen schimmerten jetzt Tränen, und der Anblick brachte ihn fast um. »Warum, Paul? Warum hast du das nur getan?«

Unweigerlich ging er einen Schritt auf sie zu und packte voller Verzweiflung ihre Schultern. »Bitte, Helene, wir dürfen das nicht zulassen. Hilf mir, und geh endlich.«

Und dann lag sie in seinen Armen, und er küsste sie, als wäre dies sein letzter Tag auf Erden.

Als er einige Stunden später nach Hause kam, sah er kurz nach Amalia, doch sie schlief bereits tief und fest. Nicht wenig erleichtert darüber verließ er leise den Raum und zog die Tür hinter sich zu. Zum ersten Mal seit ihrer Hochzeit schlief er in seinem eigenen Zimmer. Er brachte es einfach nicht fertig, sich neben sie zu legen.

8. Kapitel

Hamburg, im Dezember 1897

Amalia sah von ihrer Schreibarbeit auf, als sie Pauls Schritte auf der Treppe des Kontors hörte. Sie machte sich Sorgen um ihren Mann. In der letzten Zeit wirkte er häufig müde und ernst, vielleicht sogar besorgt. Oft verbrachte er die Nächte in seinem eigenen Schlafzimmer, von dem sie in den ersten Wochen ihrer Ehe noch angenommen hatte, dass sie es niemals brauchen würden. Sie vermisste ihn, seine Wärme und ihre nächtlichen Gespräche unsagbar. Zudem sehnte sie sich nach körperlicher Nähe, die nun viel seltener stattfand als in den ersten Wochen nach ihrer Heirat. Natürlich überlegte sie oft, ob es an ihr liegen könnte, doch Paul gab ihr keinerlei Anlass zu der Vermutung. Nach wie vor behandelte er sie stets aufmerksam, liebevoll und freundlich. Ein böses Wort fiel zwischen ihnen so gut wie nie. Dass das Geschäft der Grund sein könnte, ließ sich auch leicht ausschließen. Da sie sich um die Bücher des Kaffeekontors kümmerte, kannte sie alle Zahlen, und seit sie hier am Alsterdamm ansässig waren, hatte sich der Umsatz nahezu um das Fünffache gesteigert. Nein, mit dem Geschäft konnte es nichts zu tun haben. Das lief blendend.

So häufig sie auch darüber nachdachte, es fielen ihr keinerlei persönliche oder finanzielle Probleme ein, die Paul belasten könnten, und wenn sie nachhakte, winkte er ab und versicherte ihr, dass alles in bester Ordnung sei. Allerdings arbeitete er meist viel und lange, und inzwischen sagte sie sich, dass es wohl damit zu tun haben musste und er einfach ein wenig Erholung nötig hatte. Amalia war entschlossen, dafür zu sorgen, dass er diese auch bekam.

»Wie war es am Speicher?«, fragte sie ihn, nachdem er seinen Mantel und den Hut aufgehängt und sie liebevoll wie immer begrüßt hatte.

Er setzte sich auf eine Ecke ihres Schreibtischs und lächelte sie an. »Sehr gut. Ich habe einen guten Preis für eine neue Lieferung ausgehandelt. Solange Onkel Theo nicht liefern kann, muss ich stärker auf andere Plantagen ausweichen. Ich hoffe, dass er seine Ungezieferplage bald im Griff hat. Seine Bohnen sind die besten.«

»Hauptsache, wir bekommen weiterhin genug Nachschub.«

»Was das angeht, kannst du ganz beruhigt sein, Liebes. Ich habe unterdessen sehr gute Kontakte aufgebaut.« Er räusperte sich. »Allerdings muss ich dich schon gleich wieder verlassen, da ich in einer Stunde einen Termin mit einem Hotelier habe, der vielleicht unseren Kaffee ausschenken möchte.«

»Oh, das wäre ein wunderbares Geschäft«, antwortete sie ehrlich erfreut.

»Ja. Diese Großkunden spülen uns jede Menge Geld in die Kasse.« Er stand auf, ging kurz hinüber zu seinem Schreibtisch und machte sich ein paar Notizen. »Es kann einige Stunden dauern, denn der Hotelier hat auch bei Jensen vorgesprochen. Die Verhandlungen werden also nicht leicht werden.«

»Nun, dann solltest du einfach besser sein«, erwiderte sie.

»Ich werde mir Mühe geben.« Er zwinkerte ihr zu, ging zurück zum Garderobenständer, schlüpfte in seinen Mantel und griff nach dem Hut. »Du brauchst mit dem Abendessen nicht auf mich zu warten. Ich bekomme dort etwas zu essen.«

Sie nickte. »In Ordnung. Nimmst du die Kutsche?«

»Nein, die kannst du hierbehalten. Ich habe Herrn Westphal bestellt. Er müsste gleich hier sein.«

»Paul?«

»Ja, Liebes.« Er stand schon in der offenen Tür, drehte sich aber noch einmal zu ihr um.

»Ich habe mir etwas überlegt. Vielleicht sollten wir zwischen Weihnachten und Neujahr mal nicht arbeiten, was meinst du?«

»Das wird kaum gehen, Lia. Wir können doch nicht einfach das Geschäft schließen. Was sollen denn unsere Kunden denken? Gerade zwischen den Feiertagen …«

»Das Geschäft kann doch geöffnet bleiben. Das Lager ist gut gefüllt, und zwei der Mädchen können sich um den Verkauf kümmern«, unterbrach sie ihn bewusst lächelnd. »Hier oben schließen wir einfach ab. Ich finde, es wird Zeit, dass du dich mal ein bisschen erholst, und die Zeit zwischen den Jahren bietet sich als Verschnaufpause geradezu an.«

Er hielt kurz inne, nickte dann aber und setzte seinen Hut auf. »Ich werde darüber nachdenken.«

»Das ist gut«, sagte sie und nickte ebenfalls. »Pass auf dich auf, mein Liebster.«

Kurz bevor sie nach Hause fahren wollte, heftete Amalia noch einige Lieferscheine in den dafür vorgesehenen Ordner ab. Sie mochte es gern, wenn ihr Schreibtisch am Abend aufgeräumt war und möglichst nichts mehr für den nächsten Tag liegen blieb.

Ihr fiel auf, dass ein Lieferschein fehlte. Da erst heute Morgen eine neue Pralinenlieferung eingegangen war, hätte der dazugehörige Schein eigentlich auf dem Stapel mit den anderen liegen müssen, aber dort war er nicht. Sie sah auf und schüttelte lächelnd den Kopf. Auf Pauls Schreibtisch herrschte das gewohnte Durcheinander.

Wahrscheinlich hat er nur vergessen, ihn mir hinzulegen, dachte sie nachsichtig. Also erhob sie sich und ging hinüber zu seinem Platz, sortierte kurz die Papiere, die dort lagen, und sorgte ein bisschen für Ordnung, doch den Lieferschein fand sie nicht. Als sie die oberste Schublade aufzog, entdeckte sie einen kleinen Stapel mit bezahlten Rechnungen, die er ihr ebenfalls schon lange hätte geben können. Nach kurzer Überlegung entschied sie sich jedoch dazu, ihm nicht vorzugreifen. Wenn es um Pauls Stolz ging, musste sie so manches Mal ihre angeborene Diplomatie zum Einsatz bringen, aber das machte ihr nichts aus, denn sie tat es ja für ihn.

Auf den ersten Blick waren die Rechnungen allesamt bezahlt, es würde also nichts ausmachen, wenn sie noch eine Weile hier in der Schublade lägen. Vorsichtshalber nahm sie den Stapel heraus, um ihn einmal kurz durchzugehen, doch es waren tatsächlich keine offenen Rechnungen dabei.

Beruhigt wollte sie alles wieder zurücklegen, als ihr Blick auf ein kleines Kästchen fiel, das ganz hinten in der Schublade lag und von den Papieren verdeckt gewesen war. Natürlich kam ihr sogleich der Gedanke, dass es sich dabei um ihr Weihnachtsgeschenk handelte, und sie musste gegen die aufkeimende Neugierde ankämpfen. Ihr Herz klopfte ein wenig schneller. Sie sagte sich, dass sie die Rechnungen sofort wieder zurück in das Schubfach legen und das Kästchen einfach vergessen sollte, doch da hatte sie es schon in der Hand und öffnete es langsam.

Atemlos und überwältigt starrte sie schließlich auf ein unfassbar schönes und sicherlich sehr kostbares Schmuckstück. Es war eine goldene Brosche, die wie ein Schmetterling geformt war und auf dessen Flügel winzige Rubine und Diamanten im Licht der Deckenbeleuchtung feurig glitzerten.

Amalias Herz klopfte wie wild, als sie das Kästchen sorgfältig an seinen Platz zurücklegte und es wieder hinter dem Stapel Rechnungen versteckte.

»Du dummes neugieriges Mädchen«, schimpfte sie mit sich selbst und schüttelte dabei lächelnd den Kopf. Nun freute sie sich erst recht auf Weihnachten. So ein wunderschönes Geschenk hatte sie noch nie zuvor bekommen. Jetzt hieß es nur, sich nichts anmerken zu lassen, um Paul nicht die Freude zu verderben. Sie war recht froh darüber, dass sie eine neue goldene und recht kräftige Uhrenkette für ihn gekauft hatte, so würde auch sie ihm ein wertvolles Schmuckstück überreichen können.

Die Kutsche ratterte bereits über das Kopfsteinpflaster der Elbchaussee, und es würde nun nicht mehr lange dauern, bis sie in Nienstedten ankamen. In Amalias Familie war es Tradition, die gesamten Weihnachtstage gemeinsam auf Gut Lindenhain zu verbringen. In diesem Jahr hatten sie sich allerdings dafür entschieden, erst am ersten Feiertag anzureisen. Nicht zuletzt auch, um Georg und Helene die Möglichkeit zu geben, den Heiligen Abend mit Georgs Mutter zu verbringen. Die alte Gräfin war gesundheitlich nicht mehr auf der Höhe, sodass die Fahrt nach Nienstedten für sie einfach zu anstrengend gewesen wäre.

In Amalias Kopf ging es drunter und drüber, aber sie gab sich große Mühe, dass Paul nichts davon bemerkte. Seit gestern Abend verspürte sie einen seltsam dumpfen Druck in der Brust, ein Gefühl, das ihr nicht ganz unbekannt war. Erst heute Morgen hatte sie sich eingestanden, dass es die Angst vor drohendem Unheil war, die ihr das Atmen schwer machte und ihr in der vergangenen Nacht den Schlaf geraubt hatte. Ja, sie kannte dieses Gefühl. In den Tagen und Nächten, bevor ihre Mutter für immer von ihnen gegangen war, hatte sie es zum ersten Mal gespürt.

Nachdenklich schaute sie aus dem Fenster der Kutsche. Paul saß ihr gegenüber und war seit einigen Minuten in seine Zeitung vertieft. Natürlich hatte sie ihm zuvor versichern müssen, dass es ihr nichts ausmachte, wenn er las. Ihre eigene Lektüre, ein Gedichtband, den Paul ihr unter anderem gestern, am Heiligen Abend, geschenkt hatte, lag jedoch unbeachtet neben ihr auf der Sitzbank. Immer wieder tauchten die Bilder vor ihrem inneren Auge auf, die Gedanken wollten sie einfach nicht loslassen. Der Abend hatte so wundervoll begonnen, und ihr Herz war so voller Vorfreude und Liebe gewesen …

»Der Baum ist wunderschön«, sagte sie und lächelte ihrem Mann über den Tisch hinweg zu. Sie hatten das Abendessen bewusst einfach gehalten und nur kalte Platten mit Hühnchen und frischem Brot genossen. Einerseits, um dem Personal früh den Feierabend zu ermöglichen, andererseits, weil an den kommenden zwei Tagen opulentere Mahlzeiten auf sie warteten. Seit ihrer Verlobungszeit achtete Amalia darauf, sich mit dem Essen ein wenig zurückzuhalten oder zumindest einen gewissen Ausgleich zu schaffen. »Du bist mir schon einer. Eigentlich hatten wir uns doch darauf geeinigt, dass wir keinen Weihnachtsbaum brauchen, weil wir über die Feiertage kaum hier sein werden.«

»Heute ist Heiligabend, und wir sind hier, also brauchen wir auch einen Baum«, antwortete er lachend. »Schließlich ist es unser erstes Weihnachten als Ehepaar.«

Paul erhob sich, kam zu ihr und reichte ihr seine Hand. »Komm, wir machen es uns gemütlich. Ich habe einen guten Roten vorbereitet, und dein Geschenk wartet auch schon auf dich. Schließlich steht unsere kleine Bescherung noch aus.« Amalia ergriff seine Hand und folgte ihrem Mann hinüber zur Sitzecke am Kamin. »Von hier aus können wir den schönen Baum noch besser bewundern«, sagte er, nachdem sie Platz genommen und er ihnen den angekündigten Rotwein eingeschenkt hatte. Paul hob sein Glas und prostete ihr zu. »Auf dein Wohl, Liebes.«

»Auf dein Wohl, mein Liebster«, erwiderte sie und nahm ebenfalls einen Schluck.

Paul stellte sein Glas ab, stand erneut auf und ging hinüber zum Baum. Er griff nach dem kleinsten Geschenk und reichte es ihr. »Eins nach dem anderen«, sagte er lächelnd. »Ich habe nämlich noch ein zweites für dich, mein Herz.«

Amalia hielt das kleine Päckchen in der Hand, und ihr Herz

hüpfte regelrecht vor lauter Aufregung und Freude. Als sie die winzige rote Schleife aufzog, atmete sie tief ein.

»Ich bin furchtbar aufgeregt«, gestand sie ihm, und er lachte.

Für einen winzigen Moment war sie irritiert, nachdem sie das hübsche Papier auseinandergeklappt hatte, denn in ihrer Erinnerung war das kleine Kästchen dunkelblau gewesen. Dieses hier war dunkelgrün, aber vielleicht hatte sie sich einfach getäuscht. Langsam öffnete sie den Deckel, doch als sie hineinsah, setzte ihr Herzschlag eine Sekunde aus. Sie starrte auf die goldenen Smaragdohrringe, die zum Vorschein gekommen waren. Ihr Kopf schien für einen Moment wie leer gefegt zu sein, doch dann schaffte sie es hochzublicken und in das erwartungsvolle Gesicht ihres Mannes zu schauen.

»Sie sind wunderschön«, sagte sie und hoffte, dass ihr Lächeln natürlich wirkte, obwohl sie es sich buchstäblich aufgezwungen hatte. Sie hauchte ihm einen schnellen Kuss auf die Lippen, und er zog sie kurz an sich.

»Ich wusste, dass sie dir gefallen werden«, erwiderte er. »Grün steht dir einfach wunderbar. Es hebt die Farbe deiner Augen hervor.«

Sie nickte und kam in diesem Moment zu dem Schluss, dass er die Brosche wahrscheinlich noch umgetauscht haben musste, um etwas Passenderes für sie zu finden. Er hatte ja keine Ahnung, wie wundervoll sie die Schmetterlingsbrosche gefunden hatte, doch das würde sie ihm niemals sagen können. Und letztlich waren die Ohrringe wirklich schön und passten hervorragend zu den meisten ihrer Kleider, das musste sie zugeben.

Ich sollte mich über die Ohrringe freuen, so als hätte ich die

Brosche niemals gesehen. Ich darf ihr nur ganz heimlich ein wenig nachtrauern, ermahnte sie sich, während sie ihr zweites Geschenk, einen Gedichtband mit Liebesgedichten von Theodor Storm, auspackte.

Wirklich wunderbar war jedoch, Pauls große Freude über sein Geschenk mitzuerleben. Voller Stolz befestigte er sofort seine Taschenuhr an der neuen Kette.

Alles hätte perfekt sein können, doch seit sie den Deckel des Kästchens mit den Ohrringen geöffnet hatte, hielt sich hartnäckig ein beklemmendes Gefühl in ihrem Herzen. Es wollte einfach nicht wieder verschwinden. Wichtig war nur, dass Paul nichts davon bemerkte, denn ohne die herrliche Brosche zu erwähnen, hätte sie ihm nicht erklären können, was in ihr vorging. Dennoch wusste sie, dass die Brosche nicht der eigentliche Grund für ihre dunkle Vorahnung war. Vielmehr war sie nur der Auslöser für diese seltsame Sorge gewesen. Amalia erkannte den feinen Unterschied sehr genau.

»Du brauchst dir wirklich keine Sorgen zu machen, Liebes«, unterbrach Paul ihre düsteren Gedanken. Sie bekam einen leisen Schreck, weil er sie offenbar schon eine ganze Weile beobachtet hatte. Als sie ihn ansah, bemerkte sie, dass die Zeitung nun zusammengefaltet auf seinem Schoß lag. »Ich weiß, dass es für dich noch ein bisschen ungewohnt ist, die Gastgeberin auf Lindenhain zu sein«, fuhr er fort. »Aber wir haben alles ganz fabelhaft organisiert, und das Personal ist verlässlich. Deine Sorgen sind also völlig unbegründet.« Er lächelte warm und freundlich, so wie er es immer tat, doch ihr Herz wollte nicht leichter werden. Da sie den wahren Grund für ihre trübe

Stimmung selbst nicht verstand, fing sie den Ball auf, den er ihr zuwarf.

»Du hast recht«, erwiderte sie und versuchte sich ebenfalls an einem Lächeln. »Wie du schon sagtest, es ist alles noch ein bisschen ungewohnt.«

»Außerdem handelt es sich um die Familie. Es werden also nur Menschen anwesend sein, die es gut mit uns meinen.« Er legte seine Zeitung neben sich, beugte sich vor und griff nach ihrer Hand. Durch den Handschuh spürte sie seine Wärme, und das tat ihr gut. »Es wird ein ganz wunderbares Weihnachtsfest werden, Lia, glaub mir.«

»Falls ich es dir noch nicht gesagt habe: Ich bin sehr froh, dich an meiner Seite zu haben.«

»Dieses Kompliment kann ich nur zurückgeben, mein Herz.«

Es hätte ihr gut gehen müssen, doch auch zwei Stunden später war ihr das Herz immer noch unerklärlich schwer. Wie Paul es vorausgesagt hatte, war das Personal mit den Vorbereitungen praktisch schon fertig gewesen, als sie auf Lindenhain eingetroffen waren. Der Tisch im kleinen Esszimmer war bereits festlich gedeckt, ein prachtvoll geschmückter Weihnachtsbaum und das knisternde Kaminfeuer sorgten für eine heimelige Stimmung und die nötige Wärme. Ihr Vater, Hildegard und Bernadette waren gleich nach ihnen eingetroffen, und vor einer halben Stunde war dann auch die Kutsche von Georg und Helene vorgefahren. Nach einer allgemein herzlichen und eher lauten Begrüßung hatten sich alle noch einmal in ihre Zimmer zurückgezogen, um sich für das Abendessen umzuziehen.

Amalia war bereits fertig angekleidet und frisiert, doch es war noch ein wenig Zeit. Sie stand vor einem der Fenster ihres Schlafzimmers und sah hinaus in die Dunkelheit, während sie auf Paul wartete.

»Du siehst wunderhübsch aus«, hörte sie ihn sagen. Sie drehte den Kopf und sah ihn in der offenen Tür zum Nebenzimmer stehen. In seinem dunklen Anzug sah er großartig aus, und wie immer, wenn sie ihn sah, fühlte sie das vertraute Kribbeln tief in ihrem Bauch. »Ah, du lächelst so wunderbar. Ich sollte dir wohl häufiger Komplimente machen.« Er lachte leise. »Das Kleid steht dir ganz ausgezeichnet, Liebes«, fügte er hinzu. »Dieses dunkle Grün ist wahrlich deine Farbe.«

Sie erwiderte sein Lächeln und tippte an ihre Ohrläppchen. »Und die schönen Smaragdohrringe passen ganz hervorragend dazu.«

»Stimmt.« Er atmete hörbar durch, kam zu ihr und bot ihr seinen Arm. »Nun denn, bist du bereit?«

Hildegard und ihr Vater standen bereits im Esszimmer und betrachteten den Baum. Seit zwei Monaten waren sie nun offiziell miteinander verlobt, und im März würde eine Hochzeit im kleinen Kreis stattfinden. Amalia gönnte den beiden das späte Glück von Herzen. Während Helene sich anfangs schwer damit getan hatte, waren Bernadette und sie von Anfang an froh über die Entscheidung ihres Vaters gewesen. Amalia fand es zutiefst anständig, dass er seine Beziehung zu Hilde endlich legitimierte. Die neue Stellung innerhalb der Hamburger Gesellschaft, als Ehefrau eines der berühmtesten Männer der Stadt, würde Hildegard sicher guttun, da war sich Amalia sicher.

»Du wolltest Amalia noch etwas von Gertrud ausrichten,

mein Lieber«, sagte Hildegard, nachdem sie sich zu ihnen gesellt und gemeinsam den Baum bewundert hatten.

»Ah ja, bevor ich es vergesse, mein Kind. Ich werde Gertrud zu meinem Freund Jean Russo nach Paris schicken«, wandte sich ihr Vater an sie. »Sie wird ein Jahr lang dort in seinem Atelier arbeiten.«

»Oh, das ist ja wundervoll, Papa! Ich danke dir, dass du dich so um sie kümmerst.«

»Nun, das Mädel macht sich hervorragend und hat jede Menge eigene Ideen im Kopf, die nach fachlicher Führung und Fortbildung verlangen. So wie ich das sehe, hat sie ein seltenes Talent für den Entwurf.«

»Gerti wird überglücklich sein. Was für ein Abenteuer!«, erwiderte Amalia. Sie konnte sich vorstellen, wie sehr ihre Freundin sich darüber freute und wie aufregend es für sie sein musste, in der Weltstadt der Mode leben zu dürfen, um dort zu lernen. »Ich habe sie schon seit einigen Wochen nicht zu Gesicht bekommen, aber in den nächsten Tagen wollten wir das endlich nachholen. Wahrscheinlich lässt du die Arme unermüdlich arbeiten, du alter Sklaventreiber.« Amalia zwinkerte ihrem Vater zu.

»Meine liebe Tochter, das liegt ausnahmsweise nicht an mir, sondern an Gertrud selbst. Sie liebt ihre Arbeit über alles und ist mit großer Leidenschaft am Werk. Du solltest das wohl am besten verstehen, denke ich.« Sein Blick glitt kurz zu seinem Schwiegersohn, der daraufhin jungenhaft grinste.

»Wenn es um das Kaffeekontor geht, kennt meine Gattin keine Verwandten, das kann ich dir versichern«, bestätigte ihr Ehemann.

Ihr Vater lachte dröhnend und klopfte Paul auf die Schulter.

»Wann wird sie denn fahren?«, wollte Amalia wissen, ohne auf die Frotzelei der beiden Männer einzugehen. »Ich würde sie vorher wirklich gerne noch sehen.«

»Das wird wohl kaum klappen, denn sie packt bereits und reist direkt nach den Feiertagen ab. Wir wissen auch erst seit gestern, dass die Stelle für Gertrud frei ist. Ich habe Jean schon einige Male deshalb in den Ohren gelegen, doch jetzt möchte er sie plötzlich so schnell wie möglich dort haben. Aus eurem Treffen wird also nichts mehr werden. Ich soll dir aber ganz liebe Grüße ausrichten und dir versichern, dass sie sofort schreiben wird, sobald sie in Paris angekommen ist.« Ferdinand Claasen sah zur Tür. »Wo bleibt denn der Rest meiner Familie? Mir knurrt schon seit Stunden der Magen.«

»Sie werden sicherlich gleich runterkommen«, sagte Amalia, und wie aufs Stichwort drangen von draußen aus der Halle auch schon die Stimmen ihrer Schwestern zu ihnen herein.

Kaum hatte Helene den Raum betreten, veränderte sich für Amalia mit einem Schlag alles. Sie hörte sich selbst leise aufstöhnen und glaubte ihren Augen nicht zu trauen. Ihre Schwester trug ein sandfarbenes Seidenkleid, und an ihrem Dekolleté prangte die wunderschöne Schmetterlingsbrosche, die Amalia erst vor wenigen Tagen selbst in Händen gehalten hatte. Ihr Hals wurde eng, eine heftige Übelkeit brach über sie herein, und ein stechender Schmerz in der Brust raubte ihr fast die Luft zum Atmen. Das alles geschah innerhalb von wenigen Augenblicken. Dennoch schien offenbar niemand davon Notiz zu nehmen. Es grenzte schier an ein Wunder, dass in diesen Sekunden niemand im Raum auf sie achtete.

Amalia wandte sich ab und schloss kurz die Augen. Das Stechen in ihrer Brust ließ ein wenig nach, und als sie sich zu ihrer Familie umdrehte, hatte sie sich weitestgehend wieder unter Kontrolle.

Erst jetzt schien ihr Mann zu stutzen. Er beugte sich leicht zu ihr herunter. »Ist alles in Ordnung, Liebes?«, hörte sie ihn durch das tosende Rauschen in ihren Ohren fragen. »Du bist plötzlich ganz blass.«

Sie musste sich räuspern, bevor sie ihm antworten konnte: »Ja, mir war nur kurz ein wenig schwindelig.« Unter größter Anstrengung lächelte sie zu ihm auf. »Es ist schon wieder gut. Wahrscheinlich ist es noch immer die Aufregung. Würdest du dafür sorgen, dass alle ihre Plätze einnehmen? Ich … kümmere mich indes darum, dass aufgetragen wird.«

»Aber gerne.«

Vielleicht verließ sie ein wenig zu hastig den Raum, aber auch das schien niemand zu bemerken. Die Gespräche im Esszimmer blieben jedenfalls unverändert fröhlich. Draußen in der Halle lehnte sie sich kurz gegen das mächtige Eichengeländer der Treppe und atmete noch einmal tief durch. Tausend Gedanken rasten durch ihren Kopf. Natürlich konnte es eine vollkommen harmlose Erklärung geben, und Amalia hätte sich nur zu gern an diesen Strohhalm geklammert. Vielleicht hatte Paul die Brosche nur für seinen Freund vom Juwelier abgeholt oder sie für Georg aufbewahrt, damit Helene das Geschenk nicht vorher entdeckte, versuchte sie sich zu beruhigen.

Doch es half nichts. Tief in ihrem Herzen wusste sie bereits, dass ihre dunkle Vorahnung sie nicht getäuscht hatte. Was dies in genau bedeutete, darüber mochte sie kaum nachdenken.

»Kann das Essen jetzt aufgetragen werden, gnädige Frau?«

Amalia sah auf und atmete ein weiteres Mal tief durch. Sie nickte dem Dienstmädchen zu, das am Ende der Halle vor dem Eingang zum Küchenbereich stand und auf ihre Antwort wartete. Langsam bekam sie Routine darin, zu lächeln, obwohl ihr zum Weinen zumute war.

»Ja, Dora. Ich wollte gerade zu euch in die Küche kommen und Bescheid geben.«

Das Mädchen knickste, wandte sich von ihr ab und verschwand wieder. Amalia drückte ihr Rückgrat durch und gab sich noch ein paar Augenblicke, um ihre Gedanken zu ordnen. Zunächst musste sie herausfinden, ob die Schmetterlingsbrosche Georgs Weihnachtsgeschenk für Helene gewesen war, denn dann war alles gut. Doch wenn die Brosche nicht von Georg war …

Der Weihnachtsbraten war hervorragend, aber Amalia brachte nur wenige Bissen herunter. »Du scheinst kaum Appetit zu haben«, stellte Bernadette fest.

»Stimmt leider. Ich kann es nicht ändern«, erwiderte sie und lächelte ihrer jüngsten Schwester liebevoll zu. »Übrigens freue ich mich, dass es dir im Internat inzwischen so gut gefällt«, versuchte sie von sich selbst abzulenken.

»Oh ja, es ist richtig schön da. Ich habe jede Menge Freundinnen gefunden, und die Lehrerinnen sind alle sehr nett. Sie haben eigentlich immer Zeit für uns, weil sie ja ebenfalls dort wohnen«, antwortete Bernadette. Der Blick aus ihren hellblauen Augen glitt hinüber zu ihrem Vater, der seiner Jüngsten daraufhin ein nachsichtiges Lächeln schenkte. »Anfangs habe ich es wirklich gehasst, aber Papa hat dann doch recht behalten«, fügte Bernadette hinzu.

Amalia versuchte sich nicht anmerken zu lassen, dass sie nur mit einem Ohr zuhörte, als Bernadette kurz darauf kleine Anekdoten aus dem Internatsalltag zum Besten gab. Während die anderen am Tisch sich offensichtlich amüsierten, dachte sie unablässig darüber nach, wie sie weiter vorgehen sollte. Immer wieder wanderte ihr Blick zu dem glitzernden Schmetterling an Helenes Dekolleté. Es half nichts, sie musste die Wahrheit erfahren, und sei sie auch noch so furchtbar.

Nach dem Hauptgang trat eine kleine Gesprächspause ein, und in Gedanken gab sie sich selbst einen kleinen Schubs, um vielleicht, mit sehr viel Glück, die Dunkelheit wieder aus ihrem Herzen zu vertreiben.

»Deine Brosche ist wunderhübsch, Helene.« Sie beobachtete ihre Schwester sehr genau, und Helenes Reaktion war fast schon die grausame Bestätigung von Amalias schlimmster Befürchtung. Als Helenes Fingerspitzen unweigerlich zu dem Schmuckstück wanderten, während ihr Blick gleichzeitig kurz zu Paul huschte, brach es Amalia fast das Herz. Der Schmerz war kaum noch zu ertragen. Auch sie sah daraufhin ihren Mann an, doch der war gerade damit beschäftigt, seine Serviette sehr ordentlich zusammenzufalten, und hielt seinen Kopf leicht gesenkt. Dennoch erkannte sie, dass Pauls Miene wie versteinert wirkte.

Amalia beschloss, dass sie sich endgültig Klarheit verschaffen musste, und wandte sich an Georg: »Da hast du wirklich Geschmack bewiesen, mein lieber Schwager.«

Georg erwiderte ihren Blick und schüttelte lächelnd den

Kopf. »Ich würde dein Lob nur zu gerne entgegennehmen, aber das schöne Stück ist nicht von mir. Helene hat sich die Brosche selbst gekauft«, sagte er. »Aber ich muss zugeben, sie steht ihr außergewöhnlich gut.« Der Graf lächelte und tätschelte eher beiläufig Helenes Arm.

»Ich konnte einfach nicht daran vorbeigehen«, setzte Helene noch hinzu. »Zum Glück lässt der Graf mir in solchen Dingen vollkommen freie Hand.«

Amalia glaubte innerlich zu sterben vor lauter Herzschmerz. Sie war noch nicht einmal ein Jahr verheiratet und hatte geglaubt, mit Paul das wahre Glück gefunden zu haben, doch nun lag auf einen Schlag ihre ganze Welt in Scherben.

Einige Stunden später hätte Amalia nicht mehr sagen können, wie sie den Abend überhaupt überstanden hatte, ohne endgültig die Beherrschung zu verlieren. Es war ihr wichtig, dass vor allem ihr Vater und Bernadette von diesem Unglück verschont blieben. Offensichtlich schaffte sie es, die Contenance zu bewahren, denn einzig von Paul fing sie ab und zu besorgte Blicke auf. Als sich die Familie schließlich eine gute Nacht wünschte, wusste Amalia bereits, was sie zu tun hatte.

»Ich würde dich gerne noch kurz sprechen, bevor wir uns für die Nacht zurechtmachen«, raunte sie ihrem Mann auf der Treppe zu.

Mit ernster Miene nickte er, hielt ihr kurz darauf die Tür zu ihrem Schlafzimmer auf, und gemeinsam zündeten sie die Lampen an. Danach ging Amalia hinüber zum Fenster, um so viel körperliche Distanz wie nur möglich zu ihm herzustellen.

»Es geht um Helene«, begann sie. Ihre Kehle wurde eng.

»Was ist mit … Helene?«, fragte er, und wenn sie sich nicht täuschte, klang seine Stimme eine Spur unsicher.

Amalia versuchte durchzuatmen, doch zu ihrer Bestürzung kam das Geräusch, das sich dabei aus ihrer Brust löste, einem Schluchzen gleich.

»Vor einigen Tagen habe ich im Kontor einen Lieferschein gesucht und …« Sie brach ab, weil sie bemerkte, dass dieses Detail im Grunde vollkommen unnötig war. Sie brauchte sich für nichts zu schämen oder gar zu entschuldigen. »Wie auch immer«, fuhr sie fort. »Ich habe in deinem Schreibtisch zufällig die Brosche entdeckt, die meine Schwester heute Abend trug und von der sie vorhin behauptete … Nun ja, du warst ja anwesend, als sie ihre Geschichte erzählte.«

Paul stieß ein Geräusch aus, das wie ein Ächzen klang. Sie musste husten, um nicht in Tränen auszubrechen, denn das wollte sie auf gar keinen Fall. Sobald sie ihren Tränen freien Lauf ließe, würde sie stundenlang nicht mehr aufhören können zu weinen, und wenn es so weit war, wollte sie alleine sein.

»Als ich die Brosche fand, nahm ich an, dass es sich dabei um mein Geschenk handelte und ich …« Ihre Stimme versagte, und sie schüttelte den Kopf. Der Kloß in ihrem Hals hinderte sie daran weiterzusprechen.

Paul starrte sie nur stumm an, und sie sah, dass er ebenfalls trocken schluckte.

»Das zuzugeben ist übrigens sehr demütigend«, setzte sie nach, weil er noch immer nichts sagte. »Du kannst dir sicherlich vorstellen, dass ich bereits seit gestern Abend darüber nachdenke, was es mit dieser Brosche auf sich haben könnte. Ich kann dir versichern, ich habe mir alle möglichen Gründe durch den Kopf gehen lassen. Doch nun liegt der schlimmste, der allerschlimmste Anlass wohl auf der Hand.«

Paul stand wortlos vor ihr, nickte mit eherner Miene. Bei jedem Atemzuge hob sich sein Brustkorb sichtbar. »Es ist …«

»Sag mir jetzt bloß nicht, dass es nicht das ist, was ich denke, Paul. Das wäre unwürdig und dumm.«

Er räusperte sich, kam einen Schritt auf sie zu, doch sie hob hastig die Hände, um ihm Einhalt zu gebieten. Sofort hielt er in seiner Bewegung inne.

»Das wollte ich gar nicht sagen.« Mit beiden Händen fuhr er sich durchs Haar. Die Geste wirkte hilflos. »Ja, es ist … nein, es war so, wie du es annimmst, aber es ist … vorbei, Lia. Ich würde dir gerne erklären …«

»Oh Paul!« Der letzte Rest einer unlogischen Hoffnung verpuffte im düsteren Nebel ihrer unsagbaren Qual.

»Es ist vorbei, glaub mir. Diese Brosche war eine Art … Abschiedsgeschenk. Ich wollte …«

»Ich will das gar nicht hören«, unterbrach sie ihn.

»Du wirst mich doch nicht verlassen?«, hörte sie ihn mit zitternder Stimme fragen. »Das darfst du nicht. Ich bitte dich, Lia, verlass mich nicht. Ich werde … Das ist ein für alle Mal vorbei, glaub mir. Du musst mir einfach glauben. Ich liebe dich, Lia!«

Amalia hob ihr Kinn, um sich zu wappnen. Wut mischte sich in ihre Trauer, und sie konnte kaum glauben, dass er es wagte, sie in diesem Moment anzulügen. »Keine Lügen mehr, Paul. Dafür bin ich mir zu schade.«

»Aber ich …« Ein weiteres Mal räusperte er sich. »Was kann ich tun, um dich nicht zu verlieren? Sag es mir. Ich werde alles tun, was du willst.«

Sie standen sich gegenüber, starrten sich viele Sekunden lang stumm an. Amalia suchte verzweifelt nach den richtigen Worten. Nein, sie würde ihn nicht verlassen, das wusste sie bereits. Ein Leben ohne Paul konnte und wollte sie sich nicht vorstellen. Doch von nun an würde es ein anderes Leben, eine andere Ehe sein.

»Gleich nach dem Frühstück werde ich mit Helene sprechen«, teilte sie ihm mit. »Du … wir … Wie es mit uns weitergeht, darüber muss ich noch einmal in Ruhe nachdenken.«

Auf seiner Wange zuckte ein Muskel, aber er nickte. »Ja, das kann ich verstehen.« Sein Kopf senkte sich. »Du hast alle Zeit der Welt.«

»Im Augenblick ist es mir vollkommen egal, wie viel Zeit *du* mir gibst.« Bevor sie weitersprach, wich sie seinem Blick aus. Sie konnte es einfach nicht ertragen, auch nur eine Sekunde länger in diese tiefblauen Augen zu sehen. »Und jetzt lass mich allein.«

»Lia.«

»Geh!« Kurz darauf schloss sich leise die Tür zum Nebenzimmer.

Die fahle Morgendämmerung eines trüben Wintertages, mehr Düsternis als Licht, drängte sich durch das feine Gewebe der Gardinen. Der graue, fast schon gespenstisch anmutende Tagesanbruch reichte aus, um Amalia aus ihrem leichten Schlaf erwachen zu lassen. Beinahe fühlte sie sich erleichtert, dass diese Nacht vorbei war, auch wenn der Tag, der nun vor ihr lag, sicherlich noch mehr Kummer mit sich bringen würde. Vor lauter Erschöpfung war sie tatsächlich irgendwann in den frühen Morgenstunden eingeschlafen. Natürlich sah man ihr die Verzweiflung und die Tränen der vergangenen Nacht deutlich an, doch daran ließ sich kaum etwas ändern. Sie hatte ohnehin vor, eine starke Erkältung vorzuschützen, weil es sie ihre ganze Kraft gekostet hatte, den gestrigen Abend zu überstehen.

Langsam erhob sie sich, griff nach ihrem Morgenmantel und ging hinüber zum Fenster. Schon als Kind hatte sie es geliebt, stundenlang aus dem Fenster zu schauen, ganz besonders wenn sie traurig gewesen war. Der Ausblick aus ihrem Zimmer auf Gut Lindenhain war für sie stets beruhigend, manchmal sogar tröstlich gewesen. Dort gab es immer etwas zu sehen, an dem sich ihre Gedanken festhalten konnten. Mal war es ein zwitschernder Vogel oder ein hüpfendes Eichhörnchen in einer Baumkrone, mal anhaltender Regen, das leise Rauschen des Windes, der die Blätter zum Tanzen brachte, oder einfach die abwechslungsreichen Formen der Wolken.

Eine ganze Weile sah Amalia hinaus und versuchte, die nötige Energie für die kommenden Stunden aufzubringen. Dichter Frühnebel waberte über die Wiesen und versperrte ihr den Blick auf den Weiher. Schnee war noch nicht gefallen, doch Gräser, Büsche und Bäume waren von weißem Raureif bedeckt.

Amalia seufzte auf, bevor sie sich vom Fenster abwandte und nach nebenan ins Badezimmer ging, um ihr Gesicht ein wenig zu kühlen und sich zu waschen. Danach klingelte sie nach einem der Mädchen und zog schon mal frische Unterwäsche an. Hier auf Lindenhain gab es neben der Hauswirtschafterin, die gleichzeitig auch die Köchin war, insgesamt drei Dienstmädchen. Sie waren gleichermaßen gut ausgebildet und praktisch für alles zuständig, was im Haus anfiel. So kam immer das Mädchen, das gerade am ehesten abkömmlich war.

Als es kurz darauf klopfte, trat Dora ein, das Mädchen, das sie gestern Abend in der Halle getroffen hatte. »Guten Morgen, gnädige Frau.«

»Ah, guten Morgen, Dora.«

Dora war schon einige Monate hier im Haus und vielleicht etwas jünger als sie selbst. Amalia hatte sie auf Anhieb gemocht. Mit ihrer geraden, fast stolzen Haltung, dem festen dunklen Haarknoten und ihren hellblauen Augen verlieh sie sogar der einfachen Dienstmädchenuniform eine gewisse Würde. Auch war das Mädchen deutlich klüger als die anderen, das war Amalia sehr schnell aufgefallen. Dora kannte keine falschen Hemmungen und zeigte sich stets natürlich, offen und aufrichtig. Amalia wusste es zu schätzen, wenn Menschen sich nicht verstellten.

»Ich verzichte heute auf ein Korsett und werde das weinrote Kleid anziehen, das lässt sich vorn schließen. Du brauchst mir also nur schnell die Haare aufzustecken.«

»Sehr gerne«, erwiderte Dora. »Moment, ich hole das Kleid.«

Als Amalia kurz darauf angezogen vor der Frisierkommode saß, begegneten sich ihre Blicke im Spiegel.

»Sie sehen ein wenig mitgenommen aus, wenn ich das so frei sagen darf. Fühlen Sie sich nicht wohl, gnädige Frau?«

Amalia nickte Dora lächelnd zu. Eines der anderen Dienstmädchen hätte sich wahrscheinlich niemals getraut, ihr eine solche Frage zu stellen. »Ich habe nicht sehr gut geschlafen und brüte wohl eine Erkältung aus.«

»Oh, das tut mir leid. Gerade an Weihnachten.« Sie deutete auf eine hübsch verzierte Dose, die ihr Paul zum Geburtstag geschenkt hatte. »Ich weiß, dass Sie das französische Puder eigentlich nur abends benutzen, aber soll ich nicht heute Morgen einen Hauch davon auf ihre Wangen auftragen? Das wirkt wahre Wunder, und Sie würden sich vielleicht ein bisschen besser fühlen.«

»Ja, das ist sicher eine gute Idee.« Amalia wusste, dass Doras Mitgefühl ernst gemeint war. Sie war wirklich froh darüber, dass gerade Dora heute Morgen zu ihr gekommen war. »Können wir uns darauf einigen, dass du zukünftig die ›Gnädige Frau‹ weglässt. Das macht so furchtbar alt. Frau Magnussen reicht völlig aus.«

Dora lächelte. »Wie Sie wünschen, Frau Magnussen.«

Amalia schloss die Augen, während das Mädchen ihr Gesicht puderte. Tatsächlich sah sie hinterher deutlich frischer aus.

»Ähm, Dora, ich wollte mich gestern Abend allein ausziehen und hatte Schwierigkeiten mit dem Mieder. Leider musste ich die Schnüre zerschneiden. Ich …«

»Es ist schon gut. Ich kümmere mich später darum«, sagte Dora schnell. Ihre Miene wirkte verständnisvoll.

»Ich danke dir.« Wieder lächelte sie Dora im Spiegel zu. Unvermittelt fühlte sie eine besondere Verbundenheit zu dem Mädchen. Sie hätte nicht sagen können, warum das so war, aber sie hatte das sichere Gefühl, dass Dora genau spürte, wie es um sie stand.

»Sie haben wirklich schönes Haar.« Das Mädchen befestigte die letzte Haarklammer und trat einen Schritt zurück. »Es lässt sich sehr leicht frisieren. Ist es so gut?«

»Sehr gut.«

»Brauchen Sie mich noch?«

Amalia holte tief Luft. »Ich würde gern noch vor dem Frühstück mit der Gräfin sprechen. Es ist äußerst wichtig, dass uns niemand dabei stört oder gar mithören kann. Würdest du dafür sorgen, dass sie davon erfährt und mich allein in der Bibliothek trifft. Dorthin verirrt sich außer mir normalerweise niemand.«

Dora legte ihren Kopf ein wenig schief. »Natürlich. Ich werde es der Gräfin persönlich ausrichten. Sie hatte vorhin ein paar Minuten vor Ihnen geläutet, und Gerda ist zu ihr gegangen. Sicher wird sie inzwischen auch fertig angekleidet und frisiert sein.«

»Damit wir uns richtig verstehen: Auch der Graf sollte nichts davon mitbekommen«.

»Ich verstehe.«

»Weißt du, ob mein … ob Herr Magnussen schon auf ist?«

»Ja, der gnädige Herr ist in aller Herrgottsfrühe heruntergekommen. Es war noch stockdunkel, und er kam direkt in die Küche, um nach Kaffee zu fragen. Nur die Hauswirtschafterin und ich waren schon dort. Wir hatten gerade unseren Dienst angetreten.«

»Soso.« Paul war eher ein Langschläfer. Offenbar hatte auch er eine schlaflose Nacht zugebracht. Gut so, dachte sie.

»Sie können sich ganz und gar auf mich verlassen, Frau Magnussen. Ich werde äußerst diskret vorgehen«, versicherte Dora. Sie legte den Frisierkamm und die Klammern zurück in die dafür vorgesehene Schublade, dann ging sie hinüber zum Kleiderschrank, um das dunkelrote Kleid herauszunehmen und von außen an die Schranktür zu hängen.

Amalia beobachtete sie. Doras ruhige Handgriffe und ihre wohlklingende Stimme wirkten sich beruhigend auf ihr Nervenkostüm aus. Das Mädchen tat ihr gut.

Plötzlich schoss Amalia ein Gedanke durch den Kopf. »Sag, Dora, was hältst du davon, zu mir nach Hamburg zu kommen? Ich habe seit einiger Zeit kein persönliches Kammermädchen mehr, und ich denke, wir würden uns sehr gut verstehen. Natürlich würde ich deinen Lohn erhöhen, und ein eigenes Zimmer hättest du dort auch.«

»Oh«, antwortete Dora. Ihre Wangen röteten sich.

»Oder hast du hier familiäre oder … andere Bindungen, die …?«

»Nein, die habe ich nicht«, sagte Dora hastig. »Ich würde wirklich furchtbar gerne zu Ihnen nach Hamburg kommen.«

»Das freut mich.« Amalia griff nach Doras Hand. »Dann würde ich sagen, dass du deine Sachen packst, sobald wir abgereist sind und wieder Ruhe eingekehrt ist. Du kannst dann den anderen Mädchen noch helfen, alles wieder in Ordnung zu bringen. Ich würde dir übermorgen die Kutsche schicken.«

Dora strahlte über das ganze Gesicht. »Jetzt bin ich ganz aufgeregt.« Sie lachte kurz auf. »Tausend Dank, Frau Magnussen. Ich werde Sie nicht enttäuschen.«

»Das weiß ich, Dora, sonst hätte ich dich nicht gefragt.«

Zehn Minuten später stand Amalia vor einem der hohen Fenster der Bibliothek und wartete auf Helene. Der Raum lag abgelegen in einem Seitenflügel des Untergeschosses, ganz am Ende der Halle. Mit einer Bibliothek hatte das Zimmer kaum noch etwas gemein, da es inzwischen nur noch ein einziges und recht unvollständig gefülltes Bücherregal gab. Früher hatten hier viel mehr Bücher gestanden, doch die waren schon vor vielen Jahren nach Hamburg in das Haus ihres Vaters gebracht worden. Der Name des Zimmers war trotzdem erhalten geblieben.

Als sich hinter ihr die Tür öffnete, drehte Amalia sich um und sah ihrer Schwester entgegen.

»Du wolltest mich sprechen«, sagte Helene hörbar verwundert. Sie blieb in der offenen Tür stehen.

»Ja. Komm bitte herein und schließ die Tür hinter dir.«

»Was gibt es denn so Wichtiges? Warum müssen wir uns denn hier verstecken?«

Amalia atmete noch einmal tief durch. »Ich werde es kurz machen, Helene.« Der Raum war nicht geheizt, doch sie spürte, wie ihr vor Anspannung ein kleiner Schweißtropfen den Nacken herunterlief. »Ich weiß, dass du eine Affäre mit meinem Mann eingegangen bist.«

Helene wurde augenblicklich bleich und griff nach der Lehne eines abgedeckten Sessels, um sich daran festzuhalten. Sie wollte offenbar etwas sagen, doch Amalia gebot ihr Einhalt.

»Sei still. Ich will keinerlei Entschuldigungen oder Erklärungen von dir hören.« Helene blieb tatsächlich stumm, starrte sie nur mit großen Augen an. »Ich möchte, dass du weißt, dass du meine schwesterliche Liebe damit für alle Zeit verspielt hast«, fuhr Amalia fort.

»Amalia, ich …«

»Sei still, hab ich gesagt!« Amalia erschrak selbst, weil die Worte so heftig aus ihr herausbrachen. Sie räusperte sich und mahnte sich innerlich zur Ruhe. »Mir ist es wichtig, dass der

Rest unserer Familie nichts von dieser … Sache erfährt. Vater würde das kaum ertragen, und an den armen Georg mag ich gar nicht erst denken. Deshalb werden wir uns nichts anmerken lassen.«

Helene nickte. »Ist gut«, flüsterte sie, und ihre Stimmlage ließ eine gewisse Erleichterung erkennen.

»Gar nichts ist gut! Du solltest das jetzt nicht so verstehen, dass ich deinen Betrug decken werde. Ganz im Gegenteil. Wenn du dir auch nur noch eine Verfehlung zuschulden kommen lässt, wird mein Schweigen enden, darauf kannst du Gift nehmen. Hör mir gut zu. Von nun an wirst du dich von mir und vor allem von meinem Mann fernhalten. Uneingeschränkt und ohne Ausnahme! Ich will dich nicht in meinem Leben haben. Du bist kein Teil mehr davon. Unsere Begegnungen werden sich in Zukunft auf unausweichliche Familienzusammenkünfte beschränken. Hast du mich verstanden?«

»Ich bin ja nicht taub.« Helene hob ihr Kinn in die Höhe. »Wirst du dich jetzt scheiden lassen?«

»Natürlich nicht. Das würde ich Vater niemals antun, aber das sollte dich nicht kümmern. Meine Ehe geht nur mich und meinen Mann etwas an.«

»Paul wollte immer nur mich. Von Anfang an.« Helenes Gesichtsausdruck glich nun dem eines trotzigen Kleinkindes, dem man etwas verboten hatte.

In Amalias Brust wurde es kalt. Es schien, als wäre ihr Herz mit einem Mal in einem riesigen Eisbrocken gefangen. »Er hat aber mich geheiratet.«

»Ja, weil Vater ihn praktisch dazu gezwungen hat. Nur darum hat er das getan. Paul brauchte das Geld.«

Die Kälte breitete sich schlagartig in ihrem ganzen Körper aus. »Das Geld?« Ihre Stimme war nur noch ein Flüstern.

»Ja, der Graf hat mir alles genau erzählt. Paul hat Geld gebraucht, um sein Geschäft zu vergrößern, und Vater hat es ihm unter der Bedingung zugesagt, dass er dich heiratet. Georg hat das sogar unterstützt, weil es Vater wichtig war, dass du vor mir heiratest. Offenbar hatte er es Mutter am Sterbebett versprochen.«

Sie brauchte ein paar Augenblicke, um in vollem Umfange zu begreifen, was Helene ihr gerade eröffnet hatte, doch sie wusste sofort, dass ihre Schwester die Wahrheit sagte. Plötzlich passte alles zusammen. Ihre anfänglichen Zweifel an Pauls Liebe, die eindeutigen Blicke zwischen ihm und Helene, die sie am Abend ihres Kennenlernens bemerkt hatte, und nicht zuletzt Pauls Bemühungen um sie, die so überraschend gewesen waren. Seine heftige Werbung, die Geschenke und all die Aufmerksamkeiten – all das waren nur Lügen und Mittel zum Zweck, damit sie sich in ihn verliebte. Wie unglaublich dumm sie doch gewesen war.

»Ich wollte dir das eigentlich niemals erzählen«, hörte sie Helene leise sagen.

Amalia starrte ihre Schwester an und versuchte mit aller Macht, die Fassung zu bewahren. Ihre Welt war tatsächlich ein einziger Scherbenhaufen. Was ihr Vater getan hatte, war unfassbar demütigend. Und die beiden Menschen, die ihr die liebsten auf der Welt gewesen waren, hatten sie betrogen.

»Paul sagte …« Ihre Stimme drohte zu versagen, und sie brauchte noch einen weiteren Atemzug, um fortfahren zu können. »Paul sagte, dass eure … Liaison beendet sei.«

»Das stimmt. Er wollte … nicht mehr.« Plötzlich füllten sich Helenes Augen mit Tränen. »Er hatte ein Geschenk für mich besorgt und gab es mir mit den Worten, dass ich es als Bitte um Verzeihung und als Abschiedsgeschenk betrachten solle. Er meinte, er wolle noch vor den Feiertagen klare Verhältnisse zwischen uns schaffen.«

»Die Schmetterlingsbrosche.«

»Ja. Die Brosche. Ich habe sie gestern nur getragen, um ihn zu verletzen. Ich bin so unglaublich wütend auf ihn.«

Unweigerlich musste Amalia an Pauls Reaktion denken, nachdem sie ihn gestern Abend zur Rede gestellt hatte. »Hat Paul … gesagt, aus welchem Grund er eure Liebelei beenden wollte?«

»Er meinte, dass er … sich furchtbar getäuscht habe und dass es ein großer Fehler gewesen sei und niemals hätte passieren dürfen. Das waren seine Worte, aber ich glaube ihm nicht.« Helene liefen nun tatsächlich Tränen über die Wangen. »Der Graf und ich … Ach, ich liebe nur Paul, aber er will mich ja nicht mehr.«

»Soll ich jetzt etwa Mitleid mit dir haben?«, fragte Amalia zynisch und wunderte sich über sich selbst.

Zynismus lag ihr gar nicht, und eigentlich fühlte sie sich auch nicht danach, dafür war viel zu viel Traurigkeit in ihrem Herzen. Doch Helenes Selbstmitleid empfand sie als so egoistisch und charakterlos, dass es ihr fast die Sprache verschlug. In diesem Moment wurde ihr bewusst, dass sich ihre Schwester im Grunde nie anders verhalten hatte, und schlimmer noch, sie war ihr Leben lang damit durchgekommen. Merkwürdigerweise verschaffte ihr diese Erkenntnis genug Kraft, um der

Unterhaltung endgültig und möglichst würdevoll ein Ende zu setzen.

»Es ist alles gesagt«, brachte Amalia schließlich hervor. »Du weißt, was du zu tun hast. Halte dich von nun an fern von uns und kümmere dich um deine Ehe. Weiß der Himmel warum, aber Georg liebt dich wirklich. Er hat dein Benehmen nicht verdient. Niemand hat es verdient, so behandelt zu werden. Ach ja, und ich möchte, dass du gleich nach dem Frühstück abreist. Du bist in diesem Haus nicht mehr willkommen. Ich ertrage dich keinen einzigen Tag länger in meiner Nähe.«

»Aber es ist Weihnachten, Amalia. Wir wollten doch erst morgen abreisen. Wie soll ich das denn dem Grafen und Papa erklären?«

»Ehrlich gesagt ist mir das völlig egal. Wenn du es vor lauter Feigheit vorziehen solltest, dich meiner Forderung zu widersetzen, werde ich noch heute mit Georg sprechen, darauf kannst du dich verlassen. Was dich angeht, habe ich keine Skrupel mehr, das solltest du niemals wieder vergessen.«

Sie drückte ihr Rückgrat durch, ging schnurstracks an Helene vorbei und verließ das Zimmer.

9. Kapitel

Hamburg, im Februar 1898

Das Gefühl, das seit den Feiertagen auf Lindenhain von Paul Besitz ergriffen hatte und ihn nachts wach hielt, war neu für ihn. Er litt unter diffusen körperlichen Schmerzen und wiederkehrenden Angstzuständen. Wenn die Hölle ein schrecklicher Ort war, so wäre sie dennoch das Paradies im Vergleich zu seinen derzeitigen Qualen, so dachte er manchmal. Das Schlimmste an dem Zustand war die Gewissheit, dass er ihn ganz allein verschuldet hatte und mit niemandem darüber sprechen konnte. Seine beiden engsten Vertrauten, Amalia und Georg, hatte er auf eine Art und Weise hintergangen, die auch für ihn selbst unverzeihlich war. Sein Freund war nach wie vor ahnungslos, doch das machte die Sache nicht besser. Eher war das Gegenteil der Fall. Jedes Treffen mit Georg bereitete Paul immensen Kummer, weil er sich so unermesslich schuldig fühlte.

Dennoch blieb der Hauptgrund für seine Verzweiflung Amalia. Seine Frau vermied seither jedes Gespräch mit ihm. Wenn sie überhaupt von sich aus das Wort an ihn richtete, hatte es allein mit dem Kaffeekontor zu tun. Manchmal glaubte er, an seinem Elend zu ersticken, und es war ihm ein Rätsel, wie er die vergangenen Wochen überhaupt überstanden hatte. Wenn er darüber nachdachte, in welche Lage er sich selbst gebracht hatte – und das tat er nahezu unentwegt –, dann kochte lodernde Wut in ihm hoch. Dennoch war er sich sicher, dass er diesen Betrug, die kurze Zeit mit Helene, gebraucht hatte, um zu erkennen, wem sein Herz tatsächlich gehörte. Es war nur ein winziger Augenblick gewesen, kaum einen Atemzug lang, und plötzlich war da die absolute Gewissheit gewesen, dass alles in ihm nur nach einem einzigen Menschen schrie: Amalia. Heute konnte er kaum noch nachempfinden, warum er sich so stark von Helene angezogen gefühlt hatte. Der erste Kuss und die erste hastige Verbindung ihrer Körper waren noch von maßloser Begierde getrieben gewesen. Vollkommen berauscht hatte er gleich am nächsten Tag ein Geschenk, die Brosche, für Helene gekauft. Doch dann war schon bald eine seltsame, völlig unerwartete Ernüchterung eingetreten. Irgendetwas hatte ihn davon abgehalten, ihr das Schmuckstück tatsächlich zu geben, und so blieb die Brosche Woche um Woche in seiner Schreibtischschublade, fast so, als hätte er sie dort vergraben wollen. Von ihrer Schönheit einmal abgesehen, hatte Helene letztlich nichts zu bieten, was ihn wirklich fesselte, das hatte er rasch erkannt.

Den Moment der vollkommenen Klarheit, der Öffnung seines Herzens, würde er wohl niemals vergessen. Es war im späten Herbst gewesen, nach einem ihrer wenigen heimlichen Treffen in der Wohnung über dem Kontor. Helene war gerade gegangen. Sie waren stets sehr vorsichtig, und wie die Male zuvor hatte sie das Haus auf der Rückseite durch den Lieferanteneingang verlassen. Er war nach oben in die Wohnung gegangen, um dort alles wieder so herzurichten, wie es vor Helenes Besuch gewesen war. Er wusste noch, dass er sich furchtbar leer gefühlt hatte, und dann war es passiert. Die Erkenntnis brach unvermittelt über ihn herein. Aus heiterem Himmel und ohne jede Ankündigung hatte ihn plötzlich eine überwältigende Sehnsucht nach seiner Frau überkommen. Es war ein seltsames Gefühl gewesen. So, als hätte ihn eine höhere Macht demaskiert und seine Seele befreit.

Seitdem hatte er jedes Zusammentreffen mit Helene, trotz ihres Drängens, strikt vermieden. Erst kurz vor Weihnachten hatte er sie schließlich aufgesucht, um die Affäre zu beenden und ihr die Brosche doch noch zu geben – als Abschiedsgeschenk.

Wie sehr er sich jetzt nach Amalias hingebungsvoller Leidenschaft, nach ihrer Wärme, den tiefsinnigen Gesprächen und nach ihrer Begeisterung sehnte! Er konnte es kaum noch ertragen, sie jeden Tag zu sehen und doch weiter von ihr entfernt zu sein als jemals zuvor. Wie hatte er sein Lebensglück nur so verspielen können? Warum war er so unfassbar blind für das Offensichtliche gewesen? Niemals würde er die Hoffnung aufgeben, dass sie ihm eines Tages doch noch verzeihen könnte, denn nur sie hielt ihn am Leben. Irgendwann musste sie ihm einfach glauben, dass sie die einzige Frau, seine einzige Liebe war – jetzt und für immer.

Er sah auf, als Amalia das Büro betrat, ohne ihn eines Blickes zu würdigen zu ihrem Schreibtisch ging und sich setzte. Sie öffnete eine Mappe und nahm etwas heraus.

»Ich hatte letzte Nacht eine Idee, das Geschäft betreffend«, teilte sie ihm mit, ohne ihn anzuschauen.

Erfreut darüber, dass sie überhaupt mit ihm sprach, begann sein Herz, ein wenig schneller zu schlagen. »Worum geht es?«

»Einige Kunden beliefern wir regelmäßig. Du hast das schon vor unserer Hochzeit so gehalten.«

Er nickte. »Ja, das ist richtig. Das betrifft aber nur wenige, sehr reiche Kunden.«

»Ich kenne die Bücher, Paul.«

»Natürlich.« Er schluckte. Manchmal konnte sie enervierend schroff sein. Früher hatte ihn das amüsiert, jetzt verspürte er jedes Mal einen Stich.

»Was hältst du davon, wenn wir diesen Bereich ausweiten?«

»Ausweiten? Wie meinst du das?« Durchaus interessiert erhob er sich und ging hinüber zu ihrem Schreibtisch.

»Nun, mir schwebt eine Art Versandhandel vor. Die Kunden könnten per Post oder direkt bei uns bestellen und werden regelmäßig mit frisch geröstetem Kaffee beliefert. Meinetwegen auch mit Kakao, Tee oder Konfekt. Je nachdem, was sie haben wollen.«

»Hm.«

»Wir könnten zum Beispiel Annoncen in den großen Hamburger Zeitungen aufgeben oder Bestellkarten beilegen und verteilen lassen«, fuhr sie fort. Endlich sah sie ihn an. »Oder wir lassen einen kleinen Katalog mit unseren Angeboten und den Bestellkarten drucken. Das würde mir besonders gefallen. Ich habe gehört, dass einige Kaufleute mit dieser Methode bereits großen Erfolg haben. Denk doch nur an diesen Mey in Leipzig, der inzwischen alles Mögliche direkt zu seinen Kunden ins Haus schickt. Wir würden damit einen noch größeren Kundenkreis erschließen können, Paul. Nicht jeder Hamburger ist in der Lage, regelmäßig in die Innenstadt zu fahren, um Kaffee oder Kakao einzukaufen.«

»Das klingt tatsächlich einleuchtend.« Sie lächelte ihn an. Was für ein wundervoller Tag! »Möchtest du alles dafür in die Wege leiten?«, fragte er. »Schließlich ist es deine Idee.«

»Das würde ich sehr gerne tun«, erwiderte sie. Zum ersten Mal seit Wochen leuchteten ihre Augen. »Welche Vorgehensweise wollen wir wählen?«

»Nun, ich denke, auch mir würde ein Katalog gefallen.«

»Oh, das ist wunderbar«, rief sie aus und klatschte sogar vor Begeisterung kurz in die Hände.

»Bei der Gelegenheit könnten wir endlich eine Erweiterung unseres Sortiments in Erwägung ziehen, was meinst du? Ich denke da besonders an die Beigaben zum Kaffee. Bisher haben wir nur ein sehr beschränktes Sortiment an Süßigkeiten und Pralinen«, schlug er vor.

»Darüber habe ich auch schon nachgedacht.« Amalia erhob sich ebenfalls, blieb jedoch auf der anderen Seite ihres Schreibtisches. »Wir könnten besondere Geschenkverpackungen speziell für das Kaffeekontor herstellen lassen. Das Konfekt für die Liebste oder die Mutter wird dann gleich hübsch verpackt und direkt ins Haus geliefert. Falls wir Erfolg haben, könnten wir später sogar über schönes Kaffeegeschirr oder andere Dinge nachdenken.«

»Gute Liköre kommen auch immer gut an, und sie passen durchaus zum Kaffee.«

»Liköre, ja, das wäre wundervoll. Aber darum müsstest du dich kümmern, denn davon verstehe ich zu wenig.«

Er nickte. »Das mache ich gerne. Da fällt mir sogar sofort

etwas ein. Wir können eine alte Geschäftsverbindung meines Vaters wieder aufleben lassen.«

»Großartig.«

»Dann machen wir es so und setzen deinen Plan alsbald in die Tat um«, sagte er. Er wollte sich schon zurück an seinen Platz setzen, doch dann zögerte er und wandte sich ihr noch einmal zu. »Ich weiß nicht, was ich ohne dich täte, Liebes.«

Ihre Miene wurde wieder ernst, und das von ihm so geliebte Leuchten in ihren Augen erlosch. »Du weißt, dass das Kaffeekontor mir sehr am Herzen liegt.«

Sekundenlang schwiegen sie beide. »Wenn du mir doch nur ein paar Minuten zuhören würdest, Lia«, brachte er endlich hervor und hörte selbst, wie verzweifelt seine Stimme klang. Langsam machte er einen Schritt auf ihren Schreibtisch zu und stützte sich mit beiden Händen darauf ab. »Bitte! Ich bitte dich so sehr darum.«

»Was sollte das noch bringen?«, fragte sie unverändert ernst, doch wenigstens verbat sie ihm nicht sofort das Wort oder verließ störrisch den Raum, so wie sie es in den letzten Wochen immer wieder getan hatte, sobald er auch nur versucht hatte, mit ihr über ihre Ehe zu sprechen.

»Hör dir einfach nur an, was ich zu sagen habe, danach werde ich jede Entscheidung von dir respektieren. Ich verspreche es dir.« Gespannt sah er sie an und versuchte, die kleinste Regung ihrer Miene zu erfassen. Es dauerte endlose Augenblicke, ehe sie ihm antwortete.

»Keine Lügen mehr, Paul.«

»Ich gebe dir mein Wort, dass ich dir nichts anderes als die reine Wahrheit sagen werde, selbst wenn es … uns beide …

schmerzen sollte. Wie schon gesagt, werde ich danach jede deiner Entscheidungen bezüglich unserer Ehe achten und vollkommen danach handeln.« Wieder blieb sie eine Weile still.

»Heute Abend, nach dem Essen«, flüsterte sie endlich kaum hörbar.

Erleichtert atmete er laut aus. Er musste kurz die Augen schließen, konnte kaum fassen, dass sie ihm diese Chance endlich zugestand. »Ich danke dir.«

»Ich werde mir nur anhören, was du mir in … dieser Sache zu sagen hast. Nicht mehr und nicht weniger.«

Es war kein Wunder, dass er kaum etwas herunterbrachte. Innerlich aufgewühlt stocherte er auf seinem Teller herum. Ab und zu zwang er sich dazu, einen Bissen zu nehmen, und natürlich registrierte er, dass auch Amalia kaum etwas aß. Als eines der Dienstmädchen endlich abräumte, atmete er erleichtert auf.

»Bring uns den Kaffee bitte ins Kaminzimmer«, sagte Amalia zu dem Mädchen und erhob sich. »Es ist dir doch recht, wenn wir hinübergehen?«, fragte sie, als sie wieder allein waren.

»Natürlich«, antwortete er mit rauer Stimme.

Er folgte ihr ins angrenzende Kaminzimmer, wartete, bis sie sich in einen der beiden Sessel gesetzt hatte und der Kaffee gebracht worden war. Er selbst blieb stehen, weil er annahm, dass es ihm so leichter fallen würde, die richtigen Worte zu finden. Paul wusste genau, dass er nur diese paar Minuten bekommen würde, um ihr klarzumachen, wie er inzwischen zu ihr stand, mehr würde sie ihm nicht zugestehen. Er verlor keine Zeit, schonte sich nicht und erzählte ihr alles, von Anfang an.

Noch nicht einmal das Angebot ihres Vaters ließ er aus. Ohne jede Beschönigung gestand er ihr seine Faszination für Helene ein und wie diese über Monate seine Sinne verklärt hatte, bis es schließlich zu diesem verhängnisvollen Nachmittag gekommen war.

Einige Male musste er sich räuspern, doch zu seiner eigenen Überraschung gelang es ihm ansonsten, recht flüssig zu sprechen. Die Worte kamen fast wie von selbst. Viel zu groß war seine Erleichterung, endlich mit ihr darüber reden zu dürfen.

Amalia blieb stumm, hörte ihm jedoch aufmerksam zu, das erkannte er an ihren Augen. Ab und zu lief ihr eine stille Träne über die Wange, und es brach ihm fast das Herz, das mit ansehen zu müssen. Schließlich kam er zu dem Punkt, der ihm am wichtigsten erschien: »Ich weiß, dass es schwer für dich sein muss, mir das zu glauben, aber ich liebe dich über alles, Lia. Es ist, als ob ich diesen furchtbaren Fehler machen musste, um endlich zu erkennen, wie unendlich viel du mir bedeutest.«

»Ich hatte dich gebeten, mich nicht mehr anzulügen«, flüsterte sie.

»Und ich habe dir versprochen, dass ich es nicht tun würde. Ich sage die Wahrheit«, erwiderte er. »Ich werde dich niemals wieder anlügen, Lia.« Nun ging er doch zu dem zweiten Sessel und setzte sich ihr gegenüber. »Ja, ich habe dich vor allem geheiratet, weil sich mir dadurch die Möglichkeit eröffnete, das Kapital für die Erweiterung der Firma zu bekommen. Doch noch vor unserer Hochzeit erkannte ich, welch wundervolle Partnerin und Frau du bist. Von Anfang an habe ich unsere Gespräche genossen und deinen Rat und unsere gemeinsamen Vorlieben geschätzt. Das musst du doch gespürt haben. Ich war mir stets deiner Liebe und Unterstützung sicher. Meine Verehrung für dich wuchs von Tag zu Tag, und später, als wir verheiratet waren, habe ich voller Freude erfahren dürfen, wie … leidenschaftlich du sein kannst. Unsere Ehe war perfekt, doch ich war blind dafür, weil meine Passion für Helene mir den Blick für das, nein, für *die* einzig Wahre verstellte. Dabei habe ich dich schon lange geliebt. Ich habe es nur nicht erkannt, weil ich selbst das Opfer meiner furchtbar dummen Einbildung wurde.«

Er verstummte und musste schlucken. Zu seiner Verwunderung traten ihm die Tränen in die Augen, doch es kümmerte ihn gar nicht.

»Ich kann es dir nicht besser erklären, was da in mir vorging«, fuhr er fort. »Tatsächlich verfiel ich der oberflächlichen Wunschvorstellung, deine Schwester wäre die Erfüllung all meiner Sehnsüchte, doch kaum war ich mit ihr zusammen, dachte ich nur noch an dich, wollte zu dir und fühlte mich grauenvoll.« Wieder musste er schlucken. Es war ihm egal, dass seine Stimme nun zitterte. »Ich liebe dich, Amalia Magnussen. Du bist die einzige Frau für mich und wirst es von nun an immer sein.« Er brach ab und wischte sich mit dem Handrücken die Tränen fort.

Auch wenn sein Verrat noch immer grauenvoll schmerzte, spürte Amalia, dass er tatsächlich die Wahrheit sprach. In ihrer Brust breitete sich Wärme aus. Nicht sofort, nein, nur ganz langsam, so als müsste eine Faser erst die nächste davon überzeugen, dass nun doch das Glück zu ihr zurückkehren könnte, wenn sie denn in der Lage wäre, es zuzulassen.

»Helene sagte mir, dass sie dich liebt«, brachte sie nach einer Weile hervor.

»Wenn das der Wahrheit entspricht, sind es ihre Gefühle und nicht meine«, antwortete er.

Sie betrachtete ihn. Er saß, den Oberkörper leicht vorgebeugt, ganz vorn auf der Sesselkante. Sein Blick wirkte eindringlich und war dennoch voller Trauer. Das war unverkennbar.

»Und was meinen Vater angeht …« Sie musste schlucken. Was ihr geliebter Vater ihr angetan hatte, konnte sie noch immer kaum glauben.

»Er erklärte mir, er habe es deiner Mutter versprochen. Es war offenbar ihr Wunsch, dass du vor Helene heiratest.«

Sie nickte. »Das macht dieses … Geschäft kaum besser.«

Paul sprang auf. »Hör auf!« Mit beiden Händen fuhr er sich durch das dunkle Haar. »So etwas darfst du gar nicht denken, Lia.«

Ein lautes, tränenloses Schluchzen löste sich aus ihrer Brust. »Kannst du dir nur annähernd vorstellen, was es in mir ausgelöst hat, davon zu erfahren, Paul? Es fühlt sich an, als hätte er mich verschachert.«

Er machte einen Schritt auf sie zu, doch sie hob die Hände. Zögernd setzte er sich wieder zurück auf seine Sesselkante.

»Ja, ich denke, ich kann es mir annähernd vorstellen«, flüsterte er und raufte sich dabei erneut das Haar.

»Ich habe meinen Vater immer geliebt und verehrt«, gab sie zu.

»Das weiß ich.«

»Ich habe auch Helene geliebt, obwohl ich eigentlich immer

wusste, wie selbstsüchtig sie ist. Vor allem aber, Paul, habe ich dich über alle Maßen geliebt. Für mich war es von Anfang an eine Liebesheirat.«

Tränen verschleierten ihren Blick, aber sie konnte sehen, dass auch seine Augen feucht waren. Noch niemals zuvor hatte sie einen Mann weinen sehen. Noch nicht einmal ihr Vater hatte nach dem Tod ihrer Mutter geweint – jedenfalls nicht vor seinen Kindern.

»Weißt du, ich hatte anfangs so viele Zweifel. Am Abend unseres Kennenlernens habe ich die Blicke zwischen dir und Helene sehr wohl bemerkt, und ich hätte dich niemals geheiratet, wenn du nicht so vehement um mich geworben und mir einige Wochen später sogar deine Liebe geschworen hättest. Du hast mich von Anfang an belogen, Paul.«

»Es tut mir so unendlich leid. Es war falsch und charakterlos, was ich getan habe, und ich hoffe so sehr, dass deine Liebe für mich noch nicht ganz erloschen ist und du mir eines Tages verzeihen kannst.«

Sie erhob sich, und sofort stand auch er auf. »Ich kann das alles nicht einfach vergeben und vergessen«, sagte sie. »Meine Familie und du, ihr habt mich unendlich gedemütigt. Die Schmach ist es jedoch nicht allein, der grausame Schmerz will einfach nicht nachlassen.«

»Das ist mir bewusst. So sehr.« Er stand kaum noch einen Meter von ihr entfernt, und seine Nähe machte ihr zu schaffen, so stark fühlte sie sich von ihm angezogen. Daran würde sich wohl niemals etwas ändern.

Mit klopfendem Herzen ließ sie es zu, als er langsam seine rechte Hand hob und ihr mit den Fingerspitzen sanft die

Tränen von den Wangen strich. Es war die erste, wenn auch zaghafte Berührung seit Wochen.

»Ich weiß um deinen Schmerz, mein Liebling«, flüsterte er. »Und ich würde dir so gerne dabei helfen, ihn zu überwinden. Ich lege dir mein Herz zu Füßen und bitte dich inständig darum, mir zu verzeihen.«

»Gib mir noch ein bisschen Zeit.«

»Alles, solange du mir nur glaubst, dass ich dich liebe. Ein Leben ohne dich wäre sinnlos für mich.«

»Ich glaube dir, Paul. Ja, ich glaube dir tatsächlich, aber das macht es doch nicht ungeschehen.«

»Wenn du mir eines Tages vergeben kannst, könnten wir das alles hinter uns lassen und für immer glücklich miteinander sein, Lia. Es wird niemals mehr eine andere Frau für mich geben. So oder so nicht. Solange du mir nur die Hoffnung lässt, dass du eines Tages wieder ganz zu mir zurückkehrst, werde ich auf dich warten. Ich liebe dich unendlich.«

Sie nickte und wandte sich dann von ihm ab, weil sie den flehenden Blick aus seinen traurigen Augen nicht mehr ertrug. »Würdest du mich bitte allein lassen. Ich brauche jetzt Zeit für mich.«

»Natürlich.« Sie hörte, dass er tief einatmete, dann vernahm sie seine Schritte und kurz darauf das Geräusch der Tür, als er sie von außen schloss.

Zu ihrer großen Überraschung schlief sie in dieser Nacht tief und fest. In den vergangenen Wochen hatte sie mehr gelitten als jemals zuvor in ihrem Leben, und der Schlaf hatte sich höchstens mal als Folge ihrer vollkommenen körperlichen Erschöpfung eingestellt. Doch heute Morgen fühlte sie sich tatsächlich wieder ausgeruhter und frischer. Auch heute verzichtete sie, wie so häufig in der letzten Zeit, auf ein Korsett. Sie steckte sich seitlich zwei Kämme in die Haare, wählte ein Kleid, das sich vorn schließen ließ und zog sich allein an, ohne nach Dora zu klingeln. Als sie hinunter ins Esszimmer kam, sah Paul von seiner Morgenzeitung auf, faltete sie zusammen und legte sie beiseite.

»Guten Morgen, Liebes«, begrüßte er sie.

»Guten Morgen.« Sie setzte sich, schenkte sich Kaffee ein, gab Sahne hinzu und rührte eine Weile in ihrer Tasse herum. Kaum war sie vorhin erwacht, kreisten auch schon wieder die Gedanken in ihrem Kopf.

»Ich würde heute gerne hierbleiben«, teilte sie ihm mit.

»Dir ist nach Ruhe, nicht wahr?«

»Ich überlege sogar, ob ich vielleicht für einige Tage nach Lindenhain fahre. Allein, meine ich.«

»Verstehe. Du brauchst also Ruhe vor mir.«

»Ich denke, es würde mir guttun, mal ein paar Tage für mich zu sein«, erwiderte sie und versuchte sich an einem kleinen Lächeln. »Meine Aufgaben im Kaffeekontor können ruhig so lange liegen bleiben. Um den Katalog kann ich mich auch noch in der nächsten Woche kümmern. Ja, wenn ich es mir recht überlege … ich werde wohl fahren.«

Er nickte, seufzte, erhob sich schließlich und schob seinen Stuhl zurück an den Tisch. »Du könntest Dora mitnehmen«, schlug er vor, während er langsam um den Tisch herumtrat.

»Ja, das wollte ich ohnehin tun.« Ein Gedanke kam ihr, doch sie zögerte noch, ihn laut auszusprechen.

»Soll ich eine Droschke nehmen, um ins Kontor zu fahren, oder reicht es dir, wenn ich dir die Kutsche gleich zurückschicke?«, fragte er, als er neben ihr stand.

Sie sah zu ihm auf. »Nimm ruhig die Kutsche, Paul. Es sind ja ohnehin noch einige Dinge vorzubereiten, bevor ich fahre.«

»Gut.« Ganz leicht legte er seine Hand auf ihre Schulter. Die Wärme drang durch ihre Haut bis in ihr Innerstes. »Dann wünsche ich dir das, was du dir erhoffst, Liebes«, sagte er. »Komm gut in Lindenhain an.«

Als er schon fast aus der Tür war, rief sie ihn zurück: »Paul?«

»Ja.«

»Bitte komm doch am Sonntag nach, ja? Gleich morgens, wenn es dir möglich ist.« Wieder versuchte sie sich an einem Lächeln. »Dann hatte ich ein wenig Zeit, um über alles nachzudenken, und wir können den Tag auf Lindenhain verbringen und noch einmal in Ruhe reden.«

Sein Brustkorb weitete sich sichtbar. »Sehr gerne.«

Mit zwei großen Schritten kam er zu ihr zurück, griff nach ihrer Hand und drückte seine Lippen darauf. »Ich danke dir, mein Herz.«

Am frühen Nachmittag trafen sie auf Lindenhain ein. Zusammen mit Dora packte Amalia den Koffer aus.

Das Mädchen schüttelte lächelnd den Kopf. »Ruhen Sie sich doch lieber aus, Frau Magnussen. Gehen Sie ein bisschen raus an die frische Luft, und machen Sie einen kleinen Spaziergang, bevor es dunkel wird.«

Amalia winkte lächelnd ab. »Ach, ich mach das gerne, das weißt du doch.«

»Ja, und ich finde es immer noch jedes Mal eigenartig.« Dora lachte. »Ich hatte noch niemals so wenig zu tun wie bei Ihnen.«

»Na, dann freu dich doch. Wir sind noch bis Sonntagabend hier, Dora, und heute ist erst Donnerstag. Der Spaziergang läuft mir nicht weg. Morgen ist auch noch ein Tag.«

Amalia war froh darüber, dass das Mädchen nach dem verhängnisvollen Weihnachtsfest mit zu ihr nach Hamburg gekommen war. Dora war eine intelligente und ehrliche Gesprächspartnerin. Seit Gerti in Paris lebte, fehlte Amalia manchmal das Gespräch mit einer Freundin, und Dora kam schon sehr nah daran. Kurz nach ihrer Ankunft in Hamburg hatte sie sogar höflich gefragt, ob Amalia ihr erlauben würde, sich dann und wann ein Buch aus der Bibliothek auszuleihen, und ihr versprochen, sehr sorgfältig damit umzugehen. Natürlich hatte Amalia es ihr gestattet. Wenn sie etwas verstehen konnte, dann war es die Liebe zu Büchern. Schon oft war es Amalia in den Sinn gekommen, dass Dora eigentlich so gar nicht dem üblichen Bild eines einfachen Dienstmädchens entsprach. Sie besaß eine gute Allgemeinbildung, wie Amalia schon einige Male erstaunt feststellen durfte. Ihre Ausdrucksweise und ihr Benehmen waren einwandfrei.

»Weißt du, Dora, ich hatte mal eine alte Tante, die stets eine Gesellschafterin an ihrer Seite hatte. Das ist durchaus eine wichtige Aufgabe, und sie wäre perfekt für dich.« Beide mussten sie lachen, und Amalia hatte das Gefühl, dass das Mädchen ihre Bemerkung nur für einen kleinen Scherz hielt. »Ich finde, wir beginnen damit, dass du uns Kaffee und Gebäck in den Salon bringen lässt«, fügte sie lächelnd hinzu.

Dora stutzte, und ihr Blick wurde ernst. »Uns?«

»Du hast mich schon richtig verstanden. Wir sollten uns wirklich mal eingehender über deine Stellung bei mir unterhalten.«

»Von mir aus sehr gerne, Frau Magnussen, aber ich kann mir kaum vorstellen, dass das bei den anderen, egal ob hier oder in Hamburg, so gut ankommt, falls Sie wissen, was ich meine.«

»Nun, ich finde, solange es sich für dich richtig und gut anfühlt, sollte es dir egal sein, was das restliche Personal davon hält, oder? Mach dir nicht die Gedanken der anderen. Das sollte man niemals tun.« Doras strahlendes Lächeln war Antwort genug, und Amalia freute sich darüber. »Wir sehen uns dann gleich unten im Salon.«

Natürlich bemerkte Amalia, dass Dora trotz ihrer sonst so offenen Art etwas angespannt und verkrampft in ihrem Sessel saß. Sie trank eher zögerlich den Kaffee, und nach dem Gebäck griff sie erst, nachdem Amalia sie dazu aufgefordert hatte.

»Atme einmal tief durch, Dora«, sagte sie.

»Es ist für mich nur ein bisschen ungewohnt, hier mit Ihnen zu sitzen.«

Amalia stellte ihre Tasse ab und sah Dora an. Vielleicht ist es am besten, ich lockere die Atmosphäre durch ein wenig Plauderei auf, dachte sie, möglicherweise wird das auch mich auf andere Gedanken bringen.

»Bist du froh, mal wieder hier zu sein? Ich meine, schließlich hast du ja eine Weile auf Lindenhain gearbeitet.«

Dora zuckte leicht mit den Schultern. »So lange war ich ja

noch gar nicht hier, und mir gefällt es sehr in Hamburg, es ist ja auch meine Heimatstadt.«

»Ah, du bist also in Hamburg geboren und aufgewachsen?«

»Ja. Ich …« Der plötzlich so verschlossene Gesichtsausdruck des Mädchens ließ Amalia stutzen, denn er war so untypisch für sie. Trotzdem hatte sie das Gefühl, dass Dora gerne weitergesprochen hätte. Zu allem Überfluss sah sie, dass die Augen des Mädchens feucht wurden.

»Dora?«

»Entschuldigung, Frau Magnussen, vielleicht sollte ich doch lieber …«

Als Dora aufstehen wollte, hob Amalia die Hand, um sie davon abzuhalten. »Wenn du mir etwas erzählen möchtest, ist das in Ordnung, Dora. Es wird dir nichts passieren, und ich werde alles für mich behalten. Das verspreche ich dir.«

»Mein Vater war Arzt«, begann Dora nach einem sehr tiefen Atemzug. »Er praktizierte am Gänsemarkt. Vor zwei Jahren, da war ich siebzehn, starb er an einer Infektion, mit der er sich wohl während seiner Arbeit angesteckt hatte. Erst nach seinem Tod erfuhren wir, dass er sein gesamtes Geld in seine Forschung an irgendeinem Impfstoff gesteckt hatte. Meine Mutter hatte weder Familie noch ein eigenes Vermögen, sodass mein Vater uns vollkommen mittellos zurückließ. Wir verkauften unser Haus, aber das deckte gerade einmal die Schulden, die er uns hinterlassen hatte.«

»Oh Gott, das ist ja furchtbar. Es tut mir so leid für dich und deine Mutter, Dora. Wie erging es euch danach?«

»Wir kamen zunächst bei entfernten Verwandten meines Vaters unter. Natürlich unter der Bedingung, dass wir uns im

Haus nützlich machten. Es war furchtbar dort, aber wir hatten zu der Zeit keine Wahl. So arbeiteten wir viele Stunden am Tag, schrubbten das Haus, betreuten die Kinder und machten die Wäsche. Trotzdem bekamen wir kaum vernünftiges Essen und auch kein eigenes Zimmer, sondern mussten uns abends in der Küche auf Decken schlafen legen. Meine Mutter hielt diese für sie so ungewohnten Umstände nicht lange aus. Nur wenige Monate nach dem Tod meines Vaters nahm sie sich das Leben. Man fand sie ertrunken am Elbufer. Sie war wohl einfach ins Wasser gegangen, ist das nicht schrecklich?« Dora schniefte leise. Sie zog ein sauberes Taschentuch aus ihrer Schürze, tupfte sich die Augen und putzte sich die Nase. »Ich verließ daraufhin die Familie und suchte eins dieser Vermittlungsbüros für Dienstboten auf«, fuhr sie fort. »Ehrlich gesagt war ich damals sehr verzweifelt. Doch der Zufall und eine ganze Menge Glück kamen mir zu Hilfe. Die Frau, die in dem Büro arbeitete, kannte meinen Vater, deshalb wollte sie mir helfen. Sie nahm mich zunächst bei sich auf und brachte mir alles bei, was ich über Haushaltsführung wissen musste. Einige Wochen später teilte sie mir mit, dass sie eine sehr gute Stellung für mich gefunden habe. So landete ich schließlich hier auf Lindenhain. »

Amalia beugte sich vor und legte ihre Hand auf Doras. »Was für ein Glück für uns alle.«

»Ach, Sie sind immer so nett zu mir, Frau Magnussen.«

»Von Anfang an habe ich gedacht, dass du anders bist als die anderen Dienstmädchen. Nun ist mir auch klar, warum. Deine gute Bildung, dein Benehmen und die Art, wie du sprichst, passen absolut zu einem Mädchen, das in gutbürgerlichen Verhältnissen aufgewachsen ist.«

»Tja, seinen Stall kann man nicht verleugnen«, sagte Dora leise und lächelte verhalten. »Aber seit ich für Sie arbeite, geht es mir wirklich gut. Sie und Ihre ganze Familie sind freundlich und großzügig zu allen Angestellten. Hier und auch bei Ihnen in Hamburg wissen das alle zu schätzen und arbeiten sehr gerne für Sie.«

»Es tut gut, das zu hören«, sagte Amalia. »Aber deine Geschichte rührt mich. Die Arbeit als Dienstmädchen ist nicht wirklich etwas für dich, Dora. Dein Kopf braucht mehr zu tun, sonst wirst du auf die Dauer unglücklich sein.«

Dora winkte ab. »Nun machen Sie sich mal um mich keine Sorgen. Ihre Bücher helfen mir sehr.« Sie lachte. »Ich habe mich unterdessen an mein Leben als Dienstmädchen gewöhnt, und wie ich schon sagte, bei Ihnen geht es mir sehr gut.«

»Aber du solltest auch an deine Zukunft denken.«

»An meine Zukunft?« Dora lachte. »Früher einmal habe ich davon geträumt, ebenfalls Medizin zu studieren. Nicht nur weil meinem Vater ein Sohn als Nachfolger verwehrt geblieben ist, sondern weil ich es wirklich selbst wollte. Ich habe meinen Vater und seine Arbeit stets bewundert. Er wollte meine Pläne tatsächlich unterstützen und hatte sich sogar schon für mich erkundigt, an welchen Universitäten das Studium für Frauen möglich ist.«

»Möchtest du das denn immer noch?«

»Ob ich es möchte, ist wohl kaum die Frage. Ehrlich gesagt, denke ich kaum noch darüber nach. Nach dem, was mein Vater in Erfahrung gebracht hat, ist das insgesamt ein recht schwieriges Unterfangen. Um als Frau Medizin studieren zu können, brauche ich die Empfehlung eines erfahrenen Arztes.

Je bekannter, desto besser. Doch selbst das reicht bei vielen Universitäten nicht aus.«

»Nun ja, ich werde auf jeden Fall darüber nachdenken, wie ich dir helfen kann.«

»Das sollten Sie nicht tun.«

»Warum denn nicht?«

»Ich möchte wirklich nicht den Eindruck erwecken, dass ich Ihnen nur deshalb meine Geschichte erzählt habe, um Hilfe von Ihnen zu bekommen. Nein, das möchte ich auf gar keinen Fall.«

»Wie alt bist du jetzt, Dora?«

»Im Juni werde ich neunzehn Jahre alt.«

Amalia lehnte sich in ihrem Sessel zurück und betrachtete die junge Frau, die ihr gegenübersaß.

»Ich werde trotzdem darüber nachdenken, wie ich dir helfen kann«, sagte sie schließlich. »Ich weiß sehr genau, dass man sich als ambitionierte Frau den Zugang zu gewissen Bereichen sehr hart erkämpfen muss. Manchmal frage ich mich, wann sich daran endlich etwas ändern wird.«

»Das liegt wohl vor allem an den Männern. Sie lassen uns ja noch nicht einmal wählen. Mein Vater sagte oft, sie haben einfach Angst, dass wir Frauen ihnen am Ende zu viel Konkurrenz machen könnten, weil wir von Natur aus fleißiger und in vielen Dingen einfach besser sind. Deshalb versperren sie uns alle Wege.«

Amalia musste lachen. »Ha, da ist was Wahres dran. Ich denke, dein Vater hätte sich mit meinem sehr gut verstanden. Er respektiert die Meinung und die Intelligenz der Frauen, das ist auch in der heutigen Zeit noch eine Seltenheit. Aber unsere

Väter sind oder waren auch beide Väter von Töchtern und hatten keine Söhne.«

»Das stimmt«, gab Dora ihr recht. »Aber Ihr Gatte denkt doch auch fortschrittlich, nicht wahr? Schließlich lässt er sie ohne Einwände in der Firma mitarbeiten.«

Die Erwähnung von Paul ging nicht spurlos an Amalia vorbei. Sie fühlte den schon vertrauten schmerzhaften Stich in ihrem Herzen und versuchte wie stets, sich nichts anmerken zu lassen. Es wäre viel zu schade um den angenehmen Verlauf des schönen und vertrauten Gesprächs gewesen. Also schluckte sie nur kurz.

»Ja, aber ehrlich gesagt brauchte er einen kleinen Schubs von mir. Außerdem hat er sehr schnell eingesehen, dass ich ihn wirklich unterstützen kann und ihm viel Arbeit abnehme. Besonders jene Aufgaben, die er selbst nicht unbedingt mag.« Sie zwinkerte Dora zu. »So, und nun möchte ich dich erst einmal offiziell zu meiner Gesellschafterin befördern. Die Dienstmädchenschürze kannst du von nun an ablegen, und selbstverständlich wird sich auch ab sofort dein Lohn erhöhen. Ich werde gleich mit der Hauswirtschafterin sprechen. Das Gespräch mit dem Personal in Hamburg werden wir nachholen, sobald wir wieder dort sind.«

»Aber das …«

»Keine Widerrede. Das Leben war nicht gerecht zu dir, Dora, und ich hatte das Glück, in ein sehr reiches Elternhaus geboren zu werden. Du solltest jetzt einfach mutig sein und meine Hilfe annehmen. Ich biete sie dir nämlich aus freien Stücken an.«

»Mutig sein, um Hilfe anzunehmen? Das gefällt mir.«

»Siehst du. Dann sei mutig.« Amalia griff noch einmal nach ihrer Tasse und trank den letzten Schluck aus. »Ich kann nicht sagen warum, aber ich mag unseren Kaffee sogar kalt«, sagte sie und lächelte ihre neue Gesellschafterin an. »Sag mal, wie sieht es mit deiner Garderobe aus?«

Dora seufzte und schüttelte den Kopf. »Das wäre nun wirklich zu viel des Guten, Frau Magnussen.«

»Das sehe ich anders, meine Liebe. Du wirst einige respektable Kleider brauchen. Auch das sollten wir veranlassen, wenn wir zurück in der Stadt sind.« Sie erhob sich. »Ich rede jetzt mit der Hauswirtschafterin, und du gehst in die Dienstmädchenkammer und packst deine Sachen wieder zusammen. Du wirst noch heute in eins der Gästezimmer im zweiten Stock ziehen. In unserem Stadthaus gibt es ebenfalls ein hübsches Zimmer im oberen Stockwerk für dich. Ach ja, und von nun an werden wir sehr häufig zusammen essen.«

Dora begann still zu weinen, doch sie widersprach nicht mehr.

»Ich bin jetzt mutig«, flüsterte sie unter Tränen.

Amalia gefiel das.

Am nächsten Morgen machten sie nach dem Frühstück einen gemeinsamen Spaziergang. Es war klirrend kalt und hatte in der Nacht sogar ein wenig geschneit.

»Uh, das werden wir nicht lange aushalten«, stellte Amalia fest, nachdem sie ein paar Schritte gegangen waren und schließlich nebeneinander am Weiher standen.

»Aber es ist wirklich wunderschön hier.«

»Ja, das ist es. Dabei war ich …« Amalia brach ab.

Eine Weile standen sie beide stumm da und blickten ihren weißen Atemwolken nach. Die Oberfläche des kleinen Weihers war nun zu Eis gefroren, und die tief herabhängenden Äste der alten Weide steckten darin fest. Für Amalia war dieser Anblick fast ein Sinnbild ihrer eigenen Situation.

»Das Weihnachtsfest war für Sie nicht schön, oder?«, hörte sie Dora in ihre düsteren Gedanken hinein fragen.

Amalia blickte auf. »Nein, das war es nicht. Ehrlich gesagt bin ich sehr bewusst so bald wieder hierhergekommen. Seit meiner Kindheit habe ich diesen Ort geliebt, und ich wollte nicht zulassen, dass durch die Vorkommnisse an Weihnachten für alle Zeiten ein Schatten auf diese Liebe fällt. Außerdem hoffe ich, dass Lindenhain mir hilft, ein paar Dinge in meinem Kopf zu sortieren, damit ich eine Entscheidung treffen kann, die sehr wichtig für meine Zukunft ist.«

Dora nickte, wirkte dabei nachdenklich. »Ihr Mann liebt Sie sehr, Frau Magnussen. Das kann jeder sehen, der Augen im Kopf hat.«

Erstaunt sah Amalia das Mädchen an. Dora war offenbar noch klüger und aufmerksamer, als sie angenommen hatte. »Er hat mir sehr wehgetan. So sehr wehgetan, dass ich nicht weiß, ob ich ihm das jemals verzeihen kann.«

»Aber Sie lieben ihn. Auch das ist offensichtlich.«

»Ja, das tue ich. Und wie ich ihn liebe. Das ist ja mein Problem. Trotz dieser … Pein habe ich große Angst davor, ohne ihn leben zu müssen.« Ein tiefes Seufzen löste sich aus ihrer Brust. »Weißt du, manchmal glaube ich, dass das Leben von uns Menschen sich wie ein Mosaik zusammensetzt. Manche Teile davon sind groß, bunt, vielleicht sogar schillernd. Andere wiederum sind klein oder farblos, und doch ergeben sie gemeinsam ein großes Ganzes und halten alles zusammen. In meinem eigenen Mosaik trägt das größte und wichtigste Teil den Namen Paul.« Trotz ihrer Traurigkeit musste sie lächeln. »Das zweitgrößte Stück in meinem Lebensmosaik ist das Kaffeekontor, und ich weiß, wenn ich Paul und das Kontor verliere, wird mein gesamtes Mosaik auseinanderfallen und sich niemals mehr richtig zusammenfügen lassen.« Sie konnte nichts dagegen tun, dass sich ihre Augen mit Tränen füllten.

Doras Hand legte sich sachte auf ihren Unterarm. »Auch zum Verzeihen gehört Mut, Frau Magnussen.«

»Das ist unfair, du schlägst mich mit meinen eigenen Waffen.« Amalia wischte ihre Tränen fort und zwinkerte Dora zu, damit diese wusste, dass sie einen kleinen Scherz gemacht hatte.

»Nun, von klugen Menschen sollte man immer lernen«, antwortete Dora lächelnd. »Darf ich offen sprechen?«

»Natürlich! Mir gegenüber solltest du das immer tun.«

»Ich glaube, dass es ein großer Fehler, vielleicht sogar frevelhaft wäre, Ihrem Mann sein Vergehen nicht zu verzeihen. Sein Herzeleid steht ihm seit Wochen ins Gesicht geschrieben. Verzeihen Sie ihm, Frau Magnussen! Eine Ehe, die auf Liebe beruht, ist so unglaublich selten zu finden. Sie ist viel zu wertvoll, um sie aufzugeben. Liebe kann so viel bewirken, und dank Ihrer Liebe werden Sie stark genug sein, das alles zu überwinden. Geben Sie Ihrem Mann eine zweite Chance. Ich bin sicher, er wird Sie nicht noch einmal enttäuschen.«

10. Kapitel

Hamburg, Ende Juli 2018

Das Sommerwetter hatte offenbar viele Hamburger, aber auch die üblichen Touristen an die Alster gelockt. Die Steinbänke am Anleger des Jungfernstiegs waren an diesem Samstagnachmittag fast alle besetzt. Langsam flanierte Melina an den vielen Menschen vorbei. Ihr fiel auf, dass die meisten von ihnen lächelten oder zumindest sehr zufrieden dreinblickten. Manche gönnten sich ein Eis oder andere Leckereien, Liebespaare hielten Händchen, und junge Mütter oder Väter schaukelten Kinderwagen hin und her, während sie sich eine kleine Auszeit vom Alltag nahmen und den Blick auf die Alster genossen. Die hübsche Alsterfontäne versprühte glitzernd ihre Wassertropfen im Sonnenschein, und die Schiffe der weißen Alsterflotte zogen ihre Runden.

Aufs Wasser zu schauen tut immer gut, dachte Melina, während sie weiter Richtung Ballindamm ging. Eigentlich war sie in die Innenstadt gefahren, um sich ein neues Sommerkleid zu gönnen, doch dann war ihr plötzlich die Idee gekommen, sich das Magnussen-Haus am Ballindamm einmal genauer anzuschauen. Sie wusste, dass das Gebäude inzwischen leer stand, und hoffte, dass die Schaufenster nicht abgeklebt waren. Vielleicht hatte sie ja Glück. Es rührte sie, dass Leonard so viel an dem Gebäude lag, und sie hatte in den vergangenen Wochen immer wieder darüber nachgedacht, wie sie ihm helfen konnte.

Sie ging bis zum Ende des Anlegers und nahm dann eine der Treppen, um wieder nach oben zur Straße zu gelangen. Zunächst betrachtete sie das historische Gebäude von der Alsterseite aus. Es war prachtvoll, fügte sich mit seiner hellen Fassade nahtlos in das Gesamtbild ein. Im Untergeschoss gab es zwei große Schaufenster, doch wie Melina befürchtet hatte, waren beide abgeklebt, sodass ein Blick ins Innere nicht möglich war. Sie überquerte die Straße und blieb noch einmal direkt vor den Schaufenstern stehen.

»Melina! Na so was! Das ist ja ein Zufall«, hörte sie plötzlich die vertraute Stimme von Leonard Magnussen neben sich.

Sie sah zu ihm auf, und ihr Herz schlug augenblicklich schneller. »Oh hallo!«

Er deutete auf das Haus. »Hab ich Sie mit meiner unvernünftigen Nostalgie etwa angesteckt?«, fragte er grinsend.

»Könnte sein«, erwiderte sie und hoffte, dass ihr eigenes Lächeln ebenso zwanglos wirkte wie seins.

Es brachte sie ein wenig aus dem Takt, ihm so unverhofft zu begegnen. Wenn sie sich im Büro sahen, war sie darauf vorbereitet, doch diese Situation überforderte sie für einen kurzen Augenblick.

»Im Ernst«, sagte sie, nachdem sie sich wieder im Griff hatte. »Ich wollte eigentlich ein bisschen shoppen, doch dann kam mir das Haus in den Sinn und schwupps, hier bin ich.«

Er lachte. Sie mochte es sehr, wenn er das tat.

»Mir ging es ganz ähnlich«, gab er zu. »Um ehrlich zu sein,

ist es sogar schon der zweite Samstag, an dem ich hier vorbeigehe.«

Melina löste ihren Blick von ihm und wandte sich wieder dem Haus zu. »Wissen Sie eigentlich inzwischen, wie es mit dem Gebäude weitergehen soll?«

Leonard schüttelte seinen Kopf. »Leider nein. Aber mein Vater drängt auf eine Entscheidung, und natürlich hat er recht damit.« Seine Augenbrauen hoben sich fragend, und er zog etwas aus seiner Hosentasche. »Haben Sie Lust, es von innen zu sehen?« Er hielt einen Schlüsselbund hoch.

»Oh ja, sehr gerne!«, rief sie aus, und sie mussten beide über ihre spontane Reaktion lachen.

Kurz darauf standen sie nebeneinander im ehemaligen Hauptverkaufsraum des Bekleidungsgeschäfts. Der Pächter war vor einigen Tagen ausgezogen.

»Es wirkt größer, als es von außen den Anschein hat«, stellte Melina fest, während sie sich umsah. Bis auf einige Folien, die hier und da etwas abdeckten, war der Raum leer. »Und die großen Fenster sorgen für viel Licht, das kann man sich trotz der abgeklebten Scheiben gut vorstellen. Schon so ist es sehr hell.«

Leonard nickte. »Ja, das stimmt. Dieser Raum war übrigens früher geteilt.« Er deutete auf einen Mauervorsprung. »Dort verlief eine halbhohe gemauerte Wand. Der obere Teil bestand aus Glas, sodass man von hier aus freie Sicht in den Nebenraum hatte. Ich fand das immer sehr schön und war ein bisschen traurig, als die Wand dann weichen musste.« Sein Blick glitt nach oben. »Sind Ihnen die herrlichen Decken aufgefallen?«

»Ja, sie sind wirklich wunderschön. Ist das noch der alte Stuck?«

»Natürlich. Das gesamte Gebäude ist zwar vor ungefähr zwei Jahren gründlich modernisiert worden – Sie wissen schon, Mehrfachverglasung, vernünftiges Dämmmaterial und so weiter –, doch wir haben penibel darauf geachtet, dass der historische Charme des Hauses erhalten blieb. Auch ohne die Auflagen der Stadt würde ich an der Fassade niemals etwas ändern.«

Sie drehte sich um ihre eigene Achse, um den Raum noch einmal in Ruhe auf sich wirken zu lassen. »Die alte Hamburger Architektur scheint Ihnen wirklich am Herzen zu liegen, nicht wahr?«

»Sie haben mich erwischt.« Wieder lachte er. »Kommen Sie, wenn wir schon mal hier sind, möchte ich Ihnen gerne etwas zeigen.«

Melina folgte ihm durch den vorderen Verkaufsraum in einen angrenzenden Bereich, den man durch einen breiten Durchbruch erreichte. Leonard hielt auf eine hübsche, leicht geschwungene Holztreppe zu.

»Der Strom ist im Augenblick abgeschaltet, deshalb läuft der Fahrstuhl nicht. Wir müssen die Treppe nehmen.« Oben angekommen betraten sie einen Raum, durch dessen Fenster man einen herrlichen Blick auf die Binnenalster hatte. Hier oben waren die Scheiben nicht abgeklebt worden.

»Das Haus ist wirklich beeindruckend«, sagte sie.

»Hier befand sich früher das gemeinsame Büro meiner Urgroßeltern«, erläuterte er. »Meine Großmutter Clara hat mir davon erzählt.«

»Nun, offenbar liegt die Vorliebe für schöne Ausblicke in Ihrer Familie«, erwiderte sie. »Ihre Urgroßmutter hat also aktiv in der Firma mitgearbeitet?«

»Das kann man wohl sagen. Ihre Arbeit war oft genug sogar richtungsweisend«, beantwortete er ihre Frage. »Die Idee zum Versandhandel stammt nachweislich von ihr, und nach dem Zweiten Weltkrieg war sie es, die dafür sorgte, dass wieder hochwertiger Bohnenkaffee ins Land kam. Damit hat sie P. F. Magnussen das Überleben gesichert. Meine Großmutter hat sehr oft betont, dass Amalia das Herz und die Seele der Firma war. Insbesondere soll sie sich um jeden Mitarbeiter und deren Familien gekümmert haben. Es war ihr offenbar wichtig, dass es den Leuten, die für sie arbeiteten, auch gut ging.«

»Klingt nach einer sehr starken und selbstbewussten Frau. Das ist ungewöhnlich für ihre Zeit.«

Er nickte. »Als sie jung war, kam es noch nicht häufig vor, dass Frauen ihres Standes überhaupt arbeiteten, geschweige denn, dass sie an der Leitung eines Unternehmens beteiligt waren. Ich hätte sie wirklich gerne kennengelernt.«

Leonard sah Melina an, und die plötzliche Intensität in seinem Blick löste ein Kribbeln tief in ihrem Bauch aus. Sekundenlang schwiegen sie beide, und Melina wurde unvermittelt bewusst, dass sie hier vollkommen allein mit ihm war. Sie räusperten sich gleichzeitig, und doch blieben sie beide ernst. Leonard wandte sich abrupt von ihr ab und schüttelte fast unmerklich den Kopf.

»Im zweiten Stockwerk gab es früher sogar eine kleine Wohnung«, sagte er, ohne sie anzusehen. »Doch die Räume wurden von unseren Pächtern nur noch als Büros oder Archive benutzt.«

»Alte Möbel gibt es wohl nicht mehr, oder?«

»Leider nicht.«

Melina bemerkte, dass er tief und hörbar einatmete. Aus einem unerfindlichen Grund machte sie das nervös.

»Wollen wir?«, fragte sie nach einer weiteren Weile des Schweigens und deutete auf die Tür.

Wortlos nickte er. Dieses Mal ging sie voraus. Zurück im hinteren Teil des Untergeschosses blieb er noch einmal stehen, und sie drehte sich zu ihm um. Im Halbdunkel tauschten sie erneut einen intensiven Blick. Melina fühlte Hitze in sich aufsteigen.

Seit sie für Leonard Magnussen arbeitete, versuchte sie ihre immer stärker werdenden Gefühle für diesen Mann im Zaum zu halten, doch seit einiger Zeit machte er es ihr deutlich schwerer, damit zurechtzukommen. Es waren vor allem diese Blicke, die ihr Nervenkostüm erschütterten und ihr Herz zum Rasen brachten. Sie liebte ihre Arbeit, doch wenn sie sich nicht irrte, galoppierten sie beide im Höchsttempo in eine Situation hinein, die Melina vielleicht dazu zwingen würde, ihren neuen Job schon bald wieder aufzugeben. Der Gedanke machte sie traurig. Sie musste sich eingestehen, dass ihr die Firma in kürzester Zeit ans Herz gewachsen war. Ihre unsägliche Schwärmerei musste endlich ein Ende haben!

Um den Bann zu brechen, wandte sie sich von ihm ab und ging zurück in den vorderen, etwas helleren Raum. Er schien kurz zu zögern, doch dann vernahm sie das Geräusch seiner Schritte.

»Wollen wir noch irgendwo einen Kaffee zusammen trinken?«, fragte er. Wenn sie sich nicht täuschte, klang seine Stimme ein wenig belegt.

»Vielleicht sollten wir …« Sie hatte ablehnen wollen, vor

allem um weiteren viel zu intimen Augenblicken auszuweichen, doch aus heiterem Himmel war da ein Gedanke, der in ihrem Kopf Gestalt annahm und alles andere wegfegte. »Ein Café!«, rief sie sofort aus. »Warum eröffnen Sie hier kein Café, Leonard?«

Seine Miene erhellte sich. »Ein Café?«

»Ja. Im Grunde liegt das doch auf der Hand – dazu noch bei dieser Lage.« Sie drehte sich zu ihm um und erschrak ein bisschen, dass er nun so dicht vor ihr stand. Der Duft seines Rasierwassers stieg ihr in die Nase, doch sie versuchte die Wirkung zu ignorieren. »Ein Magnussen-Café in Erinnerung an Ihre Urgroßeltern, eingerichtet wie zur Zeit der Jahrhundertwende.«

»Ein Jahrhundertwende-Café?« Sein Blick glitt durch den Raum, dann sah er sie wieder an. »Ein Jahrhundertwende-Café«, wiederholte er mit nachdenklicher Miene.

»Café Amalia«, flüsterte sie, mehr für sich.

»Das ist … eine großartige Idee.« Seine Stimme klang ebenfalls gedämpft. Es war, als wären sie sich beide dieses fast schon feierlichen Moments bewusst. »Sie werden mir von Tag zu Tag unentbehrlicher, Melina.«

Heiße Freude durchflutete sie. »Wir können die Idee ja erst mal sacken lassen und Montag in aller Ruhe darüber reden«, brachte sie hervor, als sie wieder vor dem Haus standen und er die Tür von außen abschloss.

»Das kommt überhaupt nicht infrage«, widersprach er. »Ich bin jetzt viel zu aufgeregt, um allein zu sein, und der ganze Abend liegt noch vor uns. Sind Sie mit dem Auto hier?«

»Nein, in die Innenstadt fahre ich immer mit der U-Bahn.«

»Mein Wagen steht hinter dem Haus in der Tiefgarage. Das ist der Vorteil, wenn man hier ein Gebäude besitzt.« Sein umwerfendes Lächeln ließ ihr die Knie weich werden. »Als Dank für Ihre großartige Idee lade ich Sie zum Essen ein und bringe Sie später nach Hause«, fuhr er fort. »Wir wohnen ja ohnehin nicht sehr weit auseinander.« Als sie nicht sofort antwortete, hob er seine dunklen Augenbrauen. »Oder haben Sie heute Abend schon etwas vor?«

In ihrem Kopf herrschte ein wildes Durcheinander. »Nein, habe ich nicht«, antwortete sie wahrheitsgemäß und schalt sich innerlich sofort. Schließlich wäre es ein Leichtes gewesen, ihn anzuschwindeln. Andererseits hätte sie das kaum mit ihrem Gewissen vereinbaren können, also ergab sie sich und nickte. »Ich gehe sehr gerne mit Ihnen essen, Leonard.«

»Gut, das freut mich. Da wir beide eher leger gekleidet sind, würde ich meinen Lieblingsitaliener vorschlagen. Ich hoffe, Sie mögen italienisches Essen?«

»Ich liebe es.«

»Dann sind wir uns ja wieder einmal einig.«

Leonard wusste nicht so richtig, wie er mit den Gefühlen umgehen sollte, die nun schon seit Wochen in ihm brodelten und sein inneres Gleichgewicht gründlich durcheinanderbrachten. Er war fasziniert von Melina Peters. Einfach alles an ihr zog ihn an, das hatte er sich rasch eingestanden. Natürlich war ihm bewusst, dass diese Anziehungskraft sehr schnell zu einem Problem werden könnte, sobald er ihr nachgeben würde. Denn eins war klar: Melina war in jeder Hinsicht ein Hauptgewinn für ihn und das Unternehmen. Er wollte sie auf keinen Fall wieder verlieren, und er hatte sich fest vorgenommen, sein Begehren zu überwinden. Die stärker werdende Vermutung, dass sie seine Gefühle erwiderte, machte die Sache allerdings nicht leichter – ebenso wenig wie ihr Anblick in diesem Moment, da sie ihm mit rosigen Wangen gegenübersaß und genüsslich das Tiramisu löffelte, das sie sich zum Dessert teilten.

Mit offenem Haar sieht sie umwerfend aus, dachte er.

»Hey, Sie müssen auch Ihren Teil essen, so war das abgemacht«, ermahnte sie ihn lächelnd.

»Vielleicht finde ich es viel interessanter, Ihnen beim Essen zuzuschauen«, erwiderte er. »Ich mag Frauen sowieso viel lieber, die nicht bei jedem Bissen an ihre Figur denken.«

»Ach ja?« Sie lachte und schob ihm seinen Dessertlöffel hin, der noch immer unbenutzt vor ihm lag. »Und später dann meckern, wenn die Wespentaille schwindet.«

»Würde mir niemals einfallen.« Auch er musste lachen.

»Egal, Chef. Im Ernst, allein schaffe ich das niemals.«

Leonard ergab sich und griff nach seinem Löffel. »Na gut, dann will ich mal nicht so sein und Sie ein bisschen bei der Vernichtung dieser Köstlichkeit unterstützen.«

Sie aßen ihr Dessert und plauderten noch eine ganze Weile auf diese angenehm leichte, fast schon flirtende Art und Weise miteinander. Er genoss es sehr, hier mit ihr zu sitzen, Rotwein zu trinken und sie anzusehen.

Schließlich war es Melina, die noch einmal auf das alte Magnussen-Gebäude zu sprechen kam.

»Was meinen Sie, wäre ein Café dort überhaupt profitabel?«, wollte sie wissen.

»Ich denke schon. Die Individualität wäre natürlich nicht

unwichtig. Das Café sollte schon besonders sein. Und die Nähe zur Alster und überhaupt die Lage direkt in der Innenstadt sind doch eigentlich ideal.« Ohne den Blick von ihr zu lösen, hob er sein Glas und nahm einen Schluck. »Wissen Sie, ich frage mich schon die ganze Zeit, warum ich nicht selbst darauf gekommen bin.«

»Hm.« Sie lächelte. »Ärgern Sie sich nicht. Manchmal kommt man halt nicht auf die einfachsten Dinge, weil man ein bisschen betriebsblind ist.«

»Ich weiß. Gut, dass ich Sie heute getroffen habe. Das war wirklich ein schöner und, wie wir jetzt wissen, äußerst fruchtbarer Zufall.«

»Ja, das finde ich auch«, sagte sie.

»Und ich finde, wir sollten uns endlich duzen. Vor allem jetzt, wo wir ein gemeinsames Projekt haben.«

Einen Augenaufschlag lang sah sie ihn überrascht an, doch dann lächelte sie wieder. »Sehr gerne, Leonard.«

Vergessen war sein Vorsatz, sie nicht zu begehren. Er versank regelrecht in ihren grünblauen Augen. »Melina.« Als er wie fremdgesteuert ihren Namen aussprach, riss er sich damit selbst aus seiner Erstarrung. Irritiert griff er erneut nach seinem Glas und trank es in einem Zug aus.

»Es ist schon recht spät. Vielleicht sollten wir langsam aufbrechen«, hörte er sie sagen.

»Ja, das sollten wir.« Leonard winkte dem Kellner und orderte die Rechnung.

Melina verbrachte den gesamten Sonntagvormittag damit, an ihren Chef und den vergangenen Nachmittag und Abend zu denken. Sie lag bereits seit Stunden wach und grübelnd im Bett, konnte sich aber noch immer nicht dazu entschließen, endlich aufzustehen. Dass sie die Stunden mit Leonard so unerhört genossen hatte, bereitete ihr Sorgen, und sie musste sich eingestehen, dass ihre Gefühle für ihn von einer vorübergehenden Schwärmerei meilenweit entfernt waren. Sie war ernsthaft verliebt, daran gab es keinerlei Zweifel mehr. Inzwischen war sie sich sogar ziemlich sicher, dass auch er etwas für sie empfand. Seine intensiven Blicke waren viel zu eindeutig gewesen.

Wie gerne hätte sie jetzt mit Antonia darüber geredet, doch ihre Freundin war beruflich für einige Tage in London, und für ein kurzes Telefonat zwischen Tür und Angel erschien ihr das Thema viel zu wichtig und komplex. Davon abgesehen würde solch Gespräch mit einer Freundin ohnehin nur vorübergehend für ein bisschen Erleichterung sorgen, aber sicherlich nicht das grundlegende Problem lösen. Es ging hier um ihre berufliche und private Zukunft, das spürte sie.

Schluss damit, schalt Melina sich schließlich selbst und strampelte entschlossen ihre Bettdecke beiseite.

Nach der üblichen Morgenroutine im Bad und einer ausgiebigen Dusche toastete sie sich zwei Scheiben Brot, bestrich sie dick mit Quark und Erdbeermarmelade und machte es sich dann mit ihrem Frühstück und einem riesigen Becher Kaffee in Käthes Sessel gemütlich.

Ein schwer zu beschreibendes Gefühl ließ sie an diesem Morgen nach dem Magnussen-Ordner ihrer Oma greifen, auch wenn sie seit Wochen kaum noch an Käthes seltsame Sammlung gedacht hatte. In aller Ruhe blätterte sie ihn durch, Einsteckfolie für Einsteckfolie. Schließlich begann sie sogar, einige der Zeitungsberichte genauer zu lesen. Bisher hatte sie nur die Fotos angesehen, manche der Bildunterschriften gelesen und einige Texte überflogen. Dass Käthe diesen Ordner angelegt hatte, war allein schon seltsam genug, doch wenn Melina an ihre derzeitige Situation dachte, wurde die ganze Sache noch ein bisschen bizarrer. Es kam ihr fast so vor, als hätte ihre Großmutter ihr mit diesem Nachlass einen Schubs in eine ganz bestimmte Richtung geben wollen. Das war natürlich Blödsinn und völlig aus der Luft gegriffen, sagte sie sich sofort. Käthe hatte schließlich nicht wissen können, dass ihre Enkelin eines Tages bei P. F. Magnussen arbeiten würde. Außerdem hatte Käthe bereits als junge Frau damit begonnen, diese Sammlung anzulegen. Dennoch hatte sich dieses merkwürdige Gefühl in Melinas Brust festgesetzt, es wollte einfach nicht mehr verschwinden.

Der Zeitungsbericht, den sie gerade las, stammte aus dem Jahre 1953. Eigentlich ging es darin nur um den rasanten Aufstieg des Unternehmens in den Nachkriegsjahren, doch Melina betrachtete auch die beiden Fotos des Artikels. Eines zeigte Joachim Magnussen, Leonards Großvater und den damaligen Geschäftsführer der Firma, mit seiner jungen Frau Clara. Das Paar stand in einem Garten vor einer blühenden Hortensie mit riesigen Blüten. Ihr fiel ein, dass Leonard gestern seine Großmutter erwähnt hatte.

»Hm, das ist sie also«, murmelte Melina.

Die auffallend hübsche Clara sah um einige Jahre jünger aus als ihr hochgewachsener Ehemann, der auf dem Foto sehr ernst, fast melancholisch dreinblickte. Joachim war der jüngere Sohn von Paul und Amalia, das wusste Melina inzwischen. Sie hatte irgendwo gelesen, dass sein älterer Bruder im Krieg gefallen war. Die Ähnlichkeit mit Paul Magnussen war unverkennbar.

Das andere Foto zeigte Amalia. Obwohl sie zu der Zeit bereits über siebzig gewesen sein musste, sah man ihr das Alter nicht an. Im Grunde wirkte sie eher wie eine Frau, die noch immer mitten im Leben stand. Sichtbar schlanker als auf dem ersten Foto, das Melina von ihr gesehen hatte, mit geradem Rücken und selbstsicherem Blick schaute sie direkt in die Kamera. Eine äußerst elegante Dame im dunklen Kostüm. Der typische Bleistiftrock und das kleine Schößchen an der Kostümjacke entsprachen dem Modegeschmack der damaligen Zeit.

Melina war so vertieft in die Betrachtung des Fotos, dass sie zusammenfuhr, als ihr Smartphone neben ihr auf dem Beistelltisch laut brummte. Auf dem Display leuchtete der Name ihres Chefs auf. Bevor sie das Gespräch annahm, atmete sie noch einmal tief durch.

»Hallo Leonard«, meldete sie sich.

»Entschuldige bitte die Störung am Sonntag, Melina.«

»Kein Problem. Was kann ich für … dich tun?« Sie musste sich noch daran gewöhnen, ihn zu duzen.

»Es steht die erste große Dienstreise an. Wir beide fliegen Dienstag nach Brasilien. Eigentlich war das Ganze erst für den nächsten Monat geplant, doch das hat sich gerade geändert, und da wollte ich dir natürlich rechtzeitig Bescheid geben. Die Einzelheiten erkläre ich dir, sobald wir in der Luft sind.«

»Oh.«

»Wir werden ein paar Tage, vielleicht eine Woche dortbleiben. Es ist eine gute Gelegenheit, dir die Plantagen zu zeigen. Bleib morgen ruhig zu Hause, damit du alles vorbereiten kannst. Ich werde auch nur kurz im Büro sein, um unsere Abwesenheit zu organisieren. Und … ach ja … für Brasilien brauchst du überwiegend Freizeitkleidung. Vor allem Jeans und bequeme Schuhe. Vielleicht ein oder zwei Outfits für offizielle Anlässe und ein Abendkleid. Es muss nicht unbedingt lang sein, wäre aber gut.«

»Ein Abendkleid?« Ihr Herzschlag raste bereits.

»Wir müssen die Einladung eines langjährigen Geschäftspartners wahrnehmen. Da kommen wir nicht drum herum. Das ist übrigens auch der Grund für die Vorverlegung der Reise. Unsere Firma ist an seiner Plantage interessiert, und die Sache drängt.«

»Ähm … Okay.«

»Du besitzt doch ein Abendkleid?«, hörte sie ihn fragen, und es klang, als ob er lächelte.

»Natürlich.«

»Gut. Und vergiss deinen Pass nicht. Wir werden am Dienstag in aller Frühe mit einem gecharterten Privatjet fliegen.«

»Mit einem Privatjet?« Ihr blieb fast die Luft weg. Bis jetzt hatte sie noch nicht gewusst, dass man so etwas überhaupt chartern konnte.

»Ja, ich weiß, das ist etwas ungewöhnlich, aber wir haben einen sehr guten Geschäftsfreund, der uns das zu erschwinglichen Konditionen ermöglicht, wenn es für einen Linienflug terminlich zu eng wird oder die Situation es erfordert. Wir werden also ausnahmsweise deutlich schneller und vor allem bequemer reisen können. Allerdings ist das auch der Grund, warum ich noch nicht sagen kann, wann genau wir zurückfliegen werden. Da bekomme ich noch Bescheid. Und ich weiß auch, dass das jetzt alles sehr plötzlich kommt.« Sie hörte, dass er sich verhalten räusperte. »Ich melde mich morgen noch mal wegen der Termine und Einzelheiten, in Ordnung?«

»Ja, in Ordnung.«

»Es gibt bei dir also keinerlei Kollisionen mit anderen Terminen?«

»Nein, es ist alles gut, machen Sie … Mach dir keine Gedanken.«

»Dann genieß noch den restlichen Sonntag, Melina. Wir hören dann morgen wieder voneinander. Bis dann.«

»Ebenso. Bis morgen.« Eine Mischung aus Verblüffung und heftiger Vorfreude überflutete sie. *Brasilien. Privatjet. Abendkleid.* Die Begriffe wirbelten für einige Augenblicke wild durch ihren Kopf, doch dann schüttelte sie sich ein wenig und musste lachen. »Ich fliege zusammen mit Leonard Magnussen nach Brasilien!«, rief sie laut aus. »Oh mein Gott!« Hastig klappte sie Käthes Ordner zu, legte ihn auf den Boden, sprang auf und rannte hinüber ins Schlafzimmer. »Ein Abendkleid, ein Abendkleid«, murmelte sie aufgeregt vor sich hin, während sie die Kleider in ihrem Schrank durchforstete. »Das geht alles gar nicht.« Wieder musste sie über sich selbst lachen. »Meine Herren, ich rede die ganze Zeit laut mit mir selbst. Ruhig, Melina, ganz ruhig. Eins nach dem anderen.«

Einige Stunden später saß sie zufrieden und wieder einigermaßen entspannt vor einem Teller Käsenudeln und einem Glas Rotwein. Im Grunde hatte sie schon alles für die Reise vorbereitet. Auf der Kommode im Schlafzimmer lagen die Kleiderstapel bereit, sie brauchte sie nur einpacken. Nun fehlte noch das Kleid, denn sie hatte beschlossen, dass sie dringend ein neues brauchte. Die zwei Abendkleider in ihrem Schrank hatten beide bereits mehrere Jahre auf dem Buckel und kamen nicht mehr infrage.

Am nächsten Tag machte sie sich gleich nach dem Frühstück auf den Weg zu einer kleinen Boutique, die auf Abendgarderobe spezialisiert war. Sie kannte das Geschäft, weil es auf ihrem täglichen Weg zur U-Bahn-Station lag.

»Ich brauche ein möglichst schlichtes Abendkleid, das eine längere Flugreise im Koffer gut übersteht, ohne zu knittern«, teilte sie der äußerst freundlichen Verkäuferin mit. »Und ich brauche es noch heute. Das heißt, Änderungen sind nicht möglich. Es muss sofort perfekt passen.«

»Bei ihrer Figur dürfte das kein Problem sein«, erwiderte die ältere Frau freundlich. »Haben Sie eine spezielle Farbe im Kopf, oder darf ich Sie beraten?«

»Oh bitte, beraten Sie mich.« Melina sah sich um. Der Laden war eigentlich ziemlich klein, doch die Kleiderstangen an den Wänden waren gut bestückt.

»Ich würde bei Ihnen zu einem zarten Champagnerton, Apricot oder Türkis tendieren.«

»Bitte kein Türkis.«

»Bei ihrer Haarfarbe würde es Ihnen durchaus stehen, aber wenn Sie die Farbe nicht mögen, sollten Sie sie auch nicht tragen. Für welchen Anlass brauchen Sie das Kleid, wenn ich fragen darf?«

»Es ist eine geschäftliche Abendeinladung, die mein Chef und ich wahrnehmen müssen. Ich denke, das Kleid sollte auf jeden Fall elegant sein.«

»Hm, also kein betont tiefer Ausschnitt. Das wäre nicht passend.«

»Richtig.«

»Ah, Moment. Mir fällt da was ein.« Zielsicher ging die Verkäuferin zu einer der Kleiderstangen und zog zwei Kleider hervor.

»Das ist grün«, stellte Melina unnötigerweise fest und zeigte auf das eine Kleid. Das andere war tatsächlich champagnerfarben, so wie die Verkäuferin es zuvor vorgeschlagen hatte.

Die ältere Frau hielt das grüne Kleid ein wenig höher. »Ja, das ist ein wunderschön warmes Smaragdgrün. Sehr elegant.« Ihr Lächeln wirkte ziemlich überzeugt, als sie zu der einzigen Umkleidekabine ging und die Bügel mit den beiden Kleidern dort auf einen Haken hängte. »Beide Kleider sind überwiegend aus fließender Viskose, sodass sie nicht knittern. Probieren Sie sie an, dann schauen wir weiter.«

Es stellte sich heraus, dass beide Kleider einfach perfekt an ihr aussahen. Dennoch tendierte sie zu dem champagnerfarbenen, da Grün bisher kaum in ihrem Schrank vorkam. Sie musste allerdings zugeben, dass die Farbe ihr tatsächlich stand. Die Verkäuferin hatte ein gutes Auge.

»Ich denke, ich werde das helle Kleid nehmen, auch wenn mir das grüne ebenfalls sehr gefällt.«

Die Verkäuferin dachte einen Augenblick nach. »Wissen Sie, ich werde meinen Laden noch in diesem Jahr schließen und muss sowieso bald ausverkaufen. Ich mache Ihnen einen sehr guten Preis. Die Kleider sehen toll an Ihnen aus. Nehmen Sie einfach beide. Was halten Sie davon?«

Vor Überraschung wusste Melina zunächst gar nicht, was sie

sagen sollte, doch das Angebot war in der Tat zu verlockend. Als sie kurz darauf das Geschäft verließ, hatte sie beide Kleider, eine Seidenstola für das helle Kleid, ein Bolerojäckchen für das grüne Kleid und zwei passende Abendtäschchen erstanden. Außerdem hatte sie der netten Dame versprochen, noch einmal hereinzuschauen, sobald der Räumungsverkauf begann.

Das Flugzeug war so beeindruckend, dass Melina kaum wusste, wo sie zuerst hinschauen sollte. Leonard schien sich über ihre Begeisterung sehr zu amüsieren. Nachdem ein freundlicher Steward sie in Empfang genommen hatte, wurden sie von ihrem äußerst charmanten Piloten, der auch noch aussah, als wäre er gerade einem alten Hollywoodfilm entsprungen, an Bord begrüßt. Als sie danach wieder allein waren, ging Melina langsam durch die überraschend großzügige Kabine und sah sich alles an. Im Hauptraum gab es sechs schneeweiße Ledersessel, außerdem ein richtiges Sofa, und an der gegenüberliegenden Wand hing ein großer Flachbildfernseher. Die Sessel ließen sich nicht nur in jede Richtung drehen, sondern auch per Knopfdruck zu bequemen Liegeflächen umbauen. Sogar das Sofa verfügte über ausfahrbare Fußstützen. In zwei weiteren Räumen gab es ein Bad mit Dusche und eine kleine Bar. Hinzu kamen noch zwei Kabinen mit ausklappbaren Schlafgelegenheiten, die durch Schiebetüren vom Hauptraum abgeschirmt werden konnten.

»Ich denke, du verstehst jetzt, warum ich das Angebot unseres Geschäftsfreundes ab und zu annehme, oder?«, fragte Leonard schmunzelnd.

»Das ist unglaublich dekadent«, antwortete Melina lachend.

»Nun, ich glaube, dekadent wäre es erst, wenn ich mir selbst so ein Spielzeug kaufen würde. Ungefähr einmal im Jahr geht das Chartern schon in Ordnung, finde ich. Vor allem weil man wirklich viel Zeit spart und deutlich bequemer reisen kann.«

»Das stimmt allerdings.«

»Außerdem bekommen wir Sonderkonditionen, sonst wäre das gar nicht drin.« Er deutete auf einen der Sessel. »Du solltest dich jetzt allerdings langsam hinsetzen und anschnallen, Melina. Wir werden gleich starten.«

Bereits nach kurzer Zeit teilte der Pilot ihnen per Lautsprecher mit, dass sie ihre Flughöhe erreicht hätten. Melina und Leonard saßen sich gegenüber. Der Steward kam zu ihnen, und wie durch Zauberhand erschien leise surrend zwischen ihnen ein Tisch. Kurz darauf servierte der junge Mann ein Frühstück, das kaum einen Wunsch offen ließ.

»Das ist komisch, ich verspüre gar keinen Druck auf den Ohren«, bemerkte Melina, nachdem der Steward wieder verschwunden war. »Normalerweise macht mir das immer etwas zu schaffen.«

»Auch das ist ein enormer Vorteil dieser Jets. Sie verfügen über einen hervorragenden Druckausgleich innerhalb der Kabine. In normalen Linienmaschinen findest du so etwas nicht. Das macht Gespräche viel angenehmer.«

Sie beugte sich vor. »Nur mal so aus reiner Neugierde ... Was kostet denn so eine Maschine, wenn man sie kaufen würde?«

»Schlummert da etwa ein Luxusmäuschen in dir, Melina Peters?« Sie zog ihm eine Grimasse. »Sei nicht beleidigt, das war doch nur ein Scherz«, sagte er lachend. »Im Ernst, für diesen süßen Flieger müsstest du so an die fünfundsechzig Millionen hinlegen. Selbstverständlich ohne den Piloten und das Bordpersonal. Die Gehälter kämen noch dazu. Von den laufenden Betriebskosten der Maschine mal ganz abgesehen. Treibstoff, Wartung und diverse Versicherungen würden ständig immense Beträge verschlingen.«

»Wow.«

Leonard hielt ihr den kleinen Brotkorb hin. »Croissant?«

»Du wolltest mich noch über die Details unserer Reise informieren«, erinnerte sie ihn, nachdem sie gefrühstückt hatten.

»Richtig.« Er deutete auf ihre leere Tasse. »Möchtest du noch Kaffee?« Dankend winkte sie ab. »Mir ist es vor allem wichtig, dass du unsere Plantagen mit eigenen Augen siehst und natürlich auch Simon und Rena von Meyerhoff persönlich kennenlernst. Du bist jetzt eingearbeitet und weißt über die wichtigsten Dinge sehr gut Bescheid. Die Plantagen fehlen noch. Natürlich hätte das auch noch ein bisschen Zeit gehabt, doch nun …«

»Drängt es, wie du am Telefon sagtest.«

»Leider ja«, bestätigte er lächelnd. »Eigentlich hatte ich die Reise erst für den nächsten Monat, eventuell auch erst für den übernächsten geplant, doch erstens wären Simon und Rena in dieser Zeit deutlich mehr eingespannt gewesen, und zweitens ist da noch die Sache mit der Nachbarplantage, und das ist der Hauptgrund, warum wir schon jetzt unbedingt dorthin müssen. Die Angelegenheit ist nämlich wirklich problematisch. Mein Vater hat letzten Samstag erfahren, dass Jensen, aber auch andere Kaffeeröster an dem Land interessiert sind.

Wir müssen das also schnell klären, bevor uns irgendwer die Plantage vor der Nase wegschnappt.« Er seufzte leise. »Nebenbei bemerkt, hatten wir wirklich Glück, dass der Jet frei war. Alles in allem ist es aber auch für dich ganz gut, dass wir jetzt schon fliegen. Im Augenblick wird noch reichlich geerntet. In wenigen Wochen wäre die Haupterntezeit höchstwahrscheinlich schon fast vorbei. Das wäre doch schade.«

»Stimmt. Und bei welchem Geschäftspartner sind wir eingeladen?«

»Bei Walter Lorenz. Er ist der Mann, der seine Plantage verkaufen will.«

»Ah ja, der Name ist mir im Büro schon untergekommen«, sagte sie. »Zumindest seine Kaffeebohnen verkauft er ausschließlich an uns, wenn ich mich richtig erinnere.«

»So ist es. Lorenz ist ebenfalls Deutscher, der allerdings in Brasilien geboren wurde. Er hat schon als junger Mann die Ländereien seines Vaters geerbt und all die Jahre sehr erfolgreich bewirtschaftet«, fuhr Leonard fort. »Seine Erträge sind durch die Bank hervorragend, und der Arabica hat eine außerordentlich gute Qualität. Walter ist inzwischen Mitte fünfzig und seit über dreißig Jahren mit einer Engländerin verheiratet. Unsere Plantagen grenzen an sein Land, und wir kaufen ihm bereits seit Jahrzehnten seine Bohnen ab. Jetzt möchte Shirley, seine Frau, wieder zurück in ihre Heimat, und das ist auch der Grund, warum er verkaufen will.« Leonard schenkte sich Kaffee nach und warf ein Stück Zucker in die Tasse. Inzwischen wusste sie, dass er das nur tat, sobald er privat seinen Kaffee genoss. »Wir verhandeln bereits seit einiger Zeit mit ihm, und das Interesse der Konkurrenz macht uns schwer zu schaffen.

Der tatsächliche Wert seines Grundstücks liegt nämlich außerhalb unserer Möglichkeiten, deshalb setzen wir weiterhin auf Gespräche und unsere langjährige Zusammenarbeit. Ein neuer Besitzer der Nachbarplantage, womöglich ein direkter Konkurrent, könnte uns allerhand Probleme bereiten – ganz abgesehen davon, dass wir einen zuverlässigen Lieferanten verlieren. Mein Vater und ich wollen das unbedingt verhindern, und deshalb werden wir beide noch einmal persönlich mit Walter verhandeln.« Er nahm einen Schluck von seinem Kaffee, setzte die Tasse ab und lächelte sie strahlend an. »Ehrlich gesagt setze ich dabei auch ein wenig auf deinen Charme, Melina.«

»Wie bitte?« Sie lachte, war aber etwas irritiert.

»Keine Sorge, du musst nichts Unmoralisches tun, oder was dir sonst gerade durch den Kopf geht. Ich weiß allerdings, dass Walter eine Schwäche für Frauen hat, die nicht nur klug, sondern auch attraktiv sind. Zudem habe ich dich bereits bei Meetings und anderen Gesprächen erlebt. Du verstehst es sehr gut, dein Gegenüber zu beeindrucken, und das könnte uns ja vielleicht einen Vorteil bringen.«

»Hm. Ehrlich gesagt, weiß ich gerade nicht so recht, was ich davon halten soll, aber danke für das Kompliment.«

»Es entspricht der Wahrheit. Du hast diese Gabe, Leute für dich einzunehmen, das ist in so einer Sache sehr viel wert, kann vielleicht sogar entscheidend sein, wenn wir ein bisschen Glück haben. Ich denke nämlich, dass vor allem Jensen in dieser Angelegenheit unser Konkurrent sein könnte. Die anderen Händler dürften über weit weniger freies Kapital verfügen.«

»Nun gut, ich werde tun, was ich kann, um dich zu unterstützen.«

»Mehr verlange ich auch nicht.«

»Wo werden wir eigentlich wohnen?«, fragte sie.

»Wir düsen jetzt nonstop nach Sao Paulo und verbringen dort eine Nacht im Hotel. Am nächsten Tag wird uns Simon abholen. Er besitzt eine kleine Sportmaschine. Mit ihm fliegen wir dann weiter ins Hochland, direkt zur Plantage. Dort werden wir auch wohnen. Das Haus ist sehr groß und hat mehrere Gästezimmer.

»Wie sind die beiden so? Simon und Rena von Meyerhoff, meine ich.«

»Was willst du über sie wissen?«

»Alles, was dir so einfällt. Wir werden noch einige Stunden in der Luft sein, oder?«

»Hatte ich schon erwähnt, dass unsere Urgroßmütter Schwestern waren?«

»Ja, hast du.« Sie verdrehte übertrieben die Augen. »Leonard, bitte.«

Er lachte. »Nun gut. Also, sie sind Zwillinge und entstammen väterlicherseits einer alten Hamburger Adelsfamilie. Ihr Urgroßvater, Georg Graf von Meyerhoff hat Helene Claasen, die jüngere Schwester von Amalia, geheiratet, übrigens ebenfalls im Jahr 1897. Der gemeinsame Sohn der beiden, Michael von Meyerhoff, verließ irgendwann in den Fünfzigern Deutschland und wanderte nach Brasilien aus. Soweit es überliefert ist, machte mein Großvater Joachim ihn zum Verwalter der Plantagen, die Paul Magnussen einst von seinem Patenonkel erbte. Es war übrigens Michael von Meyerhoff, der unseren Landbesitz in Brasilien stetig vergrößert hat. Die Familie bekam einige Anteile an der Firma überschrieben und gleichzeitig das lebenslange und vererbbare Recht, die Verwaltung der Plantage in Eigenverantwortung weiterzuführen. Das gibt ihnen die Freiheit, so zu agieren, als würde ihnen das Land gehören.«

»Simon und Rena sind also die Enkel von diesem Michael?«

»Richtig. Wie in vielen südamerikanischen Staaten findest du auch in Brasilien jede Menge Leute mit europäischen Wurzeln. Nachdem Michael von Meyerhoff einige Jahre dort gelebt hatte, heiratete er eine Französin. Die Ehe soll allerdings ziemlich unglücklich gewesen sein. Seine Frau starb kurz nach der Geburt ihrer gemeinsamen Tochter. Die Eltern von Rena und Simon leben nicht mehr in Brasilien. Sie sind inzwischen in die USA ausgewandert. Ihre Mutter Margarethe konnte sich nie so recht für den Kaffeeanbau erwärmen und war froh, dass Rena und Simon schon sehr früh Interesse daran zeigten. Deshalb haben die beiden die Leitung der Plantagen auch gemeinsam übernommen. Michael von Meyerhoff ist übrigens erst im vergangenen Jahr gestorben. Die Plantage hat er nur ein einziges Mal wieder verlassen, als er seine Tochter und deren Mann in Amerika besuchte. Ich mochte ihn sehr. Er war ein aufrechter und verlässlicher Mann mit großem Herzen.« Leonard trank seinen Kaffee aus und schob die leere Tasse beiseite. »Simon und Rena haben jedenfalls das Talent für den Anbau und die Leidenschaft für Kaffee von ihrem Großvater geerbt. Sie sind mit viel Herzblut bei der Sache.«

»Haben sie inzwischen eigene Familien?«

»Bisher nicht. Simon ist homosexuell, und Rena ist zwar seit einigen Jahren mit dem Sohn eines Hoteliers in Sao Paulo liiert, doch die beiden sehen sich äußerst selten, was offenbar nicht zuträglich für eine Vertiefung ihrer Verbindung ist.«

»Was passiert denn mit den Plantagen, wenn beide keine Nachkommen in die Welt setzen sollten?«

»Das ist klar geregelt. In dem Fall würden ihre Anteile an uns zurückfallen. Sie behalten allerdings lebenslanges Wohnrecht auf der Plantage. Doch daran mag ich gar nicht denken. Wir müssten uns dann nämlich einen neuen und vor allem verlässlichen Verwalter suchen, was sicherlich kein Zuckerschlecken sein dürfte.«

11. Kapitel

Am nächsten Morgen erwachte Melina ausgeruht und voller Vorfreude auf den bevorstehenden Tag. Das Hotel war sehr luxuriös, und nach dem langen, wenn auch sehr angenehmen Flug hatte sie wunderbar geschlafen. Sie genoss eine ausgiebige Dusche, machte sich zurecht und packte ihre Sachen wieder zusammen, sodass ihr Koffer in ihrem Zimmer bereitstand. Kaum betrat sie das Hotelrestaurant, erblickte sie auch schon Leonard, der ihr lächelnd entgegensah. Neben ihm stand ein Mann, der auf den ersten Blick auch sein Bruder hätte sein können. Beide Männer waren groß und schlank, hatten dunkle Haare und auffallend blaue Augen.

»Guten Morgen, Melina. Darf ich dir Simon von Meyerhoff vorstellen? Simon, Melina Peters.«

»Ich freue mich wirklich sehr, Sie endlich persönlich kennenzulernen«, sagte Simon von Meyerhoff und deutete eine Verbeugung an. »Telefoniert haben wir ja bereits miteinander.«

»Die Freude ist ganz auf meiner Seite, Herr von Meyerhoff.«

»So, ich weiß ja nicht, wie es euch geht, aber ich habe einen Bärenhunger«, ließ Leonard sie wissen. »Lasst uns endlich frühstücken.«

Das Klima auf der Plantage war durch den leichten Wind zwar

angenehmer als in der Stadt, doch die anhaltend hohe Luftfeuchtigkeit war in jedem Fall gewöhnungsbedürftig. Leonard hatte ihr zuvor erklärt, dass die Luftfeuchte im Hochland selten unter achtzig Prozent fiel. Als Melina aus dem Geländewagen stieg, mit dem sie von dem kleinen Flugplatz zum Wohnhaus der Plantage gefahren waren, wünschte sie sich bereits sehnlichst eine erfrischende Dusche herbei. Wenige Augenblicke später jedoch war dieses Bedürfnis völlig vergessen, denn sie stand staunend vor dem riesigen Hauptgebäude. Sie konnte sich kaum sattsehen an den herrlichen Steinsäulen, den Laubengängen und der ausladenden Veranda.

»So ähnlich habe ich mir Tara immer vorgestellt«, sagte sie zu Leonard.

»Tara?«

»Hast du niemals *Vom Winde verweht* gelesen?«

»Ach ja, Tara. Ich erinnere mich. Die Plantage der O'Haras.«

»Genau.« Sie lachte. »Du darfst mich jetzt gerne Scarlett nennen, lieber Rhett.«

»Ihr habt sicherlich Durst«, unterbrach eine helle Frauenstimme ihr Geplänkel. »Kommt, es gibt leckeren Eistee mit viel frischer Minze.«

In der nächsten Sekunde spürte sie die Hand von Leonard an ihrem Rücken, der sie sanft zur Veranda schob. »Raff deine Röcke, Scarlett.«

Melina verstand sich auf Anhieb sehr gut mit Rena und Simon von Meyerhoff. Schon wenige Stunden später beschlossen sie während des gemeinsamen Abendessens sich zu duzen.

Rena war ganz anders, als Melina sie sich vorgestellt hatte. Während sich ihr Bruder zurückhaltend und äußerst formgewandt gab, war Rena spürbar temperamentvoller, direkter und auf eine sehr sympathische Art burschikos. Auch sie besaß eine naturgegebene Attraktivität, doch im Gegensatz zu Simon war sie klein, blond, und ihre Augen strahlten deutlich heller. Auf den ersten Blick hätten die Zwillinge kaum unterschiedlicher sein können, aber es war eindeutig, wie wunderbar sie sich verstanden und ergänzten.

»Bist du mit deinem Zimmer zufrieden?«, wollte Rena wissen, als sie nach dem Essen zu viert noch auf ein Glas Wein auf der Veranda saßen.

»Oh ja, es ist traumhaft. Ich habe noch nie zuvor in einem Himmelbett geschlafen und bin schon gespannt, wie es sich anfühlen wird, darin zu liegen«, antwortete Melina und lächelte ihre Gastgeberin dankbar an. »Euer ganzes Haus ist wirklich wunderschön. Die Einrichtung ist mir sofort ins Auge gefallen: die edlen Hölzer, zusammen mit den fröhlichen Farben der Stoffe … Einfach toll und so harmonisch.«

Rena sah ihren Bruder liebevoll an. »Das ist in erster Linie Simons Verdienst. Er achtet sehr darauf, dass hier alles tadellos in Schuss bleibt, und ist auch für die Einrichtung und Dekoration zuständig. Mir liegt das nicht so sehr.«

»Ich liebe dieses Haus, da fällt es leicht«, erwiderte ihr Bruder lächelnd.

»Übermorgen findet übrigens die Dinnerparty bei Walter und Shirley Lorenz statt«, wechselte Rena das Thema. »Wie immer bittet Shirley darum, dass wir Abendgarderobe tragen. Was für ein Schwachsinn!«

»Du kennst Shirley, solange du denken kannst, und regst dich jedes Mal wieder darüber auf. Es ist eben ein Spleen unserer englischen Lady. Was soll's?« Simon lachte. »Und wenn wir ehrlich sind, haben wir hier ohnehin nur wenig Gelegenheit, uns mal in Schale zu werfen.«

»Es wäre halt schön, wenn wir uns nach all den Jahren endlich mal wie ganz normale Nachbarn zum legeren Barbecue verabreden könnten.« Rena gluckste wie ein Teenager. »Dafür würde ich mir sogar eine saubere Jeans anziehen.«

»Keine Sorge, wir sind klamottentechnisch vorbereitet«, warf Leonard ein. »Schließlich kenne ich Shirley ebenfalls schon einige Jahre.«

»Leonard hat mich extra darum gebeten, ein Abendkleid einzupacken«, bestätigte Melina. »Wir sind also auf der sicheren Seite.«

»Tja, dann verkleiden wir uns also wieder einmal, als würden wir einen großen Ball besuchen.« Rena hob ihr Glas und prostete Melina zu. »Und nur damit du es weißt, Melina. Nach dem Dinner wird meist getanzt. Oh Mann, ich hasse High Heels.«

Mit Simons Geländewagen fuhren Leonard und Melina zwei Tage lang kreuz und quer über die Plantagen. Manchmal nahmen sie auch Pferde, wenn die Gegebenheiten es erforderten, und diese Ausritte genoss Melina besonders. Auch wenn sie unendlich viel lernte, empfand sie ihren Aufenthalt auf den Plantagen eher wie einen aufregenden Abenteuerurlaub. Sie sprachen mit Arbeitern und sahen bei der Ernte und Weiterverarbeitung der Kaffeekirschen zu. Begeistert saugte Melina jede Information in sich auf, die sie bekommen konnte. Die Zeit verging wie im Fluge.

Und dann kam der Abend der Dinnerparty, und Melina stand in ihrem neuen champagnerfarbenen Kleid vor dem hohen Spiegel in ihrem Zimmer. Mit einiger Neugierde sah sie der Einladung von Walter Lorenz und seiner Frau entgegen.

Sie hatten sich, eine halbe Stunde bevor sie bei ihren Gastgebern eintreffen sollten, in der Halle des Hauses verabredet, und als Melina herunterkam, warteten Leonard und Simon bereits am Fuße der Treppe auf sie und Rena. Melina musste schlucken, als sie Leonard sah. Einerseits, weil er in seinem dunklen Abendanzug einfach umwerfend aussah, andererseits, weil ihr sein intensiver Blick verriet, dass sie ihm ebenfalls gefiel. Kurz bevor sie unten ankam, streckte er ihr seine rechte Hand entgegen.

»Du siehst wunderschön aus«, sagte er leise und schenkte ihr ein Lächeln, bei dem ihre Knie weich wurden.

»Du siehst auch sehr gut aus«, gab sie sein Kompliment zurück.

»Ich bin übrigens ebenfalls ganz nett anzuschauen«, bemerkte Simon lapidar, und alle drei lachten.

In diesem Moment erschien Rena auf dem oberen Treppenabsatz, und auch sie sah in ihrem knöchellangen eleganten Kleid aus dunkelblauer Chinaseide völlig verändert aus. Wegen der Luftfeuchtigkeit hatte Melina entschieden, ihr Haar offen zu tragen und es einfach mit zwei Kämmchen zurückzustecken, damit ihre leichte Naturwelle ein wenig gebändigt wurde. Eine aufwendige Frisur würde sich hier ohnehin schnell auflösen. Auch Rena trug ihr schulterlanges Haar offen, wie Melina nun erleichtert bemerkte. Statt der Kämmchen hielt ein zarter Goldreif ihr blondes Haar im Zaum.

»Schwesterchen, du siehst hinreißend aus.«

»Danke schön. Ihr aber auch«, antwortete Rena und lächelte strahlend. »Kommt, ihr Schönen, dann lasst uns mal unseren Auftritt im Hause Lorenz genießen, so gut es geht.«

Das Plantagenhaus von Walter und Shirley Lorenz war ebenfalls sehr beeindruckend. Zwar war es nicht weiß, sondern steingrau, doch das Gebäude hatte durchaus seinen Charme.

Shirley Lorenz wirkte in der Tat sehr britisch. Ihr kinnlanges silbergraues Haar war perfekt frisiert und offenbar mit jeder Menge Haarspray fixiert worden. Sie war auffallend schlank und trug ein Kleid aus schimmernder Seide, das exakt die Farbe ihres Haars besaß, sowie mehrere lange anthrazitfarbene Perlenketten mit passendem Ohrschmuck. Eine zierliche und elegante Lady, fand Melina.

Walter bildete einen sympathischen Gegensatz zu seiner Frau. Er war mindestens zwei Köpfe größer als sie, vollkommen kahlköpfig und schob einen mächtigen Bauch vor sich her, der durch den glänzenden Kummerbund seines Abendanzugs noch betont wurde. Das Ehepaar nahm sie gemeinsam in Empfang, und die Begrüßung, besonders zwischen Walter und Leonard, fiel äußerst herzlich aus. Es war offensichtlich, dass sich die beiden Männer schon lange kannten und sehr mochten. Melina begegneten Shirley und Walter mit freundlicher und offener Neugierde.

»Mein Liebe«, sagte die Hausherrin zu ihr. »Leo hat uns bis jetzt noch nie die Freude gemacht, jemanden mitzubringen. Als er ankündigte, in Begleitung zu kommen, haben wir uns außerordentlich gefreut. Es ist so schön, dass Sie unsere Einladung angenommen haben, Frau Peters.« Melina bedankte sich höflich und registrierte nebenbei, dass Leonard ein Grinsen unterdrückte.

»So, mein Täubchen, nun lass uns mal zum Aperitif schreiten, unsere Gäste haben sicherlich mächtig Durst«, drängte Walter.

Shirley lachte kurz auf. »Ach, Walter. Du kannst ruhig zugeben, dass vor allem *du* deinem Sherry entgegenfieberst.«

Später wurde das Menü an einem Esstisch serviert, an dem sicher noch zehn Personen mehr Platz gefunden hätten. Das typisch englische Rosenmuster beherrschte die Einrichtung des Raumes: Gardinen, Stuhlbezüge, ja sogar die Lampenschirme, überall fanden sich rosafarbene, rote und weiße Rosen. Das Roastbeef schmeckte fantastisch, aber auch der Nachtisch, ein leichtes Dessert aus gemischtem Obst und Joghurt, war ein wahrer Genuss.

Die Gespräche drehten sich zunächst um die üblichen Small-Talk-Themen, doch nachdem der Kaffee serviert worden war, kam Walter Lorenz zum Geschäftlichen.

»Du möchtest mir also meine feine Plantage hier abkaufen, Leo?«

Leonard nickte. »So ist es.«

Melina bemerkte, dass alle anderen am Tisch sofort verstummten und sich voll und ganz auf das Gespräch zwischen Leonard und Walter konzentrierten.

»Dir ist klar, dass ich ein sehr lukratives Angebot von Jensen vorliegen habe, nicht wahr?«

»Das habe ich mir gedacht. Dass du verkaufen willst, ist ja seit Monaten ein offenes Geheimnis in der Branche.«

»Ich sag mal, wie es ist: Du wirst da nicht mithalten können, mein Lieber.«

»Auch das ist mir klar.« Leonard griff nach seiner Tasse, trank aus und stellte sie sehr bedächtig zurück. »Du weißt, was es für uns bedeuten könnte, wenn Jensen deine Plantage bekommt?«

»Ich bin lange genug im Geschäft, mein Junge.«

»Nun gut, dann liegen ja alle Fakten auf dem Tisch, Walter. Wir sind tatsächlich nicht in der Lage, das Angebot von Jensen zu überbieten.«

»Dann ist in dieser Sache wohl alles gesagt, denke ich. Es sei denn, du sprichst erneut mit deinem Vater …«

»Das wird nichts ändern. Wir müssten viel zu viel Kapital verschieben, um einen so enormen Betrag freizusetzen. Das würde dem Unternehmen eher schaden als nützen.«

»Ehrlich, Sie enttäuschen mich, Herr Lorenz«, mischte sich Melina ein. Sie hörte, wie Rena tief Luft holte, und es entging ihr auch nicht, dass die Männer sie ziemlich verblüfft ansahen.

Walter zog seine Augenbrauen in die Höhe. »Ich enttäusche Sie, Frau Peters?«

»Ja, das tun Sie. Leider.« Sie seufzte bewusst tief auf. »Wissen Sie, ich habe so viel Positives über Sie gehört, seit ich für P. F. Magnussen arbeite. Conrad Magnussen spricht stets mit überaus großem Respekt von Ihnen und lobt sie als einen seiner verlässlichsten Geschäftspartner.«

Melina sah, dass Leonard sich zurücklehnte und ein leichtes Lächeln um seine Lippen spielte. Sie nahm das als Zeichen der Zustimmung zu ihrem Alleingang.

»Na, das will ich meinen. Unsere Verbindung währt seit fast

vierzig Jahren, und wir haben so manche Krise gemeinsam überstanden.« Walter räusperte sich. »Man könnte uns wahrscheinlich sogar als Freunde bezeichnen.« Auf seiner hohen Stirn zeigten sich ein paar senkrechte Falten. »Doch bei Geld hört die Freundschaft bekanntlich auf. Magnussen und ich sind immer fair miteinander umgegangen und haben gleichermaßen von unseren Geschäften profitiert. Wir sind uns gegenseitig nichts schuldig.«

Wieder seufzte Melina hörbar und schüttelte dabei leicht ihren Kopf. »Sie haben mich vollkommen falsch verstanden, Herr Lorenz. Ich spreche überhaupt nicht von einer Schuld gegenüber einem alten Geschäftsfreund.«

»Sondern?«

»Ich spreche von Verantwortung und Ehre.«

»Vielleicht sollten wir das die beiden Männer klären lassen«, sagte Shirley etwas gepresst. »Walter und Leo, geht doch gerne rüber ins Arbeitszimmer, wenn es euch lieber ist.«

Leonard blieb völlig entspannt sitzen, während Walter eine Hand hob. »Nein, nein, mein Täubchen. Es interessiert mich durchaus, was Frau Peters zu sagen hat. Hören wir uns das doch mal in Ruhe an.« Sein Blick fiel auf Leonard. »Oder was meinst du?«

»Ich bin ganz deiner Meinung«, gab Leonard zurück. Er lächelte erneut und nickte Melina aufmunternd zu. Das machte ihr Mut.

»Nun, meine Liebe, wenn ich mich nicht irre, erwähnten Sie gerade, es ginge Ihnen um Verantwortung und Ehre. Erklären Sie mir genauer, was Sie damit meinen«, forderte Walter sie auf.

Vor Anspannung wurde ihr Mund ganz trocken, und sie trank kurz einen Schluck aus ihrem Wasserglas, bevor sie ihren Faden wieder aufnahm: »Sie sagen selbst, dass Sie sich in der Branche bestens auskennen.«

»Richtig. Und?«

»Dann wissen Sie sicherlich auch, dass Jensen inzwischen auch Supermärkte und Discounter beliefert. Dagegen ist ja erst einmal nichts einzuwenden, doch im Gegensatz zu uns verfolgt die Firma ein vollkommen anderes Geschäftsmodell. Jensen bringt Billigmischungen auf den Markt, streut weit und strebt dabei nichts anderes als möglichst große Umsätze an.«

»Das weiß ich alles.«

»Unser Unternehmen produziert hingegen ausschließlich für eigene Geschäfte und einige ausgesuchte Restaurants, gute Hotels und dergleichen. Die hohe Qualität unseres Kaffees ist allseits bekannt, und wir werden einen Teufel tun, unseren guten Ruf zu gefährden. Unsere Produktionsmengen sind deshalb auch deutlich kleiner als die von Jensen.«

»Auch damit erzählen Sie mir nichts Neues, junge Dame.«

»Mir ist klar, dass Sie unsere Vorgehensweisen zur Genüge kennen. Dennoch ist es mir wichtig, bestimmte Dinge noch einmal anzusprechen, so wird deutlicher, worauf ich hinauswill.«

»Ich höre.«

»Da wären zum Beispiel die Ernte und Auslese von Hand, die nasse Aufbereitung und ein zeitlich perfekt abgestimmter Fermentierungsprozess. Jeder einzelne Arbeitsschritt wird von eigens ausgebildetem Personal erledigt, ist aufwendig und teuer, aber die einzige Methode, um wirklich gute Qualität zu gewährleisten, richtig?

»Ja, wieder richtig. Kommen Sie endlich zum Punkt.«

»Im Grunde haben Sie damit schon meine Antwort. Die Firma Jensen setzt auf ihren Plantagen in Äthiopien bereits Erntemaschinen und Lufttrocknung ein. Blutet Ihnen da nicht das Herz, Herr Lorenz? Wenn Sie an Jensen verkaufen, werden Ihre hochwertigen Kaffeekirschen sehr wahrscheinlich bald per *Stripping* von den Zweigen geholt anstatt von Pflückern, die ihr Handwerk verstehen und genau erkennen, ob eine Frucht reif genug für die Ernte ist. Mal ganz davon abgesehen, dass in dieser Gegend dann jede Menge Arbeitsplätze verschwinden dürften – mit nicht zu unterschätzenden negativen Folgen für die Menschen hier im Hochland. Sie leben seit Jahrzehnten hier, und nach dem, was ich von meinen Chefs über Sie gehört habe, sind Sie ein ehrenhafter und aufrechter Mann, Herr Lorenz. Ich kann mir kaum vorstellen, dass Ihnen das alles wirklich so egal ist.«

»Hört, hört«, sagte Simon leise.

Melina griff erneut nach ihrem Wasserglas und blickte dabei kurz zu Leonard. Seine Augen leuchteten. »Dem kann ich kaum noch etwas hinzufügen«, sagte er.

»Ich brauche einen Schnaps«, sagte Walter Lorenz trocken.

»Du solltest in die Politik gehen«, sagte Rena lachend zu Melina, als sie einige Stunden später wieder im Auto saßen und zurück zur Magnussen-Plantage fuhren. »Der arme Walter hatte überhaupt keine Chance mehr, nachdem du ihn bei seiner Ehre gepackt hattest. Herrlich! Das war wirklich ein gelungener Abend. Ich habe mich schon lange nicht mehr so gut amüsiert.«

»Aus der Politikkarriere wird nichts werden«, warf Leonard ein. »Ich werde sie nämlich nicht mehr gehen lassen.«

Melinas Herz schlug augenblicklich schneller. »Ich hab ihm nur die Wahrheit vor Augen geführt.«

»Aber *wie* du das getan hast, Melina. So sanft, dabei aber unglaublich souverän.« Auch Simon lachte. »Die beiden waren so fertig, dass Shirley sogar das Tanzen vergessen hat.«

»So ein Glück aber auch.« Rena gluckste vor Vergnügen. »Ich werde gleich morgen den Vertrag aufsetzen lassen, Leo. Du hörst dann spätestens nächste Woche von mir«, ahmte sie die knarrende Stimme von Walter Lorenz nach.

Sie lachten noch immer, als sie vor dem Wohnhaus aus dem Auto stiegen.

»Das schreit nach einem letzten Glas Champagner«, beschloss Simon. »Ich kümmere mich darum. Setzt ihr euch schon mal ins Wohnzimmer, und macht es euch gemütlich.«

»Was macht eigentlich deine Familie?«, wollte Rena von Leonard wissen, nachdem sie noch einmal auf Melinas Erfolg angestoßen hatten.

»Alle sind gesund und munter«, antwortete er.

»Ist Emily noch mit ihrem Arzt zusammen?«

»Ja, ist sie. Es geht ihr gut, soweit ich das beurteilen kann, auch wenn ich zugeben muss, dass ich mit ihrem Auserwählten nicht so richtig warm werde.« Er schmunzelte. »Und Dominik wird hoffentlich so langsam erwachsen. Jedenfalls beschränken sich seine Eskapaden mittlerweile darauf, möglichst jede Woche eine neue Freundin zu haben.«

»Und bei dir? Wie geht es Sandra?«, erkundigte sich Rena.

Melina horchte auf, und in ihrer Brust wurde es plötzlich

ganz eng. Sie war eigentlich davon ausgegangen, dass Leonard Single war.

Leonard räusperte sich, und sie bemerkte, dass sein Blick kurz zu ihr huschte, doch dann sah er wieder Rena an. »Wir haben uns vor einem halben Jahr getrennt. Ich dachte, das wüsstet ihr.«

Der Knoten in Melinas Brust löste sich. Das war ihm jetzt sicher unangenehm, dachte sie.

Rena schüttelte den Kopf. »Nö, das ist nicht bis zu uns durchgedrungen. Tut mir wirklich leid, das zu hören, Leo. Wir hatten gehofft …«

»Mir tut es nicht leid«, erwiderte er schroff und hob sein Glas.

»Das alte Spiel, was?«, fragte Simon mitfühlend.

»Genau. Das alte Spiel«, bestätigte Leonard.

Es fiel Melina nicht ganz leicht, doch sie holte Luft und hakte nach. »Wenn ich zu neugierig bin, sagt es mir bitte, aber … Das alte Spiel? Was bedeutet das?«

Leonard lachte kurz auf, aber es klang bitter. »Nun ja, ich bin einer der Erben eines sehr erfolgreichen Unternehmens und sitze bereits im Vorstand. Da meine Geschwister keinerlei Interesse an der Firma zeigen, werde ich ganz offiziell als Nachfolger meines Vaters gehandelt. Meine Familie hat Geld, das weckt Begierden. Bisher hatte ich nur mit Frauen zu tun, die vor allem daran interessiert waren, mich möglichst schnell zu heiraten. Leider aus den falschen Gründen, wie sich jedes Mal herausstellte. *Das* ist das alte Spiel, Melina.«

»Das klingt bitter«, sagte Melina.

»Es entspricht aber leider der Wahrheit.« Leonard trank seinen Champagner aus und stellte das Glas auf dem Couchtisch ab. »Das ist übrigens auch der Grund, warum ich vor einiger Zeit beschlossen habe, dass ich überhaupt niemals heiraten werde. Um genau zu sein, erspare ich mir zukünftig jede feste Beziehung und konzentriere mich allein auf meine Arbeit, da weiß ich wenigstens, woran ich bin. Jedenfalls möchte ich nicht noch einmal in eine derartige Situation geraten, und ich mache auch kein Geheimnis mehr daraus. Seitdem geht es mir deutlich besser.«

»Es gibt doch Eheverträge«, warf Simon trocken ein.

»Ein Ehevertrag ist für mich nichts weiter als eine schriftliche Bestätigung von Misstrauen, Simon. Ich weiß, es gibt viele Argumente, die in meiner Situation dafür sprechen würden, aber ich sehe es nun einmal so. Allerdings muss ich zugeben, dass allein die Erwähnung eines solchen Vertrags nicht nur bei Sandra für Klarheit gesorgt hat. Wie ich schon sagte: Ich umgehe das Ganze lieber von vornherein.«

»Und die Liebe?« Simon lächelte versonnen. »Vor der Liebe kann doch niemand weglaufen.«

»Ich werde es gar nicht erst dazu kommen lassen. Das funktioniert wunderbar, glaub mir.«

»Im Grunde bist du ein Romantiker, Leonard, das ist es doch, oder?« Rena zwinkerte ihm zu. »Allerdings solltest du nicht alle Frauen über einen Kamm scheren, das ist nicht fair.«

»Das mag sein, doch es ist heutzutage nicht leicht, den Glauben an die große Liebe nicht zu verlieren. Hinzu kommt noch, dass ich mir nur die Ehe meiner Eltern …« Er brach ab und sah Melina an. »Entschuldige bitte diese Indiskretion.« Er räusperte sich. »Ich habe für einen Moment vergessen, dass du meine Mitarbeiterin bist.«

Melina nickte. Sie verstand, was Leonard damit ausdrücken wollte, doch Simon ergriff in seiner ruhigen und ausgleichenden Art ihre Partei: »Ich denke, Melina hat heute Abend zur Genüge bewiesen, wie loyal sie dir gegenüber ist, meinst du nicht?«

Rena neigte sich ihrem Bruder zu und legte ihre Hand auf seine. »Großvater hat immer gesagt, du wärst der lebende Beweis dafür, dass es noch gute Menschen auf der Welt gibt. Wie recht er damit doch hatte.« Sie sah noch einmal Leonard an. »Apropos Großvater, wie geht es eigentlich deiner Oma, Leo?«

»Oh, es geht ihr wirklich gut. Sie lebt ja nun schon seit fast einem Jahr in einem Heim mitten in der Heide und fühlt sich dort sichtlich wohl. Wir, also Emily und ich, haben lange nach einem passenden Platz für sie gesucht. Das Heim ist schön gelegen und in einem kleinen Schloss untergebracht. Sie wird dort sehr gut und rund um die Uhr betreut.« Wieder sah er Melina an. »Meine Großmutter ist dement und kann deshalb nicht mehr allein leben«, erklärte er.

»Das tut mir leid«, sagte Melina voller Mitgefühl. Sie wusste schließlich aus eigener Erfahrung, wie sehr man an seiner Großmutter hängen konnte.

Sein Lächeln wirkte etwas wehmütig. »Den Lauf der Zeit kann niemand ändern. Wie gesagt geht es der alten Dame hervorragend. Sie lebt in ihrer eigenen Welt und leidet nicht. Im Gegenteil, sie ist sogar meistens ziemlich fröhlich und gut gelaunt. Bei Demenzkranken kommt das nicht häufig vor, deshalb hoffen wir alle, dass dieser Zustand noch möglichst lange anhält. Es gibt nach wie vor so viele Momente, in denen man ihr die Demenz überhaupt nicht anmerkt und man sich völlig normal mit ihr unterhalten kann. Ich empfinde das jedes Mal als Geschenk.« Melina rührte es sehr, wie Leonard von seiner Großmutter sprach, und sie musste schlucken.

»Dann versuche doch mal, sie von uns zu grüßen, wenn du wieder einmal bei ihr bist. Vielleicht erinnert sie sich ja noch an uns. Mein Großvater hat ab und zu von ihr gesprochen, und das stets sehr liebevoll«, sagte Simon. »Er mochte sie sehr, das hat er immer wieder betont.«

»Ich grüße sie gerne von euch«, antwortete Leonard.

»Sie haben sich also gut gekannt?«, hakte Melina noch einmal nach und hoffte, dass niemand ihre Frage als aufdringlich empfand.

Doch Leonards Miene blieb offen und freundlich. Er nickte. »Soweit ich weiß, waren unsere Opas in ihrer Jugend eng befreundet, und ich nehme an, dass ihre Freundschaft dann später auch meine Oma mit einbezog. Sie haben ja schließlich einige Jahre zusammen in der Firma gearbeitet. Zumindest so lange, bis euer Großvater hierher nach Brasilien ging, um die Plantagen zu leiten.«

»Ja, unser Opa erzählte oft, wie sie nach dem Krieg gemeinsam die Kaffeerösterei und später dann auch den Versandhandel wiederaufgebaut haben«, sagte Simon. »Er war sehr stolz darauf, das hat man gemerkt. Joachim und Michael waren fast gleichaltrig, oder?«

»Stimmt, mein Opa war nur knapp ein Jahr älter als Michael«, antwortete Leonard. »Mir ist übrigens irgendwann mal aufgefallen, dass unsere Urgroßmütter, Amalia und Helene, erst sehr spät Mütter wurden«, warf Rena ein. »Da waren sie beide schon einige Jahre verheiratet. Das ist doch recht ungewöhnlich für die Zeit damals. Die Schwestern haben 1897 geheiratet, und damals wurden die Frauen normalerweise recht bald nach der Hochzeit schwanger. Amalia bekam ihre Jungs jedoch erst 1913 und 1914, und unser Opa wurde sogar erst 1915, mitten im Ersten Weltkrieg, geboren.«

»Das ist wirklich ungewöhnlich«, sagte Melina. Sie fand das Gespräch äußerst interessant. »Heute würde wohl kaum ein Hahn danach krähen, und auch in den Achtzigern haben sich schon die wenigsten darüber gewundert. Meine Mutter zum Beispiel hat mich erst bekommen, als sie schon über vierzig war.«

»Ach, sieh mal an«, Rena lachte kurz auf. »Unsere Mutter war ebenfalls schon über vierzig, als Simon und ich geboren wurden. Irgendwie sind wir also allesamt die Nachkommen von Spätgebärenden. Kann also nicht so schlecht gewesen sein, wenn man uns so ansieht, oder?« Sie lachte kurz auf, schlug sich dann leicht auf die Oberschenkel und erhob sich. »So, meine Lieben, ich will ja kein Spielverderber sein, aber Simon und ich müssen morgen früh raus, und es ist schon weit nach Mitternacht.«

»Meine Schwester hat leider recht«, stimmte Simon zu und tat es ihr gleich. »Nein, bleibt ihr ruhig noch sitzen, wenn ihr mögt«, sagte er, als sich Leonard und Melina ebenfalls erheben wollten. »Da ist noch mindestens ein Glas für jeden von euch in der Flasche. Lasst den guten Tropfen bloß nicht umkommen, nur weil eure Gastgeber notorische Frühaufsteher sind. Schließlich könnt ihr beide ausschlafen, das solltet ihr ausnutzen.«

»Genau, nehmt euch ruhig noch die Zeit, um auszutrinken.

Und Leo, wir können uns gerne gegen Mittag zusammensetzen, wenn es dir recht ist. Dann bringe ich dich geschäftlich auf den neuesten Stand. Für euer Frühstück findet ihr alles in der Küche. Du kennst dich ja aus.«

Leonard warf Melina einen fragenden Blick zu, und nach kurzem Zögern nickte sie.

»Das gibt mir die Gelegenheit, mich noch einmal in aller Form bei dir für deinen Einsatz zu bedanken.« Leonard schenkte ihnen ein und hob sein Glas, nachdem Rena und Simon gegangen waren. »Du hast der Firma heute einen großen Dienst erwiesen.«

»Nun ist aber gut«, winkte Melina ab.

»Alles, was du gesagt hast, entsprach der Wahrheit, und die Argumente lagen eigentlich auf dem Tisch. Dennoch bekamen die Dinge einen völlig anderen Anstrich, als du sie so direkt formuliert und laut ausgesprochen hast. Das haben wir wohl alle gespürt.« Er stellte sein Glas ab. »Ich denke sogar, du hast mit deinen Ausführungen nicht nur Walter Lorenz wachgerüttelt. Du hast uns allen in Erinnerung gerufen, welch große Verantwortung wir auch für dieses Land und seine Menschen haben. Heute und in Zukunft.«

»Ich danke dir für dein Vertrauen und deine Wertschätzung. Anfangs war ich nicht ganz so sicher, ob du mit meinem Vorstoß einverstanden sein würdest.« Sie musste lachen.

»Zum Glück haben dich deine Bedenken nicht abgehalten. Ich gebe ehrlich zu, dass ich vielleicht ein bisschen überrascht war, als du losgelegt hast. Das Gespräch zwischen Walter und mir war an diesem Punkt im Grunde festgefahren, und ich habe mir ernsthafte Sorgen gemacht.« Er lachte kurz auf.

»Doch dann konnte ich dir einfach nur noch gespannt zuhören. Du warst großartig.«

»Noch etwas anderes, Leonard. Ich möchte dir versichern, dass du dir keine Sorgen machen musst, weil ich heute die Gespräche über deine Familie und dein eigenes, ähm … Privatleben mitbekommen habe. Wenn du mir etwas erzählst, werde ich es stets als Vertrauensbeweis werten und auch so behandeln. Schon bei unserem ersten Treffen hast du absolute Loyalität und Vertrauen als Voraussetzung für unsere Zusammenarbeit eingefordert, und ich habe dir beides zugesagt. Das solltest du nicht vergessen.«

»Ich danke dir.« Er griff nach der Flasche und verteilte den Rest des Champagners auf ihre Gläser. Noch einmal prosteten sie sich zu, und danach schwiegen sie eine Weile. Doch Melina fühlte sich nicht unwohl dabei, und auch Leonard wirkte entspannt. Vorhin, als sie zurückgekommen waren, hatte Rena ein Radio angestellt, das auf der Kommode gegenüber der Sitzgruppe stand. Die Musik war angenehm und leise; bei den Unterhaltungen hatte sie nicht gestört, doch jetzt, in der Stille, war sie präsenter. Melina musste sich eingestehen, wie sehr sie diesen Moment genoss.

»Weißt du«, sagte Leonard leise. »Eigentlich ist es schade, dass wir heute Abend nicht getanzt haben.« Er erhob sich und reichte ihr seine Hand. »Dieses wunderschöne Kleid verlangt geradezu nach einem Tanz.«

Melinas Herz klopfte wild, als sie ihre Hand in seine legte und ebenfalls aufstand. »Du möchtest tanzen? Jetzt?« Irgendwo in ihrem Kopf läutete ganz leise eine Alarmglocke, doch ihr Herzschlag war drängender und lauter.

»Ja«, sagte er schlicht.

Bedächtig zog er sie ein Stück von der Sesselgruppe weg, legte einen Arm um sie und begann, sich langsam mit ihr im Takt der Musik zu bewegen. Die Wärme seiner Hand durchdrang den dünnen Stoff ihres Kleids. Seine körperliche Nähe, die sexuelle Energie und Hitze, die von ihm ausging, war fast zu viel für ihre Nerven. Sie zitterte leicht, weil jede ihrer Fasern unter Strom stand, und sie war sicher, dass er es spürte. Leonard zog sie näher und bewegte sich noch langsamer. Mit der Hand, die auf seinem Oberarm lag, spürte sie seine angespannten Muskeln. Sein Griff wurde fester und sein Atem eine Spur schneller und lauter. Um nicht ganz und gar den Halt zu verlieren, schloss sie für einen Moment die Augen, doch das machte es nicht besser. Sachte bewegte er den Kopf, und sein heißer Atem strich über ihre Schläfen.

Wenn sie jetzt nichts tat, würde er sie küssen, dann gäbe es vielleicht kein Zurück mehr. Sie erschrak, als ihr allein bei der Vorstellung völlig unvermittelt ein leises Stöhnen entschlüpfte. Abrupt hielt sie in ihrer Bewegung inne, löste sich von ihm und trat einen Schritt zurück.

»Wir haben ein Problem, oder?«, fragte er leise.

Atemlos nickte sie, zu mehr war sie nicht in der Lage.

»Melina«, flüsterte er und wollte nach ihr greifen, doch sie wich erneut zurück.

»Das … geht nicht«, brachte sie endlich hervor.

»Melina. Wir …«

»Nein.« Hastig wandte sie sich ab und rannte, so schnell das lange Kleid und ihre hochhackigen Sandaletten es zuließen, von ihm fort. Doch auch als sie oben in ihrem Zimmer war und die Tür hinter sich abgeschlossen hatte, konnte sie keinen klaren Gedanken fassen. Noch Minuten später saß sie völlig reglos auf dem Bett. Sie hörte seine Schritte auf der Treppe, wusste genau, dass er vor ihrer Tür stehen blieb, und mochte kaum atmen vor lauter Anspannung, doch dann ging er weiter, und kurz darauf vernahm sie das leise Geräusch seiner Zimmertür.

Natürlich fiel es ihr nicht leicht, Leonard am nächsten Morgen zu begegnen, geschweige denn ihm in die Augen zu sehen, doch die Situation ließ weder eine weitere überstürzte Flucht noch Ignoranz zu. Er saß bereits vor einem Becher Kaffee, als sie nach unten in die Küche kam.

»Kaffee ist fertig«, sagte er und deutete auf eine Thermoskanne, die vor ihm auf dem Tisch stand. Sein Lächeln wirkte nicht ganz so selbstsicher wie üblich.

»Danke.« Sie nahm sich einen der bunten Keramikbecher, die an einer Holzleiste an der Wand hingen, setzte sich zu ihm und schenkte sich Kaffee ein.

»Keinen Hunger?«, fragte er.

»Noch nicht. Vielleicht später.«

»Ich denke, wir sollten darüber reden, Melina.«

Sie schaffte es, ihn anzusehen. Er sah müde aus. »Können wir … nicht einfach vergessen, was gestern Abend passiert ist?« Sie räusperte sich. »Ich meine, der Abend bei Walter Lorenz war aufregend, wir waren hinterher sehr aufgedreht … Und dann … der Champagner …« Vor lauter Verlegenheit griff sie nach ihrem Kaffee und nahm einen großen Schluck. Er war sehr heiß, und sie verbrannte sich die Zunge.

»Wenn du glaubst, dass wir das einfach vergessen können, machst du dir was vor«, stellte er lapidar fest. »Außerdem weißt du so gut wie ich, dass das nicht erst gestern Abend angefangen hat.«

»Wir sind beide erwachsen. Wir sollten das doch hinbekommen, oder?«

»Willst du das wirklich?«

Darauf konnte sie ihm unmöglich eine ehrliche Antwort geben, also schwenkte sie um. »Möchtest du, dass ich gehe? Ich meine, willst du, dass ich die Firma verlasse, Leonard?«

»Nein, das ist das Letzte, was ich will.«

»Ich bin noch immer in der Probezeit, wir könnten …«

»Das ist keine Option.« Er erhob sich, verschränkte schnaufend seine Arme vor der Brust und ging hinüber zum Fenster. Mit dem Rücken zu ihr fuhr er fort: »Deine Probezeit ist ohnehin gestern vorzeitig beendet worden. Das hätte ich dir in Hamburg so oder so mitgeteilt. Du bist jetzt fest angestellt. Was ich im Auto gesagt habe, war mein voller Ernst: Ich werde dich nicht mehr gehen lassen. Jedenfalls nicht freiwillig. Wenn du mich … also die Firma wieder verlassen willst, kann ich natürlich nichts dagegen tun. Es würde mir aber überhaupt nicht gefallen.« Er wandte sich wieder zu ihr um. Seine Miene war ernst. »Lass es mich so sagen: Das Problem ist, dass ich mich zu dir hingezogen fühle. Sehr sogar. Das ist übrigens noch äußerst milde ausgedrückt, denn ich kann kaum noch an etwas anderes denken. Und wenn ich das gestern Abend richtig interpretiert habe, beruht dieses … Gefühl auf Gegenseitigkeit.« Erst nach einem tiefen Atemzug sprach er weiter: »Okay, all das ist verdammt schwierig, und zum ersten Mal in meinem

Leben fühle ich mich irgendwie ein wenig überfordert mit einer Situation. Wir arbeiten jeden Tag zusammen und … Ach, was rede ich, du weißt schon, was ich meine.«

»Ja, ich weiß genau, was du meinst.«

»Im Gegensatz zu dir glaube ich nicht, dass wir das einfach so ignorieren können«, setzte er nach.

»Vielleicht geht das irgendwann vorbei, und dann ist alles gut«, sagte sie, merkte aber selbst, wie hilflos und unsicher das klang. »Stell dir vor, wir werden eines Tages aufwachen und können einfach nur gute Kollegen, vielleicht sogar Freunde sein«, fügte sie schnell hinzu, aber das machte es auch nicht besser.

»Dein Wort in Gottes Ohr«, erwiderte er und lachte trocken auf. »Eines Morgens werden wir aufwachen und nebeneinander in einem Bett liegen, Melina. So sehe ich das.«

»Wenn du auf diese Weise an die Sache herangehst, kann es ja nichts werden.«

Sie mussten beide lachen.

»Es tut gut, dich lachen zu sehen.« Leonard kam zurück zum Tisch und setzte sich wieder.

»Dito.«

»Okay, bei alldem ist mir eins wichtig.« Er griff nach ihrer Hand, umschloss sie mit seiner. »Der vergangene Abend darf keinerlei Auswirkungen auf unsere Arbeit haben, dafür müssen wir beide sorgen, egal, wo das zwischen uns noch hinläuft. Bisher habe ich noch mit niemandem so großartig zusammengearbeitet, und auch an dieser Stelle habe ich das Gefühl, dass du es genauso siehst wie ich.

»Oh ja, ich liebe meine Arbeit.«

Er nickte. »Das spüre ich jeden Tag. Und ich möchte, dass du weißt, dass ich deine Wünsche, egal ob beruflich oder privat, zu jeder Zeit akzeptieren und respektieren werde. Seit ich dich kenne, hast du mir schon häufig bewiesen, was für eine kluge Frau du bist. Wenn du also glaubst, wir kriegen das hin, dann werde ich mein Bestes geben.«

Er hatte keine Ahnung, dass sie sich in diesem Moment noch viel mehr in ihn verliebte. Ihr wurde warm ums Herz, und am liebsten hätte sie ihn geküsst.

Er räusperte sich und ließ ihre Hand los. »Aber wenn ich das schaffen soll, schau mich bitte nicht mehr so an, wie du es jetzt gerade tust.«

12. Kapitel

Hamburg, drei Wochen später, an einem Freitag

Der Brief lag auf ihrem Schreibtisch. Nicht am rechten oberen Rand bei der normalen Post, sondern mitten drauf. Er war nicht frankiert, aber es stand ihr Name auf dem Umschlag, und sie erkannte auf Anhieb die Handschrift von Conrad Magnussen, die ihr inzwischen ebenso vertraut war wie die von Leonard oder Tessa. Sie öffnete den Umschlag und zog eine weiße, ebenfalls handgeschriebene Karte aus festem Büttenpapier heraus. Es war eine persönlich verfasste Einladung zu seinem vierundsechzigsten Geburtstag, der in zwei Wochen auf dem Familiensitz Lindenhain stattfinden würde. Er würde sich über ihr Kommen sehr freuen … Ein Abendessen im engsten Kreis, wie es hieß, und Conrad bat eindringlich darum, auf Geschenke zu verzichten. *Im engsten Kreis …*

Eine Weile saß Melina einfach nur da und starrte auf die Karte, deshalb bemerkte sie nicht sofort, dass Leonard in der offenen Verbindungstür zu seinem Büro stand. Als sie hochsah und ihn endlich wahrnahm, lächelte er.

»Gratuliere, diese Einladung erlaubt dir, die geheiligten Hallen von Lindenhain zu betreten und endlich die Queen und das restliche Gefolge kennenzulernen«, erklärte er feixend.

Es war ein Scherz, bestätigte jedoch erneut ihren Verdacht, dass er nicht das beste Verhältnis zu seiner Mutter hatte.

»Ich freue mich über die Einladung deines Vaters«, gab sie zurück.

»Das sollst du ja auch. Seit wann verstehst du meinen Humor nicht mehr?« Er zwinkerte ihr zu und kam näher, bis er auf der anderen Seite ihres Schreibtisches stand. »Ich hole dich an dem Tag ab, dann können wir zusammen fahren.«

Sie nickte. »Das ist nett von dir. Ich kann mir später auch ein Taxi nehmen, falls du dort übernachten möchtest.«

»Möchte ich nicht.«

»Okay.«

»Sag schon, was du zu sagen hast.« Leonard zog eine Augenbraue in die Höhe. »Ich sehe doch, dass dir etwas auf der Zunge brennt.«

Einen Moment zögerte sie noch, doch dann nahm sie all ihren Mut zusammen: »Mir ist schon ein- oder zweimal aufgefallen, dass du nicht unbedingt liebevoll von deiner Mutter sprichst.«

»Und?«

Sie erschrak ein wenig über seine knappe und hörbar schroffe Reaktion. Sein Gesichtsausdruck wirkte plötzlich hart.

»Verzeih, das geht mich wirklich nichts an. Entschuldige, ich hätte nicht nachfragen dürfen.«

Seine Miene entspannte sich wieder. »Nein, mir tut es leid. Du brauchst dich nicht zu entschuldigen. Ich war nur kurz … überrascht.« Er zog sich ihren Besucherstuhl heran und setzte sich. »Ich habe kein besonders gutes Verhältnis zu meiner Mutter.«

»Was du nicht sagst.« Sie lächelte. »Nein, im Ernst, Leonard, du musst mir nichts erklären.«

»Ich kann mir schon vorstellen, dass das für dich kaum nachvollziehbar ist. Du hast mal erwähnt, dass du bei deiner Großmutter aufgewachsen bist.«

»Richtig. Meine Mutter ist gestorben, als ich noch ganz klein war. Zu klein, um noch eigene Erinnerungen an sie zu haben. Dennoch habe ich mich mein Leben lang nach ihr gesehnt.« Ihr entfuhr ein kleiner Seufzer. »Versteh mich nicht falsch, meine Oma war toll, und sie hat mich voller Liebe aufgezogen. Trotzdem waren die jungen Mütter meiner Schulfreundinnen für mich immer so was wie … Heilige. Ich weiß, das klingt ein bisschen verdreht.«

»Finde ich gar nicht. Aus deiner Sicht ist das absolut nachvollziehbar.« Seine Miene verdüsterte sich wieder etwas. »Allerdings passt meine Mutter ganz und gar nicht in dein verklärtes Mütterbild. Leider.«

»Das tut mir leid.«

Er winkte ab. »Meine Mutter ist der Grund, warum ich nicht mehr auf Lindenhain lebe, obwohl dort für uns alle mehr als genug Platz wäre. Wahrscheinlich wäre das Haus sogar der ideale Ort für eine richtig glückliche Familie. Nur sind wir leider dank Elisabeth nicht glücklich.« Melina wusste nicht so recht, wie sie darauf reagieren sollte, deshalb wartete sie wortlos ab, bis er weitersprach: »Sie war nie eine gute Mutter, Melina. Meist überließ sie uns der Obhut von irgendwelchen Kindermädchen, mit denen sie sich immer nach kürzester Zeit überwarf, damit wir uns ja nicht zu sehr an eine von ihnen gewöhnen konnten. Elisabeth liebt vor allem sich selbst. Sie ist eigennützig, selbstgerecht, oft sogar extrem lieblos, vor allem aber untreu.«

»Oh.«

»Solange ich denken kann, hatte sie immer wieder Liebhaber.«

Melina musste schlucken. »Woher …?«

»Sie hat selten ein großes Geheimnis daraus gemacht. Meine Mutter ist einfach bis in die kleinste Faser ihres Seins von sich und ihrer eigenen Wichtigkeit überzeugt. Man könnte sagen, sie fühlt sich unangreifbar. Man kann das nur schwer in Worte fassen.« Er beugte sich vor und fuhr sich mit beiden Händen durchs Haar. »Elisabeth ist das einzige Kind meiner Großeltern und damit auch die Alleinerbin des Unternehmens. Mein Großvater hat sie über alle Maßen verwöhnt. Bis zu seinem Tod war sie seine geliebte Prinzessin. Er hat sie auf ein Podest gestellt, von dem sie niemals wieder heruntergekommen ist.«

»Und deine Oma? Du hast sehr liebevoll von ihr gesprochen, als wir in Brasilien waren.«

»Ja, sie ist auch großartig. Eine tolle Frau. Sie hat mir einmal erzählt, dass sie gegenüber ihrem Ehemann chancenlos war, sobald es um ihre Tochter ging. Ich kann mir auch gut vorstellen, dass Elisabeth ihre Eltern schon früh gegeneinander ausgespielt hat. Zumindest würde das zu ihr passen.«

»Moment mal, hab ich das jetzt richtig verstanden? Die Firma gehört deiner Mutter allein?«

»So ist es. Sie setzt zwar kaum noch einen Fuß in dieses Gebäude, und es war mein Vater, der das Unternehmen noch größer gemacht hat, trotzdem besitzt er kaum eigene Anteile. Und natürlich gibt es einen Ehevertrag.«

»Deshalb hat dein Vater sich also niemals getrennt? Mit einer Scheidung würde er auch sein Lebenswerk verlieren.«

»So ist es nicht ganz. Er führt das Unternehmen seit über dreißig Jahren. Es gäbe da schon juristische Möglichkeiten. Ihn völlig aus der Firma zu drängen wäre für sie sicherlich nicht ganz so einfach, und wahrscheinlich würde sie das auch gar nicht wollen. Es ist viel zu angenehm für sie, das Unternehmen in seinen sicheren Händen zu wissen. Nein, Melina, der eigentliche Grund, warum mein Vater sich noch nicht hat scheiden lassen, ist viel tragischer. Auch wenn es fast schon absurd klingt: Er wartet noch immer darauf, dass sie sich ändert. Egal, was meine Mutter ihm in all den Jahren auch angetan hat, er scheint sie noch immer zu lieben.«

Einige Stunden später saß Leonard in seinem Lieblingssessel vor dem Fernseher. Er sah die *Tagesschau*, doch seine Gedanken schweiften immer wieder ab, und es fiel ihm schwer, dem Nachrichtensprecher zuzuhören. Schließlich griff er seufzend nach der Fernbedienung und schaltete das Gerät ab.

Nein, er bereute es nicht, mit Melina über seine Mutter gesprochen zu haben. Wenn man mal von seiner Schwester absah, war Melina inzwischen zu seiner engsten Vertrauten geworden, und Emily sah er ohnehin immer seltener, seit sie verlobt war. Natürlich war da auch noch die andere Sache. Er begehrte Melina nach wie vor. Vielleicht hatte er noch keine Frau so sehr gewollt wie sie, doch es war ihm viel zu wichtig, sie nicht zu verlieren. Nur deshalb arbeitete er jeden Tag hart an seiner Selbstbeherrschung. Dennoch, schon nach dieser kurzen Zeit war seine Beziehung zu Melina weit entfernt von einem normalen Verhältnis zwischen einem Arbeitgeber und seiner Angestellten. Besonders seit ihrer gemeinsamen Reise nach Brasilien musste er sich selbst oft daran erinnern, dass er sie erst seit wenigen Monaten kannte. Auch wenn es sich für ihn eher nach vielen Jahren anfühlte, weil sie ihm inzwischen so vertraut war. Normalerweise war er kein Mensch, der sich anderen gegenüber schnell öffnete, doch bei ihr war es einfach so passiert. Wie schon so oft hatte es ihm gutgetan, mit ihr zu sprechen. Trotzdem machte er sich plötzlich Sorgen um ihr Seelenheil. Schließlich würde sie schon bald den Rest seiner Familie persönlich kennenlernen. Auch wenn er sie inzwischen gut kannte und sie für eine außergewöhnlich kluge und charakterstarke Frau hielt, vielleicht hatte er ihr mit seiner Offenheit doch zu viel zugemutet.

Ich sollte sie anrufen, dachte er schließlich. »Nur zur Sicherheit.« Da hatte er auch schon den Hörer in der Hand und wählte ihre Nummer. Es klingelte nur zweimal, bis sie sich meldete.

»Leonard hier.«

Einen Augenblick lang blieb es still in der Leitung. »Oh, hallo! Was gibt's denn?«

»Ich wollte fragen …« Er musste Luft holen. »Hast du Lust auf ein Glas Wein?«

Verdammt! Das war es eigentlich nicht gewesen, was er sie fragen wollte. Oder vielleicht doch? Wieder blieb es sekundenlang still. »Melina?«

»Magst du herkommen?«, fragte sie leise.

Allein mit ihr in ihrer Wohnung? Auf gar keinen Fall! Es fiel ihm schwer zu glauben, dass sie ihn das tatsächlich gefragt hatte. »Ja.«

»Gut.«

»Ich bin in zehn …« Er schaute an sich herunter, weil ihm einfiel, dass er nur Boxershorts und ein T-Shirt trug. »Sagen wir besser in fünfzehn Minuten bei dir, okay?«

»Okay.«

»Den Wein bringe *ich* mit.« Schnell legte er auf, bevor sie es sich noch anders überlegen konnte. »Na bravo, du triebgesteuerter Vollidiot!«, beschimpfte er sich selbst, doch dann sprang er in Windeseile unter die Dusche, zog sich hastig an und griff in der Küche nach einer Flasche Rotwein.

Ihr Lächeln wirkte unsicher, als sie ihm die Tür öffnete. Er kannte sie inzwischen gut genug, um das einschätzen zu können.

»Hallo«, begrüßte sie ihn und ließ ihn herein. Wenn er sich nicht täuschte, klang sie sogar ein bisschen atemlos.

»Wie versprochen«, sagte er und hob die Hand, in der er die Weinflasche hielt.

»Super.« Sie lächelte, schloss die Tür und ging durch den kleinen Flur voran in ihr Wohnzimmer.

Er sah sich um. »Du hast es sehr schön hier.«

»Danke.«

»Der Sessel ist toll. Ein auffälliges Stück.«

»Ja, der ist von meiner Oma. Ich mag ihn sehr.«

»Hm.« Sie war ungeschminkt, trug lässige Kleidung von der Sorte, die man nur anzog, wenn man es sich zu Hause gemütlich macht: eine blaue Schlupfhose und ein hellblaues T-Shirt mit Blumenmuster. Ihr Haar war offen und noch feucht, die Füße nackt. Der sanfte Duft von Vanille umwehte sie. Höchstwahrscheinlich hatte auch sie gerade geduscht. Sie sah einfach bezaubernd aus.

»Du starrst mich an«, sagte sie und lachte.

»Oh, tut mir leid.« Er musste sich räuspern.

»Mir tut es leid. Ich weiß, ich sehe ein bisschen … nun ja, salopp aus. Ich kam gerade aus der Dusche, als du anriefst. Ehrlich gesagt konnte ich mich nicht dazu aufraffen, mich noch einmal richtig anzuziehen.«

»Du bist hier zu Hause, und du siehst wirklich süß aus.«

»Danke.« Sie deutete auf die Couchecke. »Setz dich doch. Ich hole uns Gläser. Der Weinöffner liegt auf dem Tisch.« Er entschied sich für einen der beiden Sessel und beobachtete, wie sie ihm den Rücken zuwandte und aus einem Schrank zwei langstielige Weingläser nahm. »Möchtest du etwas knabbern?«, wollte sie wissen.

Ihre Frage war ihm eindeutig zu zweideutig, aber so wie er seinen derzeitigen Zustand und ihre Miene einschätzte, bemerkte nur er das.

Reiß dich zusammen! Das ist ja pubertär.

Er schüttelte den Kopf. »Danke.« Mit den Gläsern in den Händen kam sie zu ihm, stellte sie ab und setzte sich links von ihm aufs Sofa. Er öffnete die Flasche und schenkte ein.

»Mhm, der ist gut«, lobte sie den Wein, nachdem sie sich zugeprostet und einen Schluck getrunken hatten.

»Ja, mein Lieblingswein. Er …«

»Du hast dir Sorgen gemacht, oder?«, unterbrach sie ihn. »Deshalb bist du hier.«

»Sorgen?« Einen Moment lang wusste er nicht, worauf sie anspielte.

»So weit kann ich dich schon einschätzen, Leonard. Du hast dir sicher Gedanken darüber gemacht, wie ich mit den Dingen zurechtkomme, die du mir heute Vormittag über deine Familie, insbesondere über deine Mutter erzählt hast.«

»Du scheinst mich wirklich schon sehr gut zu kennen.« Er schenkte ihr ein dankbares Lächeln. »Ja, ich habe mir Sorgen gemacht.«

»Das musst du nicht. Wirklich nicht. Es ist in Ordnung, und ich würde mir niemals etwas anmerken lassen oder gar irgendjemandem davon erzählen. Ich verspreche es dir.« Sie lehnte sich zurück und zog ihre Beine unter sich. »Bereust du, mir all das erzählt zu haben?«

»Nein, das tue ich nicht.« Da er das Glas noch in der Hand hielt, nahm er einen weiteren Schluck, bevor er es auf dem Tisch abstellte. »Mir hat es sogar gutgetan, mit dir darüber zu sprechen. Ich ertappe mich allerdings immer häufiger bei der Frage, warum wir überhaupt derartige Gespräche führen. Verstehst du den feinen Unterschied? Und ich spiele jetzt nicht etwa auf die sexuelle Spannung zwischen uns an. Die steht auf einem ganz anderen Blatt. Ich meine jetzt wirklich nur die Vertrautheit und die Offenheit, die zwischen uns herrscht. Ich finde das zumindest irritierend.«

Eine Weile sah sie ihn wortlos an, doch dann nickte sie. »Es ist, wie es ist. Ich bin deine Angestellte und du mein Chef.«

»So ist es.« Er konnte sehen, wie es hinter ihrer Stirn arbeitete.

»Wir schwimmen eben irgendwie auf einer Welle, wie man so schön sagt. Ich glaube nicht, dass wir daran etwas ändern können«, sagte sie schließlich.

»Da bin ich ganz deiner Meinung, und ich will es ja auch gar nicht anders. Es ist halt ein bisschen ungewöhnlich, und im Grunde zählt eigentlich nur, dass wir uns beide gut fühlen und unsere Arbeit nicht darunter leidet.«

»Wie gesagt, ich könnte auch ...«

Leonard unterbrach sie sofort. »Wir waren uns doch einig, dass das keine Option für uns ist. Das hatten wir schon geklärt.«

»Siehst du, du weißt sogar schon vorher, was ich sagen will.« Sie lachte.

»Das war in diesem Fall auch nicht schwer.«

Für einen Moment trat Stille ein. Um irgendwas zu tun, griff er erneut nach seinem Glas, trank einen kleinen Schluck und behielt es in den Händen. Sie tat es ihm nach und sah ihn dann wortlos mit ihren großen Augen an.

Eine Welle des Verlangens überschwemmte ihn. Vertraut und dennoch völlig neu. Er war mit ihr allein in ihrer Wohnung, das änderte alles, jedes Gefühl.

»Ich sollte besser wieder gehen«, sagte er hastig, stellte sein Glas ab und erhob sich.

Auch sie stand auf. Ihr Blick wirkte zunächst verwirrt, doch dann veränderte sich der Ausdruck auf ihrem Gesicht. Plötzlich sah sie ihn sehr liebevoll und vielleicht sogar ein wenig nachsichtig an. Es war ein intensiver Blick, fast schon intim.

Wieder musste er sich von ihrem Anblick losreißen und ging mit schnellen Schritten in den Flur. Er hörte jedoch, dass sie ihm folgte.

»Tut mir leid. Das hier ist anders als im Büro«, versuchte er sich an einer Erklärung und drehte sich noch einmal zu ihr um. »Ich halte das nicht aus.«

Langsam hob sie ihre Hand und legte sie sanft auf seine Wange.

»Ach Leonard«, flüsterte sie.

Ihre zärtliche Berührung gab seiner Selbstbeherrschung endgültig den Rest. Er riss sie regelrecht an sich, hielt sie einen Moment, reglos, nach Atem ringend, doch dann lag sein Mund auf ihren wundervoll weichen Lippen. Er hörte ihr leises Seufzen und sein eigenes erleichtertes Keuchen, spürte die Nachgiebigkeit ihres Körpers und ihre Arme, die sie um seinen Nacken legte. Sie stöhnte auf und presste sich an ihn. Als seine Zunge auf ihre traf, setzte der kümmerliche Rest seines Verstandes aus.

Sein ungestümer Kuss und die hitzigen Berührungen seiner Hände entfachten pures Verlangen in Melina. Seit Monaten hatte sie sich danach gesehnt, doch sie begriff erst in dieser Sekunde, wie sehr. Es war das erste Mal, dass ein Kuss sie derartig aus dem Gleichgewicht brachte. Er löste seine Lippen von ihren.

Wortlos griff sie nach seinem Handgelenk und zog ihn mit sich ins Schlafzimmer. Er sah sie mit glühendem Blick an. »Das ist wahrscheinlich ein Fehler.«

»Ja, vermutlich.« Sie erkannte ihre Stimme kaum.

Sein Atem war laut und schnell, so wie ihr eigener. Hastig warfen sie ihre Kleider von sich. Im nächsten Moment lag er auch schon halb auf ihr und küsste sie erneut mit einer wilden Verzweiflung, die ihr den Atem raubte und ihre Leidenschaft ins Unermessliche trieb. Sie umfing seinen herrlichen Körper mit Armen und Beinen. Instinktiv wusste dieser wundervolle

Mann genau, was ihr gefiel, was sie brauchte. Seine Küsse ließen sich mit keinen anderen vergleichen.

Doch dann hielt er plötzlich inne, sah sie an und streichelte sanft ihre Wangen. Ganz still und mit eindringlichem Blick. Sie erkannte die Bewunderung, vielleicht auch noch viel mehr in seinen herrlichen Augen. Sie nickte, wollte ihm noch einmal Gewissheit geben, dass sie ihn wirklich und wahrhaftig wollte.

»Komm zu mir«, bettelte sie, als seine heiße Erektion ihre Schenkel berührte und sie vor lauter Begierde nicht mehr ein noch aus wusste. »Komm zu mir, Leonard!« Mit seinen Händen umfing er ihre Wangen, bevor er in sie eindrang, füllte sie aus, Stoß um Stoß, und sie zerfloss fast vor Wonne und unbändiger Lust.

»Das ist ... Oh Gott. Melina!«, hörte sie ihn stöhnen, doch da trieben die Wellen sie schon fort. Weit weg von jeder Realität.

Als sie langsam erwachte, öffnete sie für einen kurzen Moment die Augen. Da sie Leonard neben sich schlafen sah, glaubte sie zunächst, noch zu träumen, und schloss sie wieder. Doch dann fiel ihr der gestrige Abend wieder ein.

Sie hatte die unglaublichste Nacht ihres Lebens mit Leonard verbracht.

Einige Stellen ihres Körpers fühlten sich taub an, aber diesen Preis nahm sie gern in Kauf, wie sie belustigt feststellte. Sie war glücklich, auf eine ihr bisher unbekannte Art in ihren Grundfesten erschüttert, aber glücklich.

Um ihn besser betrachten zu können, stützte sie sich auf

einen Ellenbogen. Selbst im Schlaf sah er unglaublich gut aus, so viel stand fest. Innerlich schmolz sie dahin.

»Da haben wir es«, murmelte er plötzlich, ohne seine Augen zu öffnen. »Ich hab es dir vorausgesagt.«

Sie erschrak kurz, dann entschlüpfte ihr ein ziemlich albernes Kichern. »Guten Morgen.«

»Guten Morgen, du Schöne, Wilde, Unersättliche.« Er öffnete seine Lider und schaute sie mit diesen unglaublich blauen Augen an. »Ich hab dir gesagt, eines Morgens werden wir zusammen in einem Bett aufwachen.« Sein Grinsen und die verwuschelten dunklen Haare ließen ihn jungenhaft aussehen. »Nur fürs Protokoll: Es ist sogar *dein* Bett, in dem wir liegen.«

»Okay, du hattest recht.« Ihr war noch immer zum Kichern zumute.

Er rollte sich auf die Seite, legte einen Arm über sie und zog sie an sich, bis sie ganz nah an seiner Brust lag und seinen Duft einatmete.

»Dies hier«, flüsterte er und küsste sie auf den Scheitel, »werde ich niemals bereuen. Das schwöre ich dir.« Sie spürte Tränen in sich aufsteigen und kämpfte dagegen an. »Aber jetzt brauche ich Kaffee. Viel, schwarz, süß und unbedingt«, fuhr er fort und brachte sie damit sofort wieder zum Lachen. »Wenn du mir sagst, wo ich ihn finde, mach ich …«

»Nein, lass nur. Ich übernehme das schon.« Es fiel ihr schwer, sich von ihm zu lösen.

»Ich nehme doch an, du filterst per Hand?«

»Natürlich. Mein superteurer Vollautomat steht nur noch zur Zierde in der Küche rum.«

»Das will ich doch hoffen.« Er lachte. »Nein, im Ernst, Melina. Ich besitze auch einen. Mach dir keinen Kopf.«

»Na, da bin ich ja beruhigt.«

»Darf ich bei dir duschen?«

»Natürlich. Handtücher findest du auf dem Regal im Bad, und im Schrank über dem Waschbecken liegt noch eine verpackte Zahnbürste.«

»Besitzt du auch ein Duschgel, das mit Männerkörpern kompatibel ist, oder muss ich den ganzen Tag nach Vanille riechen?«, fragte er grinsend.

»Schau in das Körbchen oben auf der Ablage. Dort liegen noch ein paar Probefläschchen aus diversen Hotelbadezimmern.«

»Ah ja, die bewahrt man immer auf, warum auch immer.«

»Jetzt weißt du warum.«

»Willst du nicht mitkommen?« Schmunzelnd wackelte er mit den Augenbrauen.

»Wer ist hier unersättlich?« Sie lachte und drückte ihm einen Kuss auf die Brust, bevor sie endgültig aufstand. »Geh du nur zuerst duschen. Ich mach dir Kaffee, damit du deine morgendliche Ration Koffein bekommst.«

»Genau. Man muss Prioritäten setzen.«

Er brauchte kaum länger als zehn Minuten im Bad. Nur mit seinen Boxershorts bekleidet, kam er direkt zu ihr in die Küche. Wortlos drückte sie ihm einen Becher Kaffee in die Hand.

»Hey«, sagte er. »Willst du nicht mal kurz kontrollieren, wie gut ich rieche?« Doch da war sie schon lachend an ihm vorbeigehuscht und hatte die Badezimmertür hinter sich verschlossen.

Nach der Dusche zog sie sich im Schlafzimmer frische Wäsche an und schlüpfte in ihren kniekurzen schwarzen Kimono-Morgenmantel. Als sie zurück in die Küche kam, blieb sie erstaunt in der Tür stehen. Sie hatte erwartet, dass Leonard auf einem der Küchenstühle saß und seinen Kaffee schlürfte, doch offensichtlich hatte er sich in der Zwischenzeit nicht nur angezogen, sondern auch noch Frühstück gemacht.

»Da bist du ja«, sagte er lächelnd.

»Du hast Frühstück gemacht.«

»Was du nicht sagst.« Er sah auf den gedeckten Tisch und grinste, klatschte sich dann mit der flachen Hand an die Stirn. »Tatsächlich.«

»Sei nicht albern.«

»Weißt du, es hat mich schon so manches Mal erstaunt, wie viel die Kühlschränke von Frauen immer hergeben. Bei mir findest du vielleicht ein paar Getränke, ein oder zwei Liter Milch und ein paar Snacks. Mehr ist nicht drin.« Er grinste. »Deine Küche ist dagegen ein wahres Schlaraffenland.« Er deutete auf den Tisch. »Marmelade, Käse, Butter, Eier, sogar Frischkäse und Toast … Alles da. Traumhaft.«

»Ja, weißt du«, sagte sie, während sie sich nun ebenfalls einen Kaffee einschenkte, »ich habe regelmäßig Hunger, so einfach ist das.« Sie setzte sich ihm gegenüber, und er reichte ihr eine Scheibe Toast. »Wie geht es jetzt weiter?«, fragte sie.

»Ich würde vorschlagen, wir lassen das jetzt mal auf uns zukommen. Was bleibt uns auch anderes übrig.« Herzhaft biss er in seinen Käsetoast. Offenbar machte sie sich deutlich mehr Gedanken als er.

»Leonard, wir waren miteinander im Bett.«

»Deine Beobachtungsgabe ist phänomenal«, erwiderte er kauend.

Sie seufzte. »Okay, ich merke schon, dass du die Sache entspannter siehst als ich.«

»Nicht unbedingt.« Er aß den Toast auf und erhob sich, um seinen Becher erneut zu füllen. »Mir ist schon klar, dass die vergangene Nacht eine Menge verändert. Ich habe nur gelernt, dass es Dinge gibt, die man einfach akzeptieren muss. Es ist passiert, Melina. Wir können es doch nicht mehr ändern.« Mit dem frischen Kaffee in der Hand kam er zurück zum Tisch und ließ sich wieder auf seinem Stuhl nieder. »Und wer von uns beiden will das schon? Ich hoffe, du genauso wenig wie ich.«

»Das ist richtig, aber wir sollten vernünftig mit der neuen Situation umgehen. Wir sind uns doch einig, dass wir weiterhin zusammenarbeiten wollen.«

»Fang nicht schon wieder damit an.«

»Nein, nein, das will ich ja gar nicht. Ich meinte …«

»Ich weiß, was dich umtreibt.« Über den Tisch hinweg schob er seine Hand auf ihre. »Wir kriegen das hin. Vertrau mir einfach – und vertraue dir selbst.«

Auch wenn sie sich in dieser Hinsicht nicht so sicher war wie er, nickte sie. »Gut.«

»Wir wissen beide, dass es mit dieser Nacht nicht vorbei ist.« Er schenkte ihr sein jungenhaftes Lächeln. »Wir werden es wieder tun.«

13. Kapitel

Hamburg, Anfang September 2018

Melina war nervös angesichts des vor ihr liegenden Abends, da machte sie sich nichts vor. Sie war froh, Leonard an ihrer Seite zu wissen, wenn sie den Rest seiner Familie kennenlernte. Vor einigen Minuten war er bei ihr eingetroffen, um sie abzuholen, und wartete nun im Wohnzimmer auf sie.

Bevor sie das Schlafzimmer verließ, warf sie noch einen letzten kontrollierenden Blick in den Spiegel. Es war gut, dachte sie, dass ich in der vergangenen Woche doch noch einmal in der Boutique für Abendgarderobe vorbeigeschaut habe. Eigentlich war sie nur hingegangen, weil sie es der netten Verkäuferin versprochen hatte, doch dann hatte sie zwei weitere wunderschöne Kleider erstanden. Cocktailkleider hätte ihre Großmutter sie wohl genannt. Nicht bodenlang, aber durchaus für einen festlichen Anlass geeignet, ohne jedoch allzu formell zu wirken. Beide waren einfarbig. Das eine war ein klassisches schwarzes Etuikleid mit engem Rock, das andere Kleid leuchtete pfirsichfarben, und der Schnitt erinnerte an die Petticoatkleider der Sechzigerjahre. Nach einigem Zögern hatte sie für den heutigen Abend das helle Kleid ausgewählt. Es betonte ihre schmale Taille, und der weit ausgestellte Rock wirkte ausgesprochen feminin.

»Wow!«, rief Leonard aus, als sie zu ihm ins Wohnzimmer kam. »Du siehst umwerfend aus.«

»Danke schön. Du aber auch.« Unter seinem dunkelblauen Anzug trug er ein Oberhemd, das zufällig der Farbe ihres Kleids sehr ähnlich war. Es passte perfekt zu seiner leicht gebräunten Haut und den dunklen Haaren. Auf eine Krawatte hatte er wieder einmal verzichtet, aber Melina gefiel das.

»Darf ich dich nachher auspacken?«, fragte er schmunzelnd.

»Hm, das muss ich mir noch mal überlegen.« Sie lachte. In seiner Nähe lachte sie oft – viel häufiger als früher.

»Na dann, meine Schöne.« Lächelnd reichte er ihr seinen Arm. »Auf in den Kampf.«

»Muss ich noch irgendwas wissen?«, fragte Melina während der Fahrt.

Er schüttelte den Kopf. »Eigentlich nicht. Du kennst meinen Vater inzwischen doch ganz gut.« Als sie an einer roten Ampel standen, sah er sie kurz an. »Du weißt, dass er dich sehr mag, mach dir also keine Gedanken.«

»Deinen Vater meinte ich auch nicht.«

»Tja, für den Umgang mit meiner Mutter bin ich ein schlechter Berater, da musst du schon selbst deinen Weg finden.« Er lachte kurz auf. »Nein, im Ernst, sei einfach du selbst, dann wirst du alle bezaubern.«

»Lieb, dass du das sagst.«

»Mit meiner Schwester wirst du dich sofort verstehen, da bin ich mir sicher. Emily ist wunderbar. Mein Bruder wird allerdings heftig mit dir flirten, darauf solltest du dich vielleicht schon mal einstellen.«

»Ach ja? Wie interessant«, erwiderte sie lachend.

»Denk nicht mal daran.« Wenn sie sich nicht täuschte, schwang tatsächlich ein ernster Unterton in seiner Stimme mit. Sie sah ihn an. An seinem Kiefer zuckte ein Muskel.

Sicherheitshalber wechselte sie das Thema. »Kommt Tessa eigentlich auch? Ich hab völlig vergessen, sie danach zu fragen.«

»Nein, Tessa wird heute nicht dabei sein. Vater hatte sie natürlich eingeladen, aber sie hat wohl familiäre Verpflichtungen, wenn ich ihn richtig verstanden habe.« In diesem Moment bog Leonard in eine Zufahrt ein. Sie passierten ein schmiedeeisernes Tor und fuhren eine von alten Linden gesäumte Auffahrt entlang.

»Aber es gibt noch andere Gäste?«

»Meines Wissens nicht.«

»Nur ich und deine Familie?«

Er nickte. »Da Tessa nicht kommen wird, sieht es ganz danach aus. Noch nicht einmal mein zukünftiger Schwager wird da sein. Offenbar ist er in der Klinik mal wieder unabkömmlich.« Er sah sie kurz an. »Es ist kein runder Geburtstag, und mein Vater ist kein Freund von großen Feiern.«

Melina wusste nicht so richtig, was sie davon halten sollte, dass sie der einzige Gast war, der nicht zur Familie gehörte. Mit Tessa wäre es sicherlich leichter gewesen, denn so rückte sie automatisch in den allgemeinen Fokus, da brauchte sie sich nichts vorzumachen. »Das war mir so gar nicht klar.«

»Wie auch immer. Bist du bereit?«, fragte Leonard, nachdem er den Wagen abgestellt hatte.

Sie nickte. »Bleib bloß in meiner Nähe.«

»Darauf kannst du dich verlassen.« Sie stiegen aus, und

Leonard reichte ihr erneut seinen Arm. »Ach ja.« Er neigte sich ihr zu. »Wir haben übrigens Personal, nicht dass du dich wunderst. Uns wird also gleich eine Hausangestellte die Tür öffnen.«

»Okay.« Innerlich bereitete sie sich auf ein Mädchen im schwarzen Baumwollkleid mit weißer Schürze vor, doch zu ihrer Überraschung war das erwartete »Dienstmädchen« eine Frau mittleren Alters und völlig normal gekleidet.

»Hallo Hanne. Ich hoffe, es geht Ihnen gut«, begrüßte Leonard sie.

»Herr Magnussen, schön Sie zu sehen. Ja, alles in bester Ordnung.« Hanne wandte sich ihr zu. »Sie müssen Frau Peters sein, richtig?«

»Richtig.« Melina erwiderte das Lächeln der älteren Frau.

»Die Herrschaften sind im hinteren Salon«, teilte Hanne ihnen mit. »Es sind bereits alle da. Ihr Bruder ist auch gerade eingetroffen, Herr Magnussen.«

»Alles klar«, sagte Leonard. Er griff nach Melinas Hand und legte sie zurück auf seinen Arm. »Los geht's.«

»Ah, da seid ihr ja«, rief Conrad Magnussen aus, als sie den Raum betraten. Er kam ihnen lächelnd entgegen, um sie zu begrüßen.

Melina fühlte alle Augen auf sich, aber damit hatte sie gerechnet. Sie gratulierten Conrad, und Leonard überreichte ihm ihr gemeinsames Geschenk. Eine Kiste mit edlen Rotweinen.

»Ich danke euch, auch wenn ihr eigentlich nichts mitbringen solltet.« Er zwinkerte Melina lächelnd zu. »Leo, sei so nett und stell unserer Melina doch die anderen vor, bevor wir hinüber ins Esszimmer wechseln.«

»Gerne.« Er legte ihr eine Hand an den Rücken und führte sie zu Elisabeth Magnussen. »Mutter, darf ich dir meine engste Mitarbeiterin Melina Peters vorstellen?«

»Frau Peters, ich habe schon viel von Ihnen gehört.«

Leonards Mutter hob die Mundwinkel, doch das Lächeln erreichte ihre Augen nicht, wie Melina sofort bemerkte. Elisabeth Magnussen war so schön wie auf den Fotos, die Melina kannte. Sie trug ein sehr enges schwarzes Seidenkleid und passende hochhackige Riemchensandaletten. An ihrem Hals funkelte ein Collier aus Brillanten und Rubinen.

»Ich freue mich sehr, Sie kennenzulernen, Frau Magnussen.« Um ein Haar hätte sie tatsächlich einen Knicks gemacht.

Emily Magnussen war so, wie Leonard sie beschrieben hatte. Sie begrüßte Melina herzlich, küsste sie sogar auf beide Wangen. »Melina, welche Freude. Ich war schon sehr gespannt auf … dich. Ich denke, wir können uns duzen, oder? Wir sind ja ungefähr im gleichen Alter.«

»Sehr gerne«, erwiderte Melina. Leonard hatte recht, sie mochte Emily auf Anhieb.

»Leo, tut gut, dich zu sehen.«

»Schwesterchen.« Leonard legte einen Arm um Emily und küsste sie auf die Wange. »Du siehst aufsehenerregend aus, wie immer.«

»Danke dir.« Neben Emily stand ihr Verlobter, Dr. Ronald Boyens, der sie ausnehmend galant begrüßte, bevor er auch Leonard die Hand reichte. Der bekannte Chirurg war gut aussehend, wirkte aber schon auf den ersten Blick aalglatt und recht arrogant. Melina verstand sofort, warum Leonard seinen zukünftigen Schwager nicht unbedingt ins Herz geschlossen hatte.

»Nanu, Ronald«, sagte Leonard. »Ich dachte, du wärest heute mal wieder verhindert?«

»Ich habe Notdienst und konnte mich für ein paar Stunden loseisen, muss aber leider direkt nach dem Essen wieder zurück in die Klinik«, antwortete Emilys Verlobter.

»Und ich bin Dominik.« Der jüngste Magnussen-Spross schenkte Melina ein einnehmendes Lächeln, während er Leonard leicht auf den Oberarm boxte. »Der deutlich hübschere Bruder dieses spießigen Gesellen und das schwarze Schaf der ansonsten so ehrwürdigen Familie.« Auch er hauchte Melina Küsschen auf die Wangen, und ihr stieg der Duft seines extravaganten Rasierwassers in die Nase. »Du bist der Lichtblick dieses Abends, schöne Frau.«

»Nicki, bring Frau Peters nicht schon vor dem Essen in Verlegenheit«, mahnte seine Mutter.

»Und behalte deine Finger bei dir, klar?«, raunte Leonard seinem Bruder drohend zu.

Dominik hob beide Hände und sah Melina an. »Ist er zu dir auch so streng?«

Melina sah keine Veranlassung, darauf zu antworten. Sie lächelte nur und schüttelte leicht den Kopf.

»So, nun wird es aber Zeit für einen Toast auf meine Gesundheit«, erklärte Conrad lachend. Er kam direkt zu Melina und bot ihr seinen Arm. Lächelnd nahm sie seine Einladung an. »Kommt ihr?«, rief er den anderen zu, während er sie aus dem Raum führte.

Nach einem wundervollen und überraschend deftigen Essen aus verschiedenen Fleischsorten, herzhaftem Grillgemüse und

Ofenkartoffeln servierte Hanne ihnen ein köstliches Eisdessert mit weißen Schokoladenraspeln und anschließend den unvermeidlichen Kaffee. Elisabeth Magnussen verzichtete als Einzige am Tisch auf das Dessert und trank nur einen Espresso. Die Gespräche während des Essens waren lebhaft, teilweise sogar sehr lustig gewesen. Allein Leonards Mutter hatte sich bisher kaum an der Unterhaltung beteiligt, doch das registrierte Melina nur am Rande. Sie begann den Abend wirklich zu genießen, und ihre anfängliche Anspannung war verflogen. Dafür hatte vor allem Emily mit ihren kleinen Geschichten aus dem Hotel gesorgt, in dem sie arbeitete. Doch auch Dominik war ein glänzender Unterhalter. Hinzu kam, dass Melina die harmlosen Frotzeleien zwischen den drei Geschwistern ausnehmend komisch fand. Nun, nachdem der Kaffee serviert worden war und Emilys Verlobter sich kurz darauf verabschiedet hatte, trat eine kurze Gesprächspause ein.

»Ich habe gehört, dass Sie es waren, die Walter Lorenz seine Plantage abgeschwatzt hat«, wandte sich Elisabeth plötzlich an Melina. »Auch wenn mich das jede Menge Geld kosten wird … Gute Arbeit.«

»Danke, Frau Magnussen.«

»Mein Mann berichtete mir außerdem davon, dass Leonard ein Café in unserem Haus am Ballindamm plant. Auch diese Idee stammt ursprünglich von Ihnen, oder irre ich mich?«

»Stimmt«, sagte Leonard, bevor Melina seiner Mutter antworten konnte. »Das Café war Melinas Idee.«

Elisabeths Blick glitt nur kurz zu ihrem Ältesten, dann sah sie wieder Melina an. Die Miene der älteren Frau wirkte undurchschaubar.

»Sie haben offensichtlich ein naturgegebenes Talent dafür, sich sehr schnell unersetzlich zu machen, Frau Peters«, schob Leonards Mutter nach. Ihre Stimme klang dabei wenig freundlich, sondern hörbar geringschätzig.

Innerlich zuckte Melina leicht zusammen. Sie hörte Leonard neben sich scharf einatmen und spürte instinktiv seine Anspannung. Am liebsten hätte sie ihm eine Hand auf den Arm gelegt, um ihn zu beruhigen, aber das ging natürlich nicht.

»Ich mache nur meine Arbeit, Frau Magnussen. Und das sehr gerne«, sagte sie betont freundlich.

»Natürlich.«

»Wir sind sehr froh, dass wir Melina haben«, erklärte nun Conrad. Der Blick, den er seiner Frau zuwarf, wirkte tadelnd, wenn nicht sogar warnend.

Für mehrere Sekunden trat eine unangenehme Stille ein, vielleicht war es die Ruhe vor dem drohenden Sturm, dachte Melina sofort. Zumindest fühlte es sich für sie so an. Merkwürdigerweise musste sie in dieser Sekunde an ihre Großmutter denken. Käthe hatte oft gesagt, dass Diplomatie das Leben deutlich erleichterte und in gewissen Situationen höher bewertet werden sollte als jeder Anflug von Stolz. Melina hatte sich schon häufiger im Leben an den Ratschlag ihrer Großmutter gehalten und es noch nie bereut. Da noch immer alle stumm blieben, beschloss sie, dass es Zeit für einen Themenwechsel war.

»Ihr Haus ist wunderschön«, sagte sie, bemüht, dabei nicht allzu aufgeräumt zu klingen. »Die Bauweise erinnert an die großen Landgüter, die man hier und da in Großbritannien findet, und die mag ich sehr.«

»Das stimmt«, fing Emily den Ball sofort auf. Wenn sich

Melina nicht täuschte, ließ Emilys Blick Dankbarkeit erkennen. »Wir hatten Vorfahren, die aus Wales stammten. Sie haben einst dieses Haus gebaut. Du kennst dich aus?«

»Nicht wirklich, aber während meines Studiums habe ich einige Zeit in London gelebt«, erwiderte Melina. »Natürlich habe ich jede freie Minute und auch meine Ferien genutzt, um mir so viel wie nur möglich vom Land anzusehen.«

»Wir haben hier sogar einen Ballsaal«, sagte Dominik und zwinkerte ihr zu. »Ich zeige ihn dir gerne, wenn du willst.«

»Das mach ich«, erklärte Leonard und war bereits im Begriff aufzustehen.

»Lass nur, Brüderchen, ich übernehme das gerne.« Emily erhob sich. »Hast du Lust, Melina?«

»Oh ja. Natürlich.«

»Na, dann komm.«

Sie folgte Emily in den hinteren Teil des Hauses, bis sie vor einer riesigen zweiflügeligen Tür standen. Emily drückte die Klinke der rechten Tür hinunter und öffnete sie. Kurz darauf standen sie tatsächlich in einem Ballsaal, wie Melina ihn höchstens mal bei irgendwelchen Schlossbesichtigungen gesehen hatte. Auch wenn dieser Saal deutlich kleiner war, so fand sie ihn mit seiner Deckenmalerei, dem glänzenden Parkett und den großen Gemälden doch sehr prächtig.

»Wow, das hat was.« Melina sah Emily an. »Hier hast du als kleines Mädchen bestimmt immer gespielt, oder?«

»Richtig. Wir haben alle hier gespielt.« Emily lachte. »Zumindest, wenn es geregnet hat. Nur Ballspiele waren absolut tabu. Meine Mutter hatte immer Angst um die großen Fenster und die Gemälde.«

»Na, das kann man aber auch verstehen.«

»Als Kinder haben wir uns immer gefragt, warum dieser Raum Ballsaal heißt, wenn man hier gar nicht mit dem Ball spielen darf.« Sie lachten beide.

Langsam schlenderten sie durch den Saal. Durch die großen Fenster konnte man draußen noch andere Gebäude und eine weitläufige und wunderschöne Parkanlage sehen. Der Ausblick war herrlich.

»Gehört das alles noch zu eurem Grundstück?«

»Allerdings. Lindenhain ist noch immer das größte Privatgrundstück in der Gegend. Früher war das hier ein richtiger Gutshof mit Viehzucht und Forstwirtschaft, aber das ist wirklich lange her.

»Und die Häuser dort?« Melina deutete auf zwei Häuser, die dem großen Gebäude gegenüberstanden. »Wohnt dort jemand?«

»Zum Teil. Das vordere Gebäude wurde früher als Gästehaus genutzt, später, nach dem Zweiten Weltkrieg, war das Haus sogar mal eine Zeit lang der Firmensitz, weil das Gebäude am Ballindamm arg beschädigt war. Danach hat meine Großmutter Clara dort gewohnt. Im Augenblick steht es leider leer. Das etwas kleinere Haus dahinter ist das sogenannte Gesindehaus. Mein Vater hat es vor einigen Jahren von Grund auf renovieren lassen. Jetzt gibt es dort mehrere hübsche Wohnungen, in denen tatsächlich noch Angestellte von uns wohnen. Die lang gestreckten Gebäude da hinten rechts sind die Ställe. Dort sind die Pferde meiner Mutter untergebracht. Sie ist verrückt nach Pferden.«

»Ich hab mal irgendwo gelesen, dass sie als junges Mädchen sogar Turniere geritten ist.«

Emily nickte. »Sie hat sogar einige Medaillen mit nach Hause gebracht, aber dann hat sie den Sport freiwillig an den Nagel gehängt und sich auf die Zucht von Turnierpferden konzentriert. Das macht sie heute noch.«

Sie gingen hinüber zur anderen Seite des Saals, und Melina sah sich dabei die Gemälde an.

Vor einem der Bilder blieb sie schließlich stehen. »Das sind Paul und Amalia Magnussen, nicht wahr?«

»Ja. Paul Friedrich Magnussen war der Gründer des Unternehmens, aber wenn du die beiden erkennst, weißt du das sicherlich schon.«

Melina nickte. »Ich habe die alte Fotografie in Leonards Büro gesehen, aber auf diesem Bild kann man sie viel besser erkennen.«

Sie betrachtete das Gemälde eingehender. Es war ungefähr zwei Meter hoch und fast ebenso breit. Amalia Magnussen saß auf einem rot gepolsterten Sessel, und ihr Ehemann stand hinter ihr, eine Hand auf der Schulter seiner Frau. Die Geste wirkte beschützend und liebevoll zugleich. Amalias braunes Haar war locker aufgesteckt. Sie trug ein prächtiges flaschengrünes Kleid, und unter dem Saum lugten hübsche Schnürstiefelletten hervor, wie sie in der Zeit um die Jahrhundertwende oft getragen wurden.

»Das Kleid ist wunderschön, könnte Samt gewesen sein, so wie es aussieht. Schau dir nur die goldene Stickerei am Oberteil an. Der Maler hat das anscheinend sehr gut eingefangen.«

»Oh ja, es ist umwerfend, und ich liebe dieses Bild. Eine Zeit lang habe ich tatsächlich mal mit dem Gedanken gespielt, mir auch so ein Kleid anfertigen zu lassen«, gab Emily zu. »Aber dann hab ich das wieder verworfen. Es wäre wahrscheinlich nur ein sehr kostspieliger Spaß geworden. Heutzutage gibt es ja gar keine Gelegenheiten mehr, um solch ein Kleid zu tragen.«

»Das stimmt allerdings.« Melina seufzte unwillkürlich. »Er sieht unglaublich gut aus, und sie wirkt sehr … würdevoll.«

Emily nickte. »Ja, und dabei ist sie auf diesem Bild noch sehr jung. Um genau zu sein, erst in den Zwanzigern. Auf der Rückseite soll es eine Notiz geben, dass das Gemälde anlässlich ihres fünften Hochzeitstages angefertigt wurde, und als sie heirateten, war sie einundzwanzig. Apropos, hier in diesem Saal feierten sie ihre Hochzeit, das ist verbrieft.«

»Oh ehrlich? Wie romantisch.«

»Ja, nicht wahr. Als junges Mädchen hab ich mir immer vorgestellt, wie sie hier auf dem Parkett ihren Hochzeitswalzer getanzt haben, und hab das heimlich nachgespielt. Aber wehe, du verrätst das meinen Brüdern, die würden mich noch heute damit aufziehen.«

»Keine Sorge. Ich hätte es wohl genauso gemacht. Typisch Mädchen.« Sie mussten beide kichern. Eine kleine Weile schauten sie noch auf das Gemälde, dann schlenderten sie wieder zurück.

»Ich mag dich, Melina.«

»Danke, ich dich auch. Ehrlich gesagt war ich vorher ein wenig aufgeregt, doch du warst gleich so herzlich zu mir, das hat mir wirklich geholfen.«

»Wir können uns ja mal auf einen Kaffee treffen, wenn du magst«, schlug Emily vor.

»Sehr gerne sogar. Ich gebe dir nachher meine Nummer.«

»Mein Bruder lässt dich übrigens nicht aus den Augen«,

sagte Emily schmunzelnd. »Er verschlingt dich geradezu mit Blicken.«

»Dominik ist überhaupt nicht mein Typ.«

»Auch wenn Nicki schon den ganzen Abend auf Teufel komm raus mit dir flirtet, spreche ich nicht von ihm, und das weißt du ganz genau. Widersprich mir gar nicht erst, denn ich hatte schon immer ein Auge für so was.«

»Leonard ist ein toller Chef«, erwiderte Melina und gab sich große Mühe, ein Grinsen zu unterdrücken.

»Und ein richtig toller Mann, oder?«

»Ja, auch das. Hey, willst du mich etwa mit deinem Bruder verkuppeln?«

»Ach, weißt du, ich denke, das kriegt ihr ganz alleine hin.« Sie blieb noch einmal stehen und griff nach Melinas Arm. »Übrigens, achte nicht zu sehr auf das, was meine Mutter sagt, okay? Lass dich ja nicht von ihr einschüchtern. Wir führen alle unsere eigenen Leben, und das ist auch gut so.« Emilys Blick wirkte eindringlich. »Sollte sie dir irgendwie oder irgendwann einmal an den Kragen wollen, rede sofort mit Leo darüber, versprich mir das!«

»Okay.«

»Mein großer Bruder ist der Stärkste von uns allen. Er kriegt immer alles hin, glaub mir.«

»War es sehr schlimm?«, wollte Leonard wissen. Seit einigen Minuten saßen sie wieder im Auto und waren auf dem Heimweg.

»Nein, überhaupt nicht. Es war ein unterhaltsamer Abend. Dominik und Emily sind wunderbar.«

»Das sind sie. Auch wenn Nicki ein unverbesserlicher Frauenheld ist und Emily diesen aalglatten Boyens heiraten will, warum auch immer.«

»Ich mag ihn auch nicht«, gab sie zu.

»Hab ich mir gedacht.« Er sah kurz zu ihr rüber und grinste. »Kannst du mir erklären, was sie an dem findet?«

»Hm, er ist ziemlich attraktiv. Er ist Arzt ... und höchstwahrscheinlich liebt sie ihn.«

»Für mich ist er vor allem nervig arrogant. Und ich hab noch nie verstanden, warum sich manche meiner Geschlechtsgenossen ständig Gel in die Haare klatschen, und das gleich tonnenweise. Gruselig.« Sie mussten beide lachen. »Wie auch immer, es ist Emilys Leben und ihre Entscheidung.«

»Richtig. Und falls er ihr irgendwann wehtun sollte, kannst du ihn dir immer noch vornehmen«, scherzte sie.

»Morgen ist Samstag«, wechselte er abrupt das Thema. »Lässt du mich heute Nacht bei dir schlafen?«

»Natürlich, schließlich hast du mir vorhin angeboten, mich auszupacken. Erinnerst du dich?«

Er lachte. »Und ich freue mich schon darauf. Übrigens, du warst heute Abend wunderbar. Nicki hatte recht: ein Lichtblick.«

»Oh, danke. Das macht nur das Kleid.«

»Du siehst immer super aus, aber das meine ich nicht. Als meine Mutter dich provozieren wollte, hast du perfekt die Kurve gekriegt. Wenn ich die Miene meines Vaters richtig gedeutet habe, wäre die Stimmung beinahe gekippt, doch du hast wieder mal genau die richtigen Fäden gezogen, während wir anderen wie erstarrt auf das Unvermeidliche gewartet haben. Bewundernswert.«

»Ich bin nicht so nah dran wie ihr. Das macht eine Menge aus und sorgt für klarere Sicht. Außerdem … Es war der Geburtstag deines Vaters, und ich mag ihn sehr. Er hat sich darüber gefreut, alle um sich zu haben, das war offensichtlich. Es wäre nicht richtig gewesen, ihm diesen Abend zu verderben.«

»Siehst du, und genau das wäre meiner Mutter vollkommen egal gewesen. Ist das nicht furchtbar?«

Sie erreichten die Durchfahrt, die zum Parkplatz hinter ihrem Haus führte. Er tippte Melinas Code ein, den er für die Einfahrt brauchte und inzwischen auswendig kannte. Das Tor öffnete sich. Leonard stellte den Wagen auf einem der drei freien Plätze ab, die die Eigentümer der Wohnungen in stiller Übereinkunft für ihre Besucher nutzten.

»Manchmal kommt sie mir vor wie eine Spinne, die lauernd in ihrem Netz sitzt und nur darauf wartet, dass sie zuschlagen kann. Ekelhaft.«

Melina legte ihre Hand auf seinen Oberschenkel. »Sie ist deine Mutter, Leonard, vergiss das nicht.«

Er sah sie an und lächelte dann. »Lass uns raufgehen.«

Als sie im Flur ihrer Wohnung ankamen, schlüpfte Melina aus ihren High Heels und fragte ihn: »Wollen wir noch was trinken?«

»Ja, ein Glas Wein wäre schön. Schließlich muss ich heute nicht mehr fahren.« Er ging in die Küche, wo er mittlerweile einige Flaschen seines Lieblingsweins deponiert hatte. »Ich kümmere mich drum.«

»Mach das.«

Als Leonard zu ihr ins Wohnzimmer kam, hatte Melina

schon Gläser bereitgestellt, und einige Kerzen brannten. Sie zündete oft Kerzen an, er mochte das. Sie saß auf dem Sofa. Er setzte sich neben sie, öffnete die Flasche und schenkte ein.

»Euer Ballsaal ist sehr beeindruckend«, sagte sie.

»Ja, das ist er, auch wenn so ein Raum irgendwie dekadent ist. Aber er ist nun einmal da, und es wurden schon großartige Feste dort gefeiert.«

»Wird Emily ihre Hochzeit auch auf Lindenhain feiern?«

»Ich denke schon, aber ein Termin steht noch nicht fest.« Er wandte sich ihr zu und spielte ein wenig mit einer Haarsträhne, die sich aus ihrer Frisur gelöst hatte.

»Die hohen Fenster lassen so viel Licht rein, der Raum strahlt richtig, und man kann in den Park schauen, der zum Grundstück gehört. Das Gemälde von Paul und Amalia habe ich ebenfalls gesehen. Sehr imposant.«

»Hm.« Er sah sie an und fand sie wunderschön. Doch jedes Mal, wenn er ihr das auch sagte, lachte sie nur verlegen und bestritt vehement, dass es so war.

Frauen sind schon eigenartige Wesen, dachte er. Er war wirklich froh, endlich mit ihr hier zu sein. Fast den ganzen Abend über hatte er dem Moment entgegengefiebert, wenn er endlich wieder mit ihr allein sein konnte. Sie nicht berühren zu dürfen, wenn sie ihm nah war, empfand er inzwischen als äußerst anstrengend. Er war so gerne bei ihr, dass er begann, sich ernsthaft Gedanken darüber zu machen, denn er spürte bereits, dass seine Einstellung zu festen Beziehungen bedrohlich ins Wanken geriet. Melina war anders als jede andere Frau. Der Sex mit ihr war unglaublich erfüllend, doch das war es nicht allein. Er genoss die Gespräche mit ihr – egal, ob geschäftlich oder privat –, er liebte es, neben ihr aufzuwachen oder auch nur mit ihr gemeinsam zu essen. Im Grunde wollte er keine einzelne Minute mit ihr missen. Als sein Bruder vorhin mit ihr geflirtet hatte, war er ungeheuer eifersüchtig gewesen, und das schürte seine Besorgnis. Er wusste noch genau, was er gedacht hatte, und der Gedanke hallte nun in seinem Kopf nach: *Sie gehört mir! Mir allein!*

»Du bist nachdenklich«, sagte sie und holte ihn damit in die Gegenwart zurück.

»Ja, ein bisschen.«

Sie rückte ein Stück näher und kuschelte sich an ihn. Leonard legte einen Arm um sie und atmete den feinen Vanilleduft ein, der sie stets umwehte. Sie sah zu ihm auf, und der Kuss war eine logische Folge. Auch wenn sein Verlangen nach ihr sofort aufloderte, war ihm in dieser Minute vor allem nach Zärtlichkeit zumute, also küsste er sie sanft und liebevoll.

Melina wurde weich in seinen Armen. Es war jedes Mal wieder ein erhebendes Gefühl für ihn, ihre Hingabe so deutlich zu spüren. Ihre Hand lag an seiner Wange und glitt dann langsam in sein Haar. Ihre Zunge spielte mit seiner, unendlich zärtlich, bis sich ihre Lippen wieder voneinander lösten, doch ihr schneller Atem sprach Bände.

»Lass uns rübergehen«, schlug er vor, stand auf und zog sie mit sich Richtung Schlafzimmer. »Der Wein kann warten.«

Später lagen sie nebeneinander in Melinas Bett. Ihr Kopf lag an seiner Brust, und er spürte ihren warmen Atem und das sanfte Kitzeln ihrer Haare auf seiner Haut. Er empfand eine so tiefe Befriedigung, wie er sie noch nie zuvor erfahren hatte, und tief in seinem Inneren wusste er, dass es ihr ebenso erging.

Aus einem Impuls heraus, zog er sie noch ein wenig enger zu sich. Dann schloss er die Augen.

»Ich liebe dich«, hörte er sie wenig später kaum vernehmbar flüstern. Und dann noch einmal: »Ich liebe dich, Leo.«

Auch wenn ihn sofort ein warmes Gefühl durchströmte, tat er so, als hätte er ihr Flüstern nicht gehört und würde bereits schlafen. Liebe hatte man ihm schon häufiger geschworen, doch jedes Mal war es nicht mehr als eine berechnende Lüge gewesen.

Es war bereits früher Nachmittag, als Melina beschloss, noch ein wenig ihre Wohnung sauber zu machen und die Wäsche in die Maschine zu werfen. Leonard war erst vor einigen Minuten gegangen, und üblicherweise nutzte sie den Samstag, um den Haushalt zu erledigen, damit sie in der Woche ihren Feierabend genießen konnte. Seit Leonard und sie große Teile ihrer Freizeit miteinander verbrachten, blieb ihr dafür ohnehin viel weniger Zeit. Auch er hatte noch zu tun, wie er ihr mitgeteilt hatte, bevor er gegangen war.

»Morgen hab ich einige Termine. Wir sehen uns dann Montag im Büro«, hatte er gesagt, ihr einen schnellen Kuss gegeben und war gegangen.

Melina hatte einen Stich im Herzen gespürt, ein banges Gefühl war geblieben. Irgendetwas war heute Morgen anders gewesen. Sein Aufbruch hatte fast überstürzt gewirkt. Letzte Nacht war sie absolut sicher gewesen, dass er schon schlief, als sie ihm ihre Liebe gestanden hatte, doch jetzt fragte sie sich, ob das wirklich so gewesen war. Sie war so voller Emotionen gewesen in diesem Augenblick. Hätte sie nur einen Moment geglaubt, dass er wach wäre, hätte sie dem heftigen Drang, ihm zuzuflüstern, dass sie ihn liebte, niemals nachgegeben. Vielleicht war das ein Fehler gewesen, denn seit ihrer Brasilienreise kannte sie schließlich seine Einstellung. Er wollte keine feste Beziehung, und er würde niemals heiraten, das hatte er mehr als deutlich gemacht.

Während sie das Waschbecken im Badezimmer putzte, dachte sie angestrengt darüber nach, ob es wirklich gut für sie war, mit ihm zu schlafen und fast ständig mit ihm zusammen zu sein. Im Grunde hatte sie immer eine sehr konkrete Vorstellung von ihrer Zukunft gehabt: Abitur, Studium, ein guter Job und dann eine eigene Familie. Vor allem eine eigene Familie! Das war schon immer ihr größter Wunsch gewesen: ein Mann, der sie liebte und den sie liebte, auf den sie sich immer verlassen konnte, und natürlich Kinder. Menschen, die ganz und gar zu ihr gehörten. Das war es stets gewesen, was sie für ihr Leben gewollt hatte, und daran hatte sich nichts geändert.

Die Melodie ihrer Wohnungsklingel riss sie aus ihren Gedanken, und ihr Herz schlug augenblicklich schneller. Vielleicht ist er zurückgekommen, dachte sie hoffnungsvoll.

Doch es war ihre Freundin Antonia, die breit grinsend vor der Tür stand und ein Kuchenpaket hochhielt. »Ich hab Schokomuffins. Hast du Lust und Zeit?«

»Schokomuffins sind jetzt genau das Richtige. Komm rein, ich schmeiß die Kaffeemaschine an.«

Kurz darauf saßen die beiden gemütlich im Wohnzimmer und ließen sich die Muffins und den Kaffee schmecken. Melina fühlte sich in der Gesellschaft ihrer Freundin gleich ein bisschen besser.

»An deiner Stelle würde ich jetzt keine unüberlegten Entscheidungen treffen, das mal vorweg«, sagte Antonia, nachdem Melina sich alles von der Seele geredet hatte.

»Das habe ich auch nicht vor. Ich liebe meine Arbeit. So einen Job werde ich niemals wieder finden.«

»Ich meine jetzt nicht nur deine Arbeit, sondern auch den Mann«, gab Toni lächelnd zurück. »Weißt du, ich habe ihn einige Male gesehen, wenn er weggefahren ist. Mal ganz abgesehen davon, dass er wirklich umwerfend aussieht … Aber darum geht es jetzt nicht. Worauf ich eigentlich hinauswollte: Bevor er in sein Auto gestiegen ist, hat er jedes Mal zu dir hochgeschaut. Es ist nur eine Kleinigkeit, aber ich finde, sie sagt eine Menge aus.« Toni schob sich das letzte Stück Muffin in den Mund. »Gib ihm noch ein wenig Zeit, um sich an den Gedanken zu gewöhnen, dass er ernsthaft in dich verliebt ist, Melly.«

»Das kommt ausgerechnet von dir.« Melina musste lachen.

»Ja, man höre und staune.« Antonia schob den Kuchenteller beiseite. »Das bringt mich zu dem Grund, warum ich eigentlich hier bin. Ich muss nämlich auch was loswerden, und merkwürdigerweise passt das sogar irgendwie zu deinem Dilemma.«

»Und da quatsche ich dich seit über einer Stunde mit meinen Problemen zu. Ist es der Job oder auch ein Kerl?«

Antonia winkte ab. »Wenn man es genau nimmt, beides, aber es ist durchaus nicht schlimm. Im Gegenteil.« Toni holte noch einmal tief Luft, bevor sie weitersprach: »Melly, ich werde von hier wegziehen. Ich gehe nach London.«

»Oh nein. Du verlässt mich, du untreue Tomate.«

Antonia strahlte plötzlich übers ganze Gesicht. »Ich werde heiraten.«

»Wie bitte? Du willst heiraten? Das darf doch nicht wahr sein!« Melina sprang sofort auf, um ihre Freundin in den Arm zu nehmen. »Du wolltest doch niemals heiraten. Du hast immer gesagt … Ach, ist ja jetzt auch egal.« Sie lachten beide, lachten und weinten gleichzeitig. »Ich gratuliere dir von Herzen.«

»Danke schön. Übrigens wäre mit meinen Heiratsabsichten eindeutig bewiesen, dass sich Einstellungen dieser Art durchaus ändern können.« Toni wischte sich eine Träne von der Wange. »Damit spiele ich jetzt auf deinen Traummann an.«

»Mag sein, aber lass meinen Kummer wegen Leonard mal einen Augenblick beiseite. Deine Neuigkeiten sind viel zu aufregend und schön. Erzähl mir lieber, wer der Glückliche ist. Ich hatte ja keine Ahnung. Du hast nie jemanden erwähnt, der überhaupt infrage käme.«

»Sei mir bitte nicht böse, Melly. Das liegt wohl daran, dass ich es mir selbst nicht eingestehen wollte, dass John überhaupt in diese Kategorie fallen könnte. Eigentlich habe ich ihn schon vor Jahren kennengelernt. Ab und zu habe ich für sein Magazin gearbeitet. Es ist John Westfield. Seit langer Zeit schon versucht er mich davon zu überzeugen, dass er der richtige Mann für mich ist, aber ich bin jedes Mal wieder vor ihm geflohen, wenn es zu ernst wurde. Das ist nun ein für alle Mal vorbei. Als ich letzte Woche noch einmal kurz in London war, hat er mir endlich die Augen geöffnet. Ich liebe ihn wahnsinnig, und zum Glück hat er nicht lockergelassen, bis ich es zugegeben habe.«

»Westfield? Moment mal, du heiratest den Mann, dem eines der bekanntesten britischen Hochglanzmagazine gehört?«

»So ist es. Aber glaub mir, ich würde ihn auch nehmen, wenn er ein einfacher Redakteur oder so was in der Art wäre. Ich kann es selbst immer noch nicht fassen.«

»Oh, Toni, ich freue mich so sehr für dich. So eine schöne Nachricht tut richtig gut.«

»Wirst du zu meiner Hochzeit kommen?«

»Aber natürlich werde ich das! Wann ist es denn so weit?«

»John und ich haben beschlossen, nächstes Jahr im Juni zu heiraten. Allerdings bin ich schon am Packen und werde nur noch ein paar Tage hier sein. Die Wohnung steht zum Verkauf, aber das übernimmt ein Makler. Ende nächster Woche bin ich weg, und ich hoffe, du wirst mich rasend vermissen.«

»Darauf kannst du jede Wette abschließen.«

»Und versprich mir, dass wir uns nicht aus den Augen verlieren werden.«

»Versprochen.«

»Auch nicht, wenn du Frau Magnussen bist.«

»Ach, Toni, das wird wohl niemals geschehen.«

»Darauf würde ich nicht wetten.«

Melina aß nur eine Kleinigkeit zu Abend. Eine Weile hoffte sie noch, dass Leonard sich wenigstens melden würde, um ihr eine gute Nacht zu wünschen, doch das tat er nicht. Schließlich griff sie nach dem Magnussen-Ordner ihrer Großmutter.

Seit ihrer Rückkehr aus Brasilien, war so viel in ihrem Leben passiert, dass sie kaum noch eine ruhige Minute gefunden hatte. Dabei hatte sie häufiger an den Ordner gedacht, doch vor lauter Leonard war sie einfach nicht dazu gekommen, ihn sich in Ruhe vorzunehmen. Nun aber las sie noch einmal den Artikel, den sie vor ihrer Reise nach Brasilien unterbrochen hatte, und betrachtete erneut die Fotos. Das von Joachim und Clara, aber vor allem das von Amalia.

Warum bin ich nur so fasziniert von dieser Person?, fragte sich Melina.

Es gab noch ein weiteres Foto, das zu dem Artikel gehörte. Es zeigte eine kleine Gruppe von Menschen, die beim Kaffee auf einer Terrasse saßen. Melina erkannte im Hintergrund die Fenster von Lindenhain. Wäre sie nicht inzwischen dort gewesen, hätte sie das gar nicht zuordnen können, doch nun wusste sie sogar, wo diese Fotos einst entstanden waren. Ein seltsam befriedigendes Gefühl, fand sie. Ihr fiel Emilys Bemerkung ein, dass auf Lindenhain für einige Zeit der Firmensitz angesiedelt gewesen war. Noch einmal schaute sie auf das dritte Foto des Artikels. Amalia, Joachim und Clara erkannte sie, aber der Mann, der außerdem noch mit am Tisch saß, sagte ihr nichts. Die Bildunterschrift war leider kaum noch lesbar.

Sie legte den Ordner auf den Boden, stand auf und holte sich eine Lupe, die schon seit Jahren ungenutzt in einer Schublade lag. Mit dem Vergrößerungsglas ließ sich der Text ein wenig besser entziffern, und sie erkannte den Namen: Michael von Meyerhoff.

»Das ist ja der Opa von Simon und Rena, den sie alle so gemocht haben! Schau an, wie interessant.«

Melina bemerkte, dass sie mit sich selbst sprach, und schüttelte den Kopf. Noch einmal nahm sie die Lupe, um sich das Foto von Michael von Meyerhoff genauer anzusehen. Auch er war in seiner Jugend ein überaus gut aussehender Mann gewesen. Sein volles dunkles Haar war kurz geschnitten. Man erkannte eine starke Ähnlichkeit mit Simon, aber da war noch etwas anderes, das Melina stutzen ließ, und es dauerte einige Sekunden, bis sie herausfand, was das genau war.

Michael von Meyerhoff schaute nicht wie die anderen direkt in die Kamera, sondern in die Richtung von Joachim und Clara. Um seinen Mund spielte ein leichtes Lächeln, irgendwie nachsichtig, aber auch unnahbar, vielleicht sogar ein wenig spöttisch …

Melina musste schlucken. Diese seltsame Art zu lächeln war ihr inzwischen vertraut, aber das konnte ja nur ein Zufall sein. Wieder schüttelte sie den Kopf und blätterte weiter. Als sie die Lupe beiseitelegen wollte, rutschte ihr der Ordner von den Knien. Sie fluchte leise und hob ihn wieder auf.

Gerade wollte sie weiterblättern, da sah sie, dass aus einer der Folien, zwischen zwei Artikeln, die Ecke eines Papiers hervorlugte. Sie zog es heraus und hielt einen Brief in der Hand. Ein einfaches vergilbtes Blatt, wie von einem alten Schreibblock gerissen. Die Handschrift sagte ihr nichts, doch dann las sie:

Berlin, 23. April 1945 –

Meine Liebste, Du Einzige … Wie wunderschön doch die letzten Tage mit Dir waren, mein Engel. So voller Frieden und Glück, beides doch so selten geworden in unserer schrecklichen Welt. Nun bin ich wieder hier in Berlin, inmitten der furchtbaren Wirklichkeit, und sehne mich zurück zu Dir …

»Ein Liebesbrief. Wie kommt der denn hier rein?« Natürlich konnte sie nicht widerstehen und las weiter. Die kräftige und ausladende Handschrift sagte ihr nichts. Es war tatsächlich ein glühender Liebesbrief, voller Treueschwüre und Versprechen auf das ewige Glück. Die Ausdrucksweise war ein wenig umständlich, aber der Inhalt rührte Melina zu Tränen. Der Mann musste wirklich schrecklich verliebt, vielleicht sogar ein wenig verzweifelt gewesen sein, als er diese Zeilen schrieb. Er versprach seiner Angebeteten, mit seiner Familie zu sprechen, sobald der Krieg vorbei war, sodass sie endlich heiraten könnten. Unten drunter stand kein Name, sondern nur der Buchstabe B, groß und etwas verschnörkelt mit einem leicht verwischten Punkt dahinter.

Melina sah noch einmal auf das Datum. Es waren tatsächlich nur noch wenige Tage gewesen, bis der Krieg sein Ende finden würde, aber das konnte der Schreiber des Briefes höchstens erahnt haben.

Wie schön, dachte sie, kurz darauf waren die beiden also vereint gewesen. Vielleicht war dieser B. eine frühe Liebe von Käthe gewesen, dachte sie. Aber warum hatte sie dann nur wenige Monate später einen anderen geheiratet? Von ihrem Großvater war der Brief nicht, so viel war klar. Sein Vorname begann nämlich nicht mit B, und außerdem kannte sie seine Handschrift aus alten Papieren. Diese hier war vollkommen anders. Trotzdem musste Käthe der Brief so wichtig gewesen sein, dass sie ihn hier im Ordner aufgehoben, vielleicht sogar versteckt hatte. Eigentlich war für Melina damit auch klar, dass tatsächlich Käthe die Adressatin der Zeilen gewesen war, sonst hätte sie diese kaum aufgehoben.

Etwas ratlos blieb sie eine Weile einfach still sitzen, las den Brief erneut, ohne jedoch neue Erkenntnisse zu gewinnen.

Melina legte den Ordner auf den Fußboden und stand auf, um sich in der Küche ein Glas Wein einzuschenken. Die Flasche von gestern Abend war noch halb voll.

Mit dem Rotweinglas in der Hand setzte sie sich zurück in Käthes Sessel, nahm einen Schluck und stellte es auf dem Beistelltisch ab. Dann griff sie erneut nach dem Ordner. Dieses Mal prüfte sie Folie um Folie und schaute auch zwischen den eingeschobenen Blättern nach. Am Ende lagen fünf weitere Liebesbriefe von B. neben ihrem Weinglas auf dem Beistelltisch. Alle Briefe waren in den letzten beiden Jahren des Zweiten Weltkriegs geschrieben worden. Und zweimal lautete die Anrede ganz klar: *Mein über alles geliebtes Käthchen …*

14. Kapitel

Hamburg-Nienstedten, im Oktober 1944

Die Frau von Pastor Stelling war eine der drei letzten Kundinnen, die ihrer Mutter noch geblieben waren. In den Zeiten des Krieges hatten die Menschen andere Sorgen als frische Bettlaken und schneeweiße Tischtücher. Doch immer wenn Else Stelling vorbeikam, um ein paar Wäschestücke vorbeizubringen, begann Käthes Herz schneller zu schlagen. Das lag natürlich nicht an der Pastorenfrau selbst, sondern vielmehr daran, dass Else zu ihrer einzigen und engsten Verbündeten geworden war. Sie nahm nämlich die Briefe entgegen, die Käthe stets voller Sehnsucht erwartete und die ein wenig Licht in ihr sonst so dunkles Dasein brachten. Sie erinnerte sich noch genau an den Tag, als sie die Frau des Pastors in ihr Geheimnis eingeweiht hatte.

Käthe hatte an diesem Tag einen Korb mit sauberer Wäsche im Pastorat vorbeigebracht, und die stets freundliche Frau Stelling hatte sie auf einen Tee hereingebeten und ihr sogar eine Scheibe Brot mit Schmalz vorgesetzt. So waren sie ins Gespräch gekommen. Mit bangem Herzen hatte Käthe schließlich von ihrer heimlichen Liebe berichtet und ihr gleichzeitig von ihrer Not erzählt: von ihrer Familie, die ihr so fremd war, als würden sie allesamt eine andere Sprache sprechen, von ihrem Vater, der kriminell, gewalttätig und rücksichtslos handelte, sobald es um seinen eigenen Vorteil ging, und von ihrer Mutter, die verhärmt, enttäuscht vom Leben und müde von der Arbeit als Wäscherin keinerlei Verständnis für ihre einzige Tochter aufbringen konnte, geschweige denn imstande war, ihr mütterliche Liebe entgegenzubringen. Es war einfach alles aus Käthe herausgesprudelt. An diesem Nachmittag und trotz des gewaltigen Altersunterschieds von fast vierzig Jahren war ihre Freundschaft entstanden.

»Wenn mein Vater auch nur eine Ahnung davon hätte, wer mein Liebster ist, würde es böse enden, glauben Sie mir.«

Else hatte verständnisvoll genickt und ihnen Tee nachgeschenkt. »Ja, ich glaube, da hast du leider recht.«

»Deshalb passe ich auch besonders gut auf, dass meine Familie nichts bemerkt. Der Soldat, der mir die Briefe meines Liebsten bringt, legt sie auf dem Friedhof hinter der Kirche am vereinbarten Platz ab, und ich verstecke dort auch meine eigenen, damit er sie mitnehmen kann. Ich schaue dort jeden Tag nach, wenn es geht, doch beim letzten Mal ist alles vom Regen durchgeweicht gewesen, und ich konnte die Zeilen kaum noch entziffern.«

»Oh, das ist traurig.«

»Ja, das ist es. Ich war untröstlich.«

»Ich glaube, ich habe den Soldaten schon mal auf dem Friedhof gesehen. Ein Mann auf einem Motorrad, richtig?«

»Ja, es ist einer dieser Soldaten, die dafür Sorge tragen, dass wichtige Post von Berlin nach Hamburg und in die nähere Umgebung kommt.«

»Schreib deinem Liebsten, dass der Soldat die Post von nun an direkt hier im Pastorat abliefern kann. Ich werde sie für dich entgegennehmen, und niemand wird davon erfahren.«

Käthe wusste noch genau, wie glücklich sie in diesem Augenblick gewesen war. »Das würden Sie für mich tun, Frau Stelling?«

»Sag Else zu mir, mien Deern. Und ja, ich mach das gerne für dich und deinen Verehrer. In diesen Zeiten ist jede Liebe ein Lichtblick und ein Hoffnungsschimmer für die Zukunft.«

Es war ein wunderbares Gespräch voller gegenseitigem Vertrauen gewesen, und Käthe dachte oft daran, auch wenn sie inzwischen viele solcher Unterhaltungen geführt hatten. Ihr Leben hatte sich mit ihrer Freundschaft zu Else Stelling deutlich verbessert, doch das lag nicht allein an den Briefen, die der Soldat nun verlässlich im Pastorat ablieferte, sondern auch daran, dass Käthe von da an sehr viel Zeit im Haus der Stellings verbringen durfte. Käthes Mutter war froh, wenn ein hungriger Magen weniger zu füllen war, und nahm Elses Erklärung, sie würde Käthes Hilfe von nun an häufiger bei irgendwelchen Haushalts- oder Kirchenangelegenheiten benötigen, sichtbar erleichtert hin. Käthe selbst erschien jeder Tag, den sie im Pastorat verbrachte, fast wie ein Aufenthalt im Paradies. Eine kleine Flucht aus der grausamen Wirklichkeit, in der sie alle leben mussten. In der Wohnung von Else und Pastor Stelling war es immer sauber und warm. Es gab auch meistens etwas Vernünftiges zu essen. Nicht erst in den schweren Zeiten des Krieges hatte sich Pastor Stelling als äußerst zuverlässiger Seelsorger und aufrechter Hirte seiner Gemeinde erwiesen. Auch Else war stets hilfsbereit und kümmerte sich so gut es nur ging um ihre

Nachbarn. Die Menschen waren dankbar und fühlten sich dem Paar verpflichtet. Den meisten Bauern rund um Nienstedten ging es noch recht gut, so brachten sie immer mal wieder etwas vorbei, und die Magnussens von Gut Lindenhain sorgten für ausreichend Feuerholz, wie Käthe von Else erfahren hatte.

Käthe war gerade dabei, ihrem jüngeren Bruder Steffen zu helfen, ein paar Eimer mit Elbwasser hinter das Haus zu tragen, als sie ihre mütterliche Freundin Else die Straße entlangkommen sah. Nahezu täglich brachte Steffen die Eimer mit seiner Schottschen Karre vom Elbstrand herauf zum Haus. Das war jedes Mal enorm anstrengend, doch es lief schon lange kein Wasser mehr aus dem Hahn in der Küche, und so behalfen sich viele Hamburger mit dem Wasser aus ihrem Fluss, denn nicht immer deckte das aufgefangene Regenwasser den Bedarf. Auch Käthes Mutter filterte das Wasser durch mehrere Laken, um es dann anschließend gut abzukochen, sodass es nicht mehr so schnell krank machte, wenn man es für eine dünne Steckrübensuppe, Kräutertee oder für das fürchterliche Gebräu aus Zichorienwurzeln verwendete, das ihre Mutter jeden Morgen trank.

Käthe fühlte die schon vertraute Aufregung und Freude in sich aufsteigen, als Else näher kam. »Moin, Else.«

»Moin, mien Deern.« Der Blick aus den blassblauen Augen der Pastorenfrau glitt hinüber zu Steffen. »Braucht ihr Käthe heute noch?«, fragte sie. »Ich könnte mal wieder ihre Hilfe im Haushalt gebrauchen.«

Sie wusste, dass Käthes Vater desertiert und schon seit Monaten nicht mehr nach Hause gekommen war. Die älteren Brüder waren zudem beide an der Front. Mit ihrer Frage gab sie dem Fünfzehnjährigen das Gefühl, er wäre nun der Mann im Haus. Käthe war sich sicher, dass Else das nicht zufällig tat. Die Pastorenfrau hatte ein gutes Gespür für andere Menschen und stellte sich schnell auf jede Situation ein.

Wie erwartet drückte Steffen sichtbar sein Rückgrat durch und winkte dann mit einer großzügig wirkenden Geste ab. »Nee, ich komm hier klar.« Dann sah er Käthe an. »Hau ruhig ab. Ich sach Muttern nachher Bescheid.«

»Dann sag deiner Mutter, dass sie wahrscheinlich über Nacht im Pastorat bleiben wird.«

»Mach ich«, antwortete Steffen und hob zwei Eimer aus der Karre.

»Danke, Steffen, das ist sehr nett von dir«, antwortete Käthe artig, auch wenn ihr Bruder sich bereits wieder um seine Arbeit kümmerte und sie nicht weiter beachtete. Ihr Blick fiel auf ihre schmutzigen Hände.

»Du kannst dich bei mir waschen«, sagte Else lächelnd. »Nun komm«, flüsterte sie. »Ich habe heute ein paar Kartoffeln und ein Stück Dauerwurst bekommen. Zusammen mit den restlichen Steckrüben wird das einen feinen Eintopf geben. Das wird dir schmecken und dir Kraft geben.«

»War der Soldat da?«, fragte Käthe etwas atemlos und mit klopfendem Herzen, sobald sie sich ein Stück von ihrem Haus entfernt hatten.

Else nickte und lächelte erneut. »Während ich koche, kannst du in Ruhe deinen Brief lesen.«

»Ach, ich freue mich so.«

Wie üblich umrundeten sie die Kirche, bis sie am Pastorat ankamen. Käthe konnte es kaum erwarten, endlich die Zeilen ihres Liebsten lesen zu dürfen. Als sie schließlich frisch gewaschen und mit einem Becher Tee vor sich auf der gemütlich ausgepolsterten Eckbank in Elses Küche saß, verblasste angesichts des Briefs in ihren Händen einmal mehr all das Leid, das sie nun schon seit so vielen Jahren umgab.

Mein über alles geliebtes Käthchen …

Wie immer musste sie kurz innehalten, nachdem sie die ersten Zeilen gelesen hatte. Das Glück, aber auch die Sehnsucht schnürten ihr für Sekunden die Kehle zu, sodass sie einige Male tief durchatmen musste, um nicht sofort in Tränen auszubrechen. Erst nach dieser kleinen Pause, war es ihr möglich weiterzulesen.

… Dein letzter Brief hat mich zugleich glücklich und traurig gemacht. Glücklich, weil ich jedes Mal unendlich froh bin, von dir zu hören, und traurig, weil wir noch immer voneinander getrennt sind. Du fehlst mir so sehr, mein einziges Licht in dunkler Zeit. Schon meine Gedanken an dich geben mir Trost und Zuversicht. Du kannst dir kaum vorstellen, welches Leid ich hier zu sehen bekomme. Grausame Verletzungen an Körper und Seele. Jeden Tag müssen wir weit über unsere Grenzen hinausgehen. Wir alle beten inständig darum, dass dieser furchtbare Krieg endlich ein Ende finden möge, doch wenn es stimmt, was wir hier in Berlin so hören, dürfte das nicht mehr lange auf sich warten lassen. Wir können also hoffen, schon bald für immer beieinander sein zu dürfen. Wie sehr sehne ich mich danach, mein Käthchen. Übrigens freut es mich, dass Else Stelling eine zuverlässige Freundin und eine tröstende Zuflucht für dich geworden ist. Ich erinnere mich noch gut an sie, und bitte, richte ihr doch liebe Grüße und meine tiefe Dankbarkeit aus, dass sie sich so rührend um dich kümmert.

Wenn alles gut geht, werde ich spätestens im Frühjahr für ein paar Tage nach Hamburg kommen können. Schon wenn ich nur daran denke, dich wieder in meinen Armen halten zu können, wird mir ganz warm. Sobald der Krieg vorbei ist, mein Engel, werde ich endlich mit meiner Familie sprechen, und dann wird Pastor Stelling uns trauen. So, nun bleib du fein gesund und pass gut auf dich auf. Denk daran, was ich dir in meinem letzten Brief geschrieben habe: Sobald es Gemüse oder gar Obst gibt, iss es! Der Winter steht vor der Tür, und ich hoffe, du wirst nicht allzu sehr frieren müssen. Mein Herz gehört dir, für immer. Dein B.

Seufzend ließ Käthe den Brief sinken. Wie sehr liebte sie diesen Mann! Wie immer war der Brief kurz, doch sie wusste, dass seine Arbeit ihm kaum eine freie Minute ließ. Nach einigen stillen Momenten las sie den Brief erneut. Das tat sie immer, denn das erste Lesen ging stets ein wenig hastig vonstatten. Erst beim zweiten Mal gelang es ihr, wirklich jedes seiner Worte aufzunehmen, um sie dann für immer in ihrem Herzen zu verwahren.

Schließlich hob sie ihren Blick und sah, dass Else inzwischen damit beschäftigt war, ein paar Steckrüben und Kartoffeln zu putzen und klein zu schneiden.

»Darf ich dir helfen?«, fragte sie leise.

Else wandte sich ihr kurz zu. Auf ihrem Gesicht lag ein liebevoller Ausdruck. »Trink du deinen Tee, mien Deern, und ruh dich ein wenig aus«, erwiderte sie und drehte sich wieder zu ihrer Arbeit um. »Ich kümmere mich ums Essen. Wir bleiben heute allein. Der Pastor ist im Umland unterwegs und übernachtet auf einem der Höfe. Er kommt erst morgen Nachmittag zurück. Du kannst später wieder auf der Pritsche im kleinen Zimmer schlafen, wenn du möchtest.«

»Oh ja, das würde ich gerne. Mein Liebster lässt dich übrigens grüßen, und ich soll dir seine Dankbarkeit ausrichten, weil du uns hilfst.«

Käthe hörte ein leises Kichern und sah, dass Elses Rücken ein wenig bebte. »Es macht mir Freude, und das ist doch so wichtig in dieser Zeit. Du weißt ja, dass ich keine eigenen Kinder habe.« Noch einmal drehte sich Else zu ihr um. »Ich hab dich sehr lieb gewonnen. Du bist schon fast wie eine Tochter für mich. Und ja, das kannst du einfach so hinnehmen, ohne gleich ein schlechtes Gewissen haben zu müssen.«

Eine Weile schwiegen sie beide, und nur die leisen und gleichmäßigen Geräusche des Messers auf dem alten Holzbrett durchbrachen die Stille in der warmen Küche. In Käthes Ohren klang es seltsam beruhigend und heimelig, fast wie ein sanftes Versprechen auf Frieden. Es war schön, Else bei der Arbeit zu beobachten. Die etwas stämmig gebaute Frau trug eine dunkelgrüne Kittelschürze, und der silbergraue Knoten an ihrem Hinterkopf zitterte leicht bei jeder Bewegung. Doch eigentlich mochte Käthe alles hier: die sauber geschrubbten Böden, die blau gestreiften Polster auf der Küchenbank, den blanken Holztisch und das weiche, dunkelrote Sofa drüben in der guten Stube. Nicht zum ersten Mal wünschte sie sich inständig, auch irgendwann einmal ein so schönes und gemütliches Zuhause haben zu dürfen. Doch noch viel mehr wünschte sie sich, dass dieser furchtbare Krieg bald ein Ende finden würde, damit ihr Liebster endlich heimkam und für immer bleiben konnte.

»Kann ich dir vielleicht sonst irgendwie helfen?«, fragte sie, als Else bereits dabei war, die Dauerwurst in kleine Scheiben zu schneiden.

Elses Lachen klang verhalten. »Du kannst nicht aus deiner Haut, nicht wahr? Nun denn, wenn du dich dann besser fühlst … Es wird heute sicher noch regnen, so dunkel, wie es ist. Wenn du etwas zu tun brauchst, könntest du das Laub vor der Tür zur Seite fegen, damit niemand ausrutscht.«.

»Oh ja, das mach ich gern.« Käthe erhob sich. Sie war tatsächlich immer froh und etwas erleichtert, wenn sie sich auf irgendeine Weise bei Else bedanken konnte.

»Der Besen steht neben der Eingangstür. Aber zieh dir deine Jacke an, es ist recht windig geworden.«

Als Käthe kurz darauf ihrer Arbeit nachging und das Laub vor der Haustür rechts und links in die Rabatten fegte, bemerkte sie zunächst nur nebenbei, dass ein hochgewachsener Mann humpelnd die Straße entlangkam. Erst als er direkt vor dem Kirchentor stehen blieb und sie seine Blicke spürte, sah Käthe auf und erkannte ihren Freund aus Kindertagen.

»Ralf!« Vor lauter Überraschung ließ sie den Reisigbesen fallen, rannte auf den Mann zu, sprang an ihm hoch und warf ihm die Arme um den Hals. »Ralf, du bist hier?«

»Ja.« Sie fühlte den hageren Körper unter seiner lose herabhängenden Kleidung und erschrak ein wenig. Ralf drückte sie einen Moment an sich, griff dann aber nach ihren Händen und löste sich aus ihrer Umarmung. »Mein Bein. Es ist steif. Ein Schrapnell hat mir das Knie zerschmettert. Ich bin jetzt ein Kriegsversehrter und durfte nach Hause.«

»Oh, das tut mir leid«, sagte Käthe automatisch.

»Mir nicht.«

Es brauchte eine kleine Weile, ehe sie verstand, wie er das meinte, doch dafür musste sie ihm erst in die Augen sehen. Jetzt erkannte sie auch, dass nicht nur sein Bein kriegsversehrt war, sondern auch seine Seele. Ralfs Blick war trüb und leer, und diesen trostlosen Ausdruck kannte sie inzwischen auch von anderen Heimkehrern, denen sie begegnet war.

»Mir tut es trotzdem leid, dass dein Knie kaputt ist«, sagte sie und lächelte ihn so herzlich an, wie es ihr nur möglich war. Wenn sie sich nicht täuschte, leuchteten seine hellblauen Augen kurz auf.

»Ich freue mich, dich gesund zu sehen, Käthi.« Er räusperte sich. »Ich habe so sehr gehofft, dich heil wiederzusehen.«

»Ralf Peters!«, erklang plötzlich Elses Stimme. Die Pastorenfrau stand, die Hände auf ihre breiten Hüften gestützt, in der offenen Haustür. »Na so was! Welche Freude! Komm rein, Junge, und iss mit uns. Es gibt Eintopf. Du siehst aus, als könntest du eine tüchtige Stärkung vertragen.«

Eine Stunde später war Käthe wieder mit Else alleine, und sie räumten gemeinsam die Küche auf.

Ralf hatte mit ihnen gegessen, fast wortlos, aber hungrig wie ein Wolf. Schließlich hatte er sich für das gute Essen bedankt und war gegangen. An der Tür hatte er Else noch seine Hilfe angeboten, falls irgendeine Arbeit für die Kirche oder das Pastorat anfallen sollte. Er hatte ihr erklärt, dass sein Bein zwar steif, aber seine Hände und Arme noch ganz in Ordnung seien und er sehr gerne vorbeikommen würde, um zu helfen. Käthe fand das nett, doch so kannte sie Ralf Peters auch von früher. Er war schon immer einer von den Guten gewesen.

»Der Junge mag dich«, sagte Else, als sie schließlich gemeinsam mit einer Stopfarbeit am Tisch saßen, und sah Käthe forschend an.

Käthe nickte. »Wir sind alte Freunde. Du weißt ja, dass Ralfs Familie früher direkt neben uns gewohnt hat.«

»Das meine ich nicht, Käthe.« Die ältere Frau wackelte vielsagend mit den Augenbrauen. »Er hat sich in dich verguckt.«

»Ach, nein. Else, das kann ich mir nicht vorstellen.«

»Ich bin eine alte Frau, aber ich weiß, was ich sehe.« Else griff über den Tisch hinweg nach ihrer Hand. »Pass auf, dass du ihm nicht das Herz brichst, Kindchen. Sag ihm bald, dass du so gut wie verlobt bist, damit er sich gar nicht erst falsche Hoffnungen macht.«

Die passende Gelegenheit, Elses Rat zu befolgen, ergab sich bereits zwei Tage später. Ralf und sie hatten auf dem Friedhof hinter der Kirche für Ordnung gesorgt, um dem Pastorenehepaar ein bisschen Arbeit abzunehmen. Während einer kleinen Arbeitspause fasste sich Käthe ein Herz und erzählte Ralf von ihrer heimlichen Liebe.

»Er wird dich niemals heiraten, Käthi. Du solltest nicht darauf hoffen.« Ralf stützte sich auf den Stiel seines Rechens und sah sie sichtbar erschüttert an. »Solche Leute heiraten niemanden von uns.« Seine Stimme klang aufgebracht, und sein Blick funkelte.

»Ach, Ralf, die Zeiten haben sich doch gründlich geändert, meinst du nicht?«

»Der Dünkel bleibt. Das war noch nie anders.«

»Wir alle leiden in diesen Zeiten. Jeder auf seine Art. Auch denen geht es nicht gut. Sie haben so viel verloren.«

»Du wirst schon sehen, dass ich recht behalte.« Er seufzte laut auf. »Wie auch immer, ich bin für dich da. Als ich eingezogen wurde, war ich fast fertig mit meiner Lehre. Wenn der Krieg erst vorbei ist, werden Tischler wieder gebraucht werden, und dann kann ich gut für uns sorgen, Käthi.«

»Ralf … Ich …«

»Warum, glaubst du, hat er seiner Familie noch immer nichts von dir erzählt? Als seine Zukünftige würden sie dich doch sicherlich bei sich aufnehmen, und es könnte dir dort viel besser gehen, denke ich. Wenn er dich tatsächlich so liebt, wie du sagst, müsste es das Wichtigste für ihn sein, dass es dir gut geht.«

»Es stimmt, er wollte damit warten«, musste sie zugeben. »Doch es war unsere gemeinsame Entscheidung, es noch geheim zu halten. Mir ist es auch viel lieber, dass wir es erst offiziell machen, wenn er zurück ist und nicht mehr fortmuss.«

Es war schwierig, die richtigen Worte zu finden. Vor allem weil sie inzwischen nicht mehr ganz so sicher war, ob sie damals die richtige Entscheidung getroffen hatten. Im Grunde hatte Ralf nämlich recht. Dort, bei der Familie ihres Liebsten, würde es ihr besser gehen als zu Hause in dem baufälligen und zugigen Haus ihrer Eltern.

Rasch vertrieb sie die Zweifel aus ihrem Kopf und erklärte Ralf die Gründe, die sie sich seinerzeit zurechtgelegt hatten. »Weißt du, ich möchte nicht ohne ihn dort sein. Da würden mich doch nur fremde Menschen umgeben. Aber vor allem habe ich Angst, dass mein Vater davon Wind bekommen könnte. Du kennst ihn doch. Er ist skrupellos. Nein, Ralf, ich wäre dort nicht sicher, und ich würde die Familie meines

Liebsten vielleicht sogar in Gefahr bringen, solange wir nicht verheiratet sind.«

»Else sagte, dass dein Vater schon seit Monaten nicht mehr hier war. Vielleicht ist er sogar tot. Wenn sie Deserteure einfangen, werden diese auf der Stelle erschossen. Das weiß ich, denn ich habe es einmal selbst mit ansehen müssen. Nein, Käthi, ich verstehe diese Begründung nicht. Vor allem aber verstehe ich deinen Kerl nicht.«

»Das verlange ich ja auch gar nicht. Mir war nur wichtig, dass du es weißt.«

Ralf nickte, doch in diesem Augenblick wirkte seine Miene wie aus Stein gemeißelt.

»Ich bin für dich da«, wiederholte er stoisch. »Denk einfach daran, und vergiss es auch nicht. Vergiss das niemals. Und jetzt möchte ich nicht mehr darüber sprechen.« Er wandte sich von ihr ab und begann erneut, die Wege zwischen den Gräbern mit dem Rechen zu bearbeiten.

15. Kapitel

Hamburg, im September 2018

Am späten Sonntagvormittag meldete sich Emily bei Melina, um sie zu fragen, ob sie nachmittags spontan Lust auf ein Treffen hätte. Melina stimmte begeistert zu, und so verabredeten sie sich im Foyer des Hotels, in dem Emily arbeitete, weil es dort ein sehr schönes Café gab.

»Ich hab dich noch gar nicht gefragt, was du hier eigentlich genau tust.« Melina sah sich in der Lobby um und bewunderte die geschmackvolle Einrichtung. Das Haus war bekannt für sein elegantes Ambiente und seine prominenten Gäste, besonders für solche, die nicht unbedingt in den großen Alsterhotels absteigen wollten. Es war unübersehbar, warum das so war: Das Mobiliar war modern und schlicht gehalten, aber sichtbar edel. Polierte Hölzer und klare Farben dominierten. »Es ist wirklich schön hier.«

»Ja, es ist ein tolles Hotel und übrigens in Familienbesitz. Es ist nicht sehr groß, aber doch gehoben. Wir können mit den Luxusschuppen hier an der Alster durchaus mithalten. Doch um deine Frage zu beantworten: Ich bin die Assistentin des Geschäftsführers«, antwortete Emily lächelnd. »Wir haben also irgendwie den gleichen Job, nur in verschiedenen Branchen.«

»Stimmt. Und gefällt dir deine Arbeit?«

»Oh ja, das tut sie. Auch wenn ich so wie heute manchmal am Wochenende ranmuss, wenn viel zu tun ist. Aber mir macht das nichts aus. Das Hotel ist inzwischen zu meinem zweiten Zuhause geworden, und Ronald arbeitet ja auch sehr viel. Mein Vater war zunächst ein bisschen irritiert, als ich nach dem Studium sofort in die Hotelbranche ging. Als ich mich so wie Leonard für ein Wirtschaftsstudium entschied, erwartete er wohl, dass auch ich nach dem Abschluss in die Firma einsteige, doch das war noch nie mein Ding. Zum Glück hat mein Vater meine Entscheidung aber schnell akzeptiert. Nicki ist ja auch seinen eigenen Weg gegangen.« Sie lachte. »Was im Übrigen ein riesiges Glück für P. F. Magnussen ist, wenn du mich fragst.«

»Warte mal, dann könnte es ja sein, dass ich deiner Vorliebe für die Hotelbranche letztlich sogar meinen Job verdanke.«

»Wer weiß. Aber wenn ich so darüber nachdenke, hätte ich die ersten Jahre sehr wahrscheinlich mit Leo zusammengearbeitet. Du könntest also recht haben. Glaub mir, Melina, nach allem, was ich von dir gehört habe, passt du viel besser in die Firma.« Sie nippte an ihrem Kaffee. »Wie läuft es denn so mit dir und Leo?«

»Er ist ein großartiger Chef. Tessa hat mir bei meinem Vorstellungsgespräch nicht zu viel versprochen. Ich arbeite sehr gerne mit ihm zusammen.«

Emily legte ihren Kopf etwas schief und lächelte. »Und sonst?«

»Wie, und sonst?« Wieder verspürte Melina einen kleinen Stich im Herzen. Es machte ihr zu schaffen, dass Leonard sich seit Freitagabend noch nicht wieder bei ihr gemeldet hatte. Andererseits brachte sie es aber auch nicht fertig, ihn anzurufen.

»Hey, du siehst plötzlich so traurig aus. Hat mein Bruder sich etwa danebenbenommen?«

Melina versuchte sich an einem Lächeln. »Nein, das hat er nicht. Keine Sorge. Wie ich schon sagte, er ist großartig.«

»Hätte mich auch stark gewundert«, erwiderte Emily. »Leo ist so unfassbar anständig.« Ihr Blick wurde eindringlicher. »Wenn ich zu neugierig bin, musst du es mir sagen. Ich weiß, wir kennen uns eigentlich kaum. Es ist nur so, dass ich von Anfang an das Gefühl hatte, dass wir Freundinnen sein könnten, und glaub mir, so einen Satz habe ich noch niemals zuvor gesagt.«

Melina holte tief Luft. »Das Gefühl beruht auf Gegenseitigkeit.«

»Das freut mich.« Emily lächelte warm. »Und ich habe es dir ja schon auf Lindenhain gesagt: Mir ist sofort diese besondere Energie zwischen dir und Leo aufgefallen – wie er sich dir gegenüber verhält und auf welche Weise er dich ansieht.«

»Ja, da ist etwas zwischen uns, aber du bist seine Schwester, das macht es etwas schwierig für mich, mit dir über die Sache zu reden.«

»Kann ich verstehen.«

»Gib mir noch ein bisschen Zeit. Mir fällt es generell nicht so leicht, mich zu öffnen.«

»Klar. Lass uns einfach das Thema wechseln, und wenn dir irgendwann danach ist, mit mir zu reden, tu es einfach, okay?« Emily lachte kurz auf und zwinkerte ihr dann verschwörerisch zu. »Da ich seine Schwester bin, kenne ich den Kerl sehr gut. Das ist allerdings ein Vorteil, den du nicht vergessen solltest.«

Auch Melina lachte. »Da hast du recht. Ich komme sicher noch darauf zurück.« Sie trank ihren Kaffee aus und schob den Gedanken an Leonard zusammen mit ihrer leeren Tasse beiseite.

Die Liebesbriefe aus dem Ordner wollten ihr nicht aus dem Kopf gehen. Seit gestern Abend dachte sie schon darüber nach, warum Käthe sie ausgerechnet in ihrer Magnussen-Sammlung versteckt hatte. Vielleicht war es nur Zufall, dachte sie zum wiederholten Male.

»Du wirkst sehr nachdenklich.«

»Oh entschuldige, Emily. Ich war tatsächlich kurz in Gedanken.«

»Wieder Leo?«

»Nein, dieses Mal nicht.« Sie seufzte, überlegte kurz, wie viel sie Emily erzählen konnte, ohne völlig bekloppt zu wirken. »Ich habe mich in der letzten Zeit ein bisschen mit eurer Familienchronik befasst.«

»Na, wie ich meinen Bruder kenne, war das auch eine seiner Einstellungsvoraussetzungen.«

»Ich finde eure Urgroßmutter Amalia unglaublich interessant.«

»Damit stehst du nicht alleine da. Als junges Mädchen habe ich alles über sie gelesen, was ich finden konnte.«

»Ich habe ein paar Bücher durchgesehen, die Leonard mir gegeben hat.« Auch wenn das der Wahrheit entsprach, brachte sie es nicht fertig, Käthes Ordner zu erwähnen. »Spannend finde ich, dass sie die Firma nach dem Krieg praktisch aus eigener Kraft wieder aufgebaut hat. Leonard hat mir mal erzählt, Amalia sei damals der Kopf und das Herz des Unternehmens gewesen.«

»Ja, und sie hat sich erst sehr spät ganz aus der Firma zurückgezogen. Da war sie schon weit über achtzig. Man stelle sich das vor. Als sie einige Monate vor ihrem hundertsten Geburtstag im Schlaf starb, soll sie im Kopf noch topfit gewesen sein.«

»Und dein Großvater Joachim? Er hat doch die Firma geleitet, oder?«

»Ja, aber gemeinsam mit ihr. Nachdem Paul gestorben war, ließ sie sich die Führung des Unternehmens nicht mehr nehmen. Meine Großmutter Clara hat viel über sie gesprochen. Die beiden mochten sich sehr, und das ist ja keine Selbstverständlichkeit. Schließlich war Amalia ihre Schwiegermutter.«

»Als ich das Gemälde in eurem Ballsaal sah, dachte ich, was für eine tolle Ausstrahlung Amalia und ihr Mann doch hatten. Sicher haben sie eine glückliche Ehe geführt.«

»Hm, sie soll es nicht immer leicht gehabt haben mit ihrem Paul. Genaueres weiß ich aber nicht.«

»Als wir in Brasilien waren, erzählte Leonard, dass eure Großmutter inzwischen in einem Pflegeheim lebt. Wie alt ist sie eigentlich?«

»Oma ist jetzt vierundneunzig.«

»Auch schon ein stolzes Alter.«

»Das kann man wohl sagen.« Emily winkte dem Kellner und bestellte zwei Prosecco. »Ist dir doch recht, oder? Noch mehr Kaffee schaffe ich einfach nicht.«

Melina musste lachen. »Du wärest in der Firma wirklich fehl am Platz.«

»Siehst du!« Auch Emily schmunzelte und nahm dann ihren

Gesprächsfaden wieder auf. »Wir sind alle froh, dass sich Oma in ihrem Heim so wohlfühlt. Es ist auch wirklich schön dort. Also, so schön eine solche Einrichtung halt sein kann. Natürlich ist es irrsinnig teuer, doch es gibt wirklich einen großen Unterschied zu anderen Heimen. Leonard und ich haben uns im Vorfeld sehr viele davon angesehen.«

»Wenn ich es richtig in Erinnerung habe, liegt es in der Lüneburger Heide, oder?«

»Richtig. Kurz vor Amelinghausen. Ah, da kommt unser Prosecco.«

Ihre Unterhaltung verlief weiterhin freundschaftlich und vertraut. Als sie sich schließlich voneinander verabschiedeten, hatte Melina tatsächlich das Gefühl, in Emily eine neue Freundin gefunden zu haben.

Zurück in ihrer Wohnung machte sich Melina erst einmal etwas zu essen. Nach zwei Gläsern Prosecco fühlte sie sich doch ein bisschen aufgekratzt. Eine Portion der Gemüsesuppe, die sie vor einiger Zeit eingefroren hatte, war da genau das Richtige. Als sie mit dem Essen fertig war, war es schon dunkel. Sie ging duschen und machte sich schon mal für die Nacht zurecht. Gerade wollte sie erneut nach dem Magnussen-Ordner greifen, da klingelte ihr Telefon. Auf dem Display sah sie, dass es Leonard war.

Ach, schau an, nun doch, dachte sie, griff nach dem Hörer und meldete sich.

»Hallo du. Wie war dein Sonntag?«, fragte er.

»Sehr schön. Ich hab mich mit deiner Schwester auf einen Kaffee getroffen.«

»Mit Emily?«

»Wie viele Schwestern hast du?«

»Warum so bissig?«

Sie schloss kurz die Augen. »Entschuldige, ich bin ein bisschen müde, das ist alles.«

»Schon okay. Ich hoffe, ihr hattet Spaß.«

»Den hatten wir.«

»Du bist ziemlich einsilbig, Melina.«

»Wie gesagt, ich bin müde.«

»Gut … Ähm. Dann wünsche ich dir eine gute Nacht. Schlaf schön.«

»Du auch.«

»Bis morgen, Melly.«

Es war das erste Mal, dass er sie so nannte, und sie musste zugeben, dass es ihr gefiel. »Ja, bis morgen.«

Sie legte auf und ärgerte sich schon in der nächsten Sekunde über ihr eigenes Verhalten. Leonard hatte vollkommen recht, sie war bissig und kurz angebunden gewesen. Dennoch … Sie hatte nicht anders gekonnt. Vielleicht hatte sie einfach ein Ventil gebraucht.

Eine Weile blieb sie noch reglos sitzen und überlegte, ob sie ihn zurückrufen sollte, doch dann verwarf sie den Gedanken. Plötzlich kam ihr eine andere Idee. Sie griff nach ihrem Smartphone, rief den Internetbrowser auf und suchte nach einem luxuriösen Altenheim bei Amelinghausen. Als sie das Foto sah, wusste sie, dass sie das richtige gefunden hatte: ein kleines Schloss inmitten der Lüneburger Heide.

Anfang Oktober 2018

Es war nicht mehr zu übersehen, dass der Herbst Einzug gehalten hatte. Die Blätter der umstehenden Bäume erstrahlten bereits in ihren schönsten Farben. Melina stellte den Wagen auf dem Besucherparkplatz ab, stieg aus und sah sich um.

Welche Pracht, dachte sie, während sie langsam auf das Gebäude zuging, das tatsächlich wie ein kleines Schloss aussah. Sogar zwei hübsche Türmchen gab es, und der überdachte Zugang zur Eingangstür war gesäumt von steinernen Säulen.

Sie läutete. Ein summendes Geräusch erklang, und die Tür öffnete sich automatisch. In der Eingangshalle sah es eher aus wie in einer modernen Hotellobby, stellte Melina erstaunt fest. Als sie auf den halbmondförmigen Empfangstresen zuging, erhob sich eine Frau, die ihr höflich lächelnd entgegensah.

»Ich würde gern Clara Magnussen besuchen«, sagte Melina. Ihr Herz schlug schneller. Sie wusste, dass sie gerade etwas tat, das zumindest ungewöhnlich war.

»Sind Sie eine Verwandte?«, wollte die Empfangsdame wissen.

»Nicht direkt. Ich bin eine Freundin der Familie. Mein Name ist Melina Peters.« Sie legte eine ihrer eindrucksvollen Magnussen-Visitenkarten auf den Tresen und hoffte, dass ihr Lächeln absolut selbstsicher wirkte. »Ich könnte Ihnen auch noch meinen Personalausweis …?« Sie öffnete ihre Handtasche, doch die Dame winkte ab.

»Lassen Sie nur, Frau Peters. Ich trage Sie in die Besucherliste für Frau Magnussen ein. Fahren Sie bitte in den ersten Stock. Der Fahrstuhl ist dort, gleich neben der Eingangstür. Ich melde Sie oben an. Meine Kollegin bringt Sie dann direkt zu Frau Magnussen.«

»Herzlichen Dank.« Diese Hürde wäre geschafft, dachte Melina erleichtert.

Sie nahm den Aufzug, und im ersten Stock kam ihr schon eine Pflegerin entgegen, die sie zu einer Tür am Ende des Ganges führte.

»Clara, Besuch für Sie.«

»Immer herein mit euch«, hörte Melina eine helle Stimme antworten.

»Sie sitzt sehr gern in dem Ohrensessel«, sagte die Pflegerin leise. »Dort sitzt sie den halben Tag und schaut aus dem Fenster. Ach, und bevor ich es vergesse … Frau Magnussen nimmt üblicherweise gegen neunzehn Uhr das Abendessen ein. Sie haben also noch ungefähr eine Stunde Zeit«, teilte sie ihr mit. »Sollten Sie länger bleiben wollen, geben Sie mir gerne Bescheid, dann lass ich Ihnen auch etwas herrichten. Das ist überhaupt kein Problem.«

»Vielen Dank, aber ich denke, das wird nicht nötig sein«, erwiderte Melina.

Die Pflegerin ließ sie allein, und Melina ging etwas unsicher auf den mächtigen Ohrensessel zu, der mit dem Rücken zu ihr stand. Als sie ihn umrundete, sah sie sich einer zierlichen alten Dame gegenüber, die lächelnd zu ihr aufblickte. Leonards Großmutter wirkte mit ihrem kurz geschnittenen schneeweißen Haar auffallend gepflegt. In leichten Wellen rahmte es ihr kleines Gesicht ein. Über den Bund ihrer dunkelbraunen

Stoffhose fiel eine weite, bunt gemusterte Seidenbluse. Das große Blumenmuster erinnerte an ein Hawaiihemd.

»Guten Tag, Frau Magnussen«, sagte Melina höflich und reichte der alten Dame die Hand.

Die hellblauen Augen zwischen all den strahlenförmigen Fältchen weiteten sich, und sofort war die Ähnlichkeit mit der jungen und sehr hübschen Clara Magnussen da, wie sie Melina von den Fotos kannte.

»Lia! Welche Freude, setz dich zu mir. Es ist so schön, dich zu sehen, meine Liebe. Du siehst großartig aus, wie immer. Du weißt ja, wie sehr ich dich um deine herrlichen Haare beneide, nicht wahr?«

Für einen Moment war Melina verwirrt, doch dann erinnerte sie sich daran, dass Clara Magnussen unter einer Demenzerkrankung litt. Sie hatte mal irgendwo gelesen, dass es am besten war, Demenzpatienten nicht zu korrigieren, also widersprach sie nicht direkt, sondern ging ein wenig subtiler vor.

»Ich bin Melina, Frau Magnussen«, erklärte sie mit bewusst sanfter Stimme, während sie sich einen Stuhl heranzog und sich setzte. In Brasilien hatte Leonard erwähnt, dass seine Großmutter noch viele lichte Momente habe, und Melina hoffte in diesem Augenblick ganz fest darauf. In Gedanken schickte sie sogar ein Stoßgebet zum Himmel.

»Was soll das denn? Frau Magnussen und Sie will ich nicht von dir hören. Nenn mich Clara, mein Kind. Emily hat erst gestern von dir gesprochen, wenn ich mich nicht irre. Du bist doch diejenige, die unseren Leo heiraten wird. Gutes Mädchen.« Melina war nicht klar, ob die alte Dame damit Emily oder sie selbst meinte.

Sie musste schlucken. Der annähernd lichte Moment schien innerhalb einer Sekunde gekommen zu sein, und sie war dankbar dafür. Sie wusste, dass Emily gestern ihre Oma besucht hatte. Außerdem waren Leonard und Conrad geschäftlich in München und Dominik wieder in Berlin. Von Emily hatte sie auch erfahren, dass Elisabeth Magnussen ihre Mutter nur äußerst selten besuchte. Es war also durchaus kein Zufall, dass sie den heutigen Tag für ihren Besuch bei Clara ausgewählt hatte. So bestand kaum die Gefahr, zufällig einem Familienmitglied über den Weg zu laufen.

»Ich heirate Leonard? Das hat Emily dir bestimmt nicht so gesagt, liebe Clara.«

»Na, dann sag *ich* das. Du solltest dir Leo schnappen. Ein prächtiger Mann. Prächtig und von Grund auf gut. Viel Verstand und noch mehr Herz. Er ist ganz und gar wie sein Großvater.«

Sie musste schmunzeln. Leonards Großmutter war ihr sehr sympathisch. »Ja, ich … mag ihn auch sehr.«

Clara sah sie an. Ihr Blick wirkte nun vollkommen klar. »Was liegt dir denn auf dem Herzen, mein Kind? Ich freue mich, dass du mich besuchen kommst, aber warum bist du hier? Schickt Leo dich zu mir?«

Melina überlegte einen Moment, wie sie die Sache am besten anging. Sie wollte Clara auf keinen Fall unnötig aufregen. Plötzlich zweifelte sie an ihrer Entscheidung herzukommen. Es war eher ein Impuls gewesen, doch sie hatte von vornherein ein eigenartiges Gefühl dabei gehabt. Außerdem hinterging sie damit Leonard, das war das Schlimmste daran, und das schlechte Gewissen machte ihr ziemlich zu schaffen. Sie würde bald mit ihm reden müssen, entschied sie. Selbst wenn er sie dann für völlig durchgeknallt halten würde, so konnte es nicht weitergehen.

Der heftige Drang, mehr über die Vergangenheit zu erfahren, ließ sie kaum noch zur Ruhe kommen. Er trieb sie an, wurde von Tag zu Tag stärker. Bisher hatte sie nicht den Mut gefunden, sich Emily oder Leonard anzuvertrauen, und Antonia war nicht mehr da. Sie musste allein damit klarkommen und hatte keine Ahnung, wie lange das noch gut gehen würde.

Zudem fragte sie sich immer häufiger, ob sie ihre Großmutter überhaupt jemals wirklich gekannt hatte, und dieser Gedanke machte sie ein bisschen traurig. Seit sie die Briefe in Käthes Ordner gefunden hatte, war irgendwann der Verdacht in ihr gereift, dass ihre Großmutter selbst auf irgendeine Weise etwas mit der Familie Magnussen zu tun gehabt hatte. Damit gäbe es endlich eine logische Erklärung, warum dieser ominöse Ordner überhaupt existierte. Allein wegen dieses eigentlich so absurden Verdachts war Melina jetzt hier. Sie hatte einfach nicht mehr weitergewusst, und die Idee, mit dem ältesten Familienmitglied der Magnussens zu sprechen, hatte sich ihr immer mehr aufgedrängt. Es schien sogar die einzige Möglichkeit für sie zu sein, mehr in Erfahrung zu bringen. Und doch fühlte es sich an, als ob sie eine tonnenschwere Last mit sich herumtragen würde.

»Rede schon, Kind. Ich bin alt, meine Zeit ist kostbar.« Clara zwinkerte ihr tatsächlich zu, so wie Leonard es auch manchmal tat, wenn er deutlich machen wollte, dass er einen Scherz machte, und Melinas Herz wurde sofort etwas leichter.

»Ich versuche gerade möglichst viel über Amalia herauszufinden und hatte gehofft, du könntest mir vielleicht dabei helfen«, sprudelte es aus ihr heraus.

Natürlich war das nur ein Teil der Wahrheit, denn eigentlich wollte sie ja herausfinden, ob Clara etwas über Käthe wusste, doch ihr Gefühl sagte ihr, dass der Weg zur Wahrheit ohnehin über Amalia Magnussen führen würde.

»Hah! Willst du ein Buch über sie schreiben? Das wäre verdammt nötig«, erwiderte Clara lächelnd.

»Nein, ich schreibe kein Buch. Ich interessiere mich nur sehr für die Familienchronik der Magnussens, und Amalia fasziniert mich ganz besonders.«

Eine Weile blieb es still. Claras Blick glitt zum Fenster. Es schien, als schaute sie in die Ferne, und Melina befürchtete schon, dass Claras Gedanken wieder abdriften würden, doch dann sah sie Melina direkt an.

»Lia war ein wundervoller Mensch«, begann sie. »Meine eigene Mutter war Ärztin, weißt du. Eine der ersten Frauen, die diesen Beruf ausübten, und ohne Lia wäre ihr das nicht möglich gewesen. Später hat sie dann auch mir geholfen. Man könnte sagen, sie hat meine Ehe gerettet. Meine zweite Ehe übrigens. Mein erster Mann, der Karl, fiel im Krieg, nachdem wir ein knappes Jahr verheiratet waren.« Sie stieß ein bitteres Lachen aus. »Damals war ich gerade mal zwanzig Jahre alt und vollkommen mittellos. Zum Glück gab es Lia. Sie hat mich aufgefangen.«

Lia? So hat sie mich vorhin genannt. Sie hat mich tatsächlich für Amalia gehalten – wie ulkig!, dachte Melina. »Du hast doch auch in der Firma gearbeitet, nicht wahr?«

Clara nickte. »Ja, Amalia fand, ich müsste etwas Sinnvolles

tun, und da ich tippen konnte und ein wenig von Buchhaltung verstand, wurde ich ihre Sekretärin. Nach dem Tod meines ersten Mannes war ich ganz allein. Meine Mutter lebte zu der Zeit bereits in Amerika. Eigentlich wollte sie mir Geld schicken, damit ich zu ihr kommen kann, doch dann hat Lia mich bei sich aufgenommen und gab mir sogar Arbeit in der Firma. Sie brachte mir alles bei, was ich wissen musste, und ich war so froh, dass ich in Deutschland bleiben konnte. So lernte ich auch Joachim und Michael kennen.« Ihr Blick ging wieder in die Ferne.

»Michael? Michael von Meyerhoff?«

»Natürlich. Auch so ein prächtiger Kerl.« Die alte Dame sah sie wieder an und lachte leise. Es klang ein bisschen verlegen, wenn Melina sich nicht täuschte.

»Im Sommer war ich zusammen mit Leonard in Brasilien«, sagte sie. »Michaels Enkelkinder haben uns erzählt, dass ihr Großvater noch oft von dir gesprochen hat.«

»Ach ja? Wie rührend.« Wieder dieses leise Lachen. »Ich war sehr froh darüber, dass er später doch noch sein Glück gefunden hat. Einst waren wir verrückt nacheinander.«

Melina stutzte. Sie dachte, dass Clara da sicherlich etwas durcheinanderbrachte. Schließlich war sie mit Joachim Magnussen verheiratet gewesen. Trotzdem hakte sie nach. Man konnte ja nie wissen. »Du und Michael von Meyerhoff?«

»Ja, aber das ist ein großes Geheimnis. Ich musste Amalia versprechen, dass ich niemals jemandem davon erzähle. Sie meinte, Joachim würde das nicht überleben. Und ich wollte ihn auf keinen Fall verlieren. Ich liebte Joachim, liebe ihn noch immer, auch wenn er schon so lange fort ist.« Sie stutzte. »Aber dir kann ich ruhig davon erzählen, du bist ja wie sie.«

In Melinas Kopf ging nun alles drunter und drüber. Auch wenn Clara recht klar wirkte, war es nicht ganz einfach, ihr zu folgen und alles richtig einzuordnen. »Du hattest also eine Affäre, und deine Schwiegermutter wusste davon und hat dich sogar gedeckt?«

»Sie hat das doch alles eingefädelt und dann dafür gesorgt, dass er verschwindet.«

»Ähm … Clara, ich verstehe nicht.«

»Joachim und die Firma waren das Wichtigste für Amalia. Sie hat erst Paul verloren und dann Bernhard, ihren Ältesten. Joachim war alles, was sie noch hatte. Er wollte unbedingt … Und die Firma musste ja …«

Melina hörte nicht mehr richtig zu. *Bernhard … Bernhard? B.? Das würde so vieles erklären!*

»Sagt dir der Name Käthe irgendwas?«, unterbrach sie Clara.

Leonards Großmutter dachte einen Augenblick sichtbar angestrengt nach, schüttelte dann aber den Kopf. »Nein, eine Käthe kenne ich nicht. Müsste ich das? Manchmal vergesse ich Dinge und Menschen.«

»Ich weiß leider nicht, ob du Käthe kennen müsstest, Clara. Keine Ahnung.«

»Na, dann ist es ja gut. Wenn du sie nicht kennst, muss ich sie auch nicht kennen. Du weißt ja, ich habe dir immer vertraut und stets auf dich gehört. Ach, Lia, da ist noch was für dich in meinem Sekretär.« Melina hätte am liebsten laut aufgestöhnt, denn nun war klar, dass Clara sie wieder für Amalia hielt und damit der lichte Moment vorüber war. »Nimm das mal wieder mit. Schließlich sind es ja deine Tagebücher, und es ist so viel Zeit vergangen.«

Tagebücher? Amalias Tagebücher? Oh ja, welche Kostbarkeit! Das darf ich nicht! Das kommt überhaupt nicht infrage!

»Nimm sie mit«, wiederholte Clara. »All die Jahre habe ich sie vor allen versteckt, nur weil du es so wolltest. Ich kann ja verstehen, dass du dich besser fühltest, nachdem du alles aufgeschrieben hattest. Aber jetzt will ich die Dinger loswerden. Sie belasten mich. Befreie mich endlich von dieser Bürde. Mach schon, Lia. Da in der langen Schublade. Der Schlüssel dafür liegt hinten in meinem Nachtschrank unter den Taschentüchern.«

Wie ferngesteuert tat Melina, was Clara von ihr verlangte. Sie ging zuerst hinüber zum Nachtschrank, fand den Schlüssel unter einem Stapel akkurat gebügelter Stofftaschentücher und öffnete dann auf der anderen Seite des Zimmers die schmale Schublade unter der Schreibklappe des Sekretärs. Dort lagen vier fingerdicke gebundene Bücher nebeneinander. Alle waren mit dunkelrotem Leder bezogen und sahen recht abgegriffen aus.

»Diese hier?«, fragte Melina mit klopfendem Herzen.

»Ja, genau die. Nimm sie alle mit, und befreie mich ein für alle Mal davon. Und sag Michael Bescheid.«

»Michael?«

»Ja, er kann jetzt zurückkommen, wenn er will. Ich warte hier auf ihn. Die Zeit geht dahin. So schnell …«

Melinas Herz zog sich zusammen. Bevor sie noch länger darüber nachdachte, schob sie die Bücher in ihre große Handtasche und ging langsam zurück zu ihrem Stuhl. Sie setzte sich wieder und nahm Claras Hände in ihre.

»Michael von Meyerhoff lebt nicht mehr«, sagte sie leise. »Er ist im vergangenen Jahr gestorben.«

Die Augen der alten Frau trübten sich, aber sie weinte nicht. »Wie sonderbar, das hat mir bisher niemand erzählt.« Melina war sich dessen nicht so sicher, aber für Clara machte das in dieser Minute keinen Unterschied. »Ach, er war ein wunderbarer Mann«, fuhr die alte Dame fort. »So großherzig, gut und voller Liebe. Damals hat er furchtbar gelitten. Ich hoffe, er hat jetzt seinen Frieden gefunden.« Ihr Blick ging zum Fenster, verweilte einen Moment in der Ferne, dann sah sie Melina wieder an. »Weißt du, ihn habe ich auch geliebt, auf eine andere, ganz besondere Weise. Im Leben einer Frau passiert es nicht oft, dass sie gleich zwei so wunderbare Männer lieben darf und von ihnen zurückgeliebt wird. Ich war immer dankbar dafür.«

In diesem Moment klopfte es an der Tür, und die Pflegerin von vorhin trat ein. »Es gibt gleich Abendessen. Bleiben Sie noch, Frau Peters?«

Melina wischte sich eine Träne von der Wange. Erst jetzt bemerkte sie, dass sie weinte.

»Nein, danke. Ich werde mich jetzt verabschieden.« Sie griff nach ihrer Tasche, beugte sich über Clara Magnussen und hauchte ihr einen Kuss auf die Wange. Ein sanfter Lavendelduft stieg ihr in die Nase. »Auf Wiedersehen, Clara. Ich danke dir.«

»Komm bald wieder, mein Kind. Es war schön, mit dir zu plaudern.«

»Das werde ich. Ich verspreche es dir.«

»Und sag Michael Bescheid. Vergiss das nicht.«

Melina musste schlucken und kämpfte gegen weitere Tränen an. »Ja, du kannst dich auf mich verlassen.«

»Das weiß ich doch.« Mit einem Mal wurden Claras Augen

wieder klar, so als hätte ein Magier in dieser Sekunde mit den Fingern geschnipst. Sie sah zu Melina auf und zwinkerte ihr fröhlich zu. »Und schnapp dir meinen hübschen Enkel, hörst du! Du passt ganz hervorragend zu ihm.«

Es fiel Melina schwer, nicht sofort die Tagebücher aufzuschlagen, als sie wieder in ihrem Auto saß, doch die Zeit lief ihr davon, und sie musste zusehen, dass sie zu Hause war, bevor Leonard ebenfalls dort eintraf. Außerdem hatte sie sich vorgenommen, noch etwas zu kochen, damit sie gemeinsam zu Abend essen konnten. Dennoch glitt ihr Blick während der Fahrt immer wieder zum Beifahrersitz, auf dem die Tasche mit Amalias Tagebüchern lag.

Kaum war sie in ihrer Wohnung angekommen, rief auch schon Leonard an. Seine Maschine war soeben gelandet. Melina beeilte sich mit den Vorbereitungen für das Essen, doch dann meldete sich Leonard erneut, um ihr mitzuteilen, dass er in einen zähen Stau geraten war und etwas später eintreffen würde als gedacht.

Sie atmete tief durch. Damit wurden ihr ein paar Minuten geschenkt, um zumindest einen kurzen Blick in die Bücher zu werfen. Während sie alle Bücher einmal aufschlug, bemerkte sie, dass sie durchnummeriert und die Eintragungen eindeutig datiert waren. Die ersten Aufzeichnungen stammten aus dem Spätherbst 1896. Melina fand das aufregend, und es störte sie überhaupt nicht, dass Amalia das erste und einen Teil des zweiten Buches in altdeutscher Schrift verfasst hatte. Als es schließlich an der Tür läutete, schob sie die Bücher hastig zurück in ihre Tasche.

Auf dem Weg vom Flughafen nach Eppendorf hatte Leonard über eine Stunde im Stau gestanden. Es war bereits dunkel, als er hinter Melinas Haus den Motor seines Wagens abstellte. Wie immer, wenn er kam oder ging, warf er einen kurzen Blick hinauf zu ihrem Fenster. Hier, vom Parkplatz aus, konnte man nur das Schlafzimmer und das Küchenfenster sehen. In der Küche brannte Licht, und der Stress der vergangenen Stunden fiel sofort von ihm ab. Endlich war er hier, und er freute sich auf den Abend mit ihr.

Während er die Treppen nach oben stieg und dabei immer zwei Stufen auf einmal nahm, ging ihm durch den Kopf, wie sehr sich ihre Beziehung verändert hatte, seit Melina ihm ihre Liebe gestanden hatte. Ein oder zwei Tage danach hatte er sich ihr gegenüber noch ein wenig distanzierter gegeben, doch inzwischen hatte er eingesehen, dass sein alberner Anflug von Panik überhaupt nicht nötig gewesen wäre. Schließlich wusste sie ja gar nicht, dass er sie überhaupt gehört hatte. Ihr Verhältnis hatte sich also schon bald wieder normalisiert, was vor allem an Melina gelegen hatte, wie er zugeben musste. Mit ihrer Art hatte sie dafür gesorgt, dass sich die Situation zwischen ihnen wieder völlig entspannt hatte. Auch die verhängnisvollen drei Worte hatte sie nicht noch einmal zu ihm gesagt. Seither verdrängte er den Vorfall erfolgreich und war froh, dass er instinktiv nicht sofort darauf reagiert hatte. Dennoch überkam ihn immer stärker das Gefühl, dass er wieder eine feste Beziehung hatte. Mit Melina teilte er die Liebe zu seiner Arbeit und sein Leben.

Warum auch nicht?, dachte er oft. Solange sie mir nicht mit Heiratsabsichten kommt, kann es ewig so weitergehen.

Manchmal fühlte er sich allerdings gar nicht wohl bei diesen Gedanken, aber die Zweifel schob er dann schnell beiseite.

Sie stand bereits in der offenen Wohnungstür, als er ihr Stockwerk erreichte. Lächelnd sah sie ihm entgegen. Er mochte ihr Lächeln.

»Hallo, fremder Mann.«

»Hi, meine Schöne.« Sofort legte er einen Arm um sie, zog sie an sich und atmete dabei fast gierig ihren zarten Vanilleduft ein. Er war nur zwei Tage von ihr getrennt gewesen, und doch hatte er sie wahnsinnig vermisst. Auch über diesen Aspekt ihrer Beziehung wollte er lieber nicht länger nachdenken.

»Ich hab gekocht«, verkündete sie, während er seine Jacke auszog und an die Garderobe hängte. »Ich hoffe, du hast Hunger.«

»Wie ein Bär.«

»Es gibt Tomaten mit Mozzarella und danach Nudeln mit Schinken und Käse-Sahne-Soße, so wie du sie am liebsten magst. Von deinem Rotwein ist auch noch eine Flasche da.«

»Ich könnte dich küssen.«

»Na, dann tu es doch.« Lachend kam sie ihm entgegen, und er küsste sie. Schließlich musste er sich zwingen, sie wieder aus seiner Umarmung zu entlassen. Er konnte einfach nicht genug von ihr bekommen. So war es immer.

»Wie war München?«, wollte sie wissen, als sie einige Zeit später am Küchentisch saßen und das leckere Essen genossen.

»Alles so weit in Ordnung. Die zwei neu eröffneten Filialen laufen richtig gut. Wir können also ganz beruhigt sein.«

»Schön.«

»Ach ja, ehe ich es vergesse: Die Renovierungsarbeiten am

Ballindamm sind fast abgeschlossen. Wir sollten uns endlich noch mal genauer mit der Einrichtung des Cafés auseinandersetzen.«

»Oh, das wird mächtig Spaß machen.«

»Ja, das glaube ich auch. Eine Vorauswahl hatten wir ja schon getroffen. Im Laufe der nächsten Woche könnten wir die noch mal gemeinsam durchgehen.«

»Sehr gerne.«

Er lehnte sich zurück, um die Weinflasche erreichen zu können, die auf dem Küchentresen stand, und schenkte ihnen nach.

»Ich gehe einfach mal davon aus, dass ich heute Nacht hierbleibe«, sagte er und zwinkerte ihr zu.

Sie lachte. »Natürlich.«

Kaum eine Stunde später lagen sie bereits im Bett.

Mitten in der Nacht wurde Leonard wach. Er kannte das schon seit seiner frühesten Jugend. Wie so oft konnte er leider auch jetzt nicht wieder einschlafen. Melina schlummerte tief und fest, wie ihm ihr gleichmäßiges Atemgeräusch verriet.

Vorsichtig, um sie nicht zu wecken, stand er schließlich auf. Er ging kurz ins Bad und beschloss dann, sich einfach noch einen Schluck von dem Rotwein zu gönnen. Vielleicht würde er danach wieder zur Ruhe kommen. Als er ins Wohnzimmer kam, warf er einen Blick auf sein Smartphone, das noch auf dem Couchtisch lag. Es war gerade zwei Uhr durch. Mit dem Glas in der Hand, wanderte er etwas unschlüssig durchs halbdunkle Zimmer.

Das Licht der Straßenlaternen fiel durch die Fenster herein, und einen Augenblick lang schaute er hinunter auf die Straße.

Es regnete heftig, nur noch wenige Autos waren um diese Zeit unterwegs.

Vielleicht sollte ich ein bisschen lesen, dachte er. Er ging hinüber zum Sessel, stellte sein Glas dort auf dem kleinen Tisch ab und suchte den Schalter der Stehlampe, fand ihn schließlich auf dem Fußboden dahinter.

Beim Betätigen des Fußschalters stieß er etwas um, das ihm auf den nackten Fuß fiel. Ein leiser Fluch entglitt ihm. Im Lichtkegel der Lampe sah er, dass es ein dicker Aktenordner war, der offenbar am hinteren Rücken des Sessels gelehnt hatte. Ein paar Papiere waren herausgerutscht.

Leonard hob den Ordner auf, um die Blätter wieder zurückzuschieben. Das ging nicht so einfach, wie er angenommen hatte, also setzte er sich in den Sessel und klappte den Ordner auf …

Melina gähnte, und als sie die Augen öffnete, sah sie, dass Leonards Bettseite bereits leer war. Einen Moment lang lauschte sie in die Stille ihrer Wohnung hinein, doch sie hörte weder ihn in der Küche hantieren noch im Badezimmer das Wasser der Dusche rauschen.

Na gut, dann sitzt er wohl schon bei seinem Kaffee in der Küche, dachte sie.

Sie schob ihre Bettdecke beiseite und stand auf. Während sie nach ihrem Morgenmantel griff, ermahnte sie sich noch einmal, endlich mit ihm zu reden. Eigentlich hatte sie das schon gestern Abend vorgehabt, doch dann waren andere Dinge viel wichtiger gewesen. Sie lächelte glücklich, als sie an den grandiosen Sex der vergangenen Nacht dachte.

Leonard saß tatsächlich in der Küche. Er war bereits vollkommen angezogen. Vor ihm auf dem Tisch stand ein Becher Kaffee.

»Guten Morgen, du Frühaufsteher«, begrüßte sie ihn fröhlich.

»Morgen.« Er lächelte nicht, und es erschien ihr, als würde er sie äußerst prüfend ansehen, aber vielleicht bildete sie sich das auch nur ein. »Kaffee?«

»Au ja. Bin kurz im Bad. Nur Zähneputzen. Duschen kann ich auch später noch.«

»Gut.«

Zurück aus dem Bad beugte sie sich über ihn und drückte ihm einen Kuss auf den Mund, und erst da wurde ihr bewusst, dass tatsächlich etwas nicht stimmte. Er kam ihr nicht entgegen, seine Augen blieben geöffnet, und ihren Kuss erwiderte er auch nicht.

»Was ist los?«, fragte sie. »Hast du schlecht geschlafen?«

»Das auch, aber darum geht es nicht. Setz dich, und nimm einen Schluck Kaffee. Ich habe ein paar Fragen an dich.«

Ihr Herz begann schneller zu schlagen, und Angst kroch in ihr hoch, begleitet von einer leichten Übelkeit. Sie sah zu, wie er unter den Tisch griff und zu ihrem Schrecken den Magnussen-Ordner hervorholte.

»Kannst du mir das erklären, Melina?«

Jetzt war ihr speiübel. Sie erhob sich, ging hinüber zum Schrank und nahm sich ein Glas.

»Entschuldige, ich brauche einen Schluck Wasser«, flüsterte sie mit heiserer Stimme.

Sein Blick folgte ihr. »Okay, dann fange ich mal an. Du hast offensichtlich sämtliche Informationen über meine Familie zusammengetragen, die du nur finden konntest. Der Fokus dieser Sammlung liegt nämlich eindeutig auf der Familie, nicht auf dem Unternehmen. Eine kleine Mappe über die Firma hätte ich noch vollkommen normal gefunden, aber … das hier ist doch etwas krass, findest du nicht?«

Sie nickte. »Ich …«

»Und bevor du fragst … Ich habe nicht etwa herumgeschnüffelt«, unterbrach er sie. »Es war reiner Zufall, dass ich auf diesen Ordner gestoßen bin. Ich habe nur den Schalter der Stehlampe gesucht.«

Sie nahm einen großen Schluck Wasser, blieb aber an Ort und Stelle stehen. »Der Ordner gehört mir nicht«, brachte sie schließlich mit zitternder Stimme hervor. »Das heißt, jetzt schon … Aber …«

»Willst du mich auf den Arm nehmen?« Auch er stand jetzt auf. »Was ist das denn für ein alberner Erklärungsversuch?« Sein Blick ging zur Decke, und er atmete hörbar durch. »Ich kenne dich inzwischen ganz gut, Melina. Du kannst ungemein akribisch sein, wenn du etwas erreichen willst.«

»Wie meinst du das denn?«

»Nun, es liegt doch auf der Hand. Mal davon abgesehen, dass es sicher äußerst praktisch war, dass ich so auf dich abgefahren bin … Du sammelst Informationen über meine Familie, wickelst alle um den Finger und freundest dich sogar mit meiner Schwester an. Na, wenn das nicht eindeutig ist.«

»Ich weiß nicht, wovon du redest.«

»Nun denn …«

»Der Ordner gehörte meiner Großmutter.« Mittlerweile zitterte sie am ganzen Körper. »Ich wollte ... Ich wollte schon lange mit dir darüber reden.«

»Na, dann frage ich mich, warum du es nicht getan hast. Genug Zeit dafür hattest du ja.« Seine Stimme klang hart, und seine Miene war unbewegt. Sie konnte sehen, wie wütend, vielleicht auch enttäuscht er war.

»Ich wollte nicht, dass du denkst, ich wäre ... irgendwie abgedreht. Ich ...« In diesem Moment klingelte sein Smartphone. Er warf einen kurzen Blick darauf und sah sie an.

»Da muss ich ran.« Nachdem er sich gemeldet hatte, wandte er sich von ihr ab. »Danke, dass Sie mich gleich informiert haben. Ich komme sofort.« Er ließ seine Hand sinken, verharrte kurz und schob das Telefon dann in seine Hosentasche. »Ich muss los. Meiner Großmutter geht es nicht gut.«

Melina erschrak. »Was ist mit Clara?« Die Frage war raus, bevor sie sie hatte zurückhalten können.

Leonards abweisende Miene sprach Bände. »Wir reden später, auch wenn ich mir gerade kaum vorstellen kann, dass es überhaupt noch etwas zwischen uns zu besprechen gibt.«

»Leonard, was ist mit ihr? Bitte sag es mir. Bitte!« Sie ignorierte seine scharf vorgebrachte Bemerkung. Nun war es auch egal, dachte sie. Sie standen bereits im Flur, und er war ohnehin furchtbar sauer auf sie.

Leonard schlüpfte in seine Jacke. »Es ist wohl eine Herzschwäche. Sie liegt in der Klinik.«

»Wo?«

»Ich sagte, wir reden später, Melina. Erspare uns beiden bitte den Satz, der mir gerade auf der Zunge liegt.« Sein Blick wirkte eindringlich und gleichzeitig auf eine berührende Art müde.

»Ich meine, du weißt selbst sehr gut, dass dich das überhaupt nichts angeht. Ich melde mich.« Damit verließ er sie.

Mehrere Sekunden lang stand sie reglos da und starrte auf die geschlossene Tür, dann zog es ihr im wahrsten Sinne des Wortes den Boden unter den Füßen weg, und sie sackte in sich zusammen.

»Ich habe ihn verloren«, flüsterte sie unter heftigem Schluchzen.

Zwei Stunden später klingelte ihr Telefon, und mit wild klopfendem Herzen nahm sie das Gespräch an.

»Clara will dich sehen«, hörte sie Leonard sagen.

Ihr Herz setzte einen Donnerschlag aus. »Sie will mich sehen?«

»Ja, und mir ist im Augenblick völlig egal, wie sie überhaupt dazu kommt, diesen Wunsch zu äußern. Das können wir später klären. Wichtig ist mir gerade nur, was meine Großmutter möchte. Sie fragt immer und immer wieder nach dir, also komm her.« Seine Stimme klang harsch und merkwürdig fremd, fast schon bedrohlich.

Melina musste schlucken. Es gab wohl kaum noch einen Zweifel daran, dass er inzwischen von ihrem Besuch bei Clara erfahren hatte und spätestens jetzt unglaublich wütend auf sie war. »Wo soll ich hinkommen?«

»Sie liegt in der Uniklinik in Lüneburg. Das ist das Städtische Krankenhaus.«

»Ich fahre sofort los.«

»Gut.« Sie hörte ein Klicken in der Leitung. Leonard hatte grußlos aufgelegt.

Er stand auf dem Krankenhausflur und sprach gerade mit einem Arzt, als sie den Fahrstuhl verließ. Sein Blick wirkte ernst und streifte sie nur kurz, dennoch bemerkte sie, dass seine Miene sich sofort verhärtete. Ihr Herz zog sich schmerzhaft zusammen. Kurz bevor sie ihn erreichte, gab er dem grauhaarigen Arzt die Hand und bedankte sich, dann wandte er sich ihr zu, deutete wortlos ein Nicken an und öffnete die Tür, vor der sie standen.

Natürlich lag Clara in einem sehr gut ausgestatteten Privatzimmer, aber das hatte Melina auch nicht anders erwartet. In dem großen Krankenhausbett wirkte die alte Dame noch kleiner und zierlicher, als sie ohnehin schon war. Sie sah erschöpft und sehr blass aus.

»Da bist du ja endlich«, sagte Leonards Großmutter mit hörbar brüchiger Stimme, als sie Melina erblickte.

Melina trat näher ans Bett und hauchte Clara einen Kuss auf die pergamentene Wange. »Wie geht es dir?«

»Alles ist gut, so wie es ist«, antwortete die alte Dame. »Ich bin froh, dass du da bist.«

Melina hörte, dass Leonard sich leise räusperte. Sie sah ihn kurz an, doch er erwiderte ihren Blick nicht, sondern setzte sich auf einen Stuhl, der einige Schritte hinter ihr stand. Sie wusste, dass er genau beobachten würde, was zwischen ihr und seiner Großmutter vor sich ging. Dennoch war sie erleichtert darüber, dass niemand sonst von seiner Familie anwesend war.

»Du wolltest mich sehen«, sagte Melina. »Was kann ich für dich tun, Clara?«

Clara suchte nach ihrer Hand, und Melina reichte sie ihr. »Setz dich zu mir, Kind. Hier auf die Bettkante. Ja, so ist es gut.«

Ihre hellblauen Augen wirkten eindringlich. »Du musst das jetzt in deine Hände nehmen, denn ich hatte nie die Kraft dazu.«

»Wovon sprichst du?«, fragte Melina.

Das Geräusch hinter ihr verriet ihr, dass es Leonard nicht mehr an seinem Platz gehalten hatte. Er stand jetzt direkt hinter ihr.

»Es liegt allein an dir, mein Kind.«

»Clara, was soll ich tun?«

»Du musst mit ihr reden. Du wirst alles in die richtigen Bahnen lenken, ich weiß das.«

»Mit wem soll ich sprechen?«

»Mit meiner Tochter natürlich. Du bist wie Lia, du bist stark genug. Ich war es nicht, bin es niemals gewesen. Mein Herz war gebrochen und so schwer.«

»Ich weiß nicht, worüber …«

»Immer, immer habe ich auf ein Zeichen gewartet, und dann bist du wie ein Engel zu mir gekommen und hast mich von meiner Bürde erlöst. Ich danke dir dafür.« Sie stieß einen langen, sehr tiefen Atemzug aus.

»Clara …«

Die alte Dame hatte die Augen geschlossen, und Melina fühlte, wie die kleine knöcherne Hand in ihrer erschlaffte. Hilflos sah sie Leonard an. Von der anderen Bettseite aus trat er näher an seine Großmutter heran, endlich erwiderte er ihren Blick. Er seufzte, drückte dann auf den Klingelknopf, mit dem er eine Schwester rief.

Melina fühlte, wie sich ihre Augen mit Tränen füllten. Zögernd ließ sie Claras Hand los und legte sie behutsam auf die Bettdecke.

»Ist sie …?« Sie brachte es nicht fertig, den Satz zu beenden.

»Ich denke, ja«, erwiderte er leise. »Der Arzt hat mich vorhin schon darauf vorbereitet, dass es jederzeit zu Ende gehen könnte. Ihr Herz sei müde, hat er gesagt.«

In dieser Sekunde öffnete sich die Tür. Eine Krankenschwester kam herein, ging kurz zu Clara und bat Melina und Leonard schließlich, einen Moment draußen zu warten. Sie gingen hinaus auf den Flur, blieben einige Schritte entfernt stehen. Kurz darauf kam der Arzt, mit dem Leonard vorhin gesprochen hatte, und verschwand ebenfalls in Claras Zimmer.

»Ich sollte meine Familie benachrichtigen«, sagte Leonard.

»Ja.«

Er sah sie an. »Du kannst jetzt gehen.«

»Ich bleibe bei dir, wenn du es willst.« Sie legte eine Hand auf seinen Arm, doch er zog sich ein wenig von ihr zurück, und über seiner Nasenwurzel zeigte sich eine tiefe Falte.

»Ich melde mich später.«

Es tat weh, so von ihm zurückgewiesen zu werden. Sie fühlte sich, als hätte er einen Dolch direkt in ihr Herz getrieben. Die Tränen, die jetzt unaufhörlich über ihre Wangen liefen, galten nicht mehr allein Clara.

Am späteren Abend kam er tatsächlich noch einmal bei ihr vorbei. Damit hatte sie nicht gerechnet. Mit einem Anruf vielleicht, aber nicht damit, dass er sie besuchen würde. Es war schon nach neun, als es klingelte. Sie ließ ihn ein, und er ging wortlos an ihr vorbei ins Wohnzimmer.

»Hast du etwas Stärkeres als Wein im Haus?«, fragte er.

»Weinbrand und Whiskey. Ach ja, im Gefrierfach müsste noch ein klarer Schnaps liegen.«

»Whiskey wäre gut.« Er setzte sich in einen der Sessel.

»Eis?«

»Nein, um Gottes willen!«

Sie schenkte ihm ein und setzte sich aufs Sofa. »Wie geht es dir? Wie geht es deiner Familie?«

»Meine Mutter hat es recht gut aufgenommen, aber damit habe ich gerechnet. Sie hatte kein besonders inniges Verhältnis zu ihrer Mutter. Emily war sehr traurig. Mein Vater hat gefasst reagiert und behält den Überblick, wie immer. Er hat es übernommen, meinen Bruder zu benachrichtigen. Nicki ist noch in Berlin, kommt aber morgen nach Hause.«

Melina war froh, dass er überhaupt mit ihr sprach, auch wenn er kein Wort darüber verlor, wie er selbst sich fühlte. Da sie ihn inzwischen gut kannte, war ihr klar, dass er darüber absichtlich kein Wort verlor, deshalb ersparte sie sich das Nachhaken. Außerdem war deutlich zu sehen, wie schlecht es ihm ging. Er nahm einen großen Schluck von dem Whiskey, legte für einen Moment mit geschlossenen Augen den Kopf in den Nacken und sah sie dann wieder an.

»Wie oft hast du Clara ohne mein Wissen besucht?«, wollte er übergangslos wissen.

»Ein einziges Mal. Gestern.«

»Einmal?«

»Ja. Nur das eine Mal.«

»Für mich sah es so aus, als würdet ihr euch schon viel länger kennen.«

Melina nickte. »Anfangs hat sie mich mit Amalia verwechselt. Da ist in ihrem Kopf wohl einiges durcheinandergeraten. Wahrscheinlich hat sie sich mir gegenüber deshalb so benommen, als würde sie mich schon lange kennen.«

»Hm. Kann sein. Ja.« Er nahm einen weiteren Schluck, behielt das Glas in den Händen. »Was hat sie vorhin gemeint, Melina? Was sollst du in deine Hände nehmen? Und warum will sie, dass du mit meiner Mutter sprichst? Worüber?

»Ich weiß es nicht, Leonard. Ich weiß es wirklich nicht, glaub mir bitte. Ich hab überhaupt nicht verstanden, was sie von mir wollte.« Sie musste sich räuspern. »Der Ordner, den du gefunden hast … Ich möchte dir das genauer erklären …«

»Ja? Nur zu.«

»Ich habe dich nicht angelogen, und es war auch keine Ausrede. Er ist tatsächlich von meiner Großmutter. Als ich ihn in ihrem Nachlass fand, hat er etwas in mir ausgelöst, das ich nicht einordnen konnte. Da war plötzlich ein drängendes Gefühl, das mich einfach nicht wieder losließ, sondern immer stärker wurde.« Sie sah ihn an. »Als ich das Schild im Fenster eurer Filiale sah, kam es mir fast wie ein Wink des Schicksals vor. Ich weiß, das klingt albern, doch von da an habe ich eigentlich nur noch aus dem Bauch heraus entschieden. Und Leonard, mit dem Stellenangebot als deine Assistentin konnte ich doch wahrlich nicht rechnen.«

Sie musste schlucken, als ihr wieder dieser ungeheuerliche Verdacht in den Sinn kam, den er am Morgen angedeutet hatte, beschloss aber, nicht noch einmal darauf einzugehen.

»Dass Käthe diesen Ordner angelegt hat, passt überhaupt nicht zu ihr. Für mich ist er ein absolutes Rätsel, und sie hat niemals mit mir darüber gesprochen, geschweige denn ihn mir gezeigt. Ich gehe also davon aus, dass sie einen wirklich wichtigen Grund dafür gehabt haben muss. Ich kann das nur schwer erklären. Da du sie nicht kennengelernt hast, wirst du das vielleicht nicht nachvollziehen können.« Sie atmete tief durch, um ihre Gedanken zu sortieren. »Von Anfang an fand ich das alles sehr merkwürdig, aber es ließ mich einfach nicht mehr los.« Vor lauter Aufregung war ihr Mund ganz trocken, daher griff sie nach ihrem Wasserglas.

Leonard saß einfach nur da, das fast schon leere Whiskeyglas in den Händen, hörte stumm zu und sah sie an. Wahrscheinlich versucht er gerade zu entscheiden, ob er mir glauben soll, dachte sie.

»Letzte Woche fand ich zufällig zwischen zwei der eingeschobenen Seiten einen Brief. Ich durchsuchte die anderen Seiten und fand noch mehr«, fuhr sie fort. »Es waren glühende Liebesbriefe, die in den beiden letzten Kriegsjahren an meine Oma geschrieben wurden, alle mit einem B. unterzeichnet. Kurz darauf traf ich die Entscheidung, Clara aufzusuchen. Schließlich ist sie … *war* sie die älteste Magnussen, die noch lebte. Ich hatte die vage Hoffnung, dass sie mir etwas erzählen könnte, das mich weiterbringen würde.«

»Und?«

»Der Name Käthe sagte ihr nichts, aber sie nannte den Namen ihres verstorbenen Schwagers.«

»Bernhard?«

»Ja.«

»Und du glaubst jetzt, dass der Bruder meines Großvaters eventuell der B. aus den Briefen sein könnte.«

»Seit Clara den Namen erwähnte, bin ich mir sogar fast

sicher, dass er es ist. Eine logische Erklärung dafür habe ich nicht, es ist einfach ein ganz starkes Gefühl, das plötzlich da war. Aber es würde zumindest Käthes Ordner erklären. Vielleicht war Bernhard ihre große Liebe, und sie hat deshalb alles über euch gesammelt. Der Bruder deines Großvaters ist doch ganz kurz vor Kriegsende gestorben, richtig? Das heißt, diese Briefe waren dann alles, was ihr noch von ihm geblieben war.«

»Bernhard war Stabsarzt. Soweit ich weiß, fand man ihn eine Woche vor Kriegsende mit mehreren Kugeln im Körper in einem Nebengebäude der Charité.«

»Das ist so furchtbar tragisch. Kurz darauf wäre er vielleicht nach Hause gekommen.« Sie stand auf. »Ich kann dir die Briefe zeigen. Sie waren ja nicht mehr im Ordner, als du ihn dir angesehen hast.«

Melina ging hinüber zu ihrem Bücherregal und zog aus einem der geschlossenen Elemente eine Schublade auf. Sie nahm die losen Blätter heraus und legte sie auf den Couchtisch. Er stellte sein Glas ab, nahm den dünnen Stapel hoch und überflog die Seiten, dann legte er die Briefe wieder hin und trank den Rest seines Whiskeys aus.

»Sehr bewegend.«

»Ja.«

»Aber es gibt keinen Beweis dafür, dass dieser B. auch wirklich Bernhard Magnussen war.«

»Nein, einen echten Beweis gibt es nicht. Vielleicht finden sich noch Unterlagen oder Schriftproben von ihm, die man mit den Briefen aus dem Ordner vergleichen könnte?«

Leonard schüttelte den Kopf. »Sicher nicht. Auf dem Speicher in Lindenhain gab es zwar früher eine Kiste mit alten

Sachen – da hätte es vielleicht eine Chance gegeben, etwas von Bernhard zu finden. Aber die wurde schon vor Jahren entsorgt.«

Er erhob sich und kam um den Tisch herum zu ihr. »Ich würde vorschlagen, du nimmst dir eine Woche Urlaub. Momentan ist im Büro wenig zu tun, und ich brauche ein bisschen Zeit für mich, um über alles nachzudenken. Vor allem darüber, ob wir weiterhin zusammenarbeiten können. Das fällt mir leichter, wenn du nicht in meiner Nähe bist.«

Melina fühlte, dass schon wieder Tränen in ihren Augen brannten, und schluckte gegen den dicken Kloß in ihrem Hals an. Er sprach nur von der Arbeit. Ihre Beziehung schien für ihn beendet zu sein. »Ganz wie du willst.«

»Und ruf mich nicht an«, setzte er noch hinzu.

»Okay.« Die Tränen ließen sich jetzt nicht mehr zurückhalten, doch dann fiel ihr noch etwas ein. »Warte, ich muss dir noch etwas geben.«

Erneut ging sie hinüber zum Schrank, wischte sich dabei die Tränen fort und öffnete das Schubfach. Sie nahm die Tagebücher von Amalia heraus und reichte sie Leonard.

»Als ich bei Clara war, hat sie mich eindringlich darum gebeten, diese Tagebücher mitzunehmen. Und wenn ich eindringlich sage, dann meine ich, dass es ihr wahnsinnig wichtig war, sie loszuwerden. Im Übrigen kannst du mir das jetzt glauben oder auch nicht. Ich kann dir nur sagen, was passiert ist. Jedenfalls hat sie gesagt, das seien die Tagebücher von Amalia. Ich habe nur kurz hineingesehen, weiß also nicht, ob das stimmt.« Sie sah zu ihm auf, als er die Bücher entgegennahm. »Wenn es Amalias Tagebücher sind, gehören sie deiner Familie.«

Er nickte. »Danke, dass du sie mir gibst.«

»Als Clara mich bat, sie mitzunehmen, sprach sie auch von einer Bürde, so wie sie es vorhin getan hat. Ich glaube, deine Großmutter hat etwas mit sich herumgetragen, das vielleicht mit Amalia zu tun hatte. Möglicherweise findet sich in Amalias Aufzeichnungen eine Erklärung dafür.«

16. Kapitel

Fünf Tage war es jetzt her, seit er Melina zum letzten Mal gesehen hatte. Er selbst war in dieser Zeit auch nicht oft im Büro gewesen. Wie immer war Tessa wunderbar. Sie organisierte, plante und delegierte, damit alles zumindest ansatzweise den gewohnten Gang ging und die wichtigsten Geschäftspartner zufriedengestellt wurden. Conrad half ihr dabei, während Leonard sich um Claras Beisetzung und den Papierkram kümmerte – eben um die Dinge, die irgendwer erledigen musste, sobald ein Todesfall eintrat. Emily stand ihm dabei zur Seite, sooft es ihre Zeit erlaubte.

Leonard litt. Er litt so sehr wie noch nie zuvor in seinem Leben. Es war so schlimm, dass er manchmal glaubte, an seinem nächsten Atemzug ersticken zu müssen. Doch seine tiefe Verzweiflung hatte nichts mit Claras Tod zu tun. Natürlich trauerte er um seine Großmutter. Solange er denken konnte, war sie für ihn und seine Geschwister da gewesen. Herzensgut, stets einfühlsam und verständnisvoll. Sie alle hatten Clara geliebt, und sie würden sie schmerzlich vermissen. Viel mehr noch, als sie es ohnehin schon getan hatten, seit sich die Demenz bei ihr bemerkbar gemacht hatte und sie Lindenhain verlassen musste, weil es einfach nicht mehr anders ging. Dennoch war seine Großmutter bereits über neunzig gewesen, und sie war friedlich und vollkommen ruhig für immer eingeschlafen. In den letzten Minuten ihres Lebens hatte sie einen zufriedenen, wenn nicht sogar glücklichen Eindruck auf ihn gemacht. Melinas Anwesenheit war offenbar Balsam für ihre alte Seele gewesen, das war auch ihm nicht verborgen geblieben. Ja, er trauerte um Clara, doch dieser andere, dieser tiefe Schmerz hatte allein mit Melina zu tun.

Melina! Er vermisste sie so unglaublich, und doch war er sich noch immer nicht sicher, ob er ihr jemals wieder vertrauen konnte. Jedes Mal wenn sein Smartphone vibrierte, keimte die Hoffnung in ihm auf, sie könnte es sein. Doch dann fiel ihm ein, dass er ja selbst von ihr verlangt hatte, sich nicht bei ihm zu melden.

Liebe! Es hatte kaum länger als zwei Tage gedauert, bis er sich endlich eingestanden hatte, dass es genau das war, was er für Melina empfand. Keine Verliebtheit, keine vorübergehende Schwärmerei oder pure sexuelle Anziehung, wie er es aus der Vergangenheit kannte. Nein, seine Gefühle für Melina waren so umfassend, dass sie alles in den Schatten stellten, was ihm sonst im Leben wichtig war. Jetzt wusste er, warum er sich stets vor diesem Gefühl in Acht genommen hatte. Es war furchtbar quälend, sich so sehr nach einem ganz bestimmen Menschen zu sehnen. Er fühlte sich unvollständig, leer und hoffnungslos einsam.

Das Läuten an der Wohnungstür riss ihn aus seiner Lethargie. Er seufzte und erhob sich aus seinem Sessel. Er wusste, dass es Emily war. Sie hatten am Morgen miteinander telefoniert und sich für den frühen Nachmittag hier bei ihm zu Hause verabredet.

»Mann, du siehst gruselig aus«, stellte sie lapidar fest, nachdem sie ihn begrüßt hatte. »Heute schon geduscht?«

»Bin noch nicht dazu gekommen.« Er folgte ihr, als sie schnurstracks in seine Küche ging und die Kaffeemaschine anschaltete.

»Ich hab Butterkuchen mitgebracht.«

»Das sehe ich.« Emily stellte das Paket auf dem Küchentresen ab, holte Teller aus dem Schrank und verteilte den Kuchen darauf.

»Wie ich sehe, scheinst du seit einigen Tagen einen Bogen um deinen Rasierer zu machen. Gehst du jetzt unter die Bartträger?«

»Ist doch zurzeit schwer angesagt.«

»Hm, wenn du das dunkle Gewusel ein bisschen in Form trimmst, könnte dir ein Bart sogar gut stehen, Brüderchen.«

»Halt einfach den Mund, okay?« Er brachte ein schiefes Grinsen zustande. Emily neigte zwar nicht dazu, sofort beleidigt zu sein, aber er wollte lieber sichergehen.

Natürlich war sie nicht eingeschnappt, sondern schnitt ihm eine Grimasse, die ihn sofort an ihre gemeinsame Kindheit erinnerte und seine Laune eine winzige Spur hob.

»Setz dich«, forderte sie ihn auf und deutete auf einen Hocker. »Der Kaffee ist fertig.«

Er beschloss, dass es jetzt besser war, ihren schwesterlichen Anweisungen zu folgen, und bedankte sich, als sie ihm einen großen Becher Kaffee vor die Nase stellte.

»Unsere Mutter hat es übrigens vorgezogen, sich nach Sylt zu verziehen«, teilte Emily ihm mit. »Sie meinte, sie bräuchte ein paar Tage für sich, um in Ruhe um Oma trauern zu können.«

»Hm, passt zu ihr. Was soll's, Oma wollte ja sowieso keine Trauerfeier und eine anonyme Beerdigung. Ich denke, das kam unserer lieben Mutter sehr zupass. So erspart sie sich die Krokodilstränen für die Öffentlichkeit.«

»Ich war gestern Abend bei Melina«, sagte Emily und erwischte ihn mit dieser übergangslosen Mitteilung eiskalt.

»Ach ja?«

»Ja. Willst du wissen, wie es ihr geht?«

»Nein.«

»Erklärst du mir dann bitte wenigstens, wo überhaupt dein Problem liegt, Leo?«

»Warum sollte ich? Es ist ja mein Problem.«

Emilys Seufzen sagte eine Menge darüber aus, was sie dachte. »Erstens, weil ich deine Schwester bin und dich liebe. Zweitens, weil ich Melina ebenfalls sehr mag und sie sich mir gegenüber endlich geöffnet hat. Und drittens, weil ich im Grunde nur Bahnhof verstanden habe, als sie versucht hat, mir gewisse Dinge zu erklären. Zumindest bei dem Teil, in dem es um deine äußerst chauvinistische Reaktion ging.«

»Dann solltest du wohl an deiner Intelligenz zweifeln.«

»Willst du mich wütend machen, damit ich dich fein in Ruhe lasse? Keine Chance, mein lieber Bruder. Du solltest mich besser kennen. So einfach kommst du mir nicht davon.«

Er fragte sich unweigerlich, was Melina seiner Schwester erzählt hatte. Außerdem rührte ihn Emilys Fürsorge, die sie wie immer hinter einem Hauch von Bissigkeit versteckte.

»Hat sie dir von dem Ordner erzählt?«

»Ja«, antwortete Emily. »Und? Für mich klang das alles sehr schlüssig.«

»Und ihr Besuch bei unserer Großmutter? Fandest du den in Ordnung?«

»Nein, aber wenn du ihr richtig zugehört hättest, wüsstest du, dass sie sich selbst dabei auch nicht wohlgefühlt hat. Dennoch konnte ich irgendwie nachvollziehen, warum sie es getan hat. Mir hätte das in ihrer Situation auch passieren können. Mal abgesehen davon habe ich absolut verstanden, warum sie nicht sofort mit dir darüber geredet hat.«

»Gut zu wissen.« Es passte ihm gar nicht, dass sich in ihm plötzlich das schlechte Gewissen regte, und er fluchte leise vor sich hin.

»Sei gefälligst nicht so zynisch, Leo.« Emily zog ihre dunklen Augenbrauen in die Höhe und sah ihn streng an. »Du spinnst nämlich gewaltig, wenn du tatsächlich glaubst, hinter alldem würde in Wahrheit nur ein böser Plan von Melina stecken, um dich in die Ehe zu locken. Es ist schlicht unfair und dumm, so zu denken. Melina hat überhaupt nichts Berechnendes an sich und ein solches Vorgehen auch gar nicht nötig. Es wundert mich wirklich, dass dir das nicht selbst schon lange klar ist.«

»Eigentlich geht dich das überhaupt nichts an«, versuchte er sich an einer lahmen Gegenargumentation, die im Grunde gar keine war, wie er selbst sofort bemerkte.

»Und ich frage mich langsam, wer von uns beiden an seiner Intelligenz zweifeln sollte.« Emily nahm ihren Kaffeebecher, trank den Rest aus und knallte ihn anschließend zurück auf den Tresen. »Mach doch, was du willst, Leo. Wirf dein Lebensglück ruhig weg, wenn es dir dann besser geht. Meiner Meinung nach solltest du jedoch noch einmal in dich gehen und dich fragen, ob du dich nicht gehörig verrannt hast, nur weil du ein gebranntes Kind bist. Und geh verdammt noch mal duschen und rasier dich, damit du dir deinen ganzen Mist auch selbst glaubst, wenn du in den Spiegel siehst.« Sie griff nach ihrer Handtasche. »Ich muss los.«

Er schloss kurz die Augen, als sie mit forschem Schritt an ihm vorbei zur Haustür marschierte. Langsam stand er auf und folgte ihr. Nur zu gerne hätte er ihr jetzt Kontra geboten, doch sein Hirn war wie leer gefegt.

»Ach ja«, sagte sie, während sie ihren Mantel anzog. »Es ist mir egal, ob du das jetzt hören willst, ich sage es dir trotzdem: Melina geht es mindestens so mies wie dir. Sie heult die ganze Zeit und sieht einfach nur furchtbar mitgenommen aus.« Mit wütenden Bewegungen schloss sie den Gürtel ihres Trenchcoats. »Bis bald.«

»Emily …«

Sie hatte die Türklinke schon in der Hand, doch dann wandte sie sich noch einmal zu ihm um, seufzte tief und legte sanft ihre Hand an seine unrasierte Wange. »Du liebst sie, du Knallkopp. Und sie liebt dich. In meinen Augen war es Schicksal, dass ihr beide euch über den Weg gelaufen seid. Du solltest diesem komischen Sammelordner also eher dankbar sein, statt das Haar in der köstlichen Suppe zu suchen. Ohne ihn hättest du Melina wahrscheinlich niemals kennengelernt. So, und damit ist das Thema für mich erledigt. Wir hören voneinander.«

Bereits eine Stunde später begannen Emilys eindringliche Worte Wirkung zu zeigen. Von Sekunde zu Sekunde wurde seine Sicht auf die Dinge klarer. Seit er den Ordner bei Melina gefunden hatte, war er im Grunde nicht mehr er selbst gewesen, das musste er zugeben. Doch nun fühlte er, dass sein Kopf wieder freier wurde, so als hätte sich ein Nebel gelichtet, der seine Wahrnehmung zunehmend verschleiert hatte. Zumindest war er jetzt so weit, den Gedanken zuzulassen, dass es der Wahrheit entsprechen könnte, was Melina ihm über den Ordner und ihre damit verbundenen Gefühle erzählt hatte. Emily hatte recht, wenn sie sagte, dass Melina nicht der berechnende Typ Frau war, mit dem er es in den vergangenen Jahren leider viel zu häufig zu tun gehabt hatte. Und ... Oh Gott, wie sehr er sie vermisste!

Sein Blick fiel auf den Stapel mit Amalias Tagebüchern, die noch immer auf der Kommode in seinem Flur lagen. Er hatte sie fast vergessen, weil er viel zu sehr damit beschäftigt gewesen war, sich in seinem eigenen Elend zu suhlen. Doch als er sie jetzt sah, wusste er plötzlich, was zu tun war.

Auf direktem Weg marschierte er in sein Badezimmer, um Emilys Rat zu folgen.

Das Surren ihres Smartphones riss Melina aus einem leichten Schlaf. Seit dem Vorfall mit Leonard lag sie jede Nacht schlaflos und grübelnd in ihrem Bett. Es dauerte einen Moment, bis sie einen klaren Gedanken fassen konnte und registrierte, dass sie offenbar auf dem Sofa eingenickt war. Das Telefon lag neben ihr auf dem Tisch und vibrierte nervtötend vor sich hin, bis sie endlich danach griff und sich meldete.

Es war Emily. »Hör zu, ich war gerade bei meinem hirnrissigen Bruder und habe versucht, ihm ein paar Putzläuse in den Kopf zu setzen.«

»Ich verstehe kein Wort.«

»Entschuldige, das hat meine Oma immer gesagt, wenn sie einem von uns mal wieder den Kopf zurechtrücken musste.« Emily kicherte. »Jedenfalls hab ich mit ihm geredet. Ich will dir keine falschen Hoffnungen machen, doch so wie ich ihn kenne, könnte es durchaus sein, dass er in den nächsten Stunden vor dir zu Kreuze kriechen wird. Ich wollte nur, dass du ein bisschen darauf vorbereitet bist, wenn er leicht zerknittert bei dir auftaucht.«

»Ach, Emily, das wird er nicht tun. Er war wirklich unglaublich wütend auf mich.«

»Ja, aber ich denke, dass er schon bald einsehen wird, wie bescheuert das war. Leo ist ein ausgeprägt gefühlvoller Mensch, Melina, da kommen derartige Überreaktionen schon mal vor. So oder so.«

»Okay …« Melina wusste nicht so richtig, ob sie die wilde Hoffnung zulassen sollte, die in diesem Moment in ihr aufstieg.

»Also, Süße, mach dich frisch und bereite dich innerlich darauf vor, dass er sich heute oder spätestens morgen bei dir melden wird. Meine Putzläuse sind nämlich enorm zuverlässig. So, ich muss los. Kopf hoch, hörst du?«

»Danke, Emily.«

»Dafür nicht. Diesen Mist konnte ja keiner mit ansehen. Mach's gut.«

Eine kleine Weile starrte sie noch vor sich hin, dann rannte sie ins Badezimmer.

Nach einer schnellen Dusche schaffte sie es gerade noch, sich die Haare zu föhnen und frische Sachen anzuziehen, da läutete es auch schon an ihrer Wohnungstür. Unbewusst stieß sie einen kleinen Laut des Erstaunens aus, und ihr Herzschlag geriet ins Stolpern.

Nach drei tiefen Atemzügen öffnete sie die Tür und sah direkt in seine Augen. In diesem Moment wusste sie, dass alles gut werden würde, und eine Welle ungebändigter Freude überflutete sie. Emilys Putzläuse hatten offensichtlich ganze Arbeit geleistet.

»Verzeih mir, du wundervolle Frau. Bitte verzeih mir, Melly. Ich war ein Idiot! Wie konnte ich nur an dir und deinen Worten zweifeln?« Erst als er die Hand hob, sah sie die einzelne blutrote Rose. Sichtbar unsicher reichte er sie ihr. »Verzeih mir«, wiederholte er.

Ihr Herz quoll über vor lauter Liebe für diesen Mann. »Komm erst mal rein und lass uns reden, dann entscheide ich, ob ich dir verzeihen kann.« Eine kleine Strafe musste einfach sein, entschied sie. »Setz dich schon mal ins Wohnzimmer, ich mach uns einen Kaffee.«

Um seine Lippen spielte jetzt das leichte Lächeln, das sie so liebte. »Den könnte ich jetzt wirklich gebrauchen.«

Melina eilte in die Küche. Das lieb gewonnene Ritual, den Kaffee zuzubereiten, verschaffte ihr einen ruhigen Moment, um noch einmal durchzuatmen. Ihre Hand zitterte trotzdem ein wenig, als sie die zwei Becher und den Zucker für ihn auf ein kleines Tablett stellte, um alles ins Wohnzimmer zu tragen. Emily hatte recht behalten, er war wirklich zu ihr gekommen. Melina konnte ihr Glück kaum fassen.

Die Rose stand in einer schmalen Vase auf dem Couchtisch. Voller Freude registrierte sie, wie gut er sich mittlerweile in ihrer Wohnung auskannte.

»Danke für die herrliche Rose«, sagte sie.

»Du hättest noch viel mehr verdient, aber ich … Nun ja, es musste schnell gehen. Ich wollte zu dir.«

Sein Eingeständnis rührte sie. »Das heißt, du glaubst mir jetzt, dass der Ordner meiner Großmutter gehörte?«

»Ja. Wie ich schon sagte, ich war ein Idiot. Es tut mir leid. Natürlich hättest du früher mit mir über alles reden können, doch ich verstehe jetzt zumindest ein wenig, warum du es nicht getan hast.«

»Und mein Besuch bei Clara?«

»Hm …«

»Ich weiß, ich hätte das nicht tun sollen, aber da war dieser seltsame Drang in mir.« Sie fragte sich, wie sie es ihm am besten erklären könnte. »Stell dir vor, es liegt ein Puzzle mit tausend Teilen vor dir, und es fehlen nur noch zweihundert, bis es komplett ist. Du kannst einfach nicht aufhören, auch wenn es schon mitten in der Nacht ist und du weißt, dass um sechs Uhr morgens dein Wecker klingeln wird. Kennst du dieses spezielle Gefühl?«

»Ja, ich glaube, ich weiß, was du meinst.«

»So ähnlich geht es mir, seit ich mich intensiver mit diesem Ordner beschäftige. Etwas treibt mich unentwegt an und lässt mich nicht mehr los.«

Er nickte, räusperte sich dann. »Ich habe ebenfalls über den Ordner nachgedacht. Im Übrigen auch über deine Theorie, dass deine Oma etwas mit Bernhard Magnussen zu tun gehabt haben könnte, und ich finde, wir sollten versuchen herauszufinden, ob da tatsächlich etwas dran ist.«

»Wie meinst du das?«

»Unten in meinem Auto liegen Amalias Tagebücher. Es hätte ja sein können, dass du mir gleich wieder die Tür vor der Nase zuschlägst, deshalb habe ich sie nicht mit raufgebracht.« Er zwinkerte ihr zu. »Was hältst du davon, wenn wir sie gemeinsam lesen?«

»Oh Leonard, das wäre wundervoll.«

»Und noch etwas …« Er griff nach ihrer Hand, hob sie an seine Lippen und küsste ihre Fingerspitzen.

»Ja?«

»Die Tage ohne dich waren die reinste Qual für mich. Ich liebe dich, Melly.«

Ihre Augen füllten sich mit Tränen. »Ich liebe dich auch, Leonard. Von ganzem Herzen.«

Strahlend zog er sie zu sich heran, und sie landete kichernd auf seinem Schoß. Für einen langen Moment sah er sie einfach nur an, und der eindringliche Blick aus seinen tiefblauen Augen ließ sie regelrecht dahinschmelzen. Dann küsste er sie. Langsam, voll inniger Zärtlichkeit und Hingabe. Als sie sich voneinander lösten, waren auch seine Augen feucht, wie sie überrascht bemerkte.

»Ich hab mich so sehr nach dir gesehnt«, gab er zu. »Ich bin vor Sehnsucht fast wahnsinnig geworden.«

»Mir ging es ebenso«, flüsterte sie überglücklich und schmiegte sich an ihn. Jetzt würde alles gut werden.

Erst am nächsten Morgen, nach einer Nacht voller Leidenschaft und einem langen gemeinsamen Sonntagsfrühstück, holte Leonard Amalias Tagebücher aus seinem Auto und legte sie im Wohnzimmer auf den Tisch. Die Chronologie der vier

Bücher ließ sich leicht feststellen, da Amalia über jeder Eintragung fein säuberlich das Datum vermerkt und dazu auch noch die Bücher auf der ersten Seite nummeriert hatte.

»Zum Glück hatte deine Urgroßmutter eine schöne und klare Schrift«, bemerkte Melina, als sie die Bücher kurz durchblätterten, um sich einen ersten Überblick zu verschaffen.

»Ja. Und Zum Glück hat sie nicht alles in altdeutscher Schrift verfasst.«

»Ich kann das Altdeutsche ganz gut lesen. Zumindest Kurrent und Sütterlin. Meine Oma hat es mir beigebracht, weil ich die Schriften so schön fand. Die einzelnen Buchstaben und die Varianten, die ich kenne, kann ich dir aufschreiben. Nach kurzer Zeit bist du drin, versprochen. Es ist überhaupt nicht schwer, wenn man sich einmal damit befasst hat.«

»Gut.« Leonard klang erleichtert. »Mir wäre es trotzdem lieber, wenn du mit dem ersten Buch beginnst, und ich nehme mir das zweite vor. Ich würde vorschlagen, dass wir uns direkt austauschen, aber auch Notizen machen, sobald wir über etwas stolpern, was meinst du?«

»Ja, ich glaube, das ist eine gute Vorgehensweise.«

Melina ging hinüber zum Schrank, nahm zwei Notizblöcke heraus und gab einen davon Leonard. Einen Moment rang sie mit sich, doch dann beschloss sie, dass sie von nun an nichts mehr vor ihm verheimlichen würde.

»Ich muss dir noch etwas über Clara sagen. Als ich bei ihr war, hat sie mir etwas erzählt«, begann sie.

»Ja?«

»Wenn ich es richtig interpretiert habe, lief da mal was zwischen ihr und Michael von Meyerhoff.«

Leonard lachte und winkte ab. »Ja, die Geschichte ist bekannt. Mach dir darüber mal keine Sorgen.«

Melina war verwirrt. »Die Familie wusste von ihrer Affäre?«

»Das war keine echte Affäre, Melly. Mein Großvater und Michael waren nur beide sehr verliebt in Clara. Sie liebte jedoch meinen Opa Joachim und hat sich für ihn entschieden. Michael war für die Firma mehrere Male in Brasilien, und einige Jahre nach Claras Heirat ist er dann ganz dorthin ausgewandert und führte von da an unsere Plantagen. Michael von Meyerhoff war ja der Neffe meiner Urgroßmutter, also der Sohn ihrer Schwester Helene und Georg von Meyerhoffs. Vor dem Krieg hat er zusammen mit Joachim seine Ausbildung bei Paul und Amalia gemacht, und als der Krieg vorbei war, holte Amalia auch ihn zurück in die Firma. Mein Großvater und er waren sogar enge Freunde, zumindest bis sie sich beide in meine Oma verguckten. Später hatte Amalia dann die Idee, Michael als Verwalter der Plantagen einzusetzen, damit alle wieder zur Ruhe kommen konnten. Michael hat sich dann in Brasilien ein neues Leben aufgebaut. So einfach war das. Da die Geschichte eine gewisse Tragik besitzt, wurde sie oft erzählt.«

Melina dachte einen Moment nach. Claras Version hatte in ihren Ohren etwas anders geklungen. Ihn habe ich auch geliebt, hatte die alte Dame gesagt.

»Vielleicht finden wir ja etwas darüber in den Tagebüchern«, sagte sie schließlich.

»Da bin ich mir sogar sicher«, erwiderte Leonard und zwinkerte ihr belustigt zu. »Vielleicht ist es ganz amüsant, die Story mal aus der Sicht meiner Urgroßmutter zu erfahren.« Er griff nach dem zweiten Tagebuch in der Chronologie und machte es sich auf dem Sofa gemütlich. »Wie auch immer … Ich fang dann mal an.«

Melina setzte sich neben ihn, um das altdeutsche Alphabet niederzuschreiben, dann schob sie ihm das Blatt zu, nahm das erste Tagebuch und zog sich damit in Käthes Sessel zurück.

»Heute Abend lade ich dich zum Italiener ein«, versprach Leonard. »Ich meine, bevor ich dich noch mal verführe.« Und dann blieb es eine ganze Weile still, und es war nur das leise Rascheln der alten Tagebuchseiten beim Umblättern zu hören.

Erst eine Stunde später rührte sich Melina wieder. »Ich brauche noch mehr Kaffee. Willst du auch einen?«

»Gerne«, antwortete Leonard und vertiefte sich sofort wieder in seine Lektüre.

Melina legte das Tagebuch beiseite und erhob sich. »Dieser Paul war ein ganz schönes Früchtchen. Er hat Amalia offenbar nur geheiratet, weil er einen finanziellen Deal mit ihrem Vater brauchte. Nur wenige Monate nach der Hochzeit hat er sie auch schon betrogen. Rate mal, mit wem.«

»Mit ihrer Schwester Helene.« Leonard ließ sein Buch sinken, sah sie an und wackelte mit den Augenbrauen. »Sie erwähnt es hier auch noch mal. Aber trotz dieser Belastung blieben sie zusammen. Allerdings gab es danach eine lange Eiszeit in ihrer Ehe.«

»In welchem Jahr bist du gerade?«, fragte sie.

»Im Frühjahr 1914. Kurz vor Beginn des Ersten Weltkrieges. Joachim wurde gerade geboren. Erinnerst du dich, wir sprachen in Brasilien schon mal darüber, dass Amalia und Helene ihre Kinder recht spät bekamen. Zumindest für die späten

Geburten von Bernhard und Joachim wäre die Eiszeit zwischen Paul und Amalia eine gute Erklärung.«

Melina nickte. »Könnte sein. Aber bei Amalia kam wohl auch noch hinzu, dass sie offenkundig gar nicht so früh Mutter werden wollte. Sie liebte ihre Arbeit im Kaffeekontor viel zu sehr, das schreibt sie sehr deutlich. Und was Helenes späte Mutterschaft anging, hab ich gerade gelesen, dass sie mehrere Fehlgeburten erleiden musste, wahrscheinlich lag darin das Problem. Bei ihr ist es ja auch bei dem einen Kind geblieben.

»Richtig, das leuchtet ein«, stimmte Leonard ihr zu. »Übrigens hatten Helene und Amalia noch eine jüngere Schwester. Sie hieß Bernadette.«

»Ja, auch sie wurde in meinem Buch schon erwähnt. Offenbar war sie ein richtiger Wildfang.«

»Und lesbisch. Sie heiratete nie und lebte offen mit einer Frau zusammen. Ein Skandal zur damaligen Zeit.«

»Oho!« Melina musste lachen. »Deine Familie hat wirklich nichts ausgelassen, mein Lieber.«

»Sie war die Patentante von Bernhard. Deshalb hieß der Knabe auch so. Früher hat man die Namen der Paten ja gerne an das Kind weitergegeben.«

»Das bedeutet aber auch, dass Amalia weiterhin fest zu ihrer homosexuellen Schwester gestanden hat. Ich mag diese Frau immer mehr.«

»Ja, ich auch. Und nebenbei bemerkt, lesen sich ihre Aufzeichnungen äußerst unterhaltsam.« Er hob das Buch wieder an. »Wolltest du nicht für Koffeinnachschub sorgen?«

»Schon unterwegs.«

Am frühen Abend schlossen sie beide die Lektüre der ersten beiden Tagebücher ab. Melina war etwas eher fertig. Sie zog sich um, und als auch Leonard sein Buch ausgelesen hatte, fuhren sie zunächst zu seiner Wohnung, weil er ein paar Sachen brauchte. Er wollte in der nächsten Zeit bei ihr übernachten, und sie hatten vor, am folgenden Morgen gemeinsam ins Büro zu fahren.

Melina mochte Leonards Wohnung, da sein Geschmack dem ihren sehr nahekam, dennoch waren sie von Anfang an meist bei ihr gewesen. Es hatte sich einfach so ergeben.

Leonard packte eine kleine Reisetasche. Danach stellten sie sein Auto wieder hinter ihrem Haus ab und gingen Hand in Hand zu ihrem Lieblingsitaliener. Es war ein schöner, klarer Herbstabend – perfekt für einen kleinen Spaziergang.

»Ich hab nicht gedacht, dass wir heute schon mit den ersten beiden Büchern fertig werden«, sagte Melina. »Du hast recht, Amalias Aufzeichnungen lesen sich wirklich gut.«

»Das dritte und das vierte Buch werden mehr Zeit in Anspruch nehmen, weil sie deutlich dicker sind.«

»Stimmt allerdings. Sie hat nicht jeden Tag einen Eintrag gemacht, und es gibt einige Zeitsprünge. Stellenweise waren große Lücken zu erkennen. War das in deinem Buch genauso?«

Leonard nickte. »Ja, Amalia hat offenbar gerne Tagebuch geschrieben, es aber nur getan, wenn es auch etwas Erwähnenswertes zu berichten gab. Meiner Meinung nach ist es gerade deshalb so unterhaltsam. Es gibt kaum unwichtige oder langweilige Abschnitte. Mir gefällt vor allem, wie sie die Menschen beschreibt, mit denen sie zu tun hatte.«

»Sie hat immer viel gelesen, das wirkt sich deutlich auf ihren

Schreibstil aus. Irgendwie möchte ich auch unbedingt weiterlesen.«

»Dito«, gab er grinsend zu. »Die gute Amalia hat uns am Wickel, was?«

Melina musste lachen. »Sieht ganz danach aus. Wenn wir nachher nach Hause kommen, werde ich mir auf jeden Fall noch ein paar Seiten vornehmen.«

»Willst du mit dem dritten weitermachen?«

»Wann endete das zweite Buch?«

»Am Schluss gab es einige zeitliche Lücken. Der letzte Eintrag stammt aus dem November 1940. Keine gute Zeit«, sagte er. »Das Kaffeekontor stand kriegsbedingt vor dem Ruin, das hat Amalia schwer zu schaffen gemacht. Bohnenkaffee konnte nicht mehr eingeführt werden, und sie stellten auf Ersatzkaffee um, so wie andere auch. Ihr Vater wurde übrigens in dieser Zeit zum Tode verurteilt und erschossen, da war er allerdings schon über neunzig Jahre alt. Sein enormes Vermögen hat das Regime fast vollständig konfisziert, ihm wurde Landesverrat vorgeworfen. Der alte Claasen hat weiterhin seine jüdischen Geschäftsfreunde unterstützt, auch in Frankreich und England. Das hat den Nazis wohl nicht gefallen.«

»Oh je. Und das Magnussen-Haus am Ballindamm?«

»Es blieb äußerlich erhalten, war aber zeitweise von innen völlig zerstört. Paul wurde dort ermordet. Die Geschichte kenne ich natürlich auch ohne die Tagebücher. Inmitten der Kriegswirren konnte nie herausgefunden werden, wer dafür verantwortlich war. Man fand Paul erschlagen inmitten von Schutt, im völlig verwüsteten Kaffeekontor. Die Geschichte wird wohl im dritten Buch auf dich zukommen.«

Die ersten zwanzig Seiten des dritten Tagebuchs verlangten Melina tatsächlich einiges ab. Zunächst fiel ihr auf, dass es kaum oder nur sehr kurz gefasste Eintragungen während der Kriegsjahre gab, doch das fand sie durchaus nachvollziehbar. Die Menschen hatten andere Sorgen in dieser furchtbaren Zeit. Natürlich berichtete Amalia über den Tod ihres Vaters, dann schrieb sie über die tragischen Verluste von Paul und ihrem Sohn Bernhard, die in fast schon erschütternder Weise ähnlich ums Leben kamen. Amalia beschrieb ihre Trauer so eindringlich, dass Melina nicht umhinkam, hin und wieder das Buch sinken zu lassen, um sich die Tränen zu trocknen und tief durchzuatmen. Sie konnte es kaum noch ertragen, was sie da las. Sie litt mit Amalia, als diese ihren geliebten Paul und kurz darauf auch noch ihren ältesten Sohn verlor.

In diesen Lesepausen wechselte sie stets einige Worte mit Leonard, und sie brachten sich gegenseitig auf den neuesten Stand. Kurz nach dem Ende des Zweiten Weltkrieges wurden die Lücken zwischen den einzelnen Eintragungen wieder kleiner. Doch dann stieß Melina auf einen Absatz, in dem Käthe erwähnt wurde, und ihr Herzschlag setzte für einen Moment aus.

Dieses Wäschereimädel, diese Käthe, geht mir nicht aus dem Kopf. Vielleicht war ich doch ein bisschen streng zu ihr. Fast tat sie mir leid, wie sie so dastand, in der Kälte, mit ihrem dicken Bauch. Sie kann ja schließlich nichts dafür, so wie sie aufgewachsen ist. Doch ihre Lüge war einfach infam und bestimmt auf dem Mist ihrer kriminellen Mutter gewachsen. Niederträchtig! Nur, um sich Zugang zu meiner Familie zu verschaffen …

17. Kapitel

Hamburg-Nienstedten, im November 1945

Wie fast jeden Morgen schickte Amalia auch heute ein Dankeschön in den Himmel, als sie vom Wohnhaus hinüber zum ehemaligen Gesindegebäude ging, wo sich jetzt das befand, was noch vom Kaffeekontor übrig geblieben war. Ihr geliebter Paul hatte schon früh die Zeichen der Zeit erkannt und im ersten Kriegsjahr eine der wertvollen Röstmaschinen hierher nach Lindenhain bringen lassen. Pauls Lebenswerk einfach aufzugeben käme ihr niemals in den Sinn. Das Kaffeekontor würde schon bald wieder in neuem Glanz erstrahlen, dessen war sie sich sicher. Allein schon der Gedanke daran hielt sie jeden Tag aufs Neue am Leben und brachte sie dazu, am Morgen aufzustehen, ihre Aufgaben anzugehen und ihrem vom Grauen des Krieges gezeichneten Sohn in die Augen zu sehen.

Vor zwei Jahren, irgendwo in Frankreich, hatte er nach einer Verletzung seinen linken Unterarm verloren. Doch es war nicht allein die Amputation, die ihn zu einem anderen Menschen gemacht hatte. Die Gräuel des Krieges hatten ihre Spuren hinterlassen. So wie die meisten Männer, die gekämpft hatten, hatte auch Joachim viel zu viel Gewalt, Elend und Grausamkeit gesehen. Man brauchte ihm nur in die Augen zu sehen, dann konnte man die anhaltende Traurigkeit erkennen, die düster und schwer auf seiner Seele lag. Amalia war jeden Tag dankbar dafür, dass er noch lebte, und sie hoffte so sehr, dass auch er eines Tages wieder in der Lage sein würde zu erkennen, wie wertvoll das Leben doch war.

Im Augenblick jedoch war er ihr keine große Hilfe. Fast den ganzen Tag saß er grübelnd im Sessel und starrte mürrisch vor sich hin. Man sah zurzeit viele Männer wie ihn: unrasiert, hager, mit düsterer Miene und leblosem Blick. Egal, wo Amalia auch hinschaute, sah sie vor allem die Frauen arbeiten. Von morgens bis abends schufteten sie, um ihr Land und ihr Zuhause irgendwie wiederaufzubauen. Sie waren es, die Schutt und Trümmer beiseiteschafften und mit den wenigen Mitteln, die ihnen noch geblieben waren, für ihre Familien und die meist seelenkranken Heimkehrer sorgten.

Amalia seufzte und sah sich um. Nienstedten war zu großen Teilen von den Bomben verschont geblieben, und sie war dankbar dafür, dass Lindenhain unversehrt und stark wie eh und je dastand. Eine sichere Burg, so erschien es ihr oft. Sie hatten ein festes Dach über dem Kopf, einen eigenen Brunnen und Kamine und Öfen, die sie dank des Waldes, der ihnen noch immer gehörte, beheizen konnten. Wie durch ein Wunder waren ihnen außerdem ein paar Hühner und zwei Milchkühe geblieben. Man musste dankbar sein für das, was man hatte. So vielen Menschen ging es viel schlechter als ihrer Familie.

Gerade wollte sie sich wieder dem Gesindehaus zuwenden, da sah sie jemanden die Allee heraufkommen. Amalia hielt inne. Sie zog sich ihren Wollschal noch ein wenig enger um die Schultern und sah der Person entgegen, die direkt auf sie zukam. Es war eine junge Frau, und jetzt erkannte sie das Mädchen auch. Es war die jüngste Tochter der Wäscherin, die noch vor dem Krieg in einer alten Scheune, drüben in der Nähe der Kirche, ihrem Handwerk nachgegangen war. Sofort drückte Amalia ihr Rückgrat durch. Die Familie dieses Mädchens war in der gesamten Gegend verschrien. Der Vater war ein Säufer und Dieb, und auch die Mutter und ihre beiden Söhne waren dafür bekannt, dass man ihnen nicht trauen konnte. Immer wieder hatten sich Leute beschwert, dass sie von ihnen betrogen oder bestohlen worden waren. Dieses Mädchen gehörte zu einem Haufen von Betrügern und Dieben, und Amalia ging innerlich sofort in eine Art Habachtstellung.

»Guten Morgen, Frau Magnussen«, sagte das Mädchen.

»Wenn du Arbeit suchst, muss ich dich enttäuschen. Wir können niemanden zusätzlich durchfüttern«, antwortete Amalia schroffer, als sie es vorgehabt hatte. Erst jetzt sah sie, dass das Mädchen hochschwanger war. »Tut mir leid«, fügte sie ein wenig nachgiebiger hinzu.

»Ich bin nicht hier, weil ich Arbeit suche«, erwiderte das Mädchen leise. »Ich bin …« Sie zeigte auf ihren Bauch.

»Das sehe ich.« Amalia räusperte sich. Sie wusste, dass das Mädchen nicht verheiratet war.

»Ich bin hier, weil ich Ihre Hilfe brauche.«

»Dabei kann ich dir nun wirklich nicht helfen, Kind. Das hättest du dir vorher überlegen müssen.«

Ein Ruck schien durch die Tochter der Wäscherin zu gehen. »Er wollte mich heiraten, sobald der Krieg vorbei ist«, versicherte sie mit deutlich festerer Stimme und eindringlichem Blick.

»Natürlich.«

»Das Kind ist von Bernhard, Frau Magnussen.«

Amalia erstarrte. »Das dürfte kaum möglich sein. Mein Sohn ist tot, und außerdem hätte er sich ... Also, er hätte sich niemals mit ...«

»Mit einer wie mir eingelassen? Das wollten Sie doch sagen, oder?«

Amalia fühlte sich herausgefordert. Sie wusste nicht genau warum, aber die selbstsichere Art des Mädchens zerrte an ihren ohnehin schon angeschlagenen Nerven. Was dachte sich dieses Mädel überhaupt dabei? Um sich ein wenig zu beruhigen, hielt sie einen Moment inne, bevor sie antwortete: »Ja, genau das wollte ich sagen. Mein Sohn war Arzt und ein besonders korrekter und anständiger Mann. Er hätte sich niemals mit der Tochter eines stadtbekannten Kriminellen eingelassen.«

»Es ist aber so. Kurz vor Kriegsende war er hier, das wissen Sie doch. Wir ... Wir haben uns geliebt.«

»Hah! Das wird ja immer schöner. Hör zu ...«

»Käthe, ich heiße Käthe.«

»Wie auch immer, wenn mein Sohn eine Frau geliebt hätte, wüsste ich wohl davon. Er hätte dich niemals angerührt, dessen bin ich mir sicher.«

»Frau Magnussen, bitte ... Ich habe Briefe ...«

»Dein betrügerisches Geschreibsel interessiert mich nicht. Verschwinde! Ich will dich hier nicht mehr sehen, hast du verstanden? Wie man hört, hast du dir auch schon das Vertrauen von Frau Stelling erschlichen. Mit mir nicht! Versuch dein Glück anderswo.«

Amalia sah, wie sich die Miene der jungen Frau verhärtete.

»Bernhard hat immer gesagt, Sie seien eine großartige Frau und würden mich mit offenen Armen aufnehmen. Wie sehr er sich doch in seiner eigenen Mutter getäuscht hat!«

»Nun werde nicht auch noch frech. Verschwinde von meinem Grundstück! Sofort, hörst du!« Amalia drehte sich auf dem Absatz um, öffnete die Tür des ehemaligen Gästehauses und knallte sie hinter sich wieder zu.

»Nanu. Was ist los? Hast du dich geärgert?« Michael von Meyerhoff sah von seiner Arbeit auf. Er saß mit einer alten Wolldecke um den Schultern an einem der beiden provisorisch zusammengezimmerten Schreibtische. Vor ihm lagen allerlei Papiere.

Amalia winkte ab. »Ach, es ist nichts Wichtiges.« Sie ging zu dem anderen Schreibtisch, rieb sich ihre eiskalten Hände und setzte sich. »Und? Was sagst du?«

»Nun, solange wir weiterhin Ersatzkaffee herstellen, werden wir über die Runden kommen. Dennoch, wir brauchen Devisen, wenn wir langfristiger planen wollen. Sobald wir wieder Bohnenkaffee einführen können, müssen wir bereit sein.«

»Ja, so sehe ich das auch. Vor allem brauchen wir genug Geld, damit einer von uns nach Brasilien zu den Plantagen reisen kann. Mein letzter Stand ist zwar, dass dort alles seinen Gang geht, aber das glaube ich erst, wenn ich es sicher weiß. Die Plantagen sind unsere Zukunft, Michael. Vor allem dort müssen wir Vorsorge treffen. Andere Kaffeehändler haben weit weniger Möglichkeiten, wieder zurück ins Geschäft zu kommen. Unsere Ländereien in Brasilien haben uns auch nach 1918 gerettet. Wir waren die Ersten, die wieder Bohnenkaffee einführen konnten.«

»Selbst wenn im Hafen schon wieder gearbeitet wird, zurzeit gibt es überhaupt keine Möglichkeit, nach Südamerika zu gelangen.«

»Aber irgendwann werden wieder die großen Schiffe von Hamburg aus ablegen, daran glaube ich fest. Die Alliierten sollten doch wohl daran interessiert sein, dass Deutschland schnell wieder auf die Beine kommt. Die werden alles dafür tun, glaub mir. Die wollen schließlich auch zurück nach Hause zu ihren Familien.«

»Das bewundere ich so an dir, Amalia. Du bist immer allen einen Gedankenschritt voraus.« Michael lachte. »Wenn es erst so weit ist, könntest du Joachim schicken. Die Vorbereitung auf so eine Reise bringt ihn vielleicht auf andere Gedanken, und er kommt wieder zu sich«, schlug er vor. »Meiner Meinung nach braucht er eine richtige Aufgabe oder zumindest den richtigen Anreiz.«

»Was das angeht, gebe ich dir recht. Trotzdem wäre es mir lieber, *du* würdest fahren. Du warst vor dem Krieg schon mal dort und sprichst zudem fließend Portugiesisch. Das ist ein enormer Vorteil. Überdies ist es mir lieber, wenn ich Joachim in diesem Zustand in meiner Nähe weiß.«

»Du vergisst schon wieder, dass es noch Jahre dauern kann, bis überhaupt wieder ein passendes Schiff ablegt. Die Flotte der Südamerika-Linie ist völlig zerstört, und die Reederei liegt am Boden.«

»Gerade jetzt ist es wichtig, positiv zu denken, Michael. Wir sind Hamburger Kaufleute und lieben unsere hanseatischen Traditionen. Vielleicht erschließen sich noch andere Lösungen, an die wir heute noch gar nicht denken. Wir müssen vorwärtsschauen und unser Schicksal in die eigenen Hände nehmen. Vom Rumsitzen schafft man nichts, hat mein Vater immer gesagt. Wir haben schon mal einen Krieg überstanden. Ich werde P. F. Magnussen wieder zu dem machen, was es einmal war, so viel ist sicher. Vorher werde ich diese Welt nicht verlassen, das habe ich mir geschworen.«

»Und ich bin sicher …« Das Geräusch der sich öffnenden Tür unterbrach ihre Unterhaltung. Es war Georg von Meyerhoff, Michaels Vater.

»Guten Morgen, ihr fleißigen Bienchen«, sagte er und nickte ihnen zu. Sie erwiderten seinen Gruß. »Oha, hier ist es saukalt. Ihr solltet bald rüberkommen.«

»Ja, der kleine Ofen hält nicht lange vor. Wie geht es Mama?«, wollte Michael wissen.

»Keine Besserung, leider. Sie hustet sich die Seele aus dem Leib.«

»Ich habe gestern mit Doktor Steffens gesprochen«, sagte Amalia. »Er kommt später noch mal vorbei. Als Arzt hat er von den Tommys eine Sondergenehmigung bekommen und darf auch nach der Ausgangssperre sein Haus noch verlassen.«

»Helene hat offensichtlich eine schwere Lungenentzündung, Lia. Er kann auch nicht mehr tun, und das weißt du.«

»Vielleicht übersteht sie es aus eigener Kraft. Wir dürfen die Hoffnung nicht aufgeben. Hast du Feuer gemacht?«

»Ja, drüben im Salon ist es warm. Helene liegt gut zugedeckt auf dem Kanapee, und einen großen Becher Kräutertee hatte sie auch schon.«

»Das ist gut. Ach, Michael, begleitest du mich später zu den Hoffmanns? Für eine Stiege Brennholz und eine Kanne Milch wird Karl mir sicherlich ein Glas Honig geben. Seine Bienen haben sich um den Krieg nicht geschert.«

Michael erhob sich. »Natürlich begleite ich dich. Vorher kümmere ich mich schon mal um das Vieh.«

Als er an ihr vorbeigehen wollte, legte sie ihm eine Hand auf den Arm. Er hielt inne und wandte sich ihr zu.

»Ich bin unendlich froh, dich hierzuhaben, Micha.« So, wie es seine Art war, nickte er nur, doch sie sah das leichte Lächeln, das dabei um seine Lippen spielte.

»Du hast einen großartigen Sohn«, wandte sie sich an Georg, nachdem Michael gegangen war. »Wir müssen dankbar sein, dass wenigstens er heil nach Hause gekommen ist.« Ein tiefes Seufzen löste sich aus ihrer Brust. »Ich wünschte ...«

»Gib Joachim noch ein bisschen Zeit«, fiel Georg ihr sanft ins Wort. »Ich glaube, wir ahnen noch nicht einmal im Ansatz, wie beschädigt seine Seele ist.«

»Dennoch könnten wir seine Hilfe wirklich gebrauchen«, seufzte sie. »Auch mit nur einem Arm kann er eine Menge bewältigen. Wir sind am Leben, und schließlich muss es irgendwie weitergehen.«

»Paul und dein Vater wären unendlich stolz auf dich, Lia. Das wollte ich dir die ganze Zeit schon sagen. Du hältst alles zusammen und hast uns alle hier aufgenommen, dafür können wir dir nur immer wieder danken.«

»Ach, hör auf. Wir sind alle eine Familie, und ich tue nur, was getan werden muss. Außerdem hilft hier jeder mit, so gut er kann. Alleine, ohne euch, würde ich das gar nicht schaffen.«

Sie tätschelte die fahle und faltige Wange ihres besten Freundes. Georg war stets für sie da gewesen und hatte ihr zu allen Zeiten mit Rat und Tat zur Seite gestanden, vor allem nach Pauls und Bernhards Tod. Doch inzwischen sah man auch ihm seine fast achtzig Jahre deutlich an.

»Wir beide haben schon so viel miteinander durchgestanden, Georg. Ohne dich hätte ich die schlimme Zeit und meine Trauer niemals überwunden. Du warst immer für mich da und hast mich gestützt, mir letztlich sogar klargemacht, dass der Wiederaufbau von Pauls Lebenswerk mein Seelenheil retten kann. Das werde ich dir niemals vergessen. Den Rest schaffen wir jetzt auch noch.«

Er griff nach ihrer Hand. »Ich hätte auf meinen Verstand hören und *dich* heiraten sollen, Lia. Schon damals wusste ich, dass du großartig bist.«

Amalia musste lachen. »Nun komm mir nicht so, du alter Spinner. Du hast Helene geliebt, und ich wollte immer nur Paul. Einen anderen Mann hat es für mich niemals gegeben.«

Einen Moment lang sah er sie schweigend an. »Die wahre Tragik meines Lebens liegt wohl darin, dass es auch für meine Frau niemals einen anderen Mann als Paul gegeben hat«, sagte er schließlich leise. »Jedenfalls nicht wirklich.« Amalia erschrak bis ins Mark, und natürlich entging ihm ihre Reaktion nicht. »Hast du wirklich geglaubt, ich hätte das nicht gewusst, Lia?«

»Ehrlich gesagt, ja.«

»Nun, dann weißt du es jetzt besser.« Sein Lächeln wirkte bitter. »Ich habe hart um Helenes Liebe gekämpft, das kannst du mir glauben, doch eine echte Chance hatte ich nie. Im Grunde war ich für sie nur immer das notwendige Mittel zum Zweck. Ob es sich nun um ihren Stand handelte, oder um ihre …« Er räusperte sich. »Bedürfnisse. Dafür war ich gut genug.«

»Ihr habt Michael«, warf sie ein, weil ihr nach diesem schmerzhaften Einblick in Georgs Innerstes nichts Besseres einfallen wollte.

»Ja, wir haben Michael. Und ich war immer besonders dankbar, dass er uns geboren wurde.«

Amalia erkannte, wie unendlich müde er war. Das Leben hatte ihn erschöpft. Vor ihr stand ein hagerer alter Mann mit glanzlosen Augen und schlohweißem Haar.

»Ich kann meine Schwester nur bedauern, dass sie ihr Glück nie zu schätzen wusste«, sagte sie leise.

»Und wir beide mussten erst so alt werden, um endlich darüber zu sprechen.«

»Du bist trotzdem Pauls Freund geblieben, Georg, das muss dich doch enorm viel Kraft gekostet haben.«

Er zuckte mit den Schultern und deutete ein Kopfschütteln an. »So eigenartig es dir erscheinen mag, ich konnte ihm tatsächlich verzeihen.« Sein müder Blick leuchtete kurz auf. »Das hatte verschiedene Gründe, und wahrscheinlich war es auch gut, dass er nicht ahnte, dass ich von seiner Affäre wusste. Natürlich habe ich ihn zeitweise dafür gehasst, das gebe ich zu. Dennoch war da immer diese seltsame Sicherheit, dass er ebenfalls tiefe Narben davongetragen hatte. Er hat Helene niemals wirklich geliebt, sondern immer nur dich. Vielleicht habe ich das viel früher erkannt als er selbst. Das schlechte Gewissen und sein tiefes Leid, als er glaubte, dich verloren zu haben, standen ihm stets ins Gesicht geschrieben. Das war wohl der Hauptgrund dafür, dass ich ihm letztlich verzeihen konnte.

Und ja, ich weiß genau, wie merkwürdig das aus meinem Munde klingen muss. Er war ein guter Kerl und mein bester Freund. Trotz allem.«

Sie nickte. »Ich verstehe dich. Doch für mich hat die Sache damals alles verändert, Georg. Wenn man es genau betrachtet, habe ich dadurch meine Schwester verloren. Paul konnte ich schließlich vergeben, weil ich erkannt habe, dass er mich wirklich liebt, und ich bin noch heute unendlich froh darüber, dass ich mich dazu überwinden konnte, auch wenn der Weg dorthin sehr schmerzvoll war. Wir hatten noch so viele wundervolle gemeinsame Jahre, und er hat mich niemals wieder enttäuscht. Im Gegenteil. Sein ganzes Bestreben galt meinem Glück, das habe ich immer gespürt. Bei Helene sah das anders aus. Wäre es allein nach ihr gegangen, hätte sie mir Paul genommen, ohne auch nur einen Gedanken daran zu verschwenden, was sie mir damit antun würde – und auch dir. Diese Gewissheit hat es mir unmöglich gemacht, ihr zu verzeihen. Ich erkannte damals erschüttert, wie egoistisch und selbstverliebt sie im Grunde ist.«

»Aber du hast dich auch ihr gegenüber immer anständig verhalten. Das rechne ich dir hoch an.«

»Glaub mir, Georg, ihr seid nicht hier auf Lindenhain, weil Helene meine Schwester ist, sondern weil vor allem du und Michael mir am Herzen liegen. Dennoch … Ich denke, das Schicksal hat sie ausreichend bestraft. Paul blieb für sie unerreichbar, und alles, was ihr immer so wichtig war – der gesellschaftliche Stand und der Titel, den sie durch die Heirat mit dir erworben hat –, sind inzwischen völlig belanglos geworden.«

»Paul hat immer gesagt, deine schärfste Waffe sei deine schonungslose Ehrlichkeit. Damit hatte er wohl recht.« Er drückte noch einmal ihre Hand und ließ sie dann los. »So, nun komm aber endlich aus der Kälte, und gönn dir einen heißen Tee am Kamin. Du willst doch nicht auch noch krank werden.«

»Was würde ich jetzt für eine richtige Tasse Kaffee geben«, erwiderte sie. »Dieser elende Muckefuck ist einfach nichts für mich.«

»Was den Muckefuck angeht, gebe ich dir recht, aber nichts gegen meinen Tee.«

»Absolut nicht, Georg. Dein Tee wird uns gut über den Winter bringen. Es war eine wunderbare Idee von dir, im Sommer Kräuter zu sammeln und zu trocknen, aber Kaffee bleibt eben Kaffee.«

Am frühen Abend kamen Bernadette und ihre Freundin Brigitte Demroth nach Hause. Mehrmals in der Woche brachen sie schon in aller Herrgottsfrühe auf, um im Geschäft in der Innenstadt nach dem Rechten zu sehen, und kehrten abends nach Lindenhain zurück.

Bereits in den Zwanzigerjahren hatte Ferdinand Claasen seiner jüngsten Tochter die Schneiderei und das dazugehörige Gebäude überschrieben, und die beiden Frauen, die sich nun seit fast dreißig Jahren innig liebten, hatten die Schneiderei so lange geführt, wie es möglich war. Das Geschäftshaus am Jungfernstieg war zwar nahezu unversehrt geblieben, doch ringsherum mussten nun jede Menge Trümmer weggeschafft werden. Die Menschen halfen sich gegenseitig, wo sie nur konnten. Bernadette und Brigitte waren beide schon über sechzig, doch sie fuhren jedes Mal auf ihren alten Fahrrädern in die Stadt, denn andere Fahrzeuge gab es nicht mehr auf Lindenhain. Schon ohne die eisigen Temperaturen, die derzeit herrschten, war das eine anstrengende Angelegenheit.

»Schaut mal«, rief Bernadette aufgeregt und mit glühend roten Wangen von der beißenden Kälte. »Wir haben ein ganzes Kilo Mehl mitgebracht! Sauber und trocken.«

»Oh, wie wundervoll!« Amalia strahlte und hauchte ihrer jüngsten Schwester einen Kuss auf die Wange. »Jetzt können wir Brot backen.«

Niemand von ihnen fragte, woher Bernadette und Brigitte das Mehl hatten. In diesen Zeiten tat man das nie, wenn jemand etwas mitbrachte, das das tägliche Leben erleichterte.

»Ja, das wird ein Fest«, erwiderte Georg lachend, während er den beiden durchgefrorenen Frauen ihre Becher mit heißem Tee reichte. »Setzt euch an den Kamin«, forderte er sie fürsorglich auf.

»Schenk Helene auch noch einen großen Becher ein, Georg. Wir rühren ordentlich Honig rein, das wird ihr guttun«, sagte Amalia.

»Bringst du ihr den Tee, Lia?«, fragte er. »Sie sagte mir vorhin, dass sie dich gerne sprechen würde.«

Amalia stutzte kurz, nickte dann aber, nahm den Becher für ihre Schwester und ging ins Nebenzimmer, wo Helene warm eingepackt neben dem alten Holzofen auf einem Diwan lag.

»Ich bringe dir Tee mit Honig«, sagte Amalia. Sie trat näher und stellte den Becher auf dem kleinen Beistelltisch ab.

»Danke dir, Lia.« Helene hustete heftig. Sie wollte sich aufsetzen, schaffte es aber nicht aus eigener Kraft.

Amalia half ihr und schüttelte bei der Gelegenheit das Kopfkissen auf. Sie schob Helene ein zweites Kissen in den Rücken, sodass ihre Schwester besser trinken konnte. Sie wollte sich schon abwenden und wieder zu den anderen gehen, als Helene sie aufhielt.

»Lia, bitte …« Wieder überkam sie starker Husten. Amalia wartete, bis der Anfall vorbei war.

»Brauchst du noch etwas?«

»Könntest du dich kurz zu mir setzen? Bitte.« Amalia zögerte einen Moment, doch dann zog sie sich einen Stuhl heran.

»Ich möchte …« Helene hustete erneut. Dieses Mal dauerte der Anfall ein wenig länger.

Amalia erhob sich wieder, stützte den Oberkörper ihrer Schwester ab und rieb ihr den Rücken. Der Husten klang furchtbar beängstigend, fand sie.

Helene rang nach Atem. »Verzeih mir«, brachte sie flüsternd hervor.

»Du kannst doch nichts dafür, dass du so krank bist, Helene.«

»Das meine ich nicht. Verzeih mir, Lia. Bitte verzeih mir, was ich dir angetan habe. Ich habe Paul so sehr …« Ein weiterer Hustenanfall erstickte den Rest des Satzes.

»Ich weiß«, erwiderte Amalia schnell, nachdem auch dieser Anfall überwunden war.

Sie sah ihrer Schwester in das fahle, hohlwangige Gesicht. Die einstige Schönheit ihrer Schwester war dahin. Nichts erinnerte mehr an das engelsgleiche Geschöpf, das sie in ihrer Jugend gewesen war. Und in diesem Augenblick wusste Amalia, dass Helene bald ihren letzten Atemzug tun würde. Sie nahm Helenes knochige und schlaffe Hand in ihre.

»Ich verzeihe dir, Leni, und nun schlaf, Engelchen, schlaf ein.«

Eine Weile blieb sie noch bei ihr sitzen. Die Schwestern sprachen nicht mehr, aber es war nun ein friedvolles Schweigen. Helenes Züge entspannten sich. Schließlich erhob sich Amalia und ging hinüber zu den anderen.

Zwei Stunden später fiel ihnen auf, dass es plötzlich ungewohnt still war. Das stete Hustengeräusch, das sie alle in den vergangenen Wochen im Hintergrund begleitet hatte, war verklungen.

Amalia hörte ihren alten Freund Georg leise aufschluchzen, und in ihr wurde es plötzlich ganz still.

Einige Wochen nach Helenes Tod, kurz vor Weihnachten, kam erneut eine junge Frau nach Lindenhain. Dieses Mal war es Clara Nauenburg, die Tochter von Dora, Amalias alter Freundin. Dora war kurz vor dem Krieg nach Amerika ausgewandert und arbeitete dort in einem kleinen Ort unweit von New York noch immer als Ärztin. Clara war damals bereits verlobt gewesen und deshalb in Deutschland geblieben. Nun war sie eine der zahlreichen jungen Frauen, die der Krieg bereits kurz nach ihrer Hochzeit zu Witwen gemacht hatte. Sie war eine schüchterne, bildhübsche Frau von sechsundzwanzig Jahren. Amalia hätte sie auch ohne den bereits einige Jahre alten Begleitbrief ihrer Mutter erkannt, denn die Ähnlichkeit war frappierend. In dem Brief bat Dora sie eindringlich, ihrer Tochter zur Seite zu stehen, falls diese mal Hilfe benötigen sollte.

Herzlich nahm Amalia das Mädchen in die Arme und hieß es auf Lindenhain willkommen. »Deine Mutter ist und war eine der beiden besten Freundinnen, die ich jemals hatte. Dieses Haus ist von nun an auch dein Zuhause, Clara.«

Amalia schenkte Doras Tochter eine Tasse Tee ein und gab ein wenig Honig dazu. Die junge Frau sah aus, als hätte sie seit Wochen nicht richtig gegessen, aber das war in der heutigen Zeit nicht ungewöhnlich.

»Ich danke Ihnen, Frau Magnussen.«

»Na, na. Für dich bin ich Amalia oder Lia, so nennen mich alle hier, und das Sie lassen wir gleich mal weg, in Ordnung? Von nun an gehörst du zu meiner Familie.«

Ein zaghaftes, aber bezauberndes Lächeln huschte über Claras Gesicht. »Ich bin so froh. Danke, Amalia.«

»Wir sind hier ein ziemlich bunter Haufen, aber das wirst du schnell merken. So, und nun schau ich mal, ob ich noch eine Scheibe Brot für dich finde, die ich in einem Ei wälzen und braten kann. Da tun wir dann tüchtig Zucker drauf, damit du wieder ein bisschen zu Kräften kommst.« In diesem Moment hörte sie, wie die Haustür aufging.

»Auftrag erledigt!«, erklang Michaels dunkle Stimme. »Ich habe uns eine kleine Tanne geschlagen.« Er kam herein und hielt ein ungefähr eineinhalb Meter hohes Bäumchen hoch. »Ich hoffe, du bist zufrie…«

Als sein Blick auf Clara fiel, verstummte er. Amalia sah sofort, wie sich Michaels Augen weiteten.

»Oh, wir haben Besuch«, schob er schließlich nach. Er lehnte die Tanne an die Türeinfassung, zog seine Wollmütze vom Kopf und den rechten Handschuh aus, dann kam er näher und reichte Clara die Hand. »Michael von Meyerhoff«, stellte er sich artig vor und deutete eine Verbeugung an.

Amalia unterdrückte ein Schmunzeln. Egal, wie schlecht die Zeiten auch waren, das würde sich wohl niemals ändern. Sobald Männer eine hübsche Frau zu Gesicht bekamen, gerieten sie völlig aus dem Gleichgewicht.

»Clara. Clara Nauenburg«, antwortete Doras Tochter und lächelte sichtlich verlegen zu Michael auf.

»Trink einen Tee und wärm dich auf«, forderte Amalia den erkennbar faszinierten Michael auf. Ihr Patensohn schien ein wenig Mühe zu haben, seinen Blick von Clara zu lösen, doch dann sah er Amalia an.

»Ich wollte ohnehin etwas mit dir besprechen«, sagte er. »Vorhin habe ich gehört, dass den umliegenden Bauern vermehrt das Vieh gestohlen wird. Wir sollten also darüber nachdenken, ob wir die Tiere besser zu uns ins Haus holen.« Er grinste. »Und das meine ich ganz ernst, Lia. Der Stall ist nicht sicher genug, und es sind vor allem die Tiere, die dafür sorgen, dass wir noch nicht verhungert sind. Außerdem gehen die Temperaturen immer weiter runter. Dieser Winter ist verdammt hart, und es ist noch nicht einmal Weihnachten. Wenn wir nicht aufpassen, erfrieren uns die Viecher noch.«

Sie dachte kurz nach, dann nickte sie. »Du hast vollkommen recht. Ungewöhnliche Zeiten erfordern außerordentliche Maßnahmen. Warum also nicht? Das Haus ist riesig, und wir werden schon noch einen Raum für die Tiere finden.«

»Der Saal vielleicht? Wir Männer schlafen ja ohnehin hier unten.«

»Hm, das Parkett würde arg leiden. Ich habe dort meinen Hochzeitswalzer getanzt. Das bringe ich nicht übers Herz.« Sie überlegte einen Moment. »Der Haushaltsraum hinter der

Küche wäre groß genug. Dort gibt es einen Fußboden aus Steinfliesen und ein großes Oberlicht, sodass niemand die Tiere von draußen sehen kann, aber genug Licht hereinkommt. Die beiden Waschzuber und die paar Regale können wir auch in die Küche schaffen, da ist noch genug Platz.«

»Noch besser. Den Raum hatte ich gar nicht in Betracht gezogen.« Er lachte kurz auf. »Neben der Küche haben es die Tiere warm. Und Papa wird froh sein, dass er morgens zum Melken nicht mehr durch die Kälte marschieren muss.«

»Stimmt. Eines müssen wir aber bedenken: Die Kühe stören sich nicht an den Hühnern, aber die Hühner brauchen ihren Verschlag, sonst legen sie keine Eier.«

»Da lasse ich mir noch was einfallen. Ich zimmere was zusammen, keine Sorge.«

»Gut, dann lass uns das gleich angehen. Vorher werde ich aber unserer Clara hier etwas zu essen machen. Das Mädchen ist völlig ausgehungert.« Sie wandte sich wieder an Clara. »Oben ist noch ein kleines Zimmer mit einem schönen Bett für dich frei, mein Kind. Dort hat vor vielen Jahren schon deine Mutter gewohnt, wenn wir hier auf Lindenhain waren.« Bei der Erinnerung seufzte sie tief auf. »Nach dem Essen bringen wir deine Sachen rauf, und ich zeige dir dein neues Zuhause.«

»Vorher helfe ich euch sehr gerne mit den Tieren«, sagte Clara, und ihr Blick huschte zu Michael. »Ach, ich bin so froh, dass ich hierbleiben darf.«

Bereits eine Woche nach Claras Eintreffen auf Lindenhain war alle Schüchternheit von der jungen Frau abgefallen, und sie blühte zusehends auf. Wie sich herausstellte, war sie eine echte Bereicherung, denn sie war fleißig, sorgte stets für gute Laune und bezauberte dabei alle mit ihrer sonnigen Zuversicht. Claras sprichwörtliche Strahlkraft lockte selbst Joachim aus seiner schwermütigen Zurückgezogenheit.

Mit großer Freude und Erleichterung bemerkte Amalia, dass ihr Sohn plötzlich wieder mehr als drei Sätze am Tag von sich gab und sogar begann, leichte Arbeiten zu verrichten. Dank Claras Anwesenheit schien Joachim von Tag zu Tag mehr ins Leben zurückzufinden. Selbst das Kaffeekontor schien ihn wieder zu interessieren; zumindest fragte er danach.

Seit Clara zu ihnen gestoßen war, hatte sich vieles auf Lindenhain verändert, das Haus wirkte plötzlich heller. Amalia dachte oft bei sich, dass der Himmel ihr pünktlich zu Weihnachten einen Engel gesandt hatte. Schon bald entwickelte sich zwischen ihr und der jungen Frau eine tiefe Vertrautheit. Schließlich erfuhr sie, dass Clara bereits während des großen Feuersturms auf Hamburg ihre Wohnung in Barmbek verloren hatte. In einem Bunker hatte sie überlebt und war dann bei verschiedenen Menschen zwangseinquartiert worden, so wie es nach dem verheerenden Angriff der Briten üblich gewesen war.

Amalia fragte nicht weiter nach, was Clara in dieser Zeit hatte erleiden müssen oder warum sie erst jetzt zu ihr gekommen war. Es war nur noch wichtig, dass ihre Familie, zu der sie jetzt auch Clara zählte, wieder auf die Beine kam.

Eine Sache jedoch machte Amalia Sorgen. Es war schon bald nicht mehr zu übersehen, dass sich sowohl Michael als auch Joachim Hals über Kopf in das Mädchen verliebt hatten. Beide Männer gaben sich große Mühe mit Clara, waren so oft es nur ging in ihrer Nähe und ließen sie kaum aus den Augen. Seit ihrer Kindheit waren Michael und Joachim enge Freunde, doch nun begann Amalia, die aufsteigende Rivalität zwischen den beiden Männern zu spüren, und sie fragte sich, wie lange das noch gut gehen konnte. Vielleicht würde sie schon bald ein ernstes Gespräch mit Clara führen müssen, denn sie hatte den Eindruck, dass die junge Frau überhaupt nicht erkannte, in welch heikler Lage sie sich befand.

Einmal mehr nahm Amalia sich vor, die drei gut im Auge zu behalten, während sie auf ihrem Weg zum Friedhof war, um die Gräber von Paul und Bernhard zu besuchen, so wie sie es mehrmals in der Woche tat. Als sie das schmiedeeiserne Tor öffnete, sah sie ein junges Paar vor einem der Gräber stehen. Der hoch aufgeschossene und sehr schlanke Mann hatte einen Arm um die Schultern der Frau gelegt, und seine andere Hand lag auf dem Griff eines Kinderwagens.

Amalia wusste, dass es sich um die letzte Ruhestätte von Else Stelling handelte, der kürzlich verstorbenen Frau des Pastors, vor dem das Paar stand. Sie stutzte kurz, denn soweit sie wusste, hatten die Stellings keine eigenen Kinder gehabt. Erst als die junge Frau sich zu ihr umdrehte, erkannte sie mit leisem Schrecken, dass es sich dabei um das Mädchen handelte, das zu ihr gekommen war und behauptet hatte, Bernhard sei der Vater ihres damals noch ungeborenen Kindes gewesen.

Automatisch wanderte Amalias Blick zum Kinderwagen, und weil ihr nichts Besseres einfiel, nickte sie der Frau zu. Sie wollte schon weitergehen, doch zu Amalias Überraschung löste sich das Mädchen aus der Umarmung des Mannes und kam mit erhobenem Kopf auf sie zu.

»Guten Tag, Frau Magnussen.«

»Guten Tag, ähm … Käthe, richtig?«

»Ja, Käthe Peters.« Die junge Frau hob ihre Hand und deutete auf ihren Begleiter, der ihr unterdessen gefolgt war. »Das ist mein Mann.«

»Oh«, entfuhr es Amalia.

»Peters«, antwortete der junge Mann und reichte ihr höflich die Hand. »Ralf Peters.«

»Und das ist unsere Tochter Gitta.« Wenn Amalia sich nicht irrte, klang die Stimme der jungen Frau etwas heiser. »Möchten Sie sie vielleicht sehen, Frau Magnussen?«

Amalia musste schlucken. »Sehr gerne«, brachte sie mit Mühe hervor.

Und als Käthe Peters die aufgeplusterte Kinderdecke etwas herunterdrückte, sah sie in das süße Gesicht eines schlafenden Babys. Unter dem Wollmützchen lugten ein paar dunkle Haarsträhnen hervor, und wie durch Zauberhand öffnete das kleine Mädchen für einen winzigen Moment die Augen. Sie waren von einem auffallend dunklen Blau, wunderschön und von dichten dunklen Wimpern umrahmt.

18. Kapitel

Hamburg, im Oktober 2018

Melina fiel es schwer, ruhig weiterzuatmen. Immer wieder las sie die wenigen Zeilen, die ihr Leben, ihre Vergangenheit, ihre Gegenwart und auch die Zukunft von Grund auf veränderten. Schließlich ließ sie das Buch sinken und starrte nachdenklich an die Wand gegenüber. Ihre Mutter war am 2. Januar 1946 zur Welt gekommen. Wenn Käthe also tatsächlich von Bernhard Magnussen schwanger geworden war, gab es keinen Zweifel mehr, wer dieses Kind war. Und dass es sich bei der jungen Käthe in Amalias Tagebuch tatsächlich um ihre Großmutter handelte, war für Melina ebenfalls eindeutig. Amalia erwähnte im Tagebuch die Wäscherei in Nienstedten, und Käthe hatte ihr von der Wäscherei ihrer Mutter erzählt. Auch über ihre schreckliche Kindheit und ihren Vater, der ein stadtbekannter Betrüger und Dieb gewesen war, hatte sie hin und wieder gesprochen. Er und Käthes älterer Bruder hatten die meiste Zeit ihres Lebens im Gefängnis verbracht.

Melina schluckte. Nein, es gab keinen Zweifel. Käthes Sammelordner bekam plötzlich eine ganz andere Bedeutung.

»Ist alles in Ordnung?«, unterbrach Leonard ihre Gedanken. Sein Blick wirkte besorgt.

Sie musste sich räuspern, bevor sie antworten konnte: »Ja, alles gut.«

»Ist keine leichte Kost, der Abschnitt nach dem Krieg, oder?«, hakte er nach.

»Nein, ganz und gar nicht.«

In Melinas Kopf ging alles drunter und drüber, und sie hatte etwas Mühe, ihre rastlosen Gedanken zu sortieren. Wenn ihre Mutter das Kind von Bernhard Magnussen gewesen war, dann war sie seine Enkelin. Käthe hätte in einer so wichtigen Sache niemals gelogen, da war sich Melina sicher. Ehrlichkeit war für ihre Großmutter stets eine der wichtigsten Charaktereigenschaften gewesen. Die Gewissenlosigkeit ihrer Familie hatte ihr schon seit ihrer frühen Kindheit schwer zu schaffen gemacht. Auch das wusste Melina aus den Erzählungen ihrer Großmutter. Sie mochte gar nicht daran denken, wie furchtbar einsam und verlassen sich die junge Käthe gefühlt haben musste, nachdem Amalia ihr nicht geglaubt und sie zurückgewiesen hatte. Andererseits wusste sie, dass ihre Großeltern schon seit ihrer Kindheit eng befreundet gewesen waren. Sie hatten im Dezember 1945 geheiratet, und ihre Oma war zu dem Zeitpunkt bereits hochschwanger gewesen. Käthe hatte das einmal mit den schwierigen Zeiten nach dem Krieg erklärt, doch nun sah es für Melina eher so aus, als hätte der treue Jugendfreund Käthe aus einer schwierigen Lage befreit. Ihr herzensguter Opa. Das passte zu ihm. Melina hatte ihn so gern gemocht, und er war leider viel zu früh verstorben.

Melina schloss kurz die Augen. Es gibt Dinge, die würde sie wohl niemals genau erfahren. Dennoch … der Gedanke an Käthes Schwangerschaft hinterließ vor allem die bange Frage, was das für ihre Beziehung mit Leonard bedeuten könnte. Paul und Amalia Magnussen waren ihre gemeinsamen Urgroßeltern. Sie hatten gemeinsame Wurzeln, und das konnte alles zwischen ihnen verändern, da brauchte sie sich nichts vorzumachen.

»Wir sollten langsam ins Bett gehen«, hörte sie Leonard sagen. »Ich möchte morgen rechtzeitig im Büro sein. Es ist viel liegen geblieben in den letzten Tagen.«

»Ja.« Da war ein dicker Kloß in ihrem Hals, gegen den sie kaum ankam. »Geh ruhig schon mal ins Bad. Ich komme gleich nach.«

In dieser Nacht schlief Melina so gut wie gar nicht, und am Morgen musste sie sich sehr anstrengen, damit Leonard nicht bemerkte, wie es in ihr aussah. Sie hatte sich selbst geschworen, nichts mehr vor ihm zu verheimlichen, und doch kämpfte sie nun mit sich und der wilden Flut von Gedanken, die sie vollkommen durcheinanderbrachten. Sie konnte sich einfach nicht überwinden, ihm von ihrer weitreichenden Entdeckung zu berichten, weil sie selbst noch ein wenig Zeit brauchte, sich damit auseinanderzusetzen.

Der Moment würde schon früh genug kommen, dachte sie. Einerseits war da eine gewisse Furcht vor dem, was passieren würde, sobald sie ihm davon erzählte, andererseits fühlte sie eine zunehmende Freude, die so intensiv war und direkt aus ihrem Herzen kam, dass es ihr fast schon unheimlich war.

Sie hatte eine richtige Familie! Das war etwas, das sie sich gewünscht hatte, solange sie denken konnte.

»Du bist blass«, stellte Leonard während der Fahrt ins Büro fest. »Geht es dir nicht gut?«

»Doch, ich habe nur nicht besonders gut geschlafen«, erwiderte sie.

»Hm, vielleicht solltest du heute mal nicht in Amalias Tagebuch lesen. Ich hatte schon gestern Abend das Gefühl, dass dich das ziemlich mitnimmt.«

»Hast du eigentlich etwas Neues erfahren?«, lenkte sie ab. »Welche Zeit behandelt denn das vierte Buch?«

»Im Gegensatz zu dir habe ich die ziemlich unterhaltsame Zeit der Sechziger und Siebziger erwischt. Amalia erzählt teilweise recht lustige Anekdoten. Es ist zum Beispiel ganz witzig, mal ein bisschen was aus der Kindheit meiner Mutter zu erfahren.« Als sie an einer roten Ampel halten mussten, sah er sie kurz an und grinste. »Mein Opa hat sie tatsächlich fürchterlich verwöhnt, da ist es überhaupt kein Wunder, dass sie so kapriziös und anstrengend geworden ist. Amalia hat sich offenbar schon damals sehr darüber aufgeregt. Sie kritisiert Joachims Verhalten offen und hat es ihm auch direkt ins Gesicht gesagt. So wie sie es beschreibt, hat sie nie wirklich einen Draht zu ihrer Enkelin entwickeln können. Elisabeth hat sich ständig gegen ihre Großmutter aufgelehnt, weil Amalia offenbar die Einzige in der Familie war, die nicht nach ihrer Pfeife tanzte.« Er lachte kurz auf. »Hatte ich schon mal erwähnt, dass ich meine Urgroßmutter wirklich gerne kennengelernt hätte?«

»Ich hätte sie auch wahnsinnig gerne kennengelernt. Man kann es gar nicht oft genug sagen.«

Melina fühlte wieder den Kloß im Hals. In ihren Augen brannten Tränen, und sie war froh darüber, dass Leonard sich wieder auf den Verkehr konzentrieren musste.

Den gesamten Vormittag über hielt sie die Arbeit von weiteren Grübeleien ab, und gegen Mittag fuhr Leonard allein zu einem Auswärtstermin mit einem Hotelier, sodass ein gemeinsames Essen ausfiel.

Melina beschränkte sich auf Kaffee, da sie sowieso keinen Appetit hatte, erledigte noch einige Telefonate und beantwortete eine lange E-Mail von Rena, die halb privat und halb geschäftlich war. Ungefähr eine Stunde vor dem Feierabend rief Emily an.

»Da ich zwei Tage lang weder von dir noch von meinem Bruder etwas gehört habe, nehme ich an, die Putzläuse waren erfolgreich?«

»Ja, das waren sie. Du bist die Beste«, antwortete Melina lachend. »Er hat mir sogar eine Liebeserklärung gemacht.«

»Ach, wie wunderbar!« Emily seufzte. »Du bist sein Glück, das habe ich von Anfang an gespürt.«

Melina hoffte so sehr, dass Emily recht behielt. »Ich danke dir.«

»Sehen wir uns die Tage?«

»Gerne. Lass uns noch mal telefonieren, ja?«

»Okay. Gib Leo einen Kuss von mir.«

»Mach ich. Bis dann.« Sie hatte kaum aufgelegt, da meldete sich Leonard, um ihr mitzuteilen, dass der Termin sich noch ein wenig hinziehen würde. Er schlug ihr vor, dass sie ruhig schon mal nach Hause fahren sollte.

»Ich komme dann direkt zu dir und fahre nicht mehr zurück ins Büro«, teilte er ihr mit. »Frische Sachen hab ich ja genug bei dir.«

»Alles klar.«

»Es regnet in Strömen, nimm dir besser ein Taxi.«

»Gute Idee. Ich mach es uns dann schon mal gemütlich.«

»Fein. Bis später, mein Schatz! Ich freue mich auf dich.« Sie hörte das Klicken in der Leitung. Leonard hatte aufgelegt.

Mein Schatz! Das einfache Kosewort klang in ihr nach und erfüllte sie mit Wärme. Egal, was noch passierte, diese Momente des Glücks würde sie fest in ihrem Herzen verschließen und niemals mehr hergeben.

Der Geschäftstermin mit dem Hotelier war offenbar sehr erfolgreich verlaufen, das erkannte Melina sofort, als Leonard einige Stunden später zu ihr nach Hause kam. Seine Augen leuchteten richtig vor lauter Zufriedenheit.

»Du hast ein gutes Geschäft gemacht, oder?«, fragte sie, während er seinen Mantel an die Garderobe hängte.

»Und was für eins!« Lächelnd wandte er sich ihr zu, hob sie kurzerhand hoch und drückte ihr einen schmatzenden Kuss auf den Mund. »In naher Zukunft werden wir fünf weitere große Goldbrink-Luxushotels beliefern. Na, was sagst du?«

»Wow!«

»Jep.« Er grinste. »Wien, Paris, Stockholm und zwei Hotels in London.«

»Weiß dein Vater schon Bescheid?«

»Ja, ich hab ihn gleich angerufen. Bei der Gelegenheit hat er übrigens gefragt, ob wir nächste Woche Samstag zum Essen kommen. Meine Mutter ist noch auf Sylt, wird dann aber auch zurück sein, deshalb wollte er noch eine Woche warten, damit wir alle mal wieder zusammen sind. Ich hab zugesagt, ich hoffe, das ist dir recht?«

Sofort verspürte sie ein banges Kribbeln in der Magengegend, aber sie nickte zustimmend.

»So, jetzt ist mir aber nach einem schönen Glas Wein«, entschied er lächelnd.

»Du hast wahrscheinlich schon gegessen, nicht wahr?«, fragte sie, während sie es sich im Wohnzimmer auf der Couch gemütlich machten und Leonard ihnen Wein einschenkte.

»Das ließ sich nicht vermeiden. Du weißt ja, wie solche Termine ablaufen. Du auch?«

»Ja, keine Sorge. Ich hab mir vorhin eine Pizza in den Ofen geschoben.«

Leonard berichtete ihr noch einige Einzelheiten von dem Gespräch mit dem Hotelier, doch sie hörte nur mit halbem Ohr zu. In den vergangenen Stunden war in ihr eine Entscheidung gereift, und sie hatte sich vorgenommen, sich nicht noch eine weitere Nacht allein mit ihrem Wissen herumzuschlagen. Leonard musste so schnell wie möglich erfahren, was sie gestern entdeckt hatte. Es noch weiter aufzuschieben wäre einfach nicht richtig, entschied sie.

Als eine kleine Gesprächspause eintrat, beschleunigte sich ihr Herzschlag.

»Ich möchte dir etwas zeigen«, sagte sie und erschrak ein wenig, weil sie hörte, wie atemlos ihre Stimme klang. »Es ist wichtig.«

Sie erhob sich, ging hinüber zum Sessel und griff nach Amalias drittem Tagebuch, das dort noch immer auf dem Beistelltisch lag.

»Ich möchte dich bitten, einen bestimmten Abschnitt selbst zu lesen, bevor wir uns darüber unterhalten.«

»Erzähl mir doch einfach, worum es geht«, antwortete Leonard, und es zeigte sich eine steile Falte über seiner Nasenwurzel. Ein klares Zeichen dafür, dass er bereits beunruhigt war.

»Bitte. Es ist wirklich wichtig. Du musst es selbst lesen, dann können wir reden.«

»Was ist los, Melly?« Jetzt klang er alarmiert. »Du wirkst aufgewühlt und bist schon wieder so erschreckend blass.«

Sie schlug die entsprechende Seite im Tagebuch auf und reichte sie ihm. »Bitte!«, wiederholte sie nachdrücklich.

Er nahm ihr das Buch aus der Hand und begann den Abschnitt zu lesen, auf den sie zeigte. Mit wild klopfendem Herzen wartete sie ab, bis er sie wieder ansah. Er räusperte sich, griff nach seinem Glas, nahm einen großen Schluck und stellte es wieder ab. Die Art, wie er das tat, ließ seinen inneren Aufruhr erkennen. Seine Bewegungen waren ein wenig zu hastig, ein bisschen zu roboterhaft.

»Wann ist deine Mutter geboren?«, fragte er schließlich.

»Am 2. Januar 1946«, antwortete sie knapp.

Sekundenlang sahen sie sich an. Melina erkannte, wie es nun in seinem Kopf zu arbeiten begann und er die Schlussfolgerungen zog, vor denen sie ein wenig Angst hatte.

Doch ganz gegen ihre Befürchtungen rutschte er ein Stückchen näher zu ihr und zog sie in seine Arme.

»Na, das ist ja mal ein Ding«, flüsterte er. »Deine Großmutter war also tatsächlich die Geliebte meines Großonkels. Das große B in den Briefen … Deine Ahnung hat dich nicht getäuscht.« Er stieß ein leises Schnaufen aus. »Folglich bist du meine Großcousine.«

»Zweiten Grades, ja. Davon müssen wir jetzt wohl ausgehen.« Sie hob ihren Kopf, setzte sich auf und entzog sich damit seiner Umarmung.

»Ist das ein Problem für dich?«, fragte er hörbar besorgt. »Rechtlich wäre das nämlich kein Problem, das weißt du hoffentlich?«

Sie nickte und musste schmunzeln. Dieses Gespräch war viel leichter, als sie angenommen hatte. Sofort musste sie an Emilys Bemerkung denken, als sie zusammen im Ballsaal auf Lindenhain gestanden hatten: *Mein großer Bruder ist der Stärkste von uns allen. Er kriegt immer alles hin.*

»Ja, ich weiß das. Und nein, was unsere Beziehung angeht, ist das für *mich* kein Problem. Ich hatte nur ein wenig Bammel davor, dass es für dich schwierig sein könnte.«

»Blödsinn. Warum sollte es?«

Sie zuckte mit den Schultern. »Ich bin jedenfalls wahnsinnig erleichtert, dass du jetzt Bescheid weißt«, gab sie zu. »Und ich kann kaum fassen, wie gelassen du damit umgehst.«

»Die vergangenen Tage haben uns beiden doch wohl klargemacht, dass wir uns vertrauen müssen, Melly.«

»Ich weiß. Aber das ist wirklich ein ganz schöner Brocken. Ich musste das auch erst einmal für mich alleine verarbeiten.«

Leonard nickte, griff nach der Flasche und schenkte ihnen nach. »Natürlich ist das eine weitreichende Neuigkeit, aber es ist nun einmal, wie es ist. Niemand von uns ist verantwortlich. Jedoch liegt es jetzt in unserer Hand, angemessen und gewissenhaft damit umzugehen.« Er sah ihr in die Augen. »Der Sammelordner deiner Oma erscheint nun jedenfalls in einem ganz anderen Licht.«

»Darüber habe ich auch schon nachgedacht. Allerdings bin

ich davon überzeugt, dass sie diesen Ordner allein für sich angelegt hat. Ich nehme an, Bernhard war ihre große Liebe, und das war der eigentliche Grund. Wäre er für mich gedacht gewesen, dann hätte sie doch mit mir darüber gesprochen oder zumindest eindeutigere Hinweise hinterlassen. Einen persönlichen Brief zum Beispiel.«

»Wie auch immer. Aber was bedeutet das jetzt im Einzelnen für dich?«

»Ich habe eine richtige Familie«, flüsterte sie. »Das ist schon mal ein tolles Gefühl. Ich wollte immer eine normale Familie haben, weißt du.«

»Auch wenn wir beide nicht an deiner Herkunft zweifeln, wird meine Mutter eine DNA-Untersuchung verlangen, das kann ich dir schon jetzt versprechen. Vielleicht sollten wir ihr zuvorkommen.«

»Ich möchte das sowieso testen lassen, um ganz sicherzugehen. Keine Ahnung, wie weit das überhaupt möglich ist, doch das werden wir dann ja sehen. Ansprüche werde ich aber keine stellen, Leo.«

»Das solltest du aber, mein Schatz«, erwiderte er. »Du bist eine Magnussen.«

»Nein, das bin ich nicht. Schließlich waren Käthe und Bernhard nie miteinander verheiratet.«

»Darum geht es nicht. Du bist Bernhards Enkelin und damit eine Magnussen und Punkt. Wenn du zu meiner Familie gehören willst, sollte das auch mit allen Konsequenzen geschehen. Ich denke, damit müssen sich dann ein paar Anwälte beschäftigen. Das wird keine einfache Nummer werden. Schließlich war mein Opa damit nicht der Alleinerbe des Unternehmens.«

»Ich glaube, da irrst du dich, Leo. Meine Mutter war unehelich und absolut nicht erbberechtigt. Das Gesetz ist erst vor einigen Jahren geändert worden. Früher hatten uneheliche Kinder keinen Anspruch auf den Pflichtteil. Darüber habe ich zufällig vor einiger Zeit mal etwas gelesen. Außerdem wurde meine Mutter während einer anderen Ehe geboren, Käthe hat noch vor der Geburt ihren Jugendfreund geheiratet.«

»Gesetz hin oder her. Mir geht es hier allein um Gerechtigkeit, Melly.« Er seufzte. »Unsere Familie hat deiner Großmutter großes Unrecht angetan, und das allein verlangt schon nach Wiedergutmachung. Allerdings ... Wenn ich Amalias Aufzeichnungen lese, kann ich ihre Zweifel an Käthe einigermaßen nachvollziehen, das muss ich zugeben. Die Zeiten waren ungewöhnlich schwer, und Käthes Familie galt allgemein als kriminell und unglaubwürdig. Hinzu kommt noch, dass Bernhard ihr nichts von Käthe erzählt hat. Aus den Briefen wird zwar klar, dass er vorhatte, mit seiner Familie zu sprechen, aber getan hat er es nicht. Wenn Amalia jemals erfahren hätte, dass deine Mutter tatsächlich ihre Enkelin war, wären Käthe und deine Mutter sofort in den Schoß der Familie aufgenommen worden. Daran zweifle ich nicht im Mindesten.«

Melina dachte einen Moment über das nach, was Leonard gesagt hatte, dann nickte sie. »Du hast recht. So, wie ich Amalia aus den Tagebüchern kennengelernt habe, musste sie wirklich davon überzeugt gewesen sein, dass Käthe log, sonst hätte sie anders reagiert. Jede ihrer Zeilen zeugt von Intelligenz, Ehrlichkeit und ganz viel Herz.«

»Bisher gibt es noch keinen Hinweis darauf, dass Käthe noch einmal versucht hat, mit Amalia zu sprechen.«

»Wenn sie es nicht getan hat, kann ich das durchaus nachvollziehen, vor allem weil ich meine Oma gut kannte. Sicherlich hat Amalias Reaktion sie zutiefst verletzt und gleichzeitig ihren Stolz herausgefordert.« Melina schüttelte den Kopf. »Nein, Leo, sie wäre niemals ein weiteres Mal zu Amalia gegangen. Da passt die Tatsache viel besser ins Bild, dass sie schon kurz darauf ihren alten Jugendfreund geheiratet hat, um das Kind nicht allein aufziehen zu müssen. Käthe war nicht nur von Grund auf ehrlich und anständig, sie war auch außerordentlich pragmatisch veranlagt.« Sie nahm einen Schluck Wein, bevor sie weitersprach: »Aber ich möchte wirklich keine Unruhe in die Familie bringen. Das ist es nicht wert, Leo. Was passiert ist, ist passiert. Du hast es selbst gesagt. Wir können es ohnehin nicht mehr ändern.«

»Das sehe ich anders, und wenn du ein bisschen länger darüber nachgedacht hast, wirst du es ebenfalls so sehen, glaub mir. Es wird uns ohnehin keine Ruhe lassen.« Er grinste. »Du hast mir erzählt, dass meine Oma dich anfangs für Amalia gehalten hat, als du sie im Altenheim besucht hast. Auch das erscheint jetzt plötzlich in einem ganz anderen Licht.«

»Stimmt, darüber habe ich noch gar nicht nachgedacht.«

»Nun ja, wenn ich ehrlich bin, siehst du Amalia tatsächlich ähnlich. Nicht nur die Haare und die Augenfarbe, vor allem scheinst du ihren scharfen Verstand geerbt zu haben.« Er lachte und zog sie wieder an sich. »Ich liebe dich.«

»Ich liebe dich auch.«

»Weißt du, wir sollten nächste Woche meine … ähm … unsere Familie einweihen. Ich wollte ihnen bei der Gelegenheit sowieso von uns erzählen. Sie müssen endlich erfahren, dass wir beide ein Paar sind. Bis jetzt weiß nur Emily über uns Bescheid, und wir haben ja jetzt gelernt, dass eine heimliche Affäre auch ihre Tücken haben kann.« Er lachte erneut. »Das wird ein Tanz.«

»Mir wird schon ganz anders, wenn ich nur daran denke.«

»Das muss es nicht. Wir können uns in Ruhe auf das Gespräch vorbereiten. Einige Tage haben wir ja noch bis dahin, und ich bin bei dir, vergiss das nicht.« Er neigte sich ihr zu und hauchte ihr einen sanften Kuss auf die Lippen.

»Danke.«

»Wofür?«

»Dafür, dass du so bist, wie du bist«, antwortete sie und seufzte, als er sie erneut an sich zog, einfach nur, um sie festzuhalten. Eine Weile lag sie still in seinen Armen und genoss diesen wundervollen Augenblick. »Wollen wir noch eine Stunde in den Tagebüchern lesen?«, fragte sie schließlich und sah zu ihm auf. »Es sind ohnehin nicht mehr sehr viele Seiten.«

Er zögerte, schien kurz über etwas nachzudenken. »Was hältst du davon, wenn wir unsere Vorgehensweise ein bisschen ändern?«

»Was meinst du?«

»Wir lesen uns vor. Das wäre doch eine Möglichkeit. So könnten wir die restlichen Seiten der beiden Bücher gemeinsam durcharbeiten. Wir bringen erst das dritte Buch zu Ende, dann das letzte.«

»Das ist eine großartige Idee. Vielleicht taucht Käthe ja noch mal auf.«

Er schüttelte den Kopf. »Das glaube ich eher nicht. Ich kann mir einfach nicht vorstellen, dass Amalia ihr nicht geholfen hätte, wenn sie die Wahrheit gewusst hätte. Wollen wir?«

»Fängst du an, oder soll ich?«

»Lehn dich zurück und hör zu«, sagte er, während er sie aus seinen Armen entließ und wieder nach dem Buch griff. »Ich fang an. Du kannst mich ja nach einiger Zeit ablösen.«

»Okay. Dann leg mal los.« Melina griff nach ihrem Glas, zog die Beine unter sich und machte es sich gemütlich.

19. Kapitel

Hamburg-Nienstedten, im Juli 1955

»Hast du schon die Rechnung für Henning Brodersen fertig gemacht?«, wollte Michael wissen.

Clara sah von ihrer Schreibmaschine auf. »Ja, hab ich. Joachim hat sie auch schon unterschrieben, bevor er zu seinem Außentermin gefahren ist.«

»Gut«, erwiderte Michael. »Ich übernehme dann gleich die Post.«

Über ihre Schreibtische hinweg lächelte er ihr zu. Wie immer spürte sie die Intensität seines Blickes fast körperlich.

Sie wusste, dass er sie noch immer liebte. Jedes Wort, das er an sie richtete, jeder Blick offenbarte ihr seine Gefühle. Seit fast zehn Jahren liebte er sie, und nichts, weder ihre Hochzeit mit Joachim noch das Jahr in Brasilien, von dem Michael erst vor wenigen Wochen zurückgekehrt war, schien daran etwas ändern zu können. Dass sie fast ebenso lange seine Gefühle erwiderte, durfte er jedoch niemals erfahren, denn das würde nur in furchtbarem Leid für alle Beteiligten enden, daran zweifelte sie nicht. Sie liebte nämlich auch ihren Mann, sogar sehr, wenn auch auf eine andere, eine tiefer gehende und seelenwärmende Weise. Niemals würde es ihr in den Sinn kommen, Joachim zu verletzen. Die Liebe für ihn schien schon immer in ihr gewohnt zu haben, das hatte sie irgendwann erkannt. Es war, als hätte sie ihr Leben lang auf einen Mann wie ihn gewartet. Er war so fest in seinem Charakter, so von Grund auf gut und verlässlich. Ihr Ehemann war der sichere Hafen, nach dem sie sich all die Jahre gesehnt hatte. Trotzdem waren da noch immer die Gefühle für Michael. Doch die Liebe, die sie für ihn empfand, war eher von aufwühlender und erregender Natur. Sie war wilder, tobte oft so hitzig in ihr, dass sie in manchen Nächten vor lauter Sehnsucht nicht in den Schlaf fand. Zuweilen erschien es ihr, als ob das Schicksal ihre Bedürfnisse und Wünsche in grausamer Weise auf beide Männer verteilt hätte. Dennoch, Joachim war ihr Mann. Er liebte sie aufrichtig und vertraute ihr bedingungslos, das war es letztlich, worauf es ihr ankam.

Und doch gab es etwas, das ihr Leben mit Joachim wirklich belastete. Zu ihrem ehelichen Glück fehlte nämlich noch immer das ersehnte Kind, doch es wollte einfach nicht klappen. Vor allem Joachim trieb der Wunsch nach einem Kind um. Er, aber auch seine Mutter ersehnten natürlich auch einen Erben für die Firma. Joachim neigte ohnehin zur Schwermut, und je länger es dauerte, desto düsterer schien seine Stimmung zu werden. Seit fünf Jahren waren sie nun schon verheiratet, doch jeden Monat erlebten sie eine neue Enttäuschung. Die eindringlichen, manchmal sogar vorwurfsvollen Blicke von Joachim und ihrer Schwiegermutter bereiteten ihr Kummer. Clara fragte sich immer häufiger, ob sie überhaupt in der Lage war, schwanger zu werden. Auch wenn einige Ärzte ihr bereits mehrere Male versichert hatten, dass mit ihr alles in bester Ordnung sei, wurde die Angst in ihr immer stärker.

»Geht es dir gut?«, fragte Michael in ihre Gedanken hinein.

Sie bemerkte, dass sie ihn die ganze Zeit angesehen hatte, und sofort spürte sie, wie ihre Wangen heiß wurden. Bei Joachim passierte ihr so was nie. »Ja, ich bin nur ein bisschen müde.«

»Dann mach doch Schluss für heute. Der Brief kann auch bis morgen warten«, erwiderte er.

Seine dunkle Stimme hatte den samtigen Klang angenommen, den sie so mochte und der allein für sie bestimmt war, sobald sie miteinander allein waren.

»Ach was, ich tippe das eben noch fertig ab. Du weißt ja, ich mag es nicht, wenn etwas liegen bleibt.«

Er erhob sich, kam zu ihr herüber und blieb neben ihrem Schreibtisch stehen. »Du würdest mir doch sagen, wenn du Kummer hast, oder?«

»Es ist nur … Ach, du weißt schon, das alte Thema. Ich werde einfach nicht schwanger.« Sie erschrak über ihre unwillkürliche Offenheit. »Aber ich sollte wirklich nicht mit dir darüber sprechen, Micha«, fügte sie schnell hinzu.

Es war ihr zwar unangenehm, aber seine sichtliche Besorgnis hatte sie ein wenig überrumpelt. Manchmal fühlte sie sich ihm näher als allen anderen Menschen in ihrer Umgebung.

Er nickte, und über seiner Nase zeigten sich zwei steile Falten. »Schon mal darüber nachgedacht, dass es an Joachim liegen könnte?«

Der Satz hing sekundenlang zwischen ihnen in der Luft. Sie starrte ihn an, dann schüttelte sie heftig den Kopf. »Es liegt doch eigentlich immer an der Frau.«

»Wer sagt denn so was?«

»Na ja … alle.«

»Was meint denn der Doktor?«

»Micha, also wirklich.« Ihre Wangen wurden schon wieder ganz heiß.

»Hab ich es mir doch gedacht«, sagte er und nickte erneut. Er setzte sich auf die Ecke ihres Schreibtischs und sah sie eindringlich an. »Ich bin dein Freund, Clara, du kannst mit mir über alles reden, was dich bedrückt.« Das dunkle Vibrieren seiner samtenen Stimme ging ihr unter die Haut, und in ihrem Bauch begann es heftig zu kribbeln.

»Ich weiß«, flüsterte sie. Zu ihrem Erschrecken klang ihre Stimme ziemlich heiser.

»Du solltest wissen, dass …« Er brach ab, denn in diesem Moment ging die Tür auf, und Amalia kam herein.

Clara bewunderte Michael ein wenig dafür, dass er vollkommen ruhig auf der Ecke ihres Schreibtisches sitzen blieb und sich nicht etwa hastig erhob.

»Na, ihr zwei.« In gewohnt aufrechter Haltung kam Amalia lächelnd zu ihnen. Wie so oft fiel Clara auch jetzt wieder auf, wie dynamisch jeder Schritt, wie klar und wach der Blick und wie jung das gesamte Erscheinungsbild ihrer Schwiegermutter noch immer wirkte, obwohl diese vor Kurzem achtzig Jahre alt geworden war. Es war erstaunlich und gleichzeitig bewundernswert, wie viel Energie in der alten Dame steckte. Doch wenn man Amalia darauf ansprach, winkte sie nur lächelnd ab. Oft betonte sie, dass es allein die Arbeit sei, die sie geistig und körperlich gesund hielte.

»Ich wollte deine Schwiegertochter gerade davon überzeugen, für heute Feierabend zu machen, doch sie will einfach nicht auf mich hören«, richtete sich Michael lächelnd an Amalia. »Dabei könnte sie eine kleine Erholungspause sehr gut gebrauchen, und die Arbeit läuft auch nicht weg.«

»Hör auf ihn, Clärchen. Nimm ein heißes Bad und gönn dir eine Pause vom Alltag. Joachim wird sicher auch bald von seinem Termin zurück sein, dann könnt ihr vor dem Abendessen noch gemütlich zusammen Kaffee trinken.«

In Claras Ohren klang das fast wie eine Aufforderung zu ehelicher Intimität, und sie konnte ein Seufzen nicht unterdrücken. Sie mochte Amalia sehr. In den vergangenen Jahren war sie nicht nur ihre Schwiegermutter, sondern auch ihre engste Vertraute geworden, doch derartig unterschwellige Bemerkungen häuften sich in der letzten Zeit und erzeugten zusätzlich seelischen Druck, der die Sache nicht unbedingt leichter machte. Trotzdem nickte sie zustimmend. Es kam selten vor, dass sie Amalia widersprach.

»Gut, ich gebe mich geschlagen. Ein schönes Bad vor dem Abendessen ist sicher eine gute Idee.« Sie griff nach der Abdeckung für die Schreibmaschine und stülpte sie über ihr Arbeitsgerät, dann erhob sie sich. »Bis später.«

»So ist es recht, mein Kind«, sagte Amalia. »Sobald Joachim auftaucht, schicke ich ihn zu dir.«

Kurz bevor Clara die Tür des Gesindehauses hinter sich zuzog, vernahm sie noch Michaels Räuspern.

Amalia trat ans Fenster, sah ihrer Schwiegertochter hinterher und wartete ab, bis sie im Gutshaus verschwunden war, bevor sie sich wieder zu ihrem Neffen umdrehte, der sich unterdessen zurück an seinen eigenen Schreibtisch gesetzt hatte. Die Gelegenheit war günstig und würde so schnell vielleicht nicht wiederkommen, dachte sie bei sich.

»Ich bin froh, dass wir einen Moment allein sein können, denn ich würde gerne etwas Wichtiges mit dir besprechen«, sagte sie. Amalia zog sich einen Stuhl heran und setzte sich ihm gegenüber.

»Nanu. Was gibt es denn?«, wollte er wissen.

»Du fühlst dich immer recht wohl auf den Plantagen, oder? Brasilien liegt dir, nicht wahr?« Sie sah, dass er zögerte. Sicherlich fragte er sich gerade, worauf sie hinauswollte.

»Ja, das stimmt, aber das weißt du doch schon länger.«

Nun schwieg sie einen kurzen Moment, um sich zu sammeln. Natürlich hatte sie sich ihre Formulierungen gründlich zurechtgelegt, schon vor Wochen, doch ihr altes Herz begann jetzt doch, ein wenig höher zu schlagen. »Was hältst du davon, als unser Verwalter auf den Plantagen zu leben, Micha?«

Er zog die Augenbrauen in die Höhe und sah sie erstaunt an. »Ich soll Deutschland verlassen?«

»Ähm … Ja. Du sagst doch selbst, wie schwierig es ist, gute Verwalter und Geschäftsführer für die Plantagen zu finden. Du kennst dich nicht nur mit dem Geschäft bestens aus, sondern auch mit den Pflanzungen, hast von Paul alles von der Pike auf gelernt. Mir wäre es einfach lieber, dich auf den Plantagen zu wissen.« Sie musste kurz husten. »Natürlich in völliger Eigenverantwortung. Das große Haus könntest du auf Kosten der Firma ganz nach deinen Wünschen modernisieren und es in aller Ruhe zu deinem Zuhause machen. Deutlich mehr verdienen würdest du selbstverständlich auch. Na, was sagst du zu meinem Vorschlag?«

»Warum ich, Amalia?«

Seine Frage brachte sie kurz aus dem Konzept, aber es passte zu Michael, dass er nachhakte. Sie hätte wissen müssen, dass er nicht sofort jubelnd zustimmen würde, dafür war er viel zu klug.

»Weil du einfach der beste Mann dafür bist«, erwiderte sie, spürte aber sofort, dass er sich mit dieser simplen Erklärung nicht zufriedengeben würde. Sie sah ihm an, wie es hinter seiner Stirn arbeitete. Schließlich fasste sie sich ein Herz und holte tief Luft. »Ich bin nicht dumm und habe Augen im Kopf. Seit Jahren schaue ich mir nun schon den Tanz auf dem Drahtseil an, den du und Clara hier aufführt.« Sie seufzte. »Mein Sohn ist wohl der Einzige hier, der nicht merkt oder nicht merken will, wie du zu seiner Frau stehst.« Sie machte eine kleine Pause und erwartete irgendeine Reaktion, doch seine Miene blieb ausdruckslos und abwartend. »Du musst hier weg, Micha«, setzte sie wieder an. »Über kurz oder lang gibt es ein großes Unglück, und das wollen wir doch alle nicht, oder? Du weißt so gut wie ich, dass Clara Joachim niemals verlassen würde. Brasilien wäre also die Lösung für euch … für uns alle. Jeder würde davon profitieren, nicht zuletzt die Firma, und die liegt dir doch auch sehr am Herzen, wenn ich mich nicht irre.«

Sein dunkelblauer Blick glitzerte. »Nun denn, wenn wir schon so offen darüber reden, sollten wir unsere Karten auch ganz ausspielen«, erwiderte er. »Aber ich möchte etwas vorausschicken: Ich habe Clara niemals angerührt.«

»Das habe ich auch nicht angenommen. Dafür seid ihr beide viel zu anständig. Trotzdem bin ich davon überzeugt, dass das nicht mehr lange gut gehen kann. Ich sehe doch, wie ihr umeinander herumschleicht.« Sie beugte sich ein wenig vor und legte ihre Hand auf seine. »Clara ist zurzeit nicht unbedingt glücklich, und das ist unter den gegebenen Umständen keine gute Voraussetzung für tugendhafte Selbstbeherrschung. Du bist ein erfahrener Mann, Micha. Du spürst doch bereits die Veränderung, mach mir nichts vor. Und wenn du ehrlich bist, weißt du auch, dass manchmal nur ein winziger Funke nötig ist, um ein Feuer zu entfachen, das man nicht mehr löschen kann. Vor allem wenn die Glut schon jahrelang im Verborgenen vor sich hin schwelt.« Sie zog ihre Hand zurück und setzte sich wieder gerade hin. »Wie gesagt würde Clara ihre Ehe sowieso niemals beenden, doch das Leid, das ein derartiger Betrug mit sich bringt, ist kaum zu verwinden und zerstört unendlich viel. Ein schmerzhafter Stachel bleibt immer zurück, das kannst du mir glauben. Ich weiß leider nur zu genau, wovon ich spreche.« Sie spürte seinen eindringlichen Blick und atmete tief durch. »Deine Eltern leben nicht mehr, und du bist hier auch sonst niemandem verpflichtet. Es ist vielmehr so, dass die Plantagen auch dir die Gelegenheit für einen richtigen Neuanfang bieten würden. Du könntest endlich Abstand gewinnen und dir ein eigenes Leben aufbauen. Vielleicht sogar mit einer eigenen Familie. Wenn du weiterhin in Claras Nähe bleibst, wirst du das kaum schaffen, mein Junge.«

Er zog die Stirn kraus und sah sie eine Weile sehr nachdenklich an, aber sie ließ die Stille zu und wartete in aller Ruhe auf eine Reaktion von ihm.

»Du willst also, dass ich verschwinde, damit deine Familie nicht in Gefahr gerät.« Es klang wie eine Feststellung und nicht wie eine Frage. »Das verstehe ich sogar, und es passt zu dir. Du bist schon immer eine richtige Löwenmutter gewesen.« Michael lächelte leicht, doch es war ein wehmütiges Lächeln. Dann schien er sich innerlich zu wappnen, und sein Tonfall wurde geschäftlich. »Wenn du mich loswerden willst, wird das nicht ohne Bedingungen von meiner Seite funktionieren, Lia.«

»Nun übertreib nicht gleich. Es geht nicht darum, dass ich dich loswerden will. Was verlangst du?«

»Ich will Anteile, zumindest eine echte Gewinnbeteiligung. Außerdem verlange ich, dass die Leitung der Plantagen und das Wohnrecht lebenslang und vererbbar festgeschrieben werden.«

Amalia versuchte, sich ihre Erleichterung nicht anmerken zu lassen. Entgegen ihren Befürchtungen schien es für ihn nicht völlig abwegig zu sein, Deutschland für immer zu verlassen, das war erst einmal das Wichtigste.

»Du verlangst ein bisschen viel, denke ich«, sagte sie, um Zeit zu gewinnen.

Als Michael schließlich ruckartig aufstand und hinüber zum Fenster ging, folgte sie ihm mit ihren Blicken. Mit vor der Brust verschränkten Armen drehte er ihr den Rücken zu.

»Das denke ich nicht«, hörte sie ihn sagen. »Im Gegenteil, du bist hier nämlich diejenige, die sehr viel verlangt.« Er wandte sich ihr wieder zu, blieb aber an Ort und Stelle stehen. »Falls du glaubst, dass es mir leichtfällt, für immer zu gehen, irrst du dich. Ich habe meine Erfahrungen gemacht, Lia. Ich liebe Clara, damit hast du recht, doch auch das vergangene Jahr auf den Plantagen konnte mich nicht von dieser Liebe heilen. Warum sollten es also viele Jahre können, frage ich dich?«

»Weil es so sein wird, da bin ich mir sicher.«

»Falls ich gehen sollte, würde ich es vor allem tun, *weil* ich Clara liebe. Es wird dich wahrscheinlich wundern, aber auch ich bin mir sicher, dass es ein Fehler wäre, ihre Ehe zu zerstören, und wenn ich mich nicht täusche, befinden wir uns tatsächlich auf direktem Wege in die von dir so befürchtete Katastrophe. Ja, ich spüre die Veränderung … und mir ist klar, dass diese Veränderung unsagbares Glück, aber auch fürchterlichen Kummer für sie und mich bereithalten könnte.« Er seufzte leise. »Um das zu erkennen, brauche ich deine warnenden Worte nicht. Clara gehört zu Joachim, das weiß ich. Du kannst dir sicher vorstellen, wie schwer es mir fällt, diesen Satz auszusprechen. Dennoch werde ich nicht gehen, ohne meine Zukunft in Brasilien vernünftig abzusichern, Lia. Von meinen Bedingungen weiche ich nicht ab, denn was mich angeht, werde ich nämlich so oder so leiden.«

Völlig unvermittelt flackerte das Bild eines wunderschönen Babys mit dunklem Haar und auffallend blauen Augen in Amalia auf. Es war schon einige Jahre her, dass sie den Gedanken an diese seltsame kurze Begegnung zugelassen hatte. Doch jetzt war diese für sie so ungewohnte Unsicherheit und Verlegenheit plötzlich wieder sehr präsent, mit der sie sich damals so hastig von der kleinen Familie verabschiedet hatte, der sie danach auch nie wieder begegnet war. Irgendwo hatte sie mal gehört, dass der junge Tischler und seine Frau in einen anderen Stadtteil gezogen waren.

Amalia holte tief Luft. Die Erinnerung an die Begegnung auf dem Friedhof erschien ihr in diesem Moment wie ein Wink des Schicksals, und sie beschloss, dass es an der Zeit war, einen Gedanken endlich laut auszusprechen, der ihr schon seit geraumer Zeit den Schlaf raubte. Er war im Grunde so unvorstellbar, so abscheulich, und sie empfand ihn fast schon als kriminell, doch er ließ ihr einfach keine Ruhe mehr. Sie hatte nicht die geringste Vorstellung davon, wie Michael darauf reagieren würde. Vielleicht würde er wütend werden und sie hier alleine sitzen lassen, schlimmstenfalls zu Joachim rennen und ihm alles erzählen. Doch sie hoffte darauf, dass sie in ihrem Leben genug über die Männer gelernt hatte und alles so ausging, wie sie es sich für ihre Familie, für sich selbst und, ja, auch für das Unternehmen wünschte.

»Ich stimme deinen Bedingungen zu«, sagte sie. »Aber ich habe auch noch eine. Eine grundlegende, könnte man sagen.«

»Was willst du denn noch?« Er kam zurück zum Schreibtisch und ließ sich auf seinen Stuhl fallen. »Ich kann dir versichern, dass ich die Plantagen leiten werde, als wären sie mein Eigentum.«

»Das weiß ich, darum geht es nicht.«

»Was dann?«

»Es geht um Clara und ihr zukünftiges Glück. Ich denke, das ist auch dir wichtig.«

»Das hatten wir doch gerade.«

»Ich möchte, dass Clara ein Kind bekommt, Michael. Einen Erben.«

Stille.

Sekundenlang tauschten sie Blicke aus, die Worte nahezu unnötig machten. Sie konnte ihn atmen hören. Unregelmäßig und laut. Schließlich war sie es, die es nicht mehr auf ihrem Stuhl hielt. Amalia erhob sich und ging vor dem Schreibtisch auf und ab.

»Du hast doch die Gespräche mit dem Besitzer der Nachbarplantage geführt.«

Sichtlich irritiert von diesem vermeintlichen Themenwechsel bestätigte er ihre Aussage und runzelte die Stirn. »Er wird wohl zukünftig an uns liefern, ja, aber was …?«

»Ich habe Joachim davon überzeugt, dass er persönlich die Sache zu einem Abschluss bringen muss. Schließlich ist er der Juniorchef und Geschäftsführer von P. F. Magnussen. Er wird Ende nächster Woche ein Schiff nehmen und für ungefähr drei Monate fort sein.« Sie stoppte ihr rastloses Auf- und Ablaufen und sah ihn eindringlich an. »Verstehst du, was ich dir damit sagen will, Michael?«

Er blies kurz die Wangen auf, erhob sich dann ebenfalls und kam um den Schreibtisch herum zu ihr, blieb direkt vor ihr stehen.

»Ja, ich verstehe dich nur zu genau, auch wenn ich kaum glauben kann, dass du zu derart unmoralischen Gedanken fähig bist. Ich kenne und schätze dich schon mein ganzes Leben lang, Lia, aber das hier entsetzt mich geradezu. Meine Güte!«

»Du kannst mir glauben, dass mir das nicht leichtfällt, aber der Gedanke daran treibt mich schon seit Wochen um. Ich bin innerlich so sehr aufgewühlt, dass ich kaum atmen kann.« Sie hob ihre Hand und legte sie auf seine Wange. »Du weißt doch, dass ich dich fast so sehr liebe wie meinen eigenen Sohn, oder?«

Er nickte. »Ja, das weiß ich.«

»Ich habe Angst, Michael. Angst um Joachim *und* um Clara, allein daraus wurde diese Idee geboren. Joachim ist auf dem besten Weg zurück in seine dunkle Melancholie. Das sehen wir doch alle. Und … Gott …« Sie atmete tief durch. »Ich bin inzwischen fest davon überzeugt, dass es an ihm liegt, dass sie nicht schwanger wird. Clara war unterdessen bei mehreren Ärzten. Während du fort warst, hat sie sich im Universitätskrankenhaus Eppendorf intensiv untersuchen lassen. Ich habe sie zu all diesen Terminen begleitet, und keiner der Ärzte hat auch nur den kleinsten Hinweis auf eine Unfruchtbarkeit entdecken können.«

»Weißt du eigentlich, was du da von mir verlangst? Ich meine, aus moralischer und persönlicher Sicht?«

»Oh ja, das weiß ich, glaub mir. Hättest du mir vor einigen Monaten gesagt, dass ich dir jemals so einen Vorschlag unterbreiten würde, hätte ich dich wahrscheinlich dafür geohrfeigt und rausgeworfen. Und ich weiß auch, dass ich für alle Zeiten meinen Sohn verlieren würde, könnte er mich jetzt hören oder auch nur erahnen, worüber ich gerade mit dir spreche. Mit dieser … Bitte gebe ich mich als Mutter und Seniorchefin mit allem, was mir wichtig ist, in deine Hände, Michael.«

»Mal angenommen …« Er brach ab, doch in diesem Augenblick keimte in ihr die Hoffnung auf, dass er letztlich zustimmen könnte. »Das wäre … Ich würde danach ja nicht nur Clara für alle Zeiten verlassen müssen, sondern auch noch mein ungeborenes Kind.« Er schnaufte. »Nein, Lia. Nein! Ich kann das nicht.«

Ihr Magen zog sich zusammen. Sollte sie sich so sehr getäuscht haben?

»Bitte, Micha, denk darüber nach. Ich bitte dich von ganzem Herzen. Denk auch an Clara.«

Sie sah die Erschütterung in seinem Blick, aber auch eine endlos tiefe Traurigkeit. In diesem Moment wirkte er so unglücklich, dass sie ihn am liebsten in den Arm genommen hätte, doch sie war sich sicher, dass er von heute an jede mütterliche Zuwendung von ihr zurückweisen würde.

»Ich denke nur an Clara«, flüsterte er schließlich kaum hörbar.

»Joachim wird nächsten Freitag abreisen«, erwiderte sie fast ebenso leise. »Ich lass dich jetzt allein. Wir können später noch einmal darüber reden.«

Er nickte, wandte sich dann von ihr ab und ging hinüber zur Tür. »Ich brauche frische Luft.«

Amalia atmete einige Mal tief durch, nachdem Michael gegangen war. Innerlich zitterte sie wie Espenlaub. Sie hatte es getan, dachte sie immer wieder. Sie hatte es ausgesprochen, ihm tatsächlich diesen furchtbaren, ja eigentlich schon grausamen Vorschlag unterbreitet.

Langsam ging sie hinüber zu ihrem Schreibtisch und ließ sich erschöpft auf den Stuhl sinken. Zeit ihres Lebens hatte sie die Männer studiert. Zuerst ihren Vater, dann Paul und Georg, später ihre eigenen Söhne, aber auch Geschäftspartner, Freunde und Bekannte. Sie hatte gelernt, dass die meisten Männer viel schwächer als Frauen waren, wenn es um ihre Begierden ging. Treue und Standhaftigkeit gehörten nicht unbedingt zu den Tugenden eines Mannes, doch natürlich hatte sie auch Ausnahmen kennengelernt, das musste sie zugeben. Georg von Meyerhoff war ihrer Schwester in all den Jahren ein treuer Ehemann gewesen. Er hätte Helene niemals betrogen, da war sich Amalia absolut sicher. Und hier ging es immerhin um seinen Sohn, der mit den streng moralischen Werten seines Vaters aufgewachsen war. Sie hatte nicht gelogen, sie liebte

Michael von Meyerhoff tatsächlich fast so, als wäre er ihr eigenes Kind. Ebenso wie sein Vater war er ein gradliniger und aufrechter Charakter, verlässlich und ehrlich bis in die Fingerspitzen hinein. Und doch hoffte sie nun, dass auch er letztlich vor seinen Begierden kapitulierte. Mit ihrem Vorschlag hatte sie ihm die Möglichkeit gegeben, seinem sicherlich tiefsten, heimlichsten und gleichzeitig heftigsten Wunsch nachzugeben – und das mit ihrem Segen. Die Aussicht auf mehrere Nächte mit der Frau seines Herzens würde sein Verlangen noch anheizen, da war sich Amalia sicher, und sie ahnte ansatzweise, welche Kämpfe gerade in ihm tobten. Jetzt blieb nur noch die Frage, welcher Teil von ihm diesen Kampf gewinnen würde. Der liebende, begehrende Mann oder der starke und anständige Kerl, der ihren Vorschlag mit wenigen Worten und noch weniger Taten vom Tisch fegen konnte.

Ihr Herzschlag hatte sich gerade wieder beruhigt, als erneut die Tür aufging und Joachim hereinkam. Er begrüßte sie und sah sich um. »Sind Michael und Clara schon weg?«

»Ja, Michael macht einen kleinen Spaziergang, und Clara ist schon drüben im Haus. Wir haben sie gemeinsam überredet, heute mal früher Schluss zu machen.«

»Gut so«, erwiderte er. »Sie wirkt sehr erschöpft in der letzten Zeit.«

»Stimmt. Und? Wie sieht es aus am Ballindamm?«

»Die Umbauten gehen gut voran. Es wird großartig werden, da bin ich mir sicher.«

»Wir können also wie geplant den Firmensitz noch in diesem Jahr wieder dorthin verlegen, ja?«

»Dem sollte nichts im Wege stehen.«

»Wunderbar. Einer meiner größten Wünsche geht damit in Erfüllung«, sagte sie und lächelte ihren Sohn bewusst strahlend an.

»Ja, ich freue mich auch. Wieder ein richtiges Geschäftshaus in der Innenstadt zu haben ist schon etwas anderes. Papa wäre sehr stolz auf uns, denke ich.«

Amalia nickte zustimmend. »Da bin ich mir sogar sicher. Das Haus an der Alster war sein ganzer Stolz. Ach, Joachim, ich bin so froh darüber, dass es mit P. F. Magnussen gerade steil bergauf geht. Schon jetzt stehen wir besser da als vor dem Krieg.«

Joachim nickte. »Die Währungsreform hat uns alle gerettet. Aber über den Firmensitz wollte ich noch mal mit dir reden, Mama. Mir liegt nämlich seit heute ein Angebot für eines der Kontorhäuser am Hafen vor. Am Baumwall, um genau zu sein. Das ist sehr verlockend. Wir sollten uns das ansehen, bevor wir eine endgültige Entscheidung treffen. Am Ballindamm könnte man auch gut wieder ein Geschäft und einen Teil der Rösterei einrichten, so wie früher. Sollten wir weiter so stark expandieren, wird das Obergeschoss dort jedoch sehr schnell zu klein werden. Unsere Überlegung, den Versandhandel auszulagern oder gar hier auf Lindenhain zu belassen, wäre damit auch überflüssig, und wir könnten endlich noch mehr Leute einstellen.«

Amalia dachte über Joachims Vorschlag nach, kam aber schnell zu dem Schluss, dass er recht hatte. Ihr Geschäftssinn war noch immer stärker ausgeprägt als die vielleicht ein wenig verklärte Erinnerung an das geliebte Kaffeekontor am ehemaligen Alsterdamm. Nicht einmal die Straße hieß noch so wie damals, dachte sie ein wenig wehmütig.

»Ein Kontorhaus direkt in der Nähe der Speicherstadt wäre in der Tat sehr reizvoll«, gab sie zu. »Mach einen Termin, dann sehen wir uns das an.«

»Sehr gut. Ich habe gehofft, dass du mir in dieser Sache zustimmst.«

Amalia wechselte mit leichtem Tonfall das Thema. »Hast du schon mit Clara über deine Reise gesprochen.«

»Ja. Sie war nicht unbedingt erfreut, dass ich so lange fortmuss, aber sie hat eingesehen, wie wichtig es für die Firma ist. Eigentlich hätte ich sie gerne einmal mitgenommen, aber sie hat große Angst vor der langen Schifffahrt, und du bist ja ohnehin der Meinung, dass ihr sie hier dringender braucht.«

»Das stimmt«, sagte Amalia und wand sich innerlich. »Ja, wir brauchen sie hier.«

Nach dem Abendessen zog sich Amalia eine leichte Jacke über und ging noch einmal hinaus, wie so oft in der letzten Zeit. Die Bewegung tat ihr gut, und die frische Luft würde vielleicht sogar dafür sorgen, dass sie später besser einschlafen konnte.

Langsam spazierte sie hinüber zum Weiher. Dort, hinter dem dicken Stamm einer Weide verborgen, stand eine kleine Bank, auf der sie früher ab und zu mit Paul gesessen hatte – damals, lange vor dem zerstörerischen Krieg. Die ehemals weiße Farbe der Holzplanken blätterte unterdessen großflächig ab, doch sie vergaß immer wieder, einen der Angestellten darum zu bitten, die Bank wieder auf Vordermann zu bringen und neu zu streichen. Trotzdem saß sie noch immer gerne dort, um auf das stille Wasser des Weihers zu schauen und die sanften Bewegungen der Baumwipfel im Wind zu beobachten.

Seltsamerweise fühlte sie sich Paul hier besonders nah. Der vertraute Schmerz der Trauer überflutete sie und ließ ihre Kehle eng werden, doch sie kannte das, wusste inzwischen damit umzugehen und atmete einige Mal tief durch, um nicht die Fassung zu verlieren. Auch nach all den Jahren wurde es nicht leichter, und sie vermisste ihn schrecklich. Ihm allein galt noch immer ihr erster Gedanke an jedem neuen Morgen.

Als sie schließlich den Weiher erreichte und um den Stamm der riesigen alten Weide herumkam, erblickte sie Michael, der, vornübergebeugt, das Gesicht in den Händen vergraben, auf der Bank saß. Als er das Knirschen ihrer Schritte auf dem grobkörnigen Sandweg hörte, sah er auf.

»Du warst nicht beim Abendessen«, stellte sie fest, um überhaupt irgendetwas zu sagen.

Sie fühlte sich grauenvoll, doch sie war sich sicher, dass er sich noch viel schlechter fühlte. Es war ihm deutlich anzusehen, wie sehr er litt.

»Ich werde es tun.« Seine Stimme klang heiser, fast tonlos, als ob er stundenlang nicht mehr gesprochen hatte. »Ich werde mit Clara deinen Magnussen-Erben zeugen und dann für alle Zeiten nach Brasilien verschwinden.«

Seufzend und zutiefst erleichtert, atmete sie ein. »Deinem Kind wird es an nichts fehlen, das weißt du.«

»Ja.« Er wandte sich ab, starrte aufs Wasser. »Wie stellst du dir das vor, Lia? Soll ich sie verführen?«

»Nein, ich werde mit Clara reden, so wie ich mit dir gesprochen habe. Auch sie muss sich freiwillig dazu entschließen. Das macht es hinterher leichter, damit fertigzuwerden, denke ich.«

»Was ist, wenn das Kind mir ähnlich sieht?«

»Du bist dunkelhaarig und hast blaue Augen, genau wie Joachim. Ich glaube nicht, dass das zu einem Problem werden könnte. Zudem haben deine Mutter und ich dieselben Eltern. Eine andere Sache ist die Dauer der Schwangerschaft. Es wäre natürlich gut, wenn die Zeugung des Kindes bald nach Joachims Abreise klappen könnte. Anderenfalls werden wir aber auch dafür eine Lösung finden. Es kommt ja immer wieder mal zu Frühgeburten.«

»Du hast recht, ich bin zwar der Sohn deiner Schwester, aber das Kind wird dennoch keinen Tropfen Magnussen-Blut in sich tragen.«

»Das ist mir bewusst. Niemand außer uns wird das jemals erfahren. Natürlich solltet ihr ein wenig achtsam sein, wenn das Personal im Haus ist, aber du weißt ja, dass die Köchin nur an den Wochenenden kommt, und die Mädchen, die sich um das Haus kümmern, sind auch nur alle zwei Tage für ein paar Stunden hier. Die meiste Zeit werdet ihr also allein sein.« Auch sie blickte jetzt auf den stillen Weiher. Er gab ihr Kraft, das hatte sie schon einige Male gespürt, sobald sie hierhergekommen war. »Ich bin alt, Michael, meine Tage sind gezählt. Ich habe es von uns allen am leichtesten. Ihr jedoch, Clara und du, müsst damit noch viele Jahre leben. Hast du ganz genau über all das nachgedacht?«

»Nanu, erst machst du mir diesen … Vorschlag, und jetzt klingt es fast so, als würdest du ihn mir wieder ausreden wollen?« Er sah sie wieder an, sein Lächeln wirkte bitter.

»Absolut nicht. Ich will nur sicher sein, dass dir die Konsequenzen bewusst sind.«

»Ich sitze hier seit Stunden, Lia. Ich weiß, was ich tue, glaub mir.«

»Und noch etwas, Micha. Egal, was auch immer zwischen euch passieren mag, ich muss mich darauf verlassen können, dass du Deutschland tatsächlich verlässt, wenn das alles vorbei ist.«

»Du hast mein Wort.«

»Das reicht mir. Ich werde den Vertrag aufsetzen lassen und mich alsbald auch um die nötigen Reisepapiere kümmern.«

»Es sollte dann schnell gehen. Ich bin nicht unbedingt darauf erpicht, die Schwangerschaft miterleben zu müssen.«

»Keine Sorge. Das Schiff, mit dem Joachim in gut drei Monaten zurückkehren wird, bleibt nur eine Woche in Hamburg. Du wirst an Bord sein, wenn es wieder ablegt.«

Eine Weile saßen sie noch still nebeneinander und hingen jeder für sich ihren Gedanken nach.

»Übrigens brauche ich dringend ein bisschen Luftveränderung«, sagte sie schließlich. »Ich werde zum Ende der nächsten Woche zu einer mehrwöchigen Kur an die Nordsee fahren. Meinen alten Lungen wird das guttun.«

Er zog die Stirn kraus und musterte sie. »Du hast wirklich an alles gedacht, nicht wahr?«

»Das Wochenende warte ich noch ab«, teilte sie ihm mit, ohne auf seine Bemerkung einzugehen. »Am Montag spreche ich mit Clara. Joachim hat nächste Woche so viele Termine, dass sie sich bis zu seiner Abreise ohnehin kaum noch sehen werden, das wird es ihr erleichtern.« Sie erhob sich. Michael blieb sitzen, starrte wieder aufs Wasser. »Du bleibst noch?«, fragte sie.

Er nickte stumm. Grußlos schlug Amalia den Weg zurück zum Haus ein. Es war alles gesagt, und sie war unendlich müde.

Eine Woche später stand Clara am Fenster des Wohnzimmers und sah hinaus in den Garten. Vor einer Stunde hatte das Schiff abgelegt. Joachim war fort, und in diesen Minuten fuhr Michael auch Amalia zum Bahnhof. Sobald er zurückkam, war sie mit ihm allein. Die vergangenen Tage hatte Clara wie in einer Art Trance verbracht, so kam es ihr jedenfalls vor. Sie sah die Welt nur noch durch einen nebelhaften Vorhang und hatte gespürt, dass es Michael nicht anders ging. Die tiefe Vertrautheit zwischen ihnen machte es möglich, sich auch ohne viele Worte zu verstehen. Sie wusste genau, wie er sich fühlte, und seine seltenen, aber gewohnt eindringlichen Blicke zeigten ihr, dass er in ihr ebenfalls las wie in einem offenen Buch. Wie von einer unsichtbaren Macht gelenkt, waren sie tagsüber ihrer Arbeit nachgegangen, hatten bisweilen kaum gewagt sich anzusehen und nur vereinzelt ein Wort miteinander gewechselt, und doch schienen sie sich in Gedanken ständig auszutauschen.

Joachim war zum Glück so sehr mit seinen Reisevorbereitungen beschäftigt gewesen, dass er von der Veränderung zwischen ihr und Michael überhaupt nichts bemerkt hatte. Natürlich war ihr Mann gestern Abend noch einmal zu ihr gekommen, um sie zu lieben, doch selbst diese letzte körperliche Verbindung vor seiner Reise war eher hastig abgelaufen. Sein Abschied von ihr war so knapp ausgefallen, dass sie unter anderen Umständen wahrscheinlich verletzt gewesen wäre. Schließlich würden sie sich einige Monate nicht sehen. Doch in diesem Moment war sie einfach nur froh darüber gewesen, dass sie genug Zeit und Ruhe für ihre eigenen Gedanken gehabt hatte.

Amalia hatte ihr vor einigen Tagen behutsam nahegebracht, worüber sie zuvor bereits mit Michael gesprochen hatte. Anfangs war Clara äußerst verwirrt gewesen, doch das hatte vor allem mit ihrer eigenen Reaktion zu tun. Ihr wild klopfendes Herz und die Gedanken, die ihr während des Gesprächs mit Amalia durch den Kopf gegangen waren, hielten sich hartnäckig und wollten sie nicht mehr loslassen.

Das darf ich nicht!

Aber ich will es so sehr. So sehr!

Ich will ihn!

Ich will Michael!

Oh Gott, warum fühle ich mich nicht furchtbar schlecht bei diesen Gedanken?

Ihr Verstand sagte ihr, dass sie erschüttert und fassungslos auf einen derartigen Vorschlag reagieren sollte, doch ihr Herz war praktisch von der ersten Sekunde an anderer Meinung gewesen. Diese Erkenntnis hatte sie ziemlich aus der Fassung gebracht, und seither hinterfragte sie ihre Gefühle schonungslos. Natürlich ging es ihr auch um ein Kind, doch es war nur ehrlich zuzugeben, dass auch die Aussicht auf die Zeit, die sie mit Michael ganz allein verbringen würde, eine große Verlockung darstellte. Letztlich war sie schnell zu dem Schluss gekommen, dass das Schicksal ihr und Michael eine Chance bot. Vielleicht war es die letzte Gelegenheit für sie beide, ihre Liebe zu leben, wenn auch nur für kurze Zeit. Der Gedanke daran, dass er schon bald für immer weggehen würde, spielte dabei natürlich ebenfalls eine Rolle. Sie hatte schon jetzt Angst vor dem Abschied, doch gleichzeitig wusste sie, dass dieser notwendig für ihr weiteres Glück mit Joachim war.

Das knirschende Geräusch von Autoreifen auf dem Kies vor dem Haus ließ sie leicht zusammenfahren. Michael war zurück. Sie hörte ihn das Haus betreten, sah vor ihrem inneren Auge, wie er in der Halle kurz stehen blieb und tief durchatmete, bevor er zu ihr ins Wohnzimmer kam. Sie kannte ihn viel zu gut.

»Da bin ich«, sagte er.

»Ich hab Kaffee gemacht«, erwiderte sie und setzte sich an den Tisch, den sie bereits gedeckt hatte. »Ein Rest Schokoladenkuchen war auch noch in der Küche.« Sie wagte noch immer nicht, ihm direkt ins Gesicht zu sehen.

»Das ist schön.« Er kam näher und setzte sich ihr gegenüber. »Du weißt ja, wie sehr ich ihn mag.«

»Ja.« Sie schenkte Kaffee ein und stellte die Kanne wieder zurück auf das Stövchen.

»Wir können darüber reden, wenn du möchtest. Bis jetzt war das ja nicht möglich.«

»Ich weiß nicht …« Sie hatte keine Ahnung, worüber sie mit ihm sprechen sollte. Ihr Kopf war wie leer gefegt.

»Sieh mich doch endlich einmal an, Clara«, bat er sie sanft. »Es ist jetzt niemand mehr hier außer uns.«

Tatsächlich schaffte sie es, ihn anzuschauen, und sofort spürte sie, wie sich eine angenehme Wärme in ihr ausbreitete. Der Blick aus seinen dunkelblauen Augen war voller Liebe.

»Ich will das hier«, brachte sie hastig hervor. »Du darfst nicht denken, dass ich das nicht will.«

»Und ich will dich. Schon immer.«

Sie nickte. »Ich weiß.«

»Und ich dachte, ich hätte mich all die Jahre gut verstellt.« Er lachte, und das löste ihre Anspannung noch ein wenig mehr.

»Sieht nicht so aus.« Sie lächelte ihn liebevoll an, dann griff sie nach der Gebäckzange und legte ihm ein Stück Schokoladenkuchen auf den Teller.

»Danke.« Eine kleine Weile sprachen sie nicht. Michael aß fast bedächtig seinen Kuchen, und beide tranken Kaffee. Während der gesamten Zeit sah er sie unverwandt an, und plötzlich fiel es ihr überhaupt nicht mehr schwer, seine Blicke zu erwidern.

Irgendwann nahm er den Gesprächsfaden wieder auf. »Ich würde vorschlagen, dass wir … ähm … unsere Nächte in meinem Zimmer verbringen. Ich möchte nicht …«.

»Da bin ich völlig deiner Meinung«, unterbrach sie ihn schnell. »Und ich möchte gerne die ganze Zeit so tun, als ob wir …« Sie verstummte. Es fiel ihr schwer, den Gedanken laut auszusprechen.

»Wir tun einfach so, als wäre ich dein Mann und du meine Frau«, sagte er.

Dankbar nickte sie. Ohne viele Worte hatte er sie verstanden, wie so oft. »Genau das wollte ich sagen.«

Schon jetzt spürte sie ein sanftes Ziehen im Unterleib, und ihre Lippen waren trocken, sodass sie sie kurz mit der Zunge befeuchten musste.

Er stand auf und sah sie an. Sein Blick hatte sich verändert, blieb an ihrem Mund hängen, und sie sah, dass er heftig schluckte.

»Merkwürdig, nach all der Zeit glaube ich nicht, dass ich jetzt noch viel länger warten kann«, sagte er rau. »Wenn du … Also, wenn du noch Zeit brauchst, würde ich jetzt ein bisschen frische Luft schnappen oder noch einmal hinüber ins Büro gehen.«

Clara erhob sich ebenfalls. Ihr Herzschlag raste. »Nein. Ich will auch nicht mehr warten«, flüsterte sie.

Sein Blick wurde noch eine Spur intensiver. Er kam ihr entgegen und reichte ihr seine Hand. »Dann komm.«

Sie legte ihre Hand in seine, und als sich seine kräftigen Finger um ihre schlossen, stand sofort ihr ganzer Körper in Flammen. Er lächelte leicht, zog sie wortlos hinaus in die Halle und zur Treppe. Oben angekommen erreichten sie seinen persönlichen Wohnbereich am Ende des Flurs, durchquerten das kleine Wohnzimmer, bis sie schließlich in seinem Schlafzimmer standen. Erst jetzt gab er ihre Hand frei und schloss die Tür.

Clara stand einfach nur da und sah ihm zu. Als er zum Bett ging und die Tagesdecke zurückschlug, atmete sie schneller und begann zu zittern. Dennoch machte sie sich sofort daran, die Knöpfe ihrer Bluse zu öffnen.

Er bemerkte es, kam zu ihr zurück und umfasste sanft ihre Hände. »Nicht so hastig. Wir haben uns noch nie geküsst, weißt du. Seit Jahren träume ich jede Nacht davon, dich zu küssen.«

Sie erschauerte, als seine Hände zärtlich ihr Gesicht umschlossen und sein Gesicht näher kam, konnte die Berührung seiner Lippen kaum noch erwarten.

Doch kurz bevor es so weit war, stutzte er und hielt inne. »Du zitterst. Hast du etwa Angst?«

»Nein«, hauchte sie. »Küss mich.«

»Mein süßer Liebling.« Sein Mund berührte sie zunächst ganz sachte, doch kaum öffnete sie leicht ihre Lippen, um seine Zunge einzulassen, stieß er ein leises Stöhnen aus, zog sie fester an sich, und der Kuss wurde ungestümer. Sie hatte geahnt, dass Michaels Küsse anders sein würden, doch sie hatte nicht damit gerechnet, welch maßloses Verlangen sie in ihr auslösen würden. Doch es kümmerte sie nicht, dass sie unter seinen Lippen ihr Stöhnen nicht zurückhalten konnte, und es fühlte sich auch vollkommen natürlich an, sich schon jetzt gegenseitig die Kleider vom Leib zu zerren.

Nur wenige Minuten später lagen sie zusammen auf dem Bett, und als er endlich in sie eindrang, kam es ihr vor, als hätte sie ihr ganzes Leben lang nur auf diesen einen Moment gewartet. Nie zuvor hatte sie so empfunden, sich so ausgefüllt gefühlt, in jeder Beziehung. Ihr Höhepunkt kam ungewohnt schnell, und die Heftigkeit ließ sie kurz aufschreien, doch Michael gab nicht nach, so wie sie es von Joachim kannte. Er ließ sie ein weiteres Mal kommen und dann noch einmal, schien dabei genau zu wissen, was sie brauchte. Als er sich schließlich selbst seinem Höhepunkt ergab, stöhnte er laut auf und schien sich endlos lange in sie zu ergießen. Es war wie ein Rausch, ein wilder, heißer Wirbel aus purer Leidenschaft.

Clara fand nur langsam in die Wirklichkeit zurück, und sie spürte, dass es ihm ebenso erging. Michael blieb lange in ihr, ließ sich Zeit, bis er sich neben sie legte und ihren Körper fest an seine Seite zog.

»Ich liebe dich«, murmelte er dunkel. »Für immer.«

»Ich liebe dich auch«, antwortete sie wahrheitsgemäß und brach damit ihren eigenen Schwur.

»Oh Gott, Clara.«

Der Rausch ihrer Leidenschaft hielt an. Zweieinhalb Monate lang schien die Welt nur noch aus Michael und seiner Liebe zu bestehen. Manchmal liebten sie sich mehrmals am Tag, sogar während der Arbeit im Büro. Sie konnten einfach nicht genug voneinander bekommen. Durch ihn lernte Clara Dinge über sich und ihren Körper, die ihr bislang völlig fremd gewesen waren. Doch je näher der Abschied rückte, desto wortkarger wurden sie. Manchmal lagen sie stundenlang einfach nur da und hielten einander fest umschlungen und weinten beide. Sie schliefen zu wenig, aber der Schlaf würde ihnen nur die letzten kostbaren gemeinsamen Stunden rauben, da waren sie sich einig.

»In zwei Wochen kommt Joachim zurück«, sprach Michael eines Morgens endlich die unabänderliche Tatsache aus.

»Ich bin schwanger«, sagte sie tonlos. »Es muss gleich am Anfang passiert sein, aber ich wollte erst ganz sicher sein, bevor ich es dir erzähle.« Sein Blick hob sich, verschmolz mit ihrem, aber er blieb stumm. »Der Abschied von dir wird mich umbringen«, fügte sie noch hinzu.

»Nein, das wird er nicht. Du weißt jetzt …« Er räusperte sich. »Achte auch auf deine eigenen Bedürfnisse, Liebling. Du hast es verdient, glücklich zu sein.«

»Das werde ich. Mit weniger könnte ich mich nicht mehr zufriedengeben.«

»Gut so.«

»Wirst du manchmal an mich denken?«

»Du und unser Kind werdet für alle Zeiten in meinem Herzen sein. Immer, bis zu meinem letzten Atemzug. Vergiss das niemals.«

20. Kapitel

Hamburg, im Oktober 2018

… Es tut so gut, Joachim und Clara zuzusehen. Sie sind so glücklich mit ihrer kleinen Elisabeth. Joachim ist ganz außer sich vor lauter Stolz. Endlich ist er wieder richtig glücklich! Ich habe Michael geschrieben, dass er eine gesunde und wunderhübsche Tochter gezeugt hat. Ich denke, ich werde ihm alsbald auch eine Fotografie der Kleinen schicken. Nach all dem, was Clara mir erzählt hat, muss der arme Junge sehr leiden …

Leonard brach ab. Melina konnte sehen, dass seine Augen feucht schimmerten. Die letzten Seiten des Tagebuchs hatte er nur noch sehr stockend vorgelesen. Jetzt ließ er das Buch sinken, legte es neben sich, und sie sahen einander an. Beide versuchten für sich, die Wahrheit zu begreifen und zu verinnerlichen. Es dauerte eine kleine Ewigkeit, bis Melina wieder sprechen konnte.

»Das ist … unfassbar«, sagte sie. »Es gibt keine Worte dafür.«

»Nein«, sagte er heiser. »Nein, die gibt es nicht.«

»Was wirst du jetzt tun?«

»Ich weiß es nicht, Melly. Oder doch … Ich weiß es. Meine Familie … Meine Mutter muss davon erfahren, es gibt keine andere Möglichkeit. Dieses Wissen darf ich nicht für mich behalten, das wäre nicht richtig.«

»Deine Mutter ist also das Kind von Michael von Meyerhoff, das bedeutet ...«

»Meine Geschwister und ich sind nicht die Urenkel von Paul und Amalia Magnussen, sondern von Helene und Georg von Meyerhoff.«

»Und Michael ...«

»Ist mein Großvater, ja. Genau wie Simon und Rena sind Emily, Nicki und ich *seine* Enkelkinder.« Er sah sie an, und seine Augenbrauen hoben sich, als er noch etwas anderes realisierte. »Du, Melly, du bist somit die einzige echte Magnussen, die noch am Leben ist.«

»Sag doch so was nicht.«

»Es stimmt aber.« Er lachte kurz und bitter auf. »Du hattest also recht, meine Oma hatte tatsächlich ein Verhältnis mit Michael. Ich fasse es nicht.«

»Sie hat beide Männer geliebt, das hat sie mehrfach betont. Und sie hat so liebevoll von Michael gesprochen. Jetzt bin ich mir plötzlich auch ganz sicher, dass sie Michael gemeint hat, als sie sagte, du seist genau wie dein Großvater. Alles, was sie zu mir gesagt hat ... über Amalia zum Beispiel, ergibt jetzt einen Sinn.«

»Hm, unsere Großmütter bewahrten in ihrem Leben also beide ein großes Geheimnis.« Er stand auf. »Wir sollten uns auf das Gespräch mit der Familie vorbereiten. Die müssen ja jetzt gleich zwei bittere Pillen schlucken.«

»Vor allem deine Mutter.«

Er verdrehte die Augen. »Meine Herren, ich weiß überhaupt

nicht, wie ich ihr das beibringen soll. Ihr Leben lang hat sie sich darüber definiert, die Alleinerbin von P. F. Magnussen zu sein. Es bedeutete ihr alles.« Er stieß einen leisen Fluch aus. »Ich brauche einen Schnaps.«

Melina deutete auf das Barfach. »Bedien dich.« Sie sah zu, wie er sich einen Whiskey einschenkte und sofort hinunterkippte. Einen kurzen Moment lang blieb er noch stehen, dann füllte er sein Glas erneut, kam zurück zu ihr und setzte sich wieder hin. »Wie geht es dir damit?«, fragte sie schließlich vorsichtig.

Er sah sie an. »Es fühlt sich eigenartig an, aber vielleicht nicht so schlimm, wie man es vielleicht erwarten würde. Du weißt ja, dass ich Michael von Meyerhoff sehr mochte. Das macht es leichter.« Sein Blick ging kurz in die Ferne. »Natürlich wird auch mir jetzt einiges klar. Warum er zum Beispiel niemals wieder zurück nach Deutschland wollte. Oder warum er immer so besonders liebevoll mit mir und meinen Geschwistern umging, wenn wir bei ihm waren. Er war ein wirklich guter Mensch.«

»Hat er … Hat er deine Mutter jemals kennengelernt?«

Leonard schüttelte den Kopf. »Er kannte sie nur von Fotos. Es hat sich einfach nie ergeben. Einmal war sie dort, weil sie meinen Vater recht spontan begleitet hat, aber zu der Zeit war Michael gerade für mehrere Wochen in den Staaten bei seiner Tochter Margarethe. Ich weiß das, weil sie mal erwähnt hat, dass sie ›den alten Grafen‹, wie sie ihn nannte, gerne einmal kennengelernt hätte. Ich kann mir gut vorstellen, dass er auf der Plantage geblieben wäre, wenn er rechtzeitig erfahren hätte, dass meine Mutter dorthin kommt.«

Plötzlich kam ihr ein Gedanke. »Sind wir jetzt eigentlich noch miteinander verwandt, Leo?«

Er überlegte einen Moment und lachte dann. »Unsere Urgroßmütter waren Schwestern, aber das war es dann auch schon.«

»Mir fällt noch was ein.« Sie erhob sich. »Ich muss dir unbedingt was zeigen.« Sie schnappte sich Käthes Ordner und setzte sich damit neben ihn, suchte die Seite mit dem Zeitungsartikel aus den Fünfzigern und tippte auf die Fotos. »Schau mal, da ist Michael als junger Mann zu sehen. Als ich das Foto zum ersten Mal sah, fiel mir auf, dass sein Lächeln deinem sehr ähnlich war, hielt es aber für einen Zufall. Witzig, oder?«

»Schau ihn dir an. Ich sehe ihm tatsächlich ähnlich. Warum ist mir das nur vorher niemals aufgefallen?«

»Das halte ich für völlig normal, schließlich hattest du ja keine Ahnung. Simon könnte übrigens auch ein jüngerer Bruder von dir sein. Ich hab das natürlich auf eure entfernte Verwandtschaft geschoben, als ich ihn das erste Mal sah. Damit lässt sich ja viel erklären.«

Leonard lehnte sich zurück und betrachtete noch einmal eindringlich das alte Zeitungsfoto seines leiblichen Großvaters.

»Michael von Meyerhoff war mein Opa«, flüsterte er, sah sie wieder an und grinste unvermittelt. »Irgendwie fühlt sich das ziemlich großartig an.«

Leonard versuchte logisch vorzugehen. Um bei dem bevorstehenden Gespräch mit seinen Eltern die nötige Rückendeckung zu haben, jagte er die betreffenden Seiten aus Amalias Tagebuch durch den Kopierer und ließ sie Emily und Dominik zukommen. Zuvor telefonierte er kurz mit ihnen, um sie ein wenig vorzuwarnen. Am Freitagabend, eine gute Woche vor ihrem Familienabend auf Lindenhain, trafen sie sich alle zusammen in Leonards Wohnung, um ihre weitere Vorgehensweise zu besprechen. Melina hatte nicht erwartet, dass auch Leonards Geschwister recht schnell mit den Neuigkeiten zurechtkamen. Offenbar war das maßgeblich der Tatsache zu verdanken, dass sie Michael von Meyerhoff alle außerordentlich gemocht hatten.

»Oma war toll«, meinte Dominik. »Und ich hab Bilder von ihr gesehen aus der Zeit. Sie sah super aus, als sie jung war. Opa fand ich allerdings immer ein wenig … streng.«

»Opa Joachim war eben ein distanzierter und introvertierter Mensch«, sagte Emily. »Michael war dagegen stets liebevoll und fröhlich. Ich mochte ihn so sehr und war immer froh, wenn wir unsere Ferien auf der Plantage verbringen durften.«

»Stimmt«, gab Leonard ihr recht. »Mir erscheint das nun alles in einem anderen Licht. Er wusste ja schließlich, dass wir seine Enkel waren. Jetzt müssen wir diese Sache nur noch unserer Mutter beibringen.«

»Kann ich vorher noch schnell auswandern?«, fragte Dominik grinsend.

»Keine Chance, ich brauche eure Unterstützung«, antwortete Leonard.

»Ich könnte vorab mit Vater sprechen«, schlug Emily vor. »Ich bin morgen früh sowieso auf Lindenhain.«

»Das wäre super, Emmy. Übrigens ist das nicht alles. Melina und ich haben noch etwas anderes aus Amalias Tagebüchern erfahren.«

Er holte tief Luft …

Einige Tage darauf, auf Lindenhain

»Ihr habt sie doch nicht mehr alle!« Elisabeth Magnussen sprang auf und lief aufgeregt auf und ab. »Das ist eine schmutzige und infame Lüge! Ich bin eine waschechte Magnussen!«, schrie sie aufgebracht. Ihr Gesicht glühte vor Entrüstung, und ihre Augen schienen Funken zu sprühen.

»Leider nein, Mutter«, erwiderte Leonard in einem möglichst ruhigen Tonfall. Sie alle waren auf diesen Ausbruch vorbereitet gewesen. »Ich denke, das können wir auch ganz leicht nachweisen.« Er sah sich um. Alle anderen am Tisch blieben stumm.

»Nur weil die Frau diesen ganzen Mist zu Papier gebracht hat, muss er doch nicht der Wahrheit entsprechen. Oh Gott, ich konnte die noch nie leiden. Sie hat ständig an mir rumgemäkelt.«

»Melina hat kurz vor ihrem Tod mit Oma Clara gesprochen. Ihre Aussagen passen ebenfalls ins Bild«, warf Leonard ein. Seine Stimme klang nach wie vor beherrscht, doch Melina spürte seine Anspannung fast körperlich.

Elisabeths Augen trafen auf Melina, und sofort fühlte sie sich, als würden Pfeile aus Eis auf sie abgeschossen werden. »Was erlauben Sie sich? Wieso haben *Sie* mit meiner Mutter geredet?«

»Melina gehört zu mir. Wir sind seit einiger Zeit ein Paar.«

Leonards Worte schienen Elisabeth Magnussen nicht weiter zu interessieren. Mit einer wegwerfenden Handbewegung wischte sie sie fort.

»Nur weil sie mit dir schläft, heißt das noch lange nicht,

dass sie gleich zu unserer Familie gehört«, zischte Elisabeth. »Da sind ja schon so einige gekommen und auch schnell wieder gegangen.«

»Elisabeth, es reicht«, mischte sich endlich Conrad ein. Auch er erhob sich jetzt und machte ein paar Schritte auf seine Frau zu. »Emily hat mich heute Morgen bereits unterrichtet. Es scheint keinen Zweifel daran zu geben, dass Michael von Meyerhoff dein biologischer Vater ist und nicht Joachim Magnussen. Komm zu dir. Dein drakonisches Toben wird nichts daran ändern, und das Ende der Welt ist es nun auch nicht. Kuckuckskinder kommen in den besten Familien vor.«

»Ich. Bin. Aber. Kein. Kuckuckskind!«, zischte Elisabeth und betonte dabei jedes Wort.

»Du solltest dich wirklich wieder setzen, Mama.« Emilys Stimme glich einem Flüstern. »Melina gehört nämlich sehr wohl zu unserer Familie.«

Elisabeths Kopf schnellte zu ihrer Tochter herum. »Wurde ja auch Zeit, dass *du* dich einmischst. Ich hab mich schon gewundert, dass du dich so lange zurückgehalten hast.«

»Mama!« Dominik hatte neben seiner Mutter gesessen. Nun drehte er sich zu ihr um und ergriff ihre Hand. Wahrscheinlich wunderte sich nicht nur Melina darüber, dass Elisabeth es zuließ. »Emily hat recht. Melina gehört zu unserer Familie. Setz dich bitte.« Tatsächlich ließ sie sich von ihrem jüngsten Sohn zurück auf ihren Stuhl ziehen. »Leonard und Melina möchten dir noch etwas sagen.«

»Du Idiot hast dieses auffallend ehrgeizige Mädchen doch nicht etwa heimlich geheiratet?«, wandte sich Elisabeth fauchend an Leonard.

»Nein«, sagte er. Für einen Moment sah er Melina an. Sie erkannte die Liebe in seinem Blick, das machte ihr Mut. Mit ernster Miene wandte er sich wieder an seine Mutter. »Melina ist die einzige noch lebende Nachfahrin von Paul Friedrich Magnussen«, sagte er schlicht.

Nach einem kurzen Moment absoluter Stille begann Elisabeth Magnussen plötzlich schallend zu lachen. »Das wird ja immer besser«, brachte sie schließlich hervor. »So einen ausgemachten Unsinn habe ich schon lange nicht mehr gehört.«

»Melinas Mutter war das uneheliche Kind von Bernhard Magnussen«, fuhr Leonard unbeirrt fort. »Amalia hat Melinas Großmutter nicht geglaubt, als diese hochschwanger zu ihr kam und sie um Hilfe bat.«

»Na, da wird meine Großmutter wohl ihre Gründe gehabt haben. Sie war zwar ein despotisches Biest, aber enorm klug.«

»Amalia war nicht deine Großmutter, Mama«, warf Dominik sachlich ein.

»Ach, halt die Klappe! Natürlich war sie das. Ihr seid doch alle völlig durchgeknallt.«

»Erinnerst du dich an die Babylöckchen in der kleinen Porzellandose, die einst Amalia gehörte?«, fragte Emily. Sie stand auf, stellte sich hinter Melinas Stuhl und legte ihr sanft die Hände auf die Schultern.

»Natürlich. Sie hat ihren Söhnen damals … Moment mal, was soll das heißen?«

»Zum Glück hat sich Emily ebenfalls daran erinnert. Du hast ihr mal die Dose geschenkt, weißt du noch? Sie hat die Haarsträhnen aufbewahrt«, erklärte Leonard und lächelte leicht. »Wir haben bereits in der vergangenen Woche einen

DNA-Test in Auftrag gegeben. Ronald hat ein bisschen Druck gemacht, deshalb haben wir bereits gestern das Ergebnis erhalten. Es war eindeutig, Mutter. Melina ist die Enkelin von Bernhard Magnussen.«

»*Ich* bin die einzige noch lebende Magnussen!« Elisabeths Stimme drohte zu kippen. Ihre Augen glühten, doch man sah ihr jetzt an, dass das für sie so Unvorstellbare nun immer mehr in den Bereich des Vorstellbaren rückte.

»Nein, Mutter, das ist Melina – und übrigens *nur* Melina.« Sein Lächeln war versöhnlich. »Sieh es doch mal so: Dafür hast du blaues Blut in den Adern. Das hat doch auch was.«

Eine Weile waren nur die schnellen Atemzüge von Elisabeth zu hören, doch sie schien sich nach und nach zu beruhigen. Es wurde still im Raum, fast totenstill.

Schließlich wollte Conrad etwas sagen, doch Elisabeth hob ihre Hand und gebot ihm so Einhalt. Zunächst wandte sie sich an Leonard.

»Ich bin nicht so ein Monster, wie du vielleicht glaubst, mein Sohn.« Ihr Blick wanderte zu Melina. »Wenn das alles stimmt, dann hast du ein Anrecht auf dein Erbe, ob es mir nun gefällt oder nicht.« Ihre Stimme klang ungewohnt sanft.

Melina schüttelte den Kopf, und sie fühlte, dass bereits Tränen in ihren Augen brannten.

»Darauf kommt es mir nicht an«, flüsterte sie. »Das wird es auch nie. Aber ihr seid jetzt meine Familie. Allein das ist für mich wichtig«

Zur allgemeinen Überraschung machte Elisabeth einen Schritt auf Melina zu.

»Dann sollten wir uns wohl besser aneinander gewöhnen.«

Ihr leichtes Lächeln erreichte ihre Augen, und schließlich zwinkerte sie Melina sogar zu. »Heul jetzt nicht, Kind, eine Magnussen ist stark. Immer.«

Einige Stunden später kuschelte sich Melina an Leonards Brust und atmete seinen vertrauten Duft ein. Sie hatten sich voller Leidenschaft geliebt, und ihr Atem war noch immer laut. Nach einer Weile drückte er sie liebevoll zurück in die Kissen und beugte sich über sie, um sie erneut lange und zärtlich zu küssen.

Schließlich stand er jedoch ohne ein weiteres Wort auf und schlüpfte zu ihrem Erstaunen in seine Boxershorts und seine Jeans.

»Was ist denn nun los?«, fragte sie und setzte sich auf.

»Der Kuss? Alles ist gut, ich wollte dich nur noch einmal kurz daran erinnern, wie gut wir zusammenpassen.« Er grinste.

»Das weiß ich schon viel länger als du, Quatschkopf. Und ich meine nicht den Kuss, ich frage mich, warum du dich plötzlich anziehst.«

»Weil ich dir etwas sagen muss und mir ziemlich blöd vorkommen würde, wenn ich dabei völlig nackt wäre.«

»Ach. Soll ich mir auch etwas überziehen?«

»Bloß nicht.« Er lachte und setzte sich dann neben sie auf die Bettkante. »Ich finde, wir sollten dafür sorgen, dass du endlich den Namen bekommst, der dir zusteht«, sagte er.

»Was?« Ihr Herz setzte einen Schlag aus, als er von der Bettkante rutschte, sich hinkniete und nach ihren Händen griff. Schon jetzt verschleierten Tränen des Glücks ihren Blick.

»Ich ... Also, ich habe leider noch keinen Ring, dazu bin ich einfach noch nicht gekommen, und ich wollte das auch nicht übers Knie brechen. Schließlich musst du das Ding ja ein Leben lang tragen, da sollte man sich Zeit lassen …«

Melina blieb fast die Luft weg. »Oh, Leo.«

»Heirate mich, Melina Peters. Werde meine Frau, lass mich dir meinen und deinen Namen geben, und mach mich zum glücklichsten Mann auf der Welt. Ich bin nichts mehr ohne dich. Und … Ach ja, ich liebe dich wahnsinnig.«

»Ich liebe dich auch«, antwortete sie schluchzend. »Oh, ich liebe dich auch.«

»Ich nehme das jetzt mal als ein Ja.« Lachend zog er sie in seine Arme.

Epilog

Hamburg, im April 2019

»Es ist unglaublich schön geworden.« Die ehrliche Begeisterung war Emily anzusehen. »Ihr habt das wunderbar hinbekommen.«

Zu dritt saßen sie an einem kleinen Ecktisch in »Amalias Café«, das erst vor wenigen Tagen feierlich eröffnet worden war. Da Leonards Schwester an dem Tag beruflich verhindert gewesen war, hatten sie sich heute hier auf einen Kaffee mit Emily verabredet, damit auch sie sich endlich alles ansehen konnte.

»Die Möbel und Lampen sind toll, und die alten Fotos an den Wänden machen sich auch ganz hervorragend. Die schöne Kutsche da links vom Tresen ist so beeindruckend, und dann die alten Fotos von den Häusern rund um die Alster. Alles ist perfekt. Wenn man durch die Tür des Cafés kommt, begibt man sich fast auf eine kleine Zeitreise.«

»Ja, das war auch unsere Idee, und wir können es kaum fassen, wie schön es geworden ist«, erwiderte Melina.

Voller Stolz sah sie sich um. Leonard und sie hatten jedes Detail gemeinsam geplant und ausgesucht. An der Stirnseite des Hauptraums hing ein großer Druck des Ölgemäldes aus dem Ballsaal von Lindenhain, Amalia im Sessel und Paul hinter seiner Frau. Und natürlich hatte auch das alte Foto, das einst genau hier vor dem damaligen Kaffeekontor entstanden war, einen angemessenen Platz gefunden. Sogar die halbhohe Glaswand direkt hinter dem heutigen Kuchentresen hatten sie erneut einbauen lassen. Sie ermöglichte nicht nur den Blick in die Backstube, sondern auch auf eine alte und auf Hochglanz polierte Röstmaschine, die inzwischen sogar wieder voll funktionsfähig war.

Seit der Eröffnung war das Café sehr gut besucht. Ohne vorherige Reservierung war es äußerst schwierig, überhaupt einen Tisch zu bekommen.

»Wer ist denn das?«, fragte Emily und deutete auf ein Schwarz-Weiß-Foto, das neben der Glaswand hing. Es war das Porträt einer hübschen Frau mit hellbraunem Haar und leuchtenden Augen. »Das habe ich noch nie gesehen.«

»Das ist meine Oma«, erwiderte Melina.

»Ah, das ist Käthe.«

Melina nickte. »Das Bild stammt aus den Fünfzigern. Da war sie ungefähr dreißig Jahre alt.«

»Sehr schön. Ich finde es richtig, dass auch sie ihren Platz hier gefunden hat«, stellte Emily lächelnd fest, wechselte dann aber das Thema: »Übrigens, habt ihr schon von Mutters Plänen gehört?«.

»Allerdings.« Leonard lehnte sich in seinem Stuhl zurück und schob sich eine der winzigen Pralinen in den Mund, die ihnen zum Kaffee serviert worden waren.

»Ja, Nicki war gestern Abend bei uns und hat uns davon erzählt«, antwortete Melina. »Sie will also tatsächlich nach

Brasilien. Nun ja, eure Mutter macht zumindest keine halben Sachen.«

»Das kann man wohl sagen.« Emily seufzte. »Gleich nach eurer Hochzeit im nächsten Monat. Sie will unbedingt viel Zeit mit dem Rest ihrer Familie verbringen, hat sie gesagt. Simon und Rena freuen sich offenbar schon. Mutter war ja erst ein einziges Mal dort, und das ist viele Jahre her. Ihre Halbschwester Margarethe will auch nach Brasilien kommen, um sie kennenzulernen. Mama und sie haben schon einige Male miteinander telefoniert.

»Und dein Vater?«

»Er wird sie natürlich begleiten«, warf Leonard ein. »Er liebt sie, daran wird sich auch nichts mehr ändern.«

Als einer der Kellner an den Tisch kam, um nach weiteren Wünschen zu fragen, ließen sie das Thema kurz fallen, und Leonard blickte sie nacheinander fragend an.

»Danke, nein«, sagte Melina lächelnd. »Ich bin wunschlos glücklich.«

»Ich bin auch zufrieden.« Emily lächelte ebenfalls. »Ich muss sowieso gleich wieder los.«

»Eure Mutter hat sich in den letzten Monaten sehr verändert, findet ihr nicht?«, fragte Melina, nachdem der Kellner wieder verschwunden war. »Sogar zu mir ist sie inzwischen richtig nett. Ich glaube, die ganze Sache hat ihr in vielen Bereichen die Augen geöffnet.«

»Das ist wohl wahr«, bestätigte Leonard. »Ich denke auch, dass es zwischen ihr und meinem Vater ein klärendes Gespräch gegeben haben muss. Sie und Papa benehmen sich jedenfalls plötzlich wie ein glücklich verheiratetes Paar, das sich aufrichtig liebt. Ich hätte nie gedacht, dass ich das noch mal erleben darf, und ich hoffe, das hält an.«

»Ich muss übrigens sehr oft an Clara und Michael denken«, gab Melina zu. »Es scheint, als hätten sie sich wirklich geliebt. Es muss furchtbar für die beiden gewesen sein, einander nach der kurzen gemeinsamen Zeit für immer loszulassen. Als Clara damals mit mir über ihn sprach, konnte ich es natürlich noch nicht einordnen, aber heute bin ich davon überzeugt, dass im Grunde *er* die wahre Liebe ihres Lebens war. Sie war Amalia zutiefst dankbar und ihr wirklich ergeben, und Joachim war nun einmal Amalias Sohn. Clara konnte einfach nicht aus ihrer Haut.«

»Ja.« Emily nickte. »Das sehe ich ähnlich, und das ist irgendwie ziemlich traurig. Vielleicht hat sie aber auch tatsächlich beide Männer gleichermaßen geliebt, so wie sie es dir erzählt hat, Melly. Wie auch immer, wir werden es niemals erfahren.« Sie seufzte. »Jedenfalls sehe ich meine Oma jetzt mit ganz anderen Augen, und ehrlich gesagt, fällt es mir schwer, sie wegen ihres Betruges zu verurteilen.«

»Dann sind wir uns ja wieder einmal einig.« Melina nickte ihrer zukünftigen Schwägerin zu. »Ich glaube fest daran, dass die Liebe zwischen Clara und Michael etwas ganz Besonderes war.«

»Es gibt übrigens noch einen anderen Aspekt bei dieser ganzen Sache«, sagte Leonard und sah erst Emily, dann Melina an. »Und über den haben wir überhaupt noch nicht nachgedacht. Nehmen wir mal an, Käthe und ihr Kind wären von Amalia in die Familie aufgenommen worden. Dann wäre sicherlich manches anders verlaufen.« Er runzelte die Stirn. »Wir müssen uns doch fragen, ob Amalia überhaupt auf eine derartige Idee gekommen wäre, hätte es bereits ein Magnussen-Kind und damit eine Erbin gegeben. Deine Mutter wäre ja die Erbin gewesen, Melly, wenn Amalia das Kind anerkannt hätte. Sicherlich hätte sie auch eine Lösung für die Namensgebung gefunden.«

»Wow, darüber habe ich tatsächlich noch nicht nachgedacht«, erwiderte Melina verblüfft. »Da sieht man mal wieder, dass alles im Leben einen Sinn ergibt, auch wenn er sich uns nicht sofort erschließt.«

»Stimmt, denn dann gäbe es uns alle vielleicht gar nicht«, fügte Emily hinzu.

»Daran mag ich gar nicht denken.« Melina erwiderte Leonards Blick. »Es ist schon alles gut so, wie es ist. Käthe hat immer gesagt: Das Schicksal mischt die Karten und verteilt sie nicht immer gerecht, doch wir müssen trotzdem das Beste aus unserem Blatt machen.«

»Das gilt dann wohl auch für die Liebe«, sagte Leonard lächelnd. »Kinder, was hab ich nur für ein gutes Blatt erwischt!«

Sie mussten alle drei lachen. Melina neigte sich ihm zu und drückte einen schnellen Kuss auf seine Lippen.

»Apropos Liebe«, sagte Emily. »Letzte Woche hab ich schon mit Nicki darüber gesprochen, aber ihr wisst es noch nicht, weil ich es euch selbst sagen wollte. Ich habe mich von Ronald getrennt.«

»Oh, das tut mir leid«, sagte Melina. »Ich wusste gar nicht …«

»Das muss dir ganz und gar nicht leidtun«, unterbrach Emily sie lächelnd und winkte ab. »Es war eine überfällige Entscheidung, und mir geht es wunderbar damit.«

»Ich kann nicht behaupten, dass mich das erstaunt«, ließ Leonard seine Schwester wissen. »Ich mochte den Kerl nicht besonders und hab mich die ganze Zeit gefragt, was du bloß an dem findest.«

Emily verdrehte ihre Augen. »Schieb es einfach auf eine hormonell bedingte Fehleinschätzung. Ihr seid übrigens nicht ganz unschuldig an der Trennung.«

»Wie bitte?« Leonard sah Melina fragend an. »Hört, hört.«

»Ja, durch euch habe ich erfahren, was Liebe wirklich bedeutet. Ihr seid für mich nämlich das absolute Traumpaar, und ich habe gelernt, dass man manchmal auf den Richtigen warten muss. Ich werde also Geduld haben.«

»Du bist süß«, sagte Melina. »Aber wichtig ist nur, dass du mit deiner Entscheidung glücklich bist.«

»Das bin ich, das könnt ihr mir glauben. Ich fühle mich sogar richtig befreit.« Emily sah auf ihre Armbanduhr. »So, ihr Lieben, ich muss jetzt wirklich zurück ins Hotel. Mein neuer Chef ist ein wenig … Na, sagen wir mal, schwierig.« Sie lachte. »Den muss ich mir wohl noch ein bisschen erziehen.« Emily erhob sich und küsste sie beide zum Abschied auf die Wange. »Bis bald, ihr Turteltäubchen.«

»Mein Vater zieht sich übrigens aus der Firma zurück«, erzählte Leonard Melina, als sie wieder im Büro waren. Sie standen nebeneinander an den hohen Fenstern und sahen hinaus auf den Hafen und die Speicherstadt.

»Heißt das, du übernimmst dann allein die Geschäftsführung?«

»Nein, das heißt, dass wir *beide* die Geschäftsführung übernehmen werden, mein Schatz.« Er grinste und zog sie an sich. »Guck nicht so erstaunt. Dein zukünftiger Schwiegervater ist genau wie ich der Meinung, dass dies der richtige Weg ist.« Sanft strich er mit seinem Mund über ihre Lippen. »Schon bald wirst du den Namen Magnussen tragen, Frau und Liebe meines Lebens. Dann ist endlich alles genau so, wie es sein muss.«

Ihr Herz war leicht und voller Glück. Sie hatte eine Familie und einen Mann, der sie über alles liebte. Das Leben war wunderbar. »Ich weiß nicht, was ich dazu sagen soll. Außer dass ich dich wahnsinnig liebe.«

Sein Blick wurde dunkel, und mit rauer Stimme sagte er: »Wir sollten allerdings zeitnah darüber nachdenken, ein paar legitime Nachkommen in die Welt zu setzen.«

Lachend schlang sie die Arme um seinen Hals und presste sich an ihn. »Darauf kannst du jede Wette abschließen, Mann und Liebe meines Lebens.«

– Ende –

Danksagung

Bedanken möchte ich mich zuallererst bei meiner Agentur Langenbuch & Weiß. Ihr seid wunderbar, und ich fühle mich großartig betreut!

Danke auch an Irmgard und Ingo Stein, die all dies möglich gemacht haben.

Herzlichen Dank an das Kaffeemuseum Burg in der Hamburger Speicherstadt, insbesondere an die Leiterin des Museums, Frau Bärbel Dahms, und an den Röstmeister, dessen Name mir leider nicht bekannt ist. Beide haben meine Fragen geduldig und überaus freundlich beantwortet. (Der Kaffee war ein wahrer Genuss!)

Ein ganz lieber Dank geht an Michelle Stöger vom Heyne Verlag. Die Zusammenarbeit macht mir unfassbar viel Freude.

Auch bei Christiane Wirtz, meiner umsichtigen und sehr engagierten Zweitlektorin, bedanke ich mich von Herzen.

Danke an Lennart Graupner und Angelo Winter für die Erstellung und Betreuung meiner Webseite.

Mein innigster Dank geht an meine Familie, vor allem an meinen Mann, der mich stets mit großer Begeisterung und noch mehr Einsatz bei jeder Recherche unterstützt und auch sonst jederzeit für mich da ist. Seine Liebe trägt mich durchs Leben.